番茄小说

U0654740

香气袭人

赵夜白◎著

SPM 南方传媒 ｜ 花城出版社

中国·广州

图书在版编目（CIP）数据

香气袭人 / 赵夜白著. -- 广州 ： 花城出版社,
2023.1
ISBN 978-7-5360-9747-6

Ⅰ．①香… Ⅱ．①赵… Ⅲ．①长篇小说－中国－当代
Ⅳ．①I247.5

中国版本图书馆CIP数据核字 (2022) 第156918号

出 版 人：张　懿
责任编辑：李珊珊
技术编辑：薛伟民　林佳莹
封面设计：四J线 视觉传达

书　　名	香气袭人
	XIANGQI XIREN
出版发行	花城出版社
	（广州市环市东路水荫路 11 号）
经　　销	全国新华书店
印　　刷	广东虎彩云印刷有限公司
	（东莞市虎门镇黄村社区厚虎路 20 号 C 幢一楼）
开　　本	880 毫米 × 1230 毫米　32 开
印　　张	12.25
字　　数	330,000 字
版　　次	2023 年 1 月第 1 版　2023 年 1 月第 1 次印刷
定　　价	58.00 元

如发现印装质量问题，请直接与印刷厂联系调换。
购书热线：020-37604658　37602954
花城出版社网站：http：//www.fcph.com.cn

目　录

第一章　强势的顾一菲

耀眼的阳光顺着落地窗照进屋子，在地上照射出一个长长的矩形光影。房间里放着一首吉他独奏曲，是一首抒情的曲子。

此时顾一菲正靠在椅子上，她的手中拿着一杯红酒，正闭着眼睛晒太阳喝酒。做红酒酿造师和设计师最大的好处就是可以在工作时间名正言顺地喝酒。

她回想起自己在西班牙拉里奥拉学习红酒酿造的时候，在老师的酒窖里偷酒喝的日子。偌大的酒窖存放着不同时期、不同葡萄酿造的酒，她一个小姑娘会在别人不注意的时候溜进酒窖，随机偷喝，每次被别人发现时都已经大醉，让老师十分肉疼。

相对而言，国内的酒对顾一菲来说过于单调。都是些名牌大酒庄的产品，好像没有几瓶贵得要死的所谓八二年的拉菲就不能开酒庄一样。仓库里面的酒也让她觉得索然无味。

助理宁小凝急促地敲响了办公室的门，然后推门而入。自从顾一菲到公司之后，宁小凝就被调来顾一菲的三组，给顾一菲当助理。

"一菲姐，不好了，你快去看看吧。你要的那批葡萄被二组的灭绝师太抢走了。"宁小凝气喘吁吁地说着。

顾一菲站起身，跟着宁小凝跑了出去。

等她们到仓库的时候，唐婷婷已经将顾一菲订的那批葡萄领出了库房。

"你们在干什么？"顾一菲走到灭绝师太唐婷婷身边，一把拉住她的胳膊。

唐婷婷转过身，甩开顾一菲的手，说："你没长眼睛，自己不会看吗？领原材料，做酒。"

"那你们为什么领我们的葡萄？"宁小凝气不过，气鼓鼓地说。

原本宁小凝是唐婷婷的助理之一，现在看着她站在顾一菲一边，气不打一处来，抬手抽了宁小凝一耳光。

"翅膀硬了哈？哪轮得到你说话？"唐婷婷怒吼着，一边的工作人员噤若寒蝉。

宁小凝的脸顿时红了起来，眼泪吧嗒吧嗒落下，一句话也不敢说，低着头躲在顾一菲身后。

顾一菲看着，轻轻拍了拍宁小凝的胳膊，笑着对唐婷婷说："大家都是文明人，何必动手呢？是吧。"

唐婷婷看顾一菲对自己的态度温和，更加得意，也就放松了戒备。

就在这个时候，顾一菲突然抬起胳膊狠狠地抽了唐婷婷一记耳光。力道、角度几乎跟她刚刚打宁小凝一样。

唐婷婷捂着脸，不敢置信地看着顾一菲，一只手指着她一个"你"字重复很多遍。

"你什么你？"顾一菲说完，反手抽在了唐婷婷另外一边脸上。

唐婷婷怒不可遏，在公司只有她欺负别人的时候，她还从来没有被别人欺负。她是总监刘峰的心腹，部门内没有人敢得罪她。

但是没想到来了没多久的顾一菲却如此大胆，连之前的小跟班都硬气了起来。

她正要扑向顾一菲的时候，只听见顾一菲冷笑着说："我劝你冷静一点，毕竟我之前是学过武术的。"

唐婷婷不知道她说的话有几分真，但还是愣在了原地。她胸脯不住地起伏，眼中充满怨毒。

顾一菲看了看仓库里面，大部分已经空了，只剩下角落里面还有一部分货。她没理唐婷婷，拉着宁小凝走到里面，她从缝隙中摘下一颗葡萄放在嘴里尝了尝，皱起眉头。

"这些葡萄有人用吗？"顾一菲问起一边的库管员。

"本来今天唐经理应该是领用这批葡萄的，但是她选择提取另外一批，所以这批现在没人用了。"库管员低声如实地说着。

顾一菲点了点头，有些哭笑不得。这个唐婷婷到底多能折腾，连库房的人都怕她。

事情很明显了，唐婷婷发现顾一菲订的葡萄比她买的强多了，抢了过去。

顾一菲转过头的时候，那些人已经走远。她也没再说什么，拍了拍手。对着旁边的宁小凝说："就用这批葡萄吧。"

此时的宁小凝确实很滑稽，红了半边脸，但是满眼崇拜地看着顾一菲。

"一菲姐，你真是太帅了。你真的练过武术吗？"

顾一菲一脸黑线地说："她傻你也傻吗？你看我这样的像是练过吗？骗她的。攻心为上，攻城为下。能用语言解决的事情，尽量别动手。"

宁小凝点头如捣蒜像是接受某种精神洗礼，说："那也是你比较帅，下面的人都遵守丛林法则，为了工作只能忍气吞声。"

顾一菲看着宁小凝，说："我不是不遵守规则，或者说大部分人都必须在规则下生存。我当年那么努力地学习，是拿命在拼，为的就是以后可以不被别人选择，而是可以做出自己的选择。我现在可以选择不理会唐婷婷只有一个原因，我可以。所以小凝，如果你想有自己的选择，就要让自己变得更有能力。"

宁小凝眼睛里冒着星星，崇拜地看着顾一菲，说："我知道了一菲姐，我会努力的。"

顾一菲有底气也是有原因的。她还在西班牙的时候，就遇到了现在的总经理陈安平。也是在陈安平的引荐下到了君红公司。

她作为新人进公司之后，总监李峰想给新人一个下马威，杀杀她的锐气。他并没有如约定的安排顾一菲做产品，而是安排她做自己得力干将唐婷婷的助理。

唐婷婷在公司里是出了名的灭绝师太式人物，对手下招之即来挥之即去，霸道得很。

偏偏顾一菲不吃她那一套，顾一菲年轻气盛只想做自己的产品，并不接受给唐婷婷做助理的工作。

顾一菲直接跳过了李峰找到了陈安平。在陈安平的安排下，将宁小凝调来给她做助理，让她可以立项做自己想做的产品。

这让李峰和唐婷婷两个人都很没面子，不过这些在顾一菲看来都不算事情。

顾一菲回到办公室，开始修改之前设计好的工艺和用料。葡萄不同，处理方式也不同。她本来想在之前的葡萄中保留一点梗来增加单宁的厚重。但是现在情况发生了转变。她要将梗全部清除，防止单宁过重无法入口。她特意选用了一些比较新的橡木桶来盛装，使单宁更加柔和，也增加一点橡木的风味。

顾一菲整理好自己的思路，写成了一个立项报告。设计的口感里面明确了口味偏涩，凸显出鲜明的个性。

刘峰毕竟是她的直属领导，所以这份文件她让宁小凝交给了刘峰。

宁小凝过去的时候，唐婷婷刚好在刘峰的办公室。

"刘总，唐总好。"宁小凝怯生生地说着。

"进来吧。"刘峰说。

唐婷婷瞪了宁小凝一眼，转过头没说什么。

"刘总，这是顾经理让我交给您的新项目方案。"宁小凝说。

刘峰一只手接过文件，斜眼看了一眼，说："哦，顾一菲还知道我是她上级啊。我以为她的上级是陈总呢。"

宁小凝也不敢说什么，赶紧溜了出来。

"顾一菲真是太不像话了。立项文件都不亲自送过来？她真把自己当成公司的二世祖不成？"唐婷婷之前受了委屈，但是又没有合适的机会打压回去，心里的火正旺着呢。

刘峰将文件打开，浏览了一下，然后递给唐婷婷。

"你看看她做的方案。"刘峰说。

唐婷婷接过去上下看了看，冷笑着说："亏她想得出来，我就不信她能用这批葡萄做出什么好酒。"

刘峰笑了笑说："本来，这批葡萄是你去选的。我正愁如何处理掉，也不知道顾一菲是有想法呢还是愣头青。反正随她去吧，也免得我们的麻烦。最后出来的东西不行，给个处分打发算了。"

唐婷婷有些委屈地说："刘总，这我也是没办法。对方是咱们的大客户硬塞过来的，我也拒绝不了。"

刘峰点了点头，说："我知道，文件我先批了。暂时不要报到陈总那。咱们先忍她几个月。"

对于顾一菲来说，也不是说刘峰就是坏人。只是在职场久了的人，对于顾一菲这股子锋利的傲气都想杀一杀。

顾一菲看穿了这些，也就把他们当成空气一般对待，自顾自做事，有阻碍就去找陈安平，谁让他大老远把自己忽悠过来呢。

顾一菲根据自己拿到的葡萄特点设计了青春这个主题的葡萄酒，有了宁小凝这个万金油帮忙，一切工作倒是极为顺利。

酿造酒就是一个孕育的过程，很多天然的发酵需要严格的控制。

但是其中细微的口味变化，却有天注定的成分。连造酒师自己不去品尝，也很难判断最后的口感究竟如何。

时间一点点过去，复杂的化学反应在慢慢进行。这有点像生命的演化，等待着一个奇迹的发生，葡萄就变成美酒。

此时顾一菲正在自己的办公室里，品着自己最新酿造的红酒，她起名为"青春"，特点嘛，就是单宁很重，口感就一个字，涩。

顾一菲咂吧着嘴，感慨地说："真是够涩的。"她看着自己的酒杯，一边摇晃着鲜红色的液体，像一个做了恶作剧的孩子一样笑着。

就在这个时候，手机响起。

是总经理陈安平打来的。

顾一菲想着自己最近没什么事情，好像没有去烦他呀。

接通电话，陈安平简短地说了句让顾一菲去一趟办公室就挂断了。让顾一菲摸不着头脑，不知道是不是自己又闯了什么祸，或者唐婷婷又在搬弄是非？

顾一菲赶到总经理办公室的时候，里面已经站满了人。各个部门的一把手几乎都在，每个人手中都拿着一杯红酒，表情严肃。

就在这个时候，顾一菲手里拿着平板电脑走了进去。

"你可算是来了，看看你自己做的好事。"产品二组的组长唐婷婷惯常地看顾一菲不顺眼，仗着总监刘峰撑腰，越加跋扈起来。

"怎么了，你妈妈没教过你怎么好好说话吗？"顾一菲瞥了她一眼说。

总经理陈安平干咳了一下，说："一菲，你最新酿造的这批酒是不是真的有什么问题？口感有些过于涩了吧。"

顾一菲环视一圈，这才明白是怎么回事。敢情唐婷婷拿到自己最新的酒了，觉得有问题，立马召集了所有领导准备给自己难看呢！

"没有问题，这批酒就应该是这个味道。"顾一菲淡然地说着。

"呵呵，你说得倒是轻巧。亏你还总自以为是，觉得自己水平天下第一了？你知道什么是红酒吗？把酒做成这样？这就是一瓶垃圾。"唐婷婷尖声地讥讽着。

顾一菲懒得理她，但是唐婷婷却始终不依不饶。

"一菲，你来为大家解释一下吧。"陈安平沉声说着。作为总经理，他当然不想看到这样的闹剧。顾一菲是他亲自招来的，他相信她不会犯低级的错误。

顾一菲拿起手中的平板电脑，打开其中一个EXCEL表格，放到了陈安平的桌子上。

"去年我跟您提交过一个申请，利用仓库里收上来的一批单宁含量很高的葡萄做一款酒。这些被认定为不能用的葡萄是谁收上来的我就不用说了吧。"顾一菲边说边转过头盯着唐婷婷，最后几个字一字一顿。

唐婷婷听到这里脸憋得通红，恨不得上前掐住顾一菲的脖子。

陈安平点了点头，说："原来是这样，这就是你用那批葡萄酿出来的酒？是不是过于干涩了。"

"根据预想，这批酒的口味会比较特别，所以将它的特点发挥到极致。这款酒在众多酒中的识别度会十分突出，另外刚开始喝的时候，可能会不太适口。但是却有一种上瘾的魔力，能让整个舌头上的味蕾感受到单宁的干涩。同一时间，如果再去喝其他的酒，反而会显得酒体单调许多。"顾一菲说完，示意大家再品尝几口，多多体会。

这款酒就像是一个恶作剧，即便是味觉不够发达的人，也会留下深刻的印象。

在场的人，听着顾一菲的解说，纷纷拿起酒杯尝试了一番，饶有兴致地会心一笑。

顾一菲走到唐婷婷身边，冷笑着说："你懂不懂什么叫作设计？这就是我想表达的东西。如果只是将原料变成酒，千篇一律，那只能做一个酒师。"

唐婷婷瞪大了眼睛，觉得对方是在羞辱自己。她猛然抬起手，巴掌朝着顾一菲的脸上打去。

就在大家都惊愕的时候，顾一菲已经抬起胳膊将她的手架住，然后狠狠甩开。

"你看我像是一个好欺负的人吗？"顾一菲不屑地说着。

陈安平用手敲了敲桌子，说："一菲，冷静一点。这是你最新的作品，我承认这款酒你做得很有想法。但是年底的发布会，你就选用这款酒作为自己的代表作？"

顾一菲笑了笑，说："没错，我会将相应的文案一并设计好。要让别人记住这款酒足够了。况且，并不是我非要使用这批葡萄。下面是我从库房拿到的材料领用清单，您自己看一下就明白了。"

李峰在房间的角落，一直没说话，看着陈安平浏览清单，额头上浮现出汗珠。他自始至终都不相信自己会连一个黄毛丫头都收拾不了。本来他只想压一压这个新人的气势，却没想到按到了一颗硬钉子上。

顾一菲当然不傻，唐婷婷抢走葡萄的时候她就觉得里面的问题不简单。如果她是以低廉的价格拿到劣质的葡萄那当然没有问题，而她选择抢走自己的优质葡萄去做她的酒。那么她的预算是怎么样的呢？

顾一菲一边按照自己的设计做酒，一边将财务和库房的账单全部整理了出来，就是防备唐婷婷恶人先告状。

顾一菲就像个刺猬，桀骜不驯也锋利异常。她可不管刘峰是不是她的上级，她将葡萄采购的详细流程打印好给陈安平看。

从原料上，刘峰将当时品质最好的葡萄留给了唐婷婷，而自己只能用一些偏差的葡萄酿酒。

顾一菲知道这批酒会有些涩，因此才充分利用了这个口味特点，设计了青春的主题。

事情来了个一百八十度大反转，是在场所有人都始料未及的，包括刘峰和唐婷婷。

顾一菲拿着EXCEL表格，用种种证据，在办公室里据理力争，不卑不亢。她将职场上拿着EXCEL吵架的精髓发挥得淋漓尽致。

陈安平已经明白发生了什么，但是他并没有表态。

他摘下了眼镜，揉了揉太阳穴，说："一菲的酒还是很有意思的，你们觉得呢？"

在场的人纷纷称是。

"一菲真是有才华，做得不错。"一些人附和着。

"好了，先这样吧。一菲，展会的事情你好好准备一下，争取取得好成绩，这个展会对公司来说很重要。"陈安平语重心长地说。

顾一菲笑了笑，说："您放心，我绝对会让参观的人留下深刻的印象。"

陈安平点了点头，想着顾一菲不乱来自己就谢天谢地了。他让大家回去继续工作，这件事暂时不再讨论。

他选择将事情压了下来，毕竟内斗这种事情他实在是不好做出评判，只能先压下来，然后再做思想工作。

顾一菲对此也挺好奇，虽然陈安平还算是个靠谱的大领导，能帮自己扛事，但是他对刘峰这些人也很宽容。

她扫了刘峰和唐婷婷一眼，转身第一个走了出去。

公司大了自然会有各种关系，目前顾一菲无暇顾及这些，她需要能让自己在公司有发言权的产品。

何况她现在作为一名新人，已经怼天怼地怼空气的了，还有什么不满意的。

她选择以市场给刘峰和唐婷婷一记响亮的耳光。

顾一菲的酒因为文案定位和口感的特点，得到了市场的充分认可，很快订购一空。反倒是唐婷婷做的那批酒因为口感偏甜，没什么特点，因此销量很差。

但是对于刘峰来说还是有好消息的。因为刘峰在职务上是顾一菲的上级领导，年底论功行赏的时候，部门内部的功劳全部算到了刘峰的头上，这件事又把宁小凝气了个够呛。她现在对顾一菲佩服得五体投地，当偶像一样仰视着。

这一天，宁小凝神秘兮兮地回到办公室，走到顾一菲身边，小声地说："我有独家新闻哟。"

顾一菲收拾着桌面上的文件，说："你在公司就是个小间谍，什么消息，说来听听。"

宁小凝笑嘻嘻地说："咱们总监要跳槽了。"

顾一菲愣了一下，看着宁小凝说："靠谱吗？李峰在职位上可是负责咱们红酒的整个酿造和设计，他被谁给挖走了？"

宁小凝一撇嘴，说："人怕出名猪怕壮喽。说起来还是你那款童年和青春系列红酒卖得实在是不错。外人当然将功劳全部算在他身上，所以对面的公司把李峰高薪挖走了，据说是双倍。"她咂吧着嘴，将顾一菲桌子上的酒瓶拿在手中看了看。

顾一菲看着她的样子笑了笑，说："你怎么跟吃了大亏一样。"

宁小凝噘着嘴说："创意和产品明明都是一菲姐你做出来的呀，功劳都让上头领了。对你真不公平。"

顾一菲耸了耸肩，靠在椅子上，说："这是普遍的自然规律，所以我们才要努力呀。"

宁小凝当然想着顾一菲被人高薪挖走，这样自己也就可以跟着跳槽。

"好了，陈总说有事找我。我先去找陈总。"顾一菲站起身说。

陈安平坐在办公室里等着顾一菲，他面前有两份报告，一份是关于顾一菲，而另一份是唐婷婷。她们两个分别带领一个小组做项目，也是目前公司里面比较看重的产品经理。

顾一菲刚走到办公室门口，陈安平站起身，朝她一招手，让顾一菲坐到了沙发上。

陈安平将门关上，到顾一菲对面坐下。

"陈总，您找我有什么事？"顾一菲问。

陈安平沉吟了一下，说："上午我们开了个会，讨论了未来公司发展方向的事情。"

顾一菲一听就知道有大事情要发生了，她等着陈安平的下文。

"老板想要建立公司的产品文化，在产品区分度上做些文章。毕竟近年公司业务发展得很快，所以要在独特性上做些工作。简单来说，老板给出一个方向，先做一款红酒搭配香水的联合产品，捆绑销售，作为商业创新点。"陈安平继续说。

顾一菲听着头就有些大，她一时还想不出红酒和香水如何搭配起来。

"陈总，每瓶红酒本身都具备自己的气味。品酒的时候为了不对红酒本身的气味造成干扰，我们都会尽量避免使用香水。"顾一菲皱着眉说道。

既然是上面决定的事情，顾一菲自然也不能反对。只是这么离谱的事情，她不知道谁会接手。

陈安平很赏识顾一菲的才华，别看她年纪不大，刚到公司两年，已经做出多款好的产品。因此部门内部得到陈安平的默许，顾一菲可以说是畅通无阻，什么事情都会得到优先安排。

陈安平看顾一菲的态度似乎对这个提议并不感冒。

"一菲啊，李峰要离职了你知道吗？"陈安平说。

顾一菲敏锐地察觉到了其中的信息，没有说话。

"李峰呢，要走了。现在产品部总监的位置就会空出来。我给老板的建议是在公司内部选拔。现在产品部经理位置上最有优势的就是你跟唐婷婷。你懂我的意思吧。"陈安平不急不躁地说着。

顾一菲点了点头，她知道陈安平的意思。能将这个项目接下来并且做好，她就很有可能被提拔到总监的位置，毕竟这是大老板亲自要的项目。

这对顾一菲来说，十分具有诱惑力。另外想到唐婷婷那个灭绝师太将会做自己的领导，那以后的工作对顾一菲来说就像是咽下一只苍蝇。

"您确定唐婷婷有机会被提拔做总监？"顾一菲苦笑着问。

陈安平看着顾一菲的样子笑了笑，说："我知道你跟唐婷婷在理念上有冲突，但是她毕竟已经在公司多年，对公司也是忠心耿耿。业务上其实也并不差。"

顾一菲双手交叉在一起，想了想。

"一菲啊。我知道作为你的专业，可能有些事做出来显得外行或者愚昧。但是这就是市场，这就是商业。我们要给消费者不断的新鲜刺激才能让产品在市场上有竞争力。现代的商品，很少有靠纯朴的商品本身在市场上经久不衰。更多的人开始做起了品牌文化。比如可口可乐，再多的案例就不用我来给你列举了吧。就算是艺术史上，靠营销出名的也不在少数。"陈安平并不急于让顾一菲答应。

顾一菲还年轻，而且她也在设计产品。有所坚持是最宝贵的品质。这个世界上有太多难两全的事情。然而变成万金油也并不是一件多值得骄傲的事情。如果一个人将自己的全部价值寄托于产品，那他自然是无法满足纯粹的商业需求。

顾一菲想了想，说："这方面确实很有讲究，但从香水设计的角度，跟谁做，也是个难题。国外的设计师我们基本很难接触到。放眼国内，目前有人在这个领域有所成就吗？"

陈安平的桌子上有一个茶台，他烧好水，清洗着茶杯。

"香味文化，之前在国内并没有提及。我们在很多层面上依然是落后的，这必须要承认。"陈安平手上沏着茶说。

他将第一杯茶放到顾一菲面前，自己拿了一杯。

"董一凡你听说过吗？"陈安平喝着茶说。

顾一菲愣了一下，摇了摇头。

陈安平说："Eloy，这个名字你多少有点耳闻吧？"

顾一菲点了点头，说："之前在西班牙好像听一些设计师朋友谈起过，不过没有过多的认识。"

陈安平笑了笑，说："Eloy，就是董一凡的外文名字。他是北京人，从小生活在欧洲。著名奢侈品品牌TM你知道吧？董一凡曾经担任过TM的香水设计总监。他的老师就是TM的总设计师Oscar。"

顾一菲有些不可思议，没想到这么大名鼎鼎的品牌里面还有出类拔萃的华人设计师，那都是全世界最顶尖的设计师。

陈安平接着说："这个项目你知道得比较晚，唐婷婷那边已经在准备了。而且据我所知她请了国内顶尖的香水设计师王亮。除非你能请动董一凡，不然你的胜算几乎为零。"

顾一菲看出来了，陈安平把自己的路都给铺出来了。看似只要自己去走就可以了，但是事情岂是这么简单的？

"董一凡很难请吧。"顾一菲眯缝着眼睛盯着陈安平。她觉得自己这个老领导也是鸡贼得很。

陈安平一点都不尴尬，喝着茶说："没错，他去年获得了世界百强杰出青年设计师第五名。邀约简直可以说满天飞。但是他去年选择离开自己的老师，回国搞创作。他这个人有一个很明确的特点，就是不接商品合作，只做一些高端定制。懂了吧。"

顾一菲一摊手，说："听起来就很难搞。"

陈安平笑着说："要放弃？"

顾一菲咂吧着嘴，说："我顾一菲想做的事情，没有做不成的。他董一凡就是神仙我也有办法说动他。就是这个工资吧。陈总你看，我去请大神也不能穿得太寒酸不是？"

陈安平被顾一菲气乐了，笑着说："你还真不是个省油的灯，别的不说。你请来他不管升不升职，薪水加百分之五十。"

顾一菲一听眼睛瞪得大大的，说："这可是您说的。"

陈安平点了点头，说："我说的，请来董一凡，我给你加百分之五十的薪水。"

顾一菲赶紧端起茶杯，说："来来来，我以茶代酒敬您一杯。"

陈安平看着她，其实心中也没有几分把握。毕竟之前公司花了很多心思去找董一凡结果连面都没见上。所以唐婷婷才选择了找王亮合作。

"明天公司内部先开个会，关于香水相关产品的介绍。你今天准备个PPT，明天讲一下你的策划思路。有一点我要提醒你，如果你的PPT无法碾压唐婷婷，这个项目基本对你关上了门。"陈安平说。

时间确实很紧，但是能为顾一菲争取到这个机会也不容易。他并没有解释什么，如果顾一菲觉得时间太短无法完成，他也并不觉得意外。

"好的。"顾一菲干脆利落地答应了下来。

顾一菲回到办公室，宁小凝还在办公室里等她。

"一菲姐，怎么样？聊了什么？"宁小凝凑过去问。

顾一菲坐到椅子上，将头往上一靠，说："我要去找一个人。"

宁小凝摸不着头脑，说："找谁啊？"

顾一菲闭上眼睛，说："一个很难搞的人。"

宁小凝很少看到顾一菲被难住，她像是个吃瓜群众，饶有兴致地看着她。

她看顾一菲沉默着不再说话，试探地说："实在是难搞，要不就不搞了？"

顾一菲睁开眼睛，侧着头看着宁小凝，说："好啊，那么以后唐婷婷就是总监了，你好好伺候着吧！"

"啊？"宁小凝张大了嘴巴，心里戚戚然，接着说，"不要吧，一菲姐，你还是好好想办法吧，我就不打扰你了。"

公司的项目汇报会上，顾一菲刚一进门就看见了唐婷婷。对方对她的到来十分惊讶。

"这里是你该来的地方吗？出去。"唐婷婷不客气地说。

"我怎么不能来了？"顾一菲说。

唐婷婷瞪着她，说："我们马上就要开会了，这里没你的事。"

顾一菲将自己的电脑放到桌子上，自顾自坐下，将唐婷婷当成空气。

唐婷婷运着气看着她，恨得牙痒痒。

"婷婷啊，一菲是我叫过来的，一会儿你汇报完，她也会做一个汇报。"陈安平走进来看到顾一菲跟唐婷婷争执，说。

唐婷婷不敢相信自己的耳朵，她将手中的文件往桌面上一甩。

"什么事情你都想插一脚，也不看看自己几斤几两。你能找来哪个设计师，就敢跟我叫板。"唐婷婷不屑地说着。她对自己请到的人很有信心，所以一点都不怕顾一菲拆台，反过来一想，这倒是个为前面的事情找回场子的好时机。

她冷哼了一下，转过头不去看顾一菲。

会议开始，陈安平介绍了下董事会议的一些内容，然后引出今天的主题，示意唐婷婷先做项目汇报。

唐婷婷拿着自己的电脑，连接上大屏幕开始侃侃而谈。她先将自己在项目中做的工作做了一个流水账似的汇报。

"我筛选了很多调香师，最符合我预期的两个人。第一个就是曾经旅居国外的顶级青年香水设计师董一凡。这个人虽然回到了国内，但是并不做商业合作。虽然董一凡的国际声望很高，但是基于他个人的意愿跟我们无法达成合作，所以我选择了同为顶级香水设计师的王亮。王亮近些年联合国内的化妆品大牌和各种高IP进行合作，推出了几个爆款。大部分香水，只要他闻过就能复制下来，几乎达到以假乱真的效果。"唐婷婷讲得十分投入,将王亮的优点夸了一通,总结下来就是,虽然董一凡很厉害但是人家不合作。

顾一菲这边还没有顾得上联系董一凡,她连夜整理思路,做了一个项目的策划。香水设计师这块,暂时还没有着落而空着。

唐婷婷的报告没什么干货,但是已经有点模样。她请的香水设计师王亮在国内倒也是个不错的人选。

她讲完还朝着顾一菲使了一个挑衅的眼神。

如果想在这个会上先声夺人,顾一菲的报告必须做出修改。但是那会给她带来很大的压力。顾一菲咬了咬牙,在PPT上加了几行字。

顾一菲走上台,将自己的电脑屏幕投放在大屏幕上。

顾一菲先阐述了一下自己对这个项目的理解,用红酒作为主题只是提出香水设计。她并没有将两者强行结合,但是香水如何体现红酒的文化符号,这个要由香水设计师给出。

唐婷婷不屑地说:"连意向合作设计师都没有,怎么谈设计概念。"

顾一菲笑了笑,不紧不慢地将PPT翻了一页。

上面简明地写着:香水设计师——董一凡。

简单几个字让现场炸了窝,由于之前唐婷婷的宣传,大家都知道了董一凡是何许人也。

所有人都发出不可思议的感叹。

这就是顾一菲想要的效果,唐婷婷的报告虽然没什么亮点,但是很显然完成度是很高的。执行下去也不会有太大的阻碍。自己想要在会上争取到原本不属于自己的机会,就一定要将唐婷婷压下去。

陈安平让自己在唐婷婷后面做汇报,但是最终还是要得到大部分领导的支持,她才有可能进入这个项目。

唐婷婷脸色铁青地看着顾一菲,她甚至怀疑顾一菲根本不知道董一凡是谁就在自己讲完之后将报告改了。

"顾一菲，董一凡根本就不接商业合作，再说你知道这个人现在在哪里吗？"唐婷婷厉声说着，顾一菲这个报告狠狠地打了唐婷婷的脸。她刚说完董一凡不接商业合作，这边顾一菲就找他来合作了。

"顾一菲，这是公司会议，你的报告要严谨。"财务总监沉声说。毕竟谁也不想一个正式的会议变成一场胡闹的过家家。说说而已的事情，不能出现在这种会上。

顾一菲面不改色心不跳，说："我之前在西班牙的时候认识董一凡，以酒会友，关系还不错。"

此时她说还不错，就是很不错。

大家对此更加信服，如果是朋友之间，很多事情自然是可以谈的。

唐婷婷一时语塞，她不知道顾一菲的话中有几分真假，她没有证据也无法反驳。但是董一凡的脾气她还是打听到了不少，对于顾一菲说的话，她还是有些怀疑。

"这样吧，如果一菲能顺利跟董一凡达成合作，那么这个项目可以主推一菲的产品。不过呢，我们可以两条腿走路嘛，双保险。婷婷这边的项目继续推进。等两边项目有实质性进展之后，我们再跟老板汇报，让老板拍板。"陈安平发话，大部分人都附议。

顾一菲长出了一口气，这个董一凡，她无论如何都要请过来。

在唐婷婷的注目礼中，顾一菲走出会议室，回到办公室。她将董一凡的过往理了理。

要找到这个人看来一定要发动下自己国外的朋友圈了，既然他在TM工作过。不知道蒋航有没有董一凡的联系方式。

蒋航是顾一菲的大学同学，记忆中他好像去过TM实习，不知道现在怎么样。

顾一菲拿起包，就往家走。她需要整理下董一凡的材料，然后制订作战计划。要是在战争年代，董一凡就是顾一菲要策反的敌方将领。

顾一菲查了很多资料，包括董一凡的所有作品。不得不说，这个家伙还真是挺独特的。他有一个很有名的产品，顾一菲居然也用过，只是不知道出自董一凡之手。那是一款香薰蜡烛，不像以往的香氛那样饱含香气，那款蜡烛是青番茄叶味道的，让顾一菲印象特别深刻，也特别喜欢。

"还真是不简单。"顾一菲看到董一凡是1988年生人，更加咋舌。

"年轻有为啊，年轻有为。就是脑筋缺根弦总是跟钱过不去。"顾一菲编派着董一凡。

她拿出手机打给了蒋航。

不多时电话接通，不过蒋航迷迷糊糊的，似乎在睡觉。

"喂，你好。"蒋航含糊地说着。

"是我，顾一菲。"顾一菲说。

蒋航一听是顾一菲，迷迷糊糊中差点将手机扔出去。顾一菲对蒋航来说那绝对是恶魔一般的存在，因为她曾经故意借给蒋航抄袭自己的创意，并以此要挟蒋航，让蒋航听命于她。

"大姐，我在法国好吧。麻烦你有事情的时候看看时差好吗？"蒋航边打哈欠，边不耐烦地说着。

顾一菲说："哦，我这不想起来你的毕业设计了嘛，但是找不到了，想问问你还有没有。"

蒋航一阵吃瘪，谁叫自己当初偷懒，这个事让顾一菲拿得死死的。

"姑奶奶，你就说有什么事吧。咱们那件事翻篇好不。"蒋航无奈地说。

"你说什么呢，我都没听懂。对了，你认识董一凡吗？"警示的作用起到了，顾一菲直奔主题。

"知道啊，怎么了你准备对他下手了？"蒋航打着哈欠，眼泪充满了眼眶。

"呸，说什么呢。我公司有个商业合作想请他。"顾一菲说。

"那我劝你死了心吧。董一凡自从离职之后就再也没有接过商业合作的产品。他这个人对自己的作品很用心，而且是完美主义者。做商业你还是换个人吧。"蒋航无奈地说。

"不行，就他了。别废话，把他的联系方式给我找来。"顾一菲一听就知道有戏，蒋航认识董一凡。

顾一菲的脾气蒋航是知道的，但是他也没有董一凡的联系方式。

"我帮你问问吧，之前在公司的时候我跟他交集不多。我去厚着脸皮找人打听打听。"蒋航说。

"好，限期一天给我答复。"顾一菲不客气地说。

"我谢谢你。"蒋航说完把手机调成关机，蒙被大睡了过去。

傍晚的火车站，顾一菲拎着行李领出了自己的火车票。她一得到消息就买了票，收拾了些行李赶到了火车站。

这个时间，她能选择的最快速的方式就是坐高铁到古镇，然后先找地方住下，等蒋航更准确的信息。

蒋航向同事打听到董一凡到古镇去看山上的石窟了。

顾一菲安排蒋航再多拿到些信息，最好有他在国内的电话。可惜这位大神在国内可能都没有电话号码。

等待检票的时候，顾一菲给宁小凝打去电话。

"小凝，我现在坐车去古镇。"顾一菲说。

"啊？你去那么远的地方干吗？"宁小凝问。

"我去找董一凡，最近你在家将我之前产品的所有信息汇总下，放到一个文件夹里。"顾一菲说。

"一菲姐，你现在过去，到那边也是夜里了吧，你一个人会不会不安全？"宁小凝担心地说。

"没事，放心吧。"顾一菲说。

"都怪这个董一凡，在家里好好待着多好，跑那么远干吗。"宁小凝嘀咕着。

顾一菲笑了笑，说："是我不打招呼去找他嘛，不过还不知道能不能碰上。"

几个小时的高铁，让顾一菲浑身酸疼。已经很长时间没坐过火车了，这回为了董一凡她也是拼了。

一出火车站，顾一菲有些蒙。她毕业以后还没有来过这么荒凉的地方。本想到门口打车去市内的酒店，谁知道所有出租车都不打表，全部一口价。钱倒是小事，主要是这么不正规怕不安全。

顾一菲躲到一边，用打车软件打车，没想到所有司机全部要求取消订单然后改为一口价。

这让顾一菲彻底傻了眼，大有一种秀才遇到兵有理说不清的感觉。哭笑不得之下，只有乖乖到出租车停放的地方叫了辆车。

司机倒是一脸"你看吧"的表情，然后又加了十块。

顾一菲将这笔账全算在了董一凡头上，不拿下他，自己真是白折腾了。

顾一菲将麦积山的地形查了查，很简单的游览路线。一条路上去，围着山转一圈从另一边下来。大体上只要自己站在山口，董一凡就一定会经过。只是董一凡这家伙连个清晰的照片都找不到，让她很是头疼。

顾一菲一大早就坐车跑到了麦积山，蒋航那个家伙暂时指望不上，她只能自己碰碰运气。

每次在历史风光下顾一菲都会感慨一分，毕竟现在留存下来的东西越来越少了。甚至很多东西，在过去那个年代里，甚至都不算是精品。但是如今却足以震慑世人，何其悲哀呀。

中午的阳光十分强烈，顾一菲已经在山下转悠两个小时了。她一路漫无目的地给别人相面，一看到年轻的小伙就蹭过去问人家贵姓，搞得自己跟犯了花痴一样。好几个长得面相猥琐的人，被顾一菲问过之后还得意扬扬地走开。让顾一菲很是无奈，心里早就杀死他们几百回了。

她正站在路边的树荫下一边喝水，一边无精打采地看着过路的人。

不远处一个男生背着个大包，用不知道哪个地区的蹩脚中文在跟导游询价。

"小伙，一看你就不是本地人吧。要导游不。这山可大呀，我可以给你带路。"一个自称导游的人拦住了他。

这个人从山下就看到了这个男生，因为他的口音实在是很有辨识度，一听就知道是外地人，而且是很外地的那种外地。

有人聚集的地方，尤其是景点，三教九流自然无所不包，这个人就是专门靠坑外地人来维生的。这种事全世界哪里都有，能用骗的都算是文明一些的地方，想当年顾一菲在西班牙遭遇的都是明抢。

顾一菲被男生的口音吸引，她从董一凡的背景资料了解到他从小在欧洲长大，虽然没有资料说明董一凡的汉语水平怎么样，但是顾一菲判断，或许他的中文并不太好。

她仔细打量着远处的这个人，心里盘算，他是不是就是自己要找的人？

顾一菲转了转眼珠，有了主意。

男生看了看当地人，还觉得当地人真是热情。

"您好，我本来想要自己在这边随便看看的，就不麻烦你了。"男生说。

当地人继续说："小哥，你这大老远来一趟不容易，这不让我给你好好讲解一番不是亏了吗？咱们这石窟前前后后有1500年历史，你不能走马观花白来一趟。"

男生礼貌地再次拒绝，但是当地人一直在叽叽呱呱自顾自讲了一大堆，然后说："小伙，你看我都在这跟你讲这么半天了，你要是再不花钱是不是有些过意不去了？这大热天的，你不能看我在这里给你耍嘴皮子吧？"

当地人故意装出一点气急败坏的样子，似乎男生占了他很大的便宜一样。

"那您要多少钱？"男生无奈地问道。

当地人的脸色缓和了很多，说："不贵，陪你上上下下走一趟，1000块。"

顾一菲一直在一旁观察着，这个男生，眉清目秀、身材挺拔，放到古代就是标准的小白脸书生。

男生一阵诧异，都还没等回话，顾一菲已经走到身边朝着他摆手，喊着："磨蹭什么呢，快过来。"

男生和当地人都是一愣，就在这个时候，顾一菲已经走到男生身边，拉起他的手就往上走。

当地人伸手拦住了顾一菲说："小姐，您这是破坏我生意啊。"

顾一菲白了他一眼，说："你管谁叫小姐呢？这是我弟，什么生意不生意的，别挡道。"

顾一菲说完瞪了男生一眼，说："干吗，还生气呢？赶紧走吧，妈在上面都等着急了。"

本来强龙不压地头蛇，顾一菲的举动是挺危险的。但是在她精湛的演技下，愣是没让当地人看出破绽，只能放他们两个过去。

顾一菲拉着男生走了一段路，长出了一口气。她松开手，说："没事了，你知不知道自己刚刚差点被宰了。"

男生疑惑地看着顾一菲，说："宰？难道这里还杀人吗？"

顾一菲翻了个白眼，心里想这家伙的中文理解能力到底是多差。她说："宰的意思就是花冤枉钱。"眼前的家伙看上去挺有灵气的，没想到脑袋倒是不太灵光。

男生不好意思地挠挠头，看着顾一菲说："谢谢你，不知道你怎么称呼。"

"我叫顾一菲，你沿着这条路走上去就好了。"顾一菲说完，指了指前面的路，然后装作很忙的样子走开。

男生站在原地朝着顾一菲的方向看了看，旋即顺着山路走了上去。他董一凡是一名香水设计师，也是调香师。很多人主观地认为做这个行业一定会接触到很多女生，但其实大部分的调香师都是男性，所以董一凡接触女生的机会并不多。

董一凡握了握被顾一菲拉过的手，似有余温。

他最近给自己放了个假，每工作一段时间，他都会让自己离开工作环境到外面走走。

长时间的工作状态，会榨干人的灵感。他沿着山路上去，买好票，走进了山里。此行的目的就是看一看中国传统的佛教造型艺术。

也许是职业的原因，董一凡喜欢用鼻子去旅行。很多人理解一个地方是通过视觉或者触觉，但是董一凡会重视不同地方的嗅觉感受。

群山环绕，佛像造型优美，只可惜多年没有僧侣，早就断了香火，让这里缺少了几分香火气息。

他认真端详着一座座佛像，不时用相机做记录。他俯身拍下面游客的时候，在镜头中再次看到了顾一菲。

此时的顾一菲正在用最传统的方式寻找董一凡，挨个人打听，就差买个大喇叭广播了。

顾一菲走得并不快，跟董一凡保持了一定距离。她一边走，一边在继续询问，并没有将全部希望压在刚刚那个人身上，只是她判断那个人是董一凡的可能性更大一些。

董一凡特意站在栈道的一边，避开游客，一边吹风一边等着顾一菲。

不多时，顾一菲走到了他的附近，便见他站在那里，扭过头故意不去看他。

董一凡想了半天也不知道第一句话说什么，突然转过身背对着顾一菲。等确认了顾一菲走过去他才回头，长出了一口气。

他跟顾一菲保持一段距离，反过来跟在她的后面。

顾一菲东问问西问问，处处碰壁，不过毕竟是个美女，倒也没招来麻烦。就在她转过身站在路边休息的时候，猛然发现人群中的董一凡，正直勾勾地看着她，吓了顾一菲一跳。

"你这是在跟踪我？"顾一菲走过去没好气地说。

董一凡尴尬地摸了摸自己的鼻子，走过来说："你好，刚刚多谢你，没想到在山上还能碰到你，就想跟你打个招呼。"

"嗯，真巧。"顾一菲觉得瞎猫碰死耗子的做法实在是不可取，抬起头看了看身边的大佛，一路上找人，一点风景都没有享受。她决定好好补偿补偿自己。

董一凡站在顾一菲身边，顺着顾一菲的视线看上去。

"不得不佩服古人的艺术审美，无论佛像多大或者多小，线条都是如此流畅，身材都是如此匀称。"顾一菲感慨道。

就在这个时候顾一菲的手机响起，蒋航给顾一菲发来消息。这个家伙还算靠谱，终于打听到了董一凡的地址，还好跟顾一菲是一个城市的，让她松了口气。

心中悬着的一块石头终于落下，她也放松了许多。

她偷看了下一边的董一凡，反正已经拿到那个家伙的地址了。如果眼前这个人就是董一凡，那么自己就更可以放心地玩一手欲擒故纵。

董一凡看着她说："你能给我讲讲这里的历史吗？"

董一凡态度很谦逊。

顾一菲想起了一句谚语，说："砍完南山柴，修起麦积崖，先有万丈柴，后有麦积崖。"出于对国际友人的友好，顾一菲开始结合着眼前的景色，将自己做的功课讲了出来。

顾一菲找不到董一凡，闲着也没事。跟这个帅小伙结伴游山也是不错。她索性给董一凡讲起了关于麦积山的故事，反正跑得了和尚跑不了庙，等自己回去杀到他家。

顾一菲一路走上去，一路说着。当然，有些野史的东西未必都是真的，隔着上千年的历史，谁又能知道真相呢。

董一凡认真得出奇，甚至拿笔记录。

顾一菲看他这么认真，出于恶搞，结合着自己的想象力，又给他恶补了很多神话故事，听得董一凡目瞪口呆。

从山上下来顾一菲有些失落，虽然拿到了董一凡的地址，但是毕竟没有找到他本人。

董一凡跟在顾一菲身边，看着她沉默地想心事。董一凡当然不知道顾一菲在想什么。

"我看你在山上没心思看四处的风景，倒像是找人的样子！"董一凡跟在顾一菲身边疑惑地问。

顾一菲叹了口气，说："我就是来找人的，只不过只是听说我要找的人会来这里，连人家的照片都没有。"

董一凡听着，更觉得顾一菲是一个很神奇的人，不知道对方长什么样子就敢出来找人。

"你想找谁呢？"董一凡好奇地问。

顾一菲伸出一只手，挡着阳光，说："一个叫董一凡的设计师，你说这家伙不好好在家待着，跑到这里来干吗？害得姑奶奶我跑这大海捞针来了。"

董一凡听完，身体一僵，红着脸说不出话来。他怎么也想不到眼前的这个姑娘是来找自己的呀。

顾一菲看到董一凡表情怪异，笑了一下，说："我不是说你，麦积山石窟还是很有游览价值的，不虚此行不虚此行。"

董一凡勉强笑了笑，说："那你没找到他吧？"

顾一菲满不在乎地说："我朋友帮我拿到了他的住址，跑得了和尚跑不了庙。等我回去就去上门找他。"

顾一菲一副要上门拼命的样子，让董一凡的脸有些抽搐。

"他欠你钱了吗？"董一凡无力地问，他心里盘算着自己什么时候得罪这个美女了呢？

"那倒是没有，非但没有，还是我有事求他。不过这个家伙是个怪咖，听说脾气古怪得很，不是个好东西。"顾一菲说着心里痛快了很多。

董一凡在一边满脑门黑线，敢情这家伙是有事找自己，他被噎得说不出话来，就怕顾一菲问他姓名，免得场面愈加尴尬。

走到了停车场，顾一菲跟董一凡告辞。看着董一凡远去的背影，顾一菲笑了一下。然后打车回到了酒店。她这一天走了很多路，实在是有些累了。

回想起当年踩着七寸高跟鞋还能健步如飞的日子，一阵唏嘘。

晚上顾一菲点了外卖，在酒店吃饭。宁小凝这个小间谍打来电话。

"一菲姐，怎么样，你找到董一凡了吗？"宁小凝问。

顾一菲此时正在吃饭，把手机放在一边开着免提。

"没找到，这里人那么多，鬼知道哪个是董一凡。"顾一菲吃着东西说。

"哦，那你岂不是白跑一趟。"宁小凝咂吧着嘴说。

"还好吧，在山上遇到了一个小帅哥，算是结伴同游，也不是很无聊。"顾一菲说完，就听见宁小凝羡慕地喊着："一菲姐，你出差还有艳遇呀，留电话了吗？"

"留你个头。对了，唐婷婷那边有什么动静吗？"顾一菲问道。

说到唐婷婷，宁小凝支支吾吾好一会儿，说："早上的时候我不小心跟唐婷婷组的人说漏嘴了，让她们知道你去找董一凡了。结果唐婷婷把这件事吵得全公司都知道了，据说传到了大老板那里。"

顾一菲停顿了一下，倒是也能想到唐婷婷会做这样的反应。她是料定自己请不来董一凡，提前给自己挖坑呢。

宁小凝小声补充说："今天刚好有投资人来公司开会，听说了这件事，据说打算将董一凡加到合同里了，不然就不签。"

做香水的多多少少会了解一下圈内的新闻。在香水圈内，董一凡是很杰出的后起之秀。像他这种级别的调香师，他们巴不得能跟自己的业务挂上钩呢。

听到顾一菲沉默，宁小凝心里有些没底，忧心忡忡地说："唐婷婷故意将事情说出去，如果你请不来董一凡，客户真的不合作，那么黑锅就要由你来背。董一凡真的那么难请吗？"

"唐婷婷这是给自己的方案做保险呢，拿不下来也有我背黑锅。这个唐婷婷自己请不来董一凡，就料定我也不行。只不过，我不是她，她做不到的事情不代表我也做不到。"顾一菲不屑地说着。

最坏的结果就是顾一菲请不来董一凡，不论唐婷婷是不是能拿下这个案子，总监都会是她的。不过事情没有发生，顾一菲从来不做最坏的打算。

她想起刚刚在山上遇到的那个人，心里有了盘算。

窗外漆黑一片，交通便利之后，人的空间移动变得越来越快。快到有时候让人反应不过来身处何地。

顾一菲挂掉电话，拿出电脑，将之前收集的资料再整理一遍，有备无患。顾一菲找了一些跟调香和香水设计有关的资料，读了起来。调香对她来说，像是打开了另一个世界的大门，之前使用香水，却从来没有做过深入研究。

她订了最早的一班高铁，马不停蹄地赶了回去。既然有了地址，自己在这边也没什么意义了，大海捞针不如守株待兔来得实在，况且唐婷婷那个灭绝师太在自己不在的时候，指不定又弄出什么幺蛾子，宁小凝可应付不了她。

顾一菲下午回到公司，将宁小凝整理的文件过了一遍。公司虽然给了命题，但是如何呈现是她要考虑的问题。

谁会一边喷香水一边喝红酒呢？鬼扯一般。

如果是做文化概念拓宽倒是一个不错的选择。如果硬要关联的话，是不是单选用红酒作为主题，让董一凡他们来设计香水。至于关联性如何，就要看他们的本事了。至少这样不会显得过于扯淡。

宁小凝坐在顾一菲对面，凑近顾一菲，小声地说："一菲姐，最近唐婷婷的人老是靠近我，跟我打听你这边的情况，甚至还跟我聊创意的事情。你要是有什么创意千万别跟我说。你知道我的嘴不太严。"

顾一菲坏笑地看着宁小凝，眼睛转了转，像是只小狐狸。

宁小凝被她看得有些发毛，往后退了退，说："一菲姐，你别吓我，你这个眼神是什么意思。"

顾一菲朝她一摆手，说："这样，如果有人再问起你，你就说我的创意就是结合中西餐文化，做各种口味香水设计，比如牛排啦，红烧肉啦，煮海鲜啦，这些主题的香水搭配红酒。"

宁小凝瞪大了眼睛，她可不知道顾一菲是在跟她开玩笑，将信将疑地说："一菲姐，你确定这些能说？"

顾一菲耸了耸肩，说："你不要主动去说，有人问起可以聊聊。"

宁小凝不知道顾一菲说的话有几分真假，反正都说可以泄密了，她也不用再痛苦了。保密可真是个技术活，她肚子里一句话也藏不住。

顾一菲打开电脑，将整个项目做了一个策划，大致梳理了一下时间线。既然唐婷婷那边已经请来了王亮，所以整个进度比自己提前了不少，现在对顾一菲来说最宝贵的就是时间。

隔天顾一菲按照蒋航给的地址，到了郊区找到了董一凡的家。这里离市区很远，但是因为通了地铁所以交通还算便利。

人烟稀少，没有城市的味道，跟普通的乡村没什么区别，这是顾一菲对这里的第一印象。顾一菲四下看了看，除了一个超市之外再没有什么生活设施了，不知道这些高人是不是都喜欢这样的地方。

资料上看董一凡是一个年轻人，没想到远离市区住到了这里，怪咖就是怪咖，总有些异于常人的地方。

这里面没有门牌号，顾一菲根据蒋航描述的信息，找到了一个胡同，里面很显眼的一道大铁门，把顾一菲吸引了过去。她站在围墙外面打量着。门上画着色彩艳丽的门神，表情十分威严，想必画师对中国传统绘画很有研究。单凭这个就能显示出房主人的不同。

顾一菲整了整自己的衣服，敲响了大门。

等了好半天也没有人来开门，顾一菲在围墙外转了转，恨不得翻身爬进去瞧一瞧。

中午的阳光火辣辣的，顾一菲站在阳光下，估计要黑一个度。

大约过了一个小时，顾一菲叹了口气。流年不利，董一凡这家伙估计还在外面浪呢。

正在顾一菲在心里将董一凡千刀万剐的时候，从胡同外走过来一个人。

董一凡先是愣了一下，没想到从麦积山分开后这么快就遇到了顾一菲，不免有些心虚。

"你，你好。"董一凡说着，他猜顾一菲一定是来找自己的。在麦积山的时候自己看顾一菲咬牙切齿的样子没说出自己的名字。现在在自己家门前，顾一菲看上去应该等了很久，怕是新仇旧恨要一起算了。

第二章　居然是你

"没想到在这还能遇到你，你住这边还是？"顾一菲看起来不解地问，她看到董一凡手中的袋子里有矿泉水，也不客气，说："我太渴了，借我喝口。"

董一凡将水递给她，顾一菲拿起来就喝。

董一凡的心简直要跳出来，说："啊，是。我，我住在这。"

"真的假的啊，那你认识不认识住在这的人。哦，不认识也不奇怪，这个人是个怪咖，估计也不出门。你以后小心点，这样的人多半是变态。"顾一菲一边喝水用余光观察着他的表情，一边漫不经心地说着。

董一凡张了张嘴巴，憋了半天，最后小声说："那个，我，就是，董一凡。"

顾一菲将口中的水喷了出去，被呛得弯下腰不住咳嗽。

好不容易缓过神来，她一把抓住董一凡怒目而视。演戏顾一菲是认真的。

董一凡住的这个地方前后有两套房子，中间是一座很大的院子。前面的房子用作起居，后面则是他的工作室。

顾一菲坐在前面的屋子的大厅里面，独自运着气，心中一块石头终于落下。好歹有了麦积山上的相遇，让她在这里有了一点主动权，不至于太过尴尬。

她第一次窥见一个跟香水打交道的人的房子，本以为里面会充满香气，但出乎意料的是，董一凡的房间里没有任何味道。

此时她正坐在客厅的地毯上，前面是一个小茶几。

董一凡刚从外地回来，在自己的屋子里换了件衣服。他在家喜欢穿宽松的衬衫，所有衣服的材质都是天然的棉麻。再加上董一凡留着寸头，整体给人的感觉更加清新。

一件简单的衣服穿在董一凡身上，倒是有一种莫名的艺术家派头。

董一凡泡了杯茉莉花茶，递到顾一菲面前。他的手骨肉分明，线条清晰，一切看上去都很养眼。

转瞬想到，虽然自己的判断没错，但是这家伙明明知道自己在找他却没供出自己，顾一菲还是气不打一处来。这倒是为顾一菲的演戏添加了更自然的情绪。

"那个，我，重新介绍一下我自己。我叫董一凡。"董一凡干咳了一下，想缓解沉默的尴尬。

顾一菲长出了一口气，毕竟自己有求于人，态度上怎么也要好一些。

"你是香水设计师？"顾一菲问。

"准确地说，我是一名调香师。但是香水设计包括瓶子、包装，我都可以自己做。现在有更细的划分，有人来做所谓的香水设计，就是给出灵感和目标，然后由调香师制作香水。但是有些调香师是独自完成这些工作的。可能对于外界来说听过最多的职业是调香师吧。"董一凡说着涉及自己专业的内容，他的表情立马会变得很认真。

"哦，设计师这个词是我一个朋友跟我提起的。"顾一菲点了点头说。要不是刚刚董一凡认真的表情，顾一菲还真看不出这个呆呆的人是什么知名设计师。

"你，来找我是有什么特别的事情吗？"董一凡略微调整了下说。

顾一菲从包里取出了平板电脑，将自己做的策划案打开递给董一凡。

"我们公司最近想做一款香水联名产品，我想找你合作。"顾一菲说。

董一凡将电脑接过去，浏览着顾一菲的策划。

一款红酒为主题的香水，貌似并不是很复杂吧。顾一菲留意着董一凡的表情，看他微微皱起眉头。顾一菲第一次这么仔细地端详董一凡，发现这家伙的皮肤比自己都好，看起来比自己还小。

王亮在国内也是个老油条了，跟国内很多化妆品品牌都有合作。这家伙很会抓大众的胃口，再看眼前的董一凡结合着他古怪的脾气，倒是让顾一菲有些不安。

不过人的名树的影，董一凡的资历在那，确实也不容别人置喙。

"这个策划做得还是比较用心的，只是为什么选红酒这个主题呢？"董一凡将电脑放下问。

"因为我们公司是做红酒起家的，现在老板想多元发展，打出的牌是文化。在文化这个大背景下可以包容进去很多东西。目前设立的项目是香水。"顾一菲说着。

董一凡点了点头，说："你想要做的事情并不复杂，只是我不能接受你的邀请。"

顾一菲听他说前半句的时候略松了一口气，后半句一下子又把她的心提了起来。

"你还没看我给你的报价呢？"顾一菲说。

董一凡为难地看着顾一菲，说："这个不是钱的问题，我目前没有做这种合作的打算。"

顾一菲料想到这家伙的牛脾气，可是之前了解是一回事，真的交锋就是另一回事了，这家伙根本不给人交涉的余地。

如果是别的合作对象这么说的话，那一定是想要抬高身份来获取更大的利益。而董一凡，确实真的不感兴趣。

比起能用钱打动的人，他这种人更加难以对付。

"你之前在TM的时候，做的产品不是挺好的？你的那款青番茄叶味道的香氛我还买过。"顾一菲当然不可能因为董一凡的一句话就放弃了。

董一凡单手撑在身后，让身体舒展了一下。

"在老师那边我是学生，而且老师本身有很强烈的设计倾向。他相当于大脑，而我作为他的调香师，就相当于是他的手。青番茄叶是我自己独立完成的作品，但是基调也不可避免地参考了TM系列的产品，好让它不显得那么格格不入。最终这款香也只是出了一个香薰蜡烛，并没有做成香水。"董一凡说完抿了下嘴巴，似乎很是惋惜。

好好的一个年轻人，怎么就是不接地气呢？顾一菲之前看董一凡是赏心悦目，现在看活脱就是个冥顽不灵的榆木疙瘩。

"你在国外能做那么好的产品，在国内怎么就不能做了？你的任何要求都可以提，我会想办法满足你的。"顾一菲瞪大了眼睛看着他。

董一凡无辜地看着顾一菲，低声地说："我的要求就是不接商业产品。"

顾一菲心里恨不得脱下鞋狠狠摔在他的脸上，顾一菲的字典里没有失败两个字。她偏偏不信，自己无法说动这个家伙。顾一菲好奇的是董一凡到底在坚持些什么，顾一菲想也想不通，只能另做打算，说："好，你不跟我合作是吧？那我就不走了。"

董一凡还真没见过这阵势，挠了挠头，说："你这样不好吧，这里只有我一个人住。"

顾一菲闭上眼睛，说："怎么不好？你忘了在麦积山我是怎么帮你的了？还给你做起了导游。你可倒好，装聋作哑。你不应该补偿补偿我吗？"

董一凡说不过她，又不能像对待其他访客那样撵人。

之前有很多访客连董一凡的门都进不来，原因有的是喷了浓厚的香水，有的是因为洗过的衣服没有通风带着一股残留的洗衣液的味道。

他对人一向是很直接的，只是面对顾一菲的时候，他不知为何强硬不起来。

过往的经历教会了顾一菲坚韧，特别容易做的事情就没有去做的必要了。所以顾一菲很喜欢挑战，但是她也并不是一个强盗，她会找董一凡的逻辑漏洞，然后说服他。

她有底气留下的一个原因是，凭女人的直觉，这个家伙并不讨厌自己。

顾一菲在西班牙就开始在酒庄工作，形形色色的人见了很多。一个没有家世背景的小白可以依靠的就是自己的专业素养和不达目的不罢休的劲头。

她在地上躺了一会儿，纯正的手工羊毛地毯躺着还挺舒服。等她睁开眼睛的时候，董一凡已经不在了。

顾一菲打着哈欠在长长的大厅溜达起来。

这个房子从门口进来有30米长的过道作为客厅，顶棚是用玻璃打造的，阳光可以直射到大厅。

两边是两排房间，每排有四五间屋子，有卧室、有厨房、有储藏间，安排得倒是井井有条。她现在有点知道为什么董一凡要住郊区了。就这条件，要是放在市内就已经是天价了，更何况后面还有院子和一个大工作室。

顾一菲不免啧啧称奇，打造这个空间也花费了董一凡很多心血吧。她渐渐有些喜欢上了这个地方。

城市里都是高楼大厦，每个人只能生活在一个长方形的空间里，上上下下摞在一起。

顾一菲回到客厅的小茶几上，打开电脑开始整理最近的工作。虽然她人不在公司，但是要做的事情一件都不能少。

最新的红酒反馈慢慢地回来，虽然顾一菲利用自己的手段让"青春"卖得还不错，但是她自己知道那不过是取巧。时间久了肯定完蛋，所以她也只做了那一批酒。后续的高品质产品陆续跟进，她要跟住用户的反馈。

顾一菲沉浸在工作中，没留意董一凡的动向，等她反应过来，已经是下午五点。她有些饿了。

顾一菲伸了个懒腰站起身，活动了下身体，差点忘了董一凡的存在。

她在屋子里走了走，发现书房的门关着，伸手敲了敲房门。

董一凡将房门打开，看到门外的顾一菲。

"我饿了，你这里有吃的吗？"顾一菲说。

"厨房里有面和鸡蛋。"董一凡看了一眼时间说。

"我是客人，你就请我吃水煮面？"顾一菲翻了个白眼看着他。

董一凡憋了半天，不好意思地说："我只会做这个。"

顾一菲想了一下，确实难为董一凡了。这家伙连普通话都说不利索，做中餐可想而知。

不得已之下顾一菲到厨房转了转，除了面条和鸡蛋再没有多余的食材了。她想起路边有一个超市，跑过去买了很多食材。

饿着董一凡倒是没事，她可不能苦着自己。

当年出国之前，为了能让自己在国外吃口像样的饭菜，顾一菲闭关苦练厨艺。

顾一菲将食材整理好，拿出今天要用的，其余放入冰箱。她长出了一口气，做好了长期战斗的心理准备。

董一凡正在书房里构思手头的案子，这是一款关于女士的香水。雇主是一位身价颇高的中年女性。香水的整体搭配已经接近尾声，他需要在已经调配好的样品中做出选择。他在香水中增加了七里香，这种芸香科植物花朵的香气优雅清扬。他用此来舒缓广藿香俗气的樟脑味。两者的搭配，让香气整体变得更加圆润饱满、高贵典雅。他还需要在几种不同渠道的广藿香和麝香之间做个取舍。

正在他思考下一步工作的时候，他突然闻到一阵饭菜的香气。

疑惑之际，董一凡突然想起顾一菲还在家里。他赶紧跑出去来到厨房，站在门外他有些傻眼。没想到顾一菲这么漂亮的女孩还有一手好厨艺，但是厨房的烟气对于他来说没有办法享受。

他的鼻子早就练得十分灵敏，烟气对他来说十分致命。

他远远地看着顾一菲将菜做好，然后端到外面的餐桌上。

顾一菲将蒸好的饭放在桌子上，坐下长出了一口气。她看见外面站着的董一凡，有点想笑。

此时董一凡站在外面，不好意思进来。但那表情一看就是饿了。

"怎么，作为艺术家就不用吃饭了吗？"顾一菲自己盛了碗饭，看着董一凡说。

董一凡笑呵呵地跑进来，迫不及待地盛了碗饭。

"我回来之后就没吃过家里的饭菜了。"董一凡笑着说。可以看出他对于这个氛围还是很喜欢的。

顾一菲看了看他，不明所以。可能这些名门望族锦衣玉食被伺候惯了，用老百姓的生活来找刺激呢。

顾一菲做的饭也很简单，一盘蒜香菜心，一盘西红柿炒鸡蛋，一小碗油菜汤。

董一凡吃了几口，开心地说："你跟我认识的一个人特别像。"

顾一菲看着他，说："还真不容易，不知道我跟大艺术家的哪位故交特别像啊？"

"我妈。"董一凡笑着说。

"……"顾一菲被他气得差点忍不住爆粗。

董一凡倒是很无辜地低下头，他觉得自己的妈妈是最厉害的女人了。

"喜欢吃就多吃点，你要是答应跟我合作，以后我随时给你做饭吃，怎么样？"顾一菲循循善诱地说着。

"那个，我吃水煮面也挺好，挺好。"董一凡快速往碗里夹了一些菜，很怕顾一菲一翻脸不给他吃了。

虽然这家伙吃得很快，但是举止依然得体，可以看出从小家教十分严格。顾一菲低下头不去看他，想着如何攻下这座堡垒。

吃完饭，董一凡主动去刷了碗。

顾一菲没什么事，走到院子中坐在一边的木制靠椅上。

真是神奇的一天，他也没想过自己就这样跑到陌生人家里住下，还如此自来熟。大概是董一凡那货过于人畜无害吧。她倒是想象不出来董一凡会做什么坏事，所以才这般心安。

她发信息给蒋航，让他查一查董一凡的背景，最好什么情史啊各种八卦之类的，她就不信翻不出一点敏感话题刺激刺激他。

太阳西垂，橘黄色的阳光斜照进院子，将院子中海棠的影子拉得好长。四下无人，安静极了。这样的场景不免让顾一菲的心也跟着安静不少。

在工作中，她已经习惯了紧绷状态，甚至不知不觉中已经忘了松弛。

在西班牙的时候，她喜欢西班牙人的松弛。他们即便是穷困潦倒也照样可以开怀大笑。顾一菲自始至终都无法像他们一样。

等她回到大厅的时候，正看着董一凡在里面搬东西。

"你干吗呢？"顾一菲靠在门边问。

董一凡转过身，看到顾一菲的时候脸立马红了起来，说："我，我在给你收拾房间。"

董一凡从来没有留宿过女生，更何况还要亲自帮她整理屋子。

顾一菲耸了耸肩，说："好好干，就当是你付给我的导游费。"能让董一凡吃点亏，她心里舒服多了。

董一凡拿出一床新被子放在了床上，然后走了出去。

顾一菲不得不在心里感慨，董一凡这家伙动手不行买东西眼光一绝。他家的东西自己看着都喜欢。

顾一菲躺在床上长出了一口气，这张床垫躺着真是舒服。别看董一凡生活简单，但是处处藏着玄机。明面上朴实无华，背后全是人民币的味道。可是这样一个人到底是追求物质呢还是不追求呢？这让顾一菲摸不着头脑。

早上顾一菲被电话吵醒，她前几天让宁小凝调查王亮的消息也终于有了回信。

"一菲姐，你要的资料我发到你的邮箱中了，这个人挺厉害的。"宁小凝给顾一菲打来电话。

"是吗？有多厉害。"顾一菲说。

"据说他早年也是去过巴黎学习的，不过我没查到具体信息。但是他回国之后先后跟国内几个顶级的化妆品厂家合作，出了好多畅销产品。尤其是模仿国外的香水简直以假乱真，而且价格压到国外产品的五分之一。"宁小凝说。

顾一菲听完陷入了沉思，王亮这种做法虽然在道德上有争议，但是论市场效果，那绝对是一流。但是很明显，这也是董一凡很厌恶的。

按照顾一菲的理解，国内大批的学生和初入职场的受众并没有多少钱买国际大牌。如果有可替代的本国产品那么一定会在这个市场火爆起来。

"确实是个人精，从他的手段看，业务能力也不赖。"顾一菲按了按额头，这家伙跟唐婷婷绝对是一拍即合狼狈为奸极其顺畅。

"一菲姐，你什么时候回来呀？唐婷婷已经拉着王亮到公司跟陈总开会讨论产品了。你这边要是再迟迟没有动静，咱们怕是要出局了。"宁小凝的语气带着焦急，只是她只能在家干着急。最多就是为顾一菲多收集些材料。

顾一菲沉默了一会儿，说："放心，我这边会想办法的。"

她将手机挂断，将邮箱中的信息浏览一遍。确实是个很会追赶热点的人，算得上是营销的一位高手。

托互联网的福，一篇好的背景故事或者营销文案顶得上一整个销售部，用互联网手段解决问题是最快捷有效的。

此时顾一菲越来越感觉王亮不是个设计师，而是一个销售员，网络营销员。兜售着自己的想法，而非产品本身。

都在此道中，她也无话可说，眼下是竞争对手，倒是有几番乐趣。

顾一菲伸了个懒腰，将四肢舒展开。

她今天也有些累了，不知不觉中睡了一会儿。醒来的时候已经是晚上九点。她推门走了出去，因为没带洗漱包，只能问董一凡借一下洗漱用品。

顾一菲心里着急但是也没办法，准备明天回家拿下生活用品和换洗的衣服。

顾一菲走出房门，看到董一凡正坐在地毯上看书。她在一边转悠转悠，想找个话题。

董一凡察觉到顾一菲，眼睛一直没离开手中的书。

墙角的柜子上放着一瓶红酒，是董一凡放在那里用来做装饰的。顾一菲一眼就看到了那瓶酒，走过去拿在手里，是拉塔希干红葡萄酒，1999年份。

这一瓶酒价值就在五六万元，顾一菲顿时被阶层对立狠狠刺激了一下。

"你喜欢的话，可以打开喝的。"董一凡的声音悠悠传来。

他那蹩脚的国语在顾一菲此时听来是如此流利，她差一点就激动得马上开瓶喝掉。

但是毕竟两个人相处时间不长，就这样喝这么贵的酒好像也不太合适。

顾一菲清了清嗓子，镇定地说："这么贵的酒你说请客就请客，真是土豪呀。你不心疼？"

董一凡依然在看着书，中间他抬起头看了顾一菲一眼，然后又将视线转了回去。

"这是一个朋友拜访我的时候送的，我平时也不喝酒。你正好是做这个的，如果喜欢你可以品尝。在我这其实就是个摆设。"

董一凡轻描淡写的几句话，让顾一菲小心脏一阵扑腾。

喝还是不喝，这是一个问题。

她在国外的时候也没少喝好酒，但是大多数情况下都是跟着老师或者参加某些酒会品鉴。独自开一瓶这样的酒还真是够奢侈，不过也够享受。

"就当作，是你做晚饭的补偿好了。"董一凡飘来的一句话彻底打破了顾一菲的防线。

酒瓶旁边就是醒酒器和酒刀，董一凡这家伙还真是什么都有。这把开酒刀造型精美，看样子也不是凡品。顾一菲找到一种"打土豪"的快感，让自己的行为变得格外顺理成章。

打土豪分田地，大有一种大义凛然的感觉。

顾一菲从下面的柜子里取出两个酒杯，毕竟是喝了人家的酒，总不能吃独食。

陈年的酒要倒入醒酒器，让酒体和空气充分接触来驱除一些不好的气味。

她从醒酒器里面倒了一点酒到两个杯子中，端着杯子到董一凡身边坐下。

"来，闻一闻酒香。"

顾一菲将一杯酒放在小茶几上，自己拿着酒杯摇晃了一下，放在鼻子下。

浓郁的酒香传到鼻子里面，是一种独特的享受。

"你试试，看看你能闻出其中的香味吗？"顾一菲挑衅地说，她对这些名庄的酒早就烂熟于胸，大部分的信息她都记在脑子里，就算是没喝过的酒，她心里也有数。

董一凡将书放下，拿起酒杯，先摇晃了几圈，然后靠近鼻子。

杯子中的红色液体，在搅动中散发出自身的香气，这瓶酒的香气复杂多变，香气浓郁。

董一凡笑着说："其中蕴含着一股玫瑰花香，之后有牛肉干的味道，并带有海鲜酱的味道。"

顾一菲耸了耸肩，这家伙的鼻子还算可以。这瓶酒在开瓶后立即可闻到一股强烈及浓厚的紫罗兰香气，不过跟空气接触之后转变为花果香。

拉塔希酒能够和康帝"酒王"一较高下，它的精髓就在于其丰富的内涵可以让每个人拥有独特的感受和想象。其多变的气息嗅入了品酩者的心肺，使人仿佛置身于原野，吮吸着各样的芬芳。

"这种酒的口感十分圆润丰富，制作所用的葡萄都是产量极低的老藤葡萄。每年只产两万瓶，喝一瓶少一瓶喽。"顾一菲一边品着酒，似有些可惜的意味。

抬起头，透过透明的屋顶依稀能看到月光。屋外的一棵大槐树，枝丫伸展到房顶，以屋顶边界为框，就像一幅天然的夜景画。

明月美酒，此时真是难得的良辰。可是看见眼前的董一凡，又把她拉回到了现实。

"你看起来不是很开心？"董一凡平静地说。酒杯放在他面前，他却一口都没喝。

顾一菲喝着酒，将脸转过去。

"你这样喝酒会醉的，你一个小姑娘喝醉了总是不好。"董一凡微微皱起眉说。

顾一菲哼了一声说："你们男人难道不希望女人醉在你们面前吗？"

董一凡挠了挠头，说："醉了的人气味难闻，而且还很重。"

他这话一说，气得顾一菲差点将杯子摔在他脸上，什么叫气味很难闻？

"像你这样的神仙，大概体会不到我们凡人的痛苦吧。一瓶几万的酒，被人喝掉你连眼都不眨。"顾一菲感慨着。

董一凡倒是少有地泛出一点忧愁，他没有痛苦的事情吗？

显然不是。

"一瓶酒而已，不论它有多大的世俗价值。它的使命就应该是被合适的人在合适的时候享用。此时你跟它相遇，就是你们的缘分。它的使命就完成了，有什么可惜的呢？"董一凡淡淡地说，"朋友赠送的美酒，我用来款待朋友，已是最好的安排。"

顾一菲不置可否，这种用钱来做标尺的事情，跟董一凡聊不来。

"你年少成名，想要什么都唾手可得。所以一切对你来说才如此轻描淡写。"顾一菲说。

董一凡起身，到抽屉里拿出一个蜡烛点燃起来，放到了小茶几上。之后他将房间里的照明灯关上，打开了一边的台灯。

烛光、台灯昏黄的光、月光交汇着点亮黑夜。

这是顾一菲到董一凡家，第一次接触到跟香气有关的东西。

顾一菲看着他做完一切，自顾自喝着酒。这家伙实在是太会享受了，顾一菲本就酒量极大，现在却觉得有些醉了，醉在董一凡营造的环境里。

"这就是你提过的那款香薰蜡烛，我自己留了几个在身边。"

袅袅的植物清香散发出来，沁人心脾。

"你知道现在很多老板喜欢找一些年轻的调香师，这样他们就可以将自己的想法贯彻给他们，以便使他们自己变成一个调香师。我不喜欢别人掺和到我的创作中，而受雇于人就很难避免这种掺和。很多人会将你当作他的手，来替他完成他想要的东西。"董一凡坐在一边，说着。

顾一菲点了点头，说："我明白，就像是文艺复兴时期的米开朗琪罗等艺术家，不过是教皇的手，按照教皇的意愿创作。可是这就是现实啊。"顾一菲接着董一凡的话说。

"我想要的是充分的自由，虽然你可能说我傻。但是做着违背自己意愿的东西，对生命来说简直是谋杀。"董一凡说。

一杯酒喝完，顾一菲又倒了一些给自己。她摇晃着酒杯，说："中国有句古话，叫学好文武艺，货卖帝王家。在人类社会里，更多人充当的只能是配合的部分，做手脚而非大脑。就拿香水这个行业来说，从原材料到终端，整个产业多少人等着吃饭。操盘者不得不考虑的就是利润，有了利润才能让大家活下去。你的自由往往跟利润背道而驰，做不成商业。"

顾一菲的脑子在飞快地转动着，或许哪句话能让这个家伙开开窍，免得他只在自己的死胡同里。

"有一次我在巴黎参与产品市场调查，他们拿出了一排香水给我盲测。我拿着那些试香条挨个闻下去，大部分产品都是流行香的变奏。"董一凡拿起酒杯，微微抿了一口，接着说，"调香师去分析一款流行香是很容易的，很快就可以复制出一款相似的香。但是这种产品在市场上一两个季度之后就会被替换掉。最终能留在市场上的，还是那些经典。所以，做这种产品对我来说已经极度厌倦了。"

"要是我的话，只要能卖得好，更新得快一些也无所谓。我只活在当下，不活在遥远的理想里。"顾一菲淡淡地说，心里想着这家伙遇到王亮会怎么聊天。

"怪不得你那么强烈地想要完成自己的工作，甚至连家都不回。"董一凡无奈地说着。

顾一菲笑了笑，说："所以，你这是理解我的想法了吗？"

董一凡摇了摇头，说："不懂。所以我没有办法接受你的邀请。"

一点点酒是无法解决董一凡的，顾一菲瞥了他一眼，抿了一口酒，说："你是大少爷吗，锦衣玉食的，追求自由高尚。我一个小市民，拼了命不过是为了过好眼下的生活。"

烛光摇曳，让顾一菲的眼神有一丝迷离。

"我从小就知道，如果想要过上更好的生活就只能拼命。我拼命学习，考第二都会痛哭，因为我知道自己没有退路。大学毕业之后，我咬着牙拿着父母的钱去了西班牙。拿出这些钱对他们来说十分不易，但是我还是自私地拿走了，因为我想要追求更好的生活。"讲到这里，顾一菲猛灌了一口酒。

她长出了一口气，接着说："我在国外的时候拼命学习，却发生了一个意外。当时有电信诈骗给我爸妈发短信，说我在国外住院了。我父母被骗走了10万块钱。"顾一菲的眼睛眯起来，变得格外锐利。她咬着嘴唇，说："我可以想象得到他们是如何将这些钱凑出来的。也能想象他们知道自己受骗的时候那绝望的心情。我爸爸安慰着我，说我没事就好，但是他的心该多么疼。"

董一凡看着顾一菲的脸，有些心疼。他想坐到她的身边，给予一些安慰，又怕显得唐突。

顾一菲冷笑了一下，看着董一凡，说："你知道吗？那一刻我甚至想从楼上跳下去。"她的语气冰冷，带着一股不容置疑的寒气。她将手中的酒杯微微举起，摇晃了下，说："不过是你一瓶酒的价钱，却让我几乎绝望得想去死，可悲吧。"

烛光映在顾一菲的脸上，光洁如绸缎，微微泛起光晕。

"对不起。"董一凡低声说。

顾一菲的脸上发烫，她确实已经有些醉了，她瞪了董一凡一眼，说："你说什么对不起？我是来谈合作的，没什么谁对不对得起谁的道德绑架。我跟你说这些只不过是朋友间的闲谈。合作的事情，我会找到你的利益需求，然后把你拿下。卖惨不是我的手段，也太低级了些。"

董一凡被她理直气壮地数落，显得以小人之心度君子之腹，有些惭愧。

他笑了笑，说："是你的话，或许我真的会被说动。"他的声音很低，此时的顾一菲意识已经不那么灵敏，并没有听清。

顾一菲知道董一凡这样的人，谈利益他不会动心，只能谈感情。所以不惜将自己的经历讲了出来。她也说不清自己是在给董一凡挖坑，还是酒后不自觉地倾诉。

顾一菲摇摇晃晃地站起身，稳了稳长出了一口气，说："和你喝酒真没劲，都是我一个人在喝。"

她吐了个槽，伸了个懒腰，走向了洗手间。

她站在洗手池前，打开水龙头洗了洗脸，旁边的架子上有一套全新的洗漱用品，毛巾、洗面奶、牙膏、牙刷。

顾一菲看到这些愣了一下，对董一凡这种细节控简直五体投地。他就像是一面墙，立在那千年不倒，纹丝不动。他不是滴水不漏，只是简单平静，对自己的位置十分明确。

她叹了口气，让她难得有些泄气。

顾一菲在人前总是一副天不怕地不怕的样子，跟谁也不服输，怼天怼地怼空气。但是一个人的时候也会气馁，不过那么容易放弃就不是顾一菲了。

等她洗漱完走出去的时候，董一凡已经不在客厅。对面的房子也没有一个房间有灯光，顾一菲猜测这家伙去了后面的房子。她的嘴角不禁挂起微笑，这家伙还挺会避嫌。

顾一菲对董一凡充满了好奇，他小时候该是多么乖巧。他的妈妈对他一定很严厉，让他无时无刻不在照顾着别人的感受。

客厅里回荡着清新的幽香，顾一菲深吸了一口气，回到自己房间睡觉。

顾一菲是有些认床的人，出差的时候总是睡不好。不知道是不是因为酒精的作用，她睡得格外安心。

董一凡对顾一菲这样执着的人一直很羡慕，他们这些人很有自己的目标，并且能通过努力得到。

但是对于顾一菲来说，知道目标但是发现自己无论如何实现不了，是更加的绝望。

顾一菲拒绝别人的帮助，曾经受过的伤她永远记得。她所有想要的一切必须是通过自己的能力获得，不然的话这对她来说一文不值。

董一凡喜欢上了眼前的这个女孩，如果不是喝了酒敞开心扉，谁能知道那个热血善良，路见不平拔刀相助的顾一菲，内心里有这些沉重的东西？她从不示弱，所以也从不展示自己的内心。他觉得她跟自己之前见过的那些人不一样。

董一凡觉得顾一菲真是一个矛盾的结合体，她外表和内心简直是对立的存在，有着雷厉风行的一面，也有柔软的一面。

每个人都有自己过往的经历，在各种经验中，改变了人生的轨迹。有句话说从地狱归来的人，都是魔鬼。她一路走来，很辛苦吧。

一晃顾一菲已经在董一凡家住了三天了，她每天除了处理自己的工作就是不断地给董一凡洗脑。

这几天顾一菲睡得格外沉，不得不感慨，董一凡家的床实在是太舒服了，她甚至有一点乐不思蜀了。

她狠狠地摇了摇头，对自己说："顾一菲，你可是有任务的人。"

窗外阳光灿烂，是个好天气。

顾一菲走出房门，毕竟是在董一凡家她也不敢太放肆，溜到洗手间洗漱完毕。路过餐厅的时候，她发现桌子上有一盘烤面包和煎蛋。

吃完饭，顾一菲走了出去。她到院子里看了看，没有看到董一凡的踪迹。

她沿着路走到了后面，到房子前，四下看了看。之前董一凡介绍过这是他的工作室。

顾一菲像是窥探另一个世界的好奇宝宝，轻轻打开房门。

房间的中央有一个巨大的桌子，上面放着各种器皿和瓶子，活像个化学实验室。此时董一凡正坐在桌子边，用吸管调配着手中的液体。

最新到的这些广藿香采用了二氧化碳低温萃取工艺，尽最大可能保存了香气的纯净度，如同刚摘下来一般。

董一凡对这个样品很满意，加到了自己最新设计的香水中。清新典雅，是他想要的样子。

他将锥形瓶中调配好的液体装进一个精美的瓶子里，然后在一边的笔记本上记录下配方中最后一个添加剂的用量。

董一凡用一张无尘布将瓶子上下擦拭干净，放在面前。这是董一凡近期要交付的作品之一。

他看到顾一菲站在门口，饶有兴致地说："你起得倒是挺早。"

顾一菲听得出他言语中的挖苦，不过不以为意。

好像人与人之间，过分的客气会显出生疏的隔阂，一点点无伤大雅的贬损倒是能快速拉近距离。

顾一菲很好奇董一凡摆弄的这瓶香水到底是什么味道，身为女生，避免不了会接触很多香水。跟从时尚，是都市丽人们不可或缺的一部分。

"调香师原来是个化学家呀。"顾一菲撇了撇嘴说。

"如果只是简单的搭配或者合成香味分子，那也未免太过于无聊。这是我最新的作品，你是第一个可以试香的人。"董一凡拿起一个试香条，将面前瓶子里的香水喷到试香条上，然后递给顾一菲。

他将手放在自己鼻子下来回扇了扇，示意顾一菲照做。

顾一菲学着董一凡的样子，将试香条在面前扇动了几下，香气缓缓地进入到鼻腔。

香水带有一种木质香气，她依稀可以辨认其中夹带着的七里香味道。

那是一种很奇妙的感受，跟自己以往闻到的香水完全不同。这款香水似乎带着一种氛围，让人瞬间转换了空间。

"怎么样？"董一凡问道。

"真好闻。"顾一菲情不自禁地说着，她甚至想将这瓶香水据为己有。

她说完看着董一凡脸上一红，按照杂志上面的说法，她应该专业地说出前调、中调、后调，等等。

没想到董一凡笑了笑，说："真好，我最怕你说什么前调，后调的。那些都是过时了的说法。而你对我来说不过是香水的使用者，更加不必像调香师一样将注意力放在分析香水上。"

董一凡给自己弄了个试香条，在鼻子前摇了摇。从事这种工作会让人有一种幸福感，享受自己调配出的香气。

顾一菲权当是这家伙夸奖自己，不过她确实为刚刚的香气着迷。

"这么好的香水，你为什么不考虑出产品？如果能在市场上卖，一定会很受欢迎。"顾一菲凭借自己多年的市场经验说。

"做不了。"董一凡淡淡地说。

每次聊到这种话题顾一菲都被他噎得难受，她对董一凡说："怎么就做不了，是你冥顽不灵。"

董一凡无辜地看着她，说："就算是我把配方给你，你也做不了呀。"

"怎么就做不了呢？我还不信了。"顾一菲说。

"这样一瓶香，它的成本是不可控的。而且为了达到某些极致的表现，香气会随着时间变化。而且在挥发上，还适应了使用者的体温。不同温度下，香气也会变化。"董一凡说。

在香水领域顾一菲绝对是个门外汉，被董一凡噎得没话说。她不客气地坐在一边的椅子上，想着怎么对付董一凡。

她在心里画着圈圈，不停地咒骂着董一凡："你牛，你最牛。高定了不起啊。"

董一凡挠了挠头，指着一边的柜子，上面存放着大量的小瓶子，说："一位前辈调香师总结得很好，他说现在的香水，百分之九十都是由降龙涎香醚、苯乙醇、香茅醇、香豆素、二氢茉莉酮酸甲酯、胡椒醛、羟基香茅醇、ISOE、紫罗兰酮、铃兰醛、甲基紫罗兰酮、合成麝香、广藿香、合成檀香、水杨酸、香兰素组成。这些东西芳香化合物因为它们稳定不变的性质被大量制造和使用。"

顾一菲听着一堆陌生的词汇，每个字她都能听懂但是连起来她就不知道什么意思了。

董一凡停顿了下，察觉自己说得过于专业，转而说："这些都是工具，但是用好这些东西并不容易。结合着一些天然的香料，我们能做出各种各样的产品，但是我不喜欢只是简单地换个颜色，保持他们的用途不变。所以在工艺和投料、选料上都有很多独创的部分。工业化是无法实现这样的操作的。"

"你就是故意的，自己知道有这个弊端改进一下不就好了？"顾一菲气鼓鼓地说。

"那味道就变了，达不到我要的效果。"董一凡认真地说。

顾一菲觉得董一凡自己走在一个死胡同里，说："你的香如果仅存在于自己的想象中，那么这种设计未免过于狭隘。设计师终归是想让顾客用到更好的产品，能用是个不可获取的前提。你只在自己的小圈子里，多可惜。还有，如果有人帮你顶着公司对你的干涉，你是不是就愿意尝试了？"

董一凡想了想，说："如果不被干涉自然是可以一试，只是真的做过就会知道，实在是很难。"

顾一菲喜出望外，一拍大腿，终于看到这个榆木疙瘩有一点开窍了。

"真的？那你是答应我了？"顾一菲拍了拍董一凡的肩膀。

董一凡摇了摇头，说："没有啊，我只是说一下比较理想的状态。"

顾一菲在兴奋和失望之间转了个来回，又回到了原点。

"你不愿意又如何呢？市面上还不是有大把的仿香，你不去做自然有别人去做。而大众最后选择的只能是他们，因为你永远不出现在他们面前。就算独特又如何？你只能孤芳自赏。再说经过市场的检验，没准你还败下阵来。"顾一菲被他气得够呛，站起身说。

就在这时陈安平的助理给顾一菲打来电话，让她下午到公司开会。

董一凡在一边看着顾一菲挂掉电话，表情有点严肃的样子，猜测她遇到了不好的事情。

"我下午回公司，晚上回来给你做饭。"顾一菲轻描淡写地说了一句，匆忙地回到自己的房间拿上包快步走了出去。

"如果有很紧急的事情我开车送你吧？"董一凡追到门口说。

"不用了，你送我算怎么回事，要是被同事看到以为我们很熟呢。我又请不动你，这以后在公司还怎么混。"她头也没回出门了。

　　董一凡站在门口看着顾一菲的背影欲言又止，这是他第一次看到顾一菲神情冷漠的样子，直到顾一菲的身影消失他才回到房间。

第三章　暗流涌动

　　他回到书房想要继续自己的工作，却有些心神不宁。他不知道顾一菲遇到了什么样的麻烦。他们仅仅认识了几天，却好像已经认识了很久。

　　如果是跟自己有关的事情呢？

　　他想着顾一菲手上的项目陷入了沉思，又带着一点自责。

　　如果顾一菲能帮自己争取最大的自由，是不是可以去试一试？

　　他心里的那个标尺一直在，答应一个项目是很简单的事，但从他与国内一些公司打交道的经验来看，中国香氛领域的这些从业者，他一个都信不过。哪怕是顾一菲。（顾一菲是很简单的事情，但是完不成自己的标准最终只能以不愉快收场。或者说，他对顾一菲并没有绝对的信任，岂不是耽误了顾一菲。）

　　顾一菲到路边打车赶到了公司，从郊区一路打车回来，打车费也让顾一菲有些肉疼。

　　她直接赶到了陈安平的办公室，在门口深呼吸了几下，敲响了门。

　　"请进。"陈安平的声音从里面传出来。

　　顾一菲推门走了进去。

沙发上坐着两个人，一个是唐婷婷，另一个是王亮。顾一菲在宁小凝收集的材料中看过王亮的照片。

"婷婷，这边的事情你继续推进，顺便招待好王设计师。你们先回去，我跟一菲有事情要谈。"陈安平说完起身跟王亮握了个手，侧身让了一下。

王亮打量了一下顾一菲，然后走了出去。他身后的唐婷婷戏就比较多了，恨不得在脸上写一篇短文来显示自己对这个案子势在必得。

顾一菲将头转向一边，故意不去看她。

关上门，顾一菲坐到办公桌的对面。

陈安平走回自己的位置，靠在椅子上，说："一菲，董一凡那边你接触得怎么样？有把握吗？"

顾一菲看着他，说："暂时不明确，他对自己的东西很坚持。如果能保证对他的设计不加干涉，我可以再努力努力。"她自然不能将自己在董一凡家住下的事情说出来，充分体现出任务的难度，才能凸显出顾一菲的努力。她也懒得多说别的。

陈安平摆了摆手说："一菲啊，我们做的是企业，不是艺术院校。他可以有自己的想法，但是脱离了我们的诉求，就算是再有才华又有什么用呢？"

听到这话，顾一菲的心一沉。陈安平态度的转变，说明王亮跟他聊得十分顺利。这对她来说，是最不利的。

如果董一凡愿意配合也好操作，但是眼下他的积极性并不高，陈安平自然可以放弃。

"我看了王亮以往的作品，可以说并没有什么新意，只是在做一些仿品。董一凡在产品本身方面甩他几条街。"顾一菲不屑地说。

"问题在于，他做的产品确实很畅销。既压低了成本又保证了市场，这样的设计师，风险小。"陈安平说。

他看着顾一菲，笑了笑，说："你呀，年轻气盛是好事。但是在某些事情上要懂得圆滑。客户知道咱们接触董一凡，马上就想将他写进合同。如果是这样，那我们多么被动？"

顾一菲气不打一处来，说："客户怎么能知道这件事？还不是唐婷婷多嘴。"

陈安平用手指敲了敲桌面，说："唐婷婷为什么和你作对呢？木秀于林风必摧之，你太过张扬，难免会吃亏。在很多事情上，你要学会韬光养晦。争一时的风光，未必是好事。你进公司以来，如果不是我为你保驾，以你的做事风格在公司早就待不下去了。"

他说的确实是事实，顾一菲也无话可说，只不过对她来说，妥协可不是唯一的选择。

"那你就看着唐婷婷跟刘峰为所欲为？"顾一菲说。

陈安平笑了笑，是那种很无奈的笑。

"一菲啊，你还是年轻，想问题比较片面。刘峰为什么要走，你知道吗？"陈安平说。

"听说，被其他公司挖走了。"顾一菲回答。

陈安平摇了摇头，说："刘峰是被上面的人踢走的，他确实要到君红工作，不过这只是大家同事一场，为了保留彼此的最后一点颜面，送一个顺水人情，没必要撕破脸。"

顾一菲瞪大了眼睛，真是个大瓜。

"为什么踢走刘峰？"顾一菲十分不解，如果想动刘峰早就该动何必留到现在。

"为了给唐婷婷铺路。"陈安平一字一句地说着。

今天陈安平一句话一个霹雳，让顾一菲应接不暇。敢情唐婷婷在公司还有这样的后台在，但是平时她一句没提过。就连宁小凝这样的小间谍都不知道一丁点信息。

顾一菲在心里不得不重新评估唐婷婷这个人，原来她并不是表面上看起来那么简单。不由得也让顾一菲对她有了新的认识，这个家伙藏得够深。

"那你让我去跟她竞争，显然是别有用意喽。"顾一菲回敬说，她不介意陈安平把她当枪使，前提是对她来说有足够的好处。

陈安平笑了笑，说："上面想让她上去，但是这未必是我想要看到的。何况你是我一手挖掘进公司的，能力很出众，不妨让你试一试。"

"那现在你改变主意，准备支持唐婷婷了吗？"顾一菲说。

"我跟你说这些，只是说明如果你能请来董一凡，你依然是有机会的。因为我会支持你。但在公司的角度上看，再经过唐婷婷的宣传，这是你自己主动请缨的结果。所以如果你不能拿下这个案子，你的处境会十分危险。"陈安平语气和缓，不急不慢的。

顾一菲看着他，明白了他的意思。办不成这件事，她就要走人。

不过顾一菲也不是吃素的，她要回击，就算是走，也不能让唐婷婷这么得意。

"好，那么我还有多长时间？"顾一菲马上开始思考自己的余地。

"这周之内，准确地说，你还有两个工作日，加一个周末。下周如果唐婷婷的方案通过，就会签约。但是你如果能及时找来董一凡，那么先签约后推进也可以。"陈安平双手交叉在胸前，这是他对顾一菲的考验。

"我有一个条件。"顾一菲说。

"什么条件？"陈安平看着顾一菲说。他不想猜测顾一菲的手段，只要她能将事情办好，过程他一概不过问。

"我要产品的自主权，公司不得在产品的设计上多加干涉。"顾一菲说。

"如果你能保证产品最终是商品的状态，我没问题。但是你怎么做担保呢？"陈安平淡淡地说。

　　像他这样的人，做什么都要有十成的把握，或者在做之前就已经将失败后的打算想清楚。在董事会面前，陈安平永远都是一个合格的经理人。

　　"如果产品不符合市场，我离职。"顾一菲看着他说。

　　陈安平很欣赏顾一菲，她确实很聪明，不论在设计还是处事上。一个将职业看得如此重的人，可以拿自己的前途做赌注，足以说明她的决心。

　　"好，我答应你。"陈安平点了头，顾一菲就能放手一搏了。

　　她走出陈安平的办公室，长长地舒出了一口气。世界是高山之外仍有高山，要是不透彻，就只能看到眼前的阻碍。

　　顾一菲谁都没见，也没回办公室，直接回到了董一凡家。

　　她一进门，将自己的包放下。

　　顾一菲离开之后，董一凡工作不下去，自己跑到客厅喝茶。此时他的脑袋里都是顾一菲，说来也奇怪，他跟顾一菲刚认识，她就住进了自己的家。而他，居然并不反感。

　　董一凡正在客厅喝茶。

　　顾一菲看见董一凡慢条斯理地折腾着那套茶盏，走到一边，给自己倒了些水喝。

　　"你忙完了？"董一凡给茶壶倒好水后说。

　　顾一菲坐下，揉了揉太阳穴。

　　董一凡默不作声地给她倒了一杯茶，倒像是他犯了什么错误。

　　"我刚刚到公司看到了一个你的同行，叫王亮。这个项目可能由他接手了。"顾一菲低声说。

　　"哦，你去找他合作了吗？"董一凡说着，心里莫名有些失落。

　　顾一菲看着他，就像在看地主家的傻儿子。董一凡这家伙的任何心事都写在脸上，也让顾一菲心里的确定性更多了几分。她也没想到，有一天自己会因为出卖色相获得合作，真是罪过罪过。

"我从一开始不就盯上你了，王亮是我一个竞争对手找的设计师，而我找了你。"顾一菲喝了一口茶，后半句盯着董一凡的眼睛一字一句地说。

眼前的董一凡跟自己说近不近说远不远，倒是有点棘手。

他的性格比较温吞，像白开水。如果他们的境遇换在其他人身上，或进或退早就有了答案。董一凡要么是真傻，要么就是情场高手，懂得拿捏。显然董一凡不是后者，她现在还摸不准。

顾一菲拿出平板电脑，将王亮的资料点出来，递给董一凡。

董一凡倒是挺平静，接过电脑，认真地翻看着资料。

"都是同行，你看看人家。"她看着董一凡，接着说，"短时间大量作品入市，都获得了不错的成绩。"

董一凡放下电脑，无奈地看着顾一菲说："这些我确实做不了。他的作品不但没有新意，而且称得上是抄袭。我觉得国内的消费者只是短时间内不懂一些香味的概念，接触好的香水也有限，但是随着不断的发展，迟早有一天他们会明白自己曾经用过了什么。"

董一凡一点都不着急，因为泛抄袭的东西哪都有。他连流行都不在乎，又怎么会在乎跟随流行的赝品呢？

"那又怎么样呢，目前还不是有很多邀约。"顾一菲观察着董一凡的表情，这家伙对同行确实无感，激将法对他一点用处都没有。

董一凡不置可否的样子，让顾一菲暗自赌气。

董一凡想了想，说："我觉得你的同事抢了这个项目也没什么，他找到王亮也并不一定能做出好的产品。设计师都有自己的语言，惯于抄袭，创新能力就会丧失，只能拾人牙慧。"

"你不觉得自己接了这个项目就可以少一件无意义的作品面世了吗？"顾一菲说。

"只是多了一些无意义的产品。跟我又没什么关系。"董一凡说。

"跟我有关系。"顾一菲猛然站起身，她瞪着董一凡说："她接了这个案子我就要走人。而如果这个案子交到我的手里，我有信心做出一件十分美好的产品。尤其是了解你之后，我就更有信心。"

她站在那里，大声地说着。软的不行只能来硬的。对手刺激不到董一凡，那就来点情感上的刺激。

"我明天就回去，再也不用来烦你来。"顾一菲说完，拿起东西走回了自己的房间。

董一凡愣住，一时哑口无言。他不知道该如何应对。顾一菲生气的样子让他觉得他们的距离好像更近了一些。他生出一个为她而创作的欲望。

傍晚的时候，董一凡走到顾一菲的门外。他来回踱步，不知道怎么开口。

顾一菲察觉到董一凡在门外，于是将门打开，说："你站在这瞎转悠干什么？"

董一凡涨红了脸，说："该做饭了。"

顾一菲看了一眼他，说："怎么，想吃饭的时候就想起我了？"

董一凡，想了想，说："我明天调一款香，如果你的评语符合我的预期，我就跟你去。"

一切来得过于突然，让顾一菲也有些意外。她本想以退为进跟董一凡再周旋几个回合。她察觉董一凡并不是绝对排斥商业合作，只是他对那些人不放心。如果自己在董一凡跟合作伙伴之间做个桥梁，事情可能会变得不一样。

顾一菲喜出望外，说："一言为定。作为交换，今天我做饭。"

她跑进厨房，一边做饭一边平复着自己的心情。

董一凡看到她重新变得有活力，也很开心。

董一凡将自己关在工作室一整夜，他回忆着跟顾一菲相遇以来的事情。时间不长，却有很多别样的情绪。

他抓住这些情绪，将它们放在了自己的瓶子中。

新瓶子的设计自然是无法完成，但是他的灵感不断，在本子中将草图完成。

在香水的设计中，他选用了山茶花作为基调，芬芳而不争抢。一点点羞怯的香气，需要细心品味。他将这款香水定义为淡香水，又加入了一点麝香让整体更加均衡。

董一凡有段时间没有如此全身心投入到香水中了，似乎找回了当年的激情。因为一个创意而废寝忘食地将它做出来。

已经凌晨四点，窗外一片寂静。他站起身，深吸了一下房间内的气息。似有若无间流淌的香气，是他一夜的杰作。

董一凡心满意足地关了灯，回到自己的房间，倒在床上就睡了过去。

顾一菲为了应付董一凡的考试，连夜看了很多香水方面的材料。

第二天一大早，顾一菲就起了床。将房间收拾好，然后去做早饭。

可是左等右等就是不见董一凡的身影，她哪知道董一凡一直忙到凌晨四点，此时的董一凡正在补觉呢。

顾一菲精心做好早饭，可是左等右等就是不见董一凡的身影。等不到董一凡，她只好拿出电脑做手头的工作。在董一凡这里，每天她都会就一些设计上的理念跟他交流，他从气味的角度给了顾一菲一点启示。

顾一菲想将他对香水的设计理念用到自己的红酒中，不过一个理念从产生到产品要经过不断的实验。

十一点的时候，董一凡打着哈欠从餐厅门口路过。

"这家伙之前还吐槽我起得晚。"顾一菲朝着他经过的地方哼了一下。自己心急如焚，他倒是睡得安稳。

顾一菲收起电脑，等着董一凡过来吃饭。

"早。"董一凡走进餐厅，察觉到了顾一菲犀利的眼神，摸了下自己的鼻子跟她打了招呼。

"十一点了，很早吗？你以为自己活在另一个时区吗？"顾一菲不客气地说。

董一凡笑了笑，拿起碗给自己盛了一碗粥。

顾一菲的手艺很好，有她在的时候，他总不会为了吃饭发愁。不知道自己答应了她的合作，她是不是还会经常来这里给他做饭。

董一凡回头看了顾一菲几次，生出了一点离愁别绪。

他旋即想起来自己昨晚做的香水，倒是十分贴合此时的心境。

"昨天晚上我把最新的香调好了，一会儿带你去试一下。"董一凡一边埋头吃饭，一边说。

顾一菲眼睛一亮，说："考官是你，答案也只有你知道，你不会要什么手段吧。"

董一凡眨巴着眼睛，一脸人畜无害的表情看着顾一菲。

好吧，他可能根本没那个心眼，顾一菲心里想着。

"好了，当我没说。快吃饭吧，考试前的等待是最难熬的。"顾一菲说。

董一凡依然不紧不慢，让顾一菲有些头疼。真合作起来，自己估计就像是热锅上的蚂蚁，被董一凡这把温吞的小火慢慢煎着。

收拾完一切，顾一菲跟着董一凡走出了房间。外面阳光明媚，晴空万里。虽然近些年空气有所好转，但是好天气依然让人觉得难得。

董一凡走到工作台前，拿出昨天制作完成的香水。天然的香气在瓶子中酝酿一整晚，气味会变得更加稳定。

他拿出试香条，喷上香水递给顾一菲。

"别那么紧张，我只是想让你闻一闻这个香水而已。"董一凡轻描淡写地说。

顾一菲深吸了一口气，接试香纸，在鼻子前晃了晃。顾一菲仔细品味着香气的内涵，结合着最近恶补的知识，说："淡淡的山茶花香隐约可见，整体香气很淡但是感官上又觉得十分丰富，清远悠扬。"

顾一菲尽量显得从容，说出这些词汇之后，紧张地等着董一凡的回复。这可是关乎自己项目的决定性测试，让她比经历过的任何一次考试都紧张。

董一凡看着他，抿了抿嘴，说："这些也是表面上的东西，你没说出我想表达的实质性内容。"

董一凡拿出试香条，喷好香水，放在鼻子前。他闭上眼睛，缓缓地让香气流进鼻子。

这个情节只能说明顾一菲有多不在行，建议跟董一凡一样，躺着就睡，能彰显她的积累和灵气。

答错一次，在关键处答对，或者说答出比董一凡期待的层次更多的东西会好些。

酝酿一晚后的香气，变得比之前更加的美妙。这也是天然香精的一个独特的地方。

这个空当顾一菲凭借自己的鉴赏力，继续补充了一些香水的设计语言，大概就是意境、香气之类的，她并不确定自己的答案。

她见董一凡始终没有回答，大脑飞快运转，艺术的东西更偏向于感性。思考变多反而会解不开最终的谜题，顾一菲将试香条放在鼻子下，她越努力寻找香气，却越捕捉不到香气的踪迹。反而要放弃的时候，香气自己萦绕了回来。那种琢磨不透，无法捕捉的样子让顾一菲很吃惊。

"越是拼命想要得到，就越是得不到。"顾一菲叹了口气，自己在给董一凡洗脑，反过来，他不也在教训自己？

董一凡睁开眼睛，看着顾一菲笑了笑。让顾一菲觉得这家伙用了某种暗语但是自己解读不出来替他说话。

"我说的到底对不对呀？"顾一菲继续追问，她可不喜欢这种被吊着的感觉。

董一凡说："这款香的浓度很低，但是附着力的表现却不错。隐隐约约的气息，环绕着你，却抓不到摸不着，带着某种虚幻的意味。"

还是老样子，董一凡说的每个字顾一菲都听得懂，但是连起来就不知道是什么意思了。

董一凡将香水收好，然后说："很期待与你的合作。"

董一凡伸出右手，看着顾一菲。

顾一菲跟他握了下手，开心地说："合作愉快。"

不过转念一想，说："我还没具体跟你谈合作的事项呢，具体的佣金这些。"

董一凡笑了笑，说："我相信你会替我去争取的，这部分事情就交给你了。"

顾一菲满头黑线地看着董一凡，摇了摇头，真不知道他哪来的安全感，在利益上面对别人如此信任。

顾一菲走出实验室，打电话给陈安平。

她要求公司将合同做出来发给自己，以便自己跟董一凡交流些合作细节。

陈安平对顾一菲的效率十分满意，虽然他不知道顾一菲到底是怎么做到的。人跟人之间的事情，很怕无端猜测。

顾一菲将自己整理的关于产品的资料打包发给董一凡，让他对公司的产品有一定了解。在顾一菲的催促下，下班前收到了合同细则。

顾一菲将合同读了读，一撇嘴。她估计这份是为王亮量身打造的，合同给出的设计费是80万元。

顾一菲特意给蒋航打了个电话，询问了下他们公司调香师的行情。按照蒋航的说法，一般的调香师劳务费也在百万级别。

这倒是让顾一菲暗暗咋舌，参考了王亮的合同，她要求将劳务费提到100万元，至少这样不会让董一凡吃大亏。

公司倒是不差钱，陈安平很快就批准了。

顾一菲在自己房间里待了一个下午，将很多细节敲定，长出了一口气。拿着这份合同，她多少有了点底气，至少让自己觉得不亏欠董一凡人情。她不喜欢占别人的便宜，但是也不喜欢欠别人的。

顾一菲拿着电脑走出房间，去找董一凡讨论。不过这个大神确实让人省心，大概地看了看，回了顾一菲两个字：可以。

顾一菲回到公司，宁小凝已经在办公室里等着她了。

"一菲姐，你太厉害了。听说你签了董一凡？"宁小凝兴奋地说。

"是啊，你个小间谍，从哪得到的消息？"顾一菲笑了笑，说。

宁小凝嘿嘿一笑，说："之前你不是给了我一些设计信息。我拿去交换情报了，昨天他们那边传来消息，说你签了董一凡。"宁小凝得意地看着顾一菲，以自己的八卦为荣。

顾一菲笑了笑，也没说什么。要是在战争年代，宁小凝肯定特别吃得开，连交换情报的手段都用上了。

宁小凝凑近顾一菲，憋着笑说："一菲姐，你知道唐婷婷听说你签了董一凡之后怎么样了吗？"

"鸡飞狗跳？"顾一菲料想唐婷婷也不会特别消停。

"差不多，把办公室里的杯子全摔了，可苦了她们组的人呢。她们都羡慕我跟着你做事。找一个情绪稳定的领导是多么重要。"宁小凝幸灾乐祸地说着。

宁小凝低声说："一菲姐，你说唐婷婷三十几岁，动不动不是打人就是摔东西，该不会是早更了吧。"

顾一菲一耸肩，说："不清楚，也可能是压力太大了。"

她没有将陈安平的话说出来，但是结合唐婷婷的行为，她有了其他的解读。

一个人的起点越高，成功的标准自然也是更高。有着雄厚背景和野心的唐婷婷更是如此，她应该不满足于别人生硬的提拔，想要靠自己的能力。但是能力这东西有时候是努力不来的，十分残酷。

宁小凝说："一菲姐，董一凡什么时候来公司啊？"

"下周吧，后面的时间我还没确定。"顾一菲坐到一边，说："小凝，你知道公司董事会的信息吗？陈总跟董事会的人有什么故事？"

之前陈安平跟自己说唐婷婷的时候她就有疑问，但是没有当面提出来。自己到公司已经有一段时间了，但是董事上的事情了解并不多。

董事会主席也就是创办公司的人叫池重，是公司实质性掌权的人，也只有总监以上的人会跟他开会，所以顾一菲对他们并不了解。

宁小凝疑惑地说："一菲姐，你平时不是对八卦很反感吗？这会儿怎么想起这个了？"

顾一菲笑了笑，说："一时想起的，你了解得多吗？"

宁小凝嘿嘿地笑着坐下，清了清嗓子，说："池重也就是咱们的大老板，开始就是做进出口贸易起家，后来做起了红酒的全产业链建立的公司就是君红。公司做大之后，开始转型，起初公司的裙带关系比较重不利于发展。所以五年前陈安平被池重挖来，做起了职业经理人。公司很多具体业务都由陈安平把关，只不过定期要向上汇报。"

顾一菲点了点头，说："看来陈总在公司也并不容易呢。"

宁小凝点了点头，说："可不是。董事会不放心他嘛，先后派了几个副总给陈总。不过陈总也不是省油的灯，想办法全给支走了。"

"还挺精彩。"顾一菲笑了笑，感觉越来越有趣。

"你平时专心工作，这些八卦我也不敢跟你说呀。那些副总不是被派到外面摘葡萄就是到库房管出入库，用不了多久人就跑了。"宁小凝说。

"那董事会不会出手干预吗？"顾一菲疑惑地问。

宁小凝一摊手，说："干预也没办法呀，说得浅了没用。说得深了，陈总直接闭门不出，也不来公司办公。上面没有办法只能睁一只眼闭一只眼。"

"都是老狐狸呀。"顾一菲感慨了一下。

正在两个人聊天的时候，顾一菲办公室的门被敲响。陈安平的助理推开门，说："顾组长，陈总让你过去开会。"

顾一菲答应了一声，拿起电脑走了出去。

刚到陈安平办公室门口，刚好撞上唐婷婷。真是冤家路窄，顾一菲伸手开门，想先进去。不料唐婷婷的手先握住了门把手。

"顾一菲，你到底用了什么手段搞到了董一凡？"唐婷婷咬着牙说。本来到手的项目，被顾一菲横插一脚，让她十分不爽。

顾一菲后退了一步，看着唐婷婷，说："达到一个目的，有时候并不是单一的手段能解决的。你能不能不把解决问题概括为手段这么简单量化的概念？"

唐婷婷气不过，她打量着顾一菲。顾一菲比她年轻几岁，又带着留学背景。在业务上十分精明强干。种种事情都有压自己一头的趋势，这是她不能容忍的。从小到大，她想要的东西都能得到。

因为不想依靠家里取得成功，她刻意回避着家庭背景的帮助。为的不过是证明自己的实力。但是随着年龄和阅历的增长，很多事情超过了她家庭背景的荫庇范围。

比如她可以在公司放心地发飙，但是面对董一凡的时候却又那么无能为力。

"鬼知道你干了什么，听说你最近住在董一凡家？"唐婷婷不屑地说着，言语指代意味明显。

顾一菲咬着牙，努力平复着自己的心情。她最讨厌别人用这种方式来否定她的成果。

"如果在这里动动嘴就能解决问题的话，我倒是不介意跟你多聊几句。"顾一菲抢前一步，将门拧开走了进去。

唐婷婷被她气得胸脯不住起伏，说："死鸭子嘴硬，做得出害怕别人说？"

陈安平示意顾一菲和唐婷婷坐下。

"叫你们来呢，是谈一谈香水产品的事情。眼下一菲已经跟董一凡完成了签约，实在是可喜可贺。"陈安平说着，打开了一个文件夹，继续说："但是公司从拓展业务的角度考虑，将婷婷跟王亮的合作继续推进。"

他将手边的文件掉转了方向往前一推，让顾一菲跟唐婷婷都能看见。

"接下来就是靠你们将项目快速推进下去，出产品后还有宣推，要加倍努力才行。"陈安平说完看着两个人。

顾一菲瞄了下文件，有些吃惊。公司还真舍得下血本，为了挺唐婷婷不惜将项目预算增加了近一倍。

服气，有时候有钱真的是可以为所欲为。顾一菲自然无话可说。

顾一菲看了看唐婷婷，这家伙是跟自己杠上了。表面上是两个人之间竞争，实质上有了阵营对决的意思。自己不知不觉地被推到了战斗的前线。

"好的，陈总。我会全程盯着董一凡将产品顺利赶出来。接下来要做的事情还有很多，因为初次涉足香水行业，我们对上下游产业并不熟悉。第一次尝试我建议将所有流程外包。"顾一菲看着陈安平说。

陈安平点了点头，在思考顾一菲的意见。

唐婷婷冷哼了一下，说："我不同意这种做法。这样做短期内会节约人力和成本，但是不利于公司长远发展。作为生产企业，我们要把产业链抓到自己手中。没有产业链，后面的产品生产会一直受制于人。"

顾一菲倒是有些懒得跟唐婷婷吵了，因为将事情推进的关键不是说服她唐婷婷，而是说服陈安平甚至是陈安平上面的人。

"我只是给出自己的意见，至于怎么做，还是公司来定。"顾一菲说着，如果公司有更宏大和长远的打算，那么自己自然没什么理由阻止公司自己建产业链。

陈安平沉默了一会儿，说："这个事情我还要再研究研究，这样，一菲你按照你的意思将外包的成本核算一下。具体的细节如果理不清可以去找财务协助你。婷婷这边呢，既然你提出做产业链，那么你来调研下生产线和原材料的信息。"

唐婷婷瞪着眼睛，她当然没想到陈安平就这样往下派任务。对于香水产业她可以说一窍不通，只能求助王亮。只是王亮胃口十分大，唐婷婷跟他打交道并不容易。

"产品要在两个月内成型，所以你们的任务还很重。毕竟是合同制的项目，在跟董一凡和王亮沟通的时候，要注意技巧。"陈安平让两个人回去，开始按计划推进。

董一凡发来短信，让顾一菲带些自己公司的红酒回去。

顾一菲挑选了几款比较有特色的主流产品，装进了自己的背包里。两个月时间，实在是有些紧迫。回去给董一凡做工作又是顶难的一个事。

不过想想钱包，看在钱的面子上，还是要努力。

公司下个阶段的红酒，顾一菲只报了一个项目。因为她不想辜负了董一凡的信任，想把香水的事情做好。正好唐婷婷那边巴不得大包大揽，她这边倒是没什么产品压力。

下班后顾一菲习惯性地回到了董一凡家，这距离可真心不近。顾一菲拖着疲惫的身体，一进屋就坐到了地毯上。

这种时候，顾一菲总是吐槽董一凡一番。

　　董一凡拿着一个素描本从书房走出来，看到顾一菲瘫坐在地上，说："我要的红酒你带了吗？"

　　顾一菲拍了拍身边的背包，说："都在这里面了，还有什么吩咐。"

　　董一凡笑了笑，他知道顾一菲人肉背过来一定累了。

　　"你有创意了吗？"顾一菲问。

　　"还没有，所以我想看看你们的酒，找一点灵感。"董一凡如实地说。

第四章　理想主义的香水界大佬

　　顾一菲对他的创作过程很是期待，毕竟是世界顶尖的设计师。他对命题的解析和思考，对顾一菲来说都很有借鉴意义。

　　不过一看董一凡不紧不慢的样子，再结合着紧迫的时间，她不免有些揪心。

　　她欲言又止，最终还是没有明说具体的时间期限。因为结合她这段时间跟董一凡的接触，顾一菲判断，如果她直接说出了时间期限，最大的可能就是董一凡撂挑子。

　　她听到董一凡没有灵感，很心急。但是她也知道，灵感这东西，着急是没有用的。

　　董一凡将几瓶酒摆到桌子上，然后拿出开酒刀，将每瓶红酒都打开。

　　顾一菲看着他摆弄着几瓶红酒，就像是做生物实验的人在解剖动物的躯体。

　　"你是如何创造一瓶香水的呢？"顾一菲问。

　　"我试着构思一个主题，那么就要挖掘它背后的深意。我到底可以做到什么地步，以及以什么样的方式呈现出来。一个设计师当然要形成自己的设计语言，让我所做的香水前后之间产生联系，而非是孤立的个体。最好的创作方式就是绝不强迫，而是唤起内心的喜悦、好奇，保持跟外界的交流，让使用者将自己的想象填补到对香气的理解中。"董一凡一边倒出红酒一边说。

在与董一凡的合作中，顾一菲逐渐发现这位香水界的大佬为人并没有传说中的那么孤僻，也很好交流，只是过于理想主义与天真，这与利益至上的顾一菲南辕北辙。

顾一菲专注于商业上的转化，她需要在一个产业链上考虑关注整个产业链的人的生活。有产品，大家才有工作有饭吃。

但是对董一凡来说，创意并不是随时都会出现的，如果在时间的压迫下出产品而刚好你没有创意的时候，只有两种可能，一个是重复之前的自己，另一个是抄袭别人。

商业和艺术不是不相容，只是能在这其中做到平衡的人实在是太少。但是顾一菲却很有胆量，她所期待的从来就不是单纯的艺术创作。

对董一凡来说，成为凡·高那样的人，做出那样的作品虽死足矣，但是顾一菲显然不是，她觉得凡·高的艺术对她来说一文不值，完全没有任何价值，她期待的是毕加索那样的人。

"好吧，你有理。那么你预计什么时候将产品的雏形交给我呢？"顾一菲尽量避开那个解决不掉的问题。

"这个不好说，长的话一年也是有可能啊。"他刚说完抬头看到了顾一菲杀人的目光，转而说："如果很着急的话，三个月之内吧，提供一个雏形。"

顾一菲打开电脑，调出一个空白文档，说："我们最终的目的是做出产品，从原材料到最后的包装，你有什么想法吗？前提是，我们不想自己投产线。"

"这个要结合你们产品的定位，短期的话我不建议你们自己来做香。毕竟你们没有成熟的车间和工艺工程师。另外原材料的采购你们可能都做不好，很多原料都需要进口的话，这个周期想必你们是等不及的。"董一凡说。

顾一菲点了点头，说："这也是我最开始考虑的方式，但是也不能将所有的产线投在国外，这样成本就无法控制了。能不能在国外做香，在国内分装？毕竟国内的制造业还是比较不错的。"

"我倒是经常这样做，但是选厂你需要花一定的时间。不要看简单的瓶子，一点瑕疵带来的体验都可能是致命的。再加上前期投入的数量应该不会很高，愿意合作的厂家需要你好好筛选。"董一凡说。

顾一菲将董一凡说的一些注意事项记录下来，这些宝贵的经验可以帮助她少走很多弯路。

做红酒时间长了，很多东西都是标准化的。所以各种细节，大家都心知肚明。但是对于香水，认识上还是有些差距的。

瓶子可以在做红酒的玻璃厂进行，关键的就是喷雾器、密封性、包装。

要做的事情还真不少，顾一菲将这些环节按照先后顺序排列好，之后要找出一些厂家然后挨个拜访。

"分装这块我是不是找一些在国内的国外品牌代工厂试试？"顾一菲反复思考后问。

"可以啊，他们引进的都是国外的设备和灌封技术，是一个不错的选择。"董一凡说。

顾一菲整理了一下材料，一方面要向陈安平汇报，另一方面要统筹人力财力开始推进。宁小凝可以安排着去做一些考察，初筛合作企业。

董一凡家离公司实在是有些远，再说既然都签约了，顾一菲也不好一直在董一凡家待下去，所以连续几天顾一菲没有去找董一凡。

董一凡像是活在10年前的人，不带手机不用微信，联系他最好的方式要么是发邮件么是杀到他家。

为了不打扰董一凡，顾一菲一直拖到周五，才跑去他家。

一进门顾一菲看着董一凡一个人坐在门前，摆弄着手里的一块木头。

"你在干什么呢？"顾一菲走到他身边说。

董一凡看了看她，又低下头摆弄着手里的木头。

"心情不好，想做个木雕。"董一凡说完，拿起一边的刻刀在木头上滑行。

顾一菲这才看见董一凡身边摆着一排各样的刻刀。

"你为什么心情不好啊？"顾一菲倒是很疑惑，她以为董一凡是老神仙呢，没有俗世的烦恼。没想到他也会心情不好。

"因为我找不出灵感。"董一凡无辜地看了看顾一菲，摇晃了下手中的木头。

"像你这样的设计师不都是信手拈来吗？为什么没有灵感呢？"顾一菲说。

董一凡叹了口气，说："因为我心情不好。"

他话刚说完，顾一菲恨不得过去掐死他。因果循环全让他说了，变成了先有鸡还是先有蛋的死循环。

顾一菲一时无语，说："工作呢，很重要的一点就是效率。你在这刻木头对创意有什么帮助？"

董一凡手中没停，说："木头就像是我的画笔，有些人喜欢用笔做草图，而我呢，喜欢用木头。"他将手中的木头托在掌中，依稀可以辨认出一个瓶子的轮廓。

至于这个瓶子最终变成什么样子，还要继续加工才能够看出。

"这个瓶子已经在木头里了，只是我要用正确的方式将多余的部分剔除掉。"董一凡耐心地给顾一菲解释。

董一凡对产品向来是精益求精，不会追求效率，一个完整的香水设计最少也要一年时间。他要充分地到世界各地去收集样本。他在国外有充分的时间去做创新，但是这种思维在国内显得格格不入。国内市场只要求效率，毕竟追赶者的目标十分清晰，就是跟上前面的人。

顾一菲长出了一口气，说："你晚上吃什么？"大老远过来，她有些饿了，还是先解决肚子的问题吧。

"厨房还有面条。你不在，我就吃面条喽。"董一凡说。

顾一菲实在是无语，这家伙自己在家就只会做用白水煮出来的东西。

顾一菲将包放好走到厨房，打开冰箱拿出自己储存的食物。她之前买的东西，董一凡一样都没有动过。

董一凡站在厨房的门外，看着顾一菲忙碌，他感慨地说："要不是你来，我又要吃一天的面条了。"

顾一菲清理着菜，说："你点个外卖也行啊，现在科技这么发达。"

董一凡一边雕着木头，一边说："我没有智能手机呀，而且外面的东西吃起来也不放心。"

顾一菲翻了个白眼，说："那你在国外是怎么生活的，难道一直是你妈妈照顾你？"

董一凡摇了摇头，说："我读大学之后就离开家了，大学的时候生活都在学校里面解决。工作之后我很快就有了助理，出行公司也配了车，所以生活上并不需要我做什么。"

他淡淡地说着，让顾一菲几乎喷血。这家伙轻描淡写的生活，那是自己的最高理想啊。

"那你为什么回到中国呢？"顾一菲无奈地问。

董一凡停下手中的刻刀，顿了顿，说："我想做一点自己的东西，恰好中国市场其实是一片空白。这里的市场实在是太大了，与之相反的是香水或者西方的气味文化在这里几乎是真空的。"

顾一菲不置可否，红酒市场不也是一样。大多数被视为引进的文化，在国内都是虚有其表。表面的繁荣下面，有着巨大的空洞需要弥补。

"我怎么没感觉你想做东西，你跟个神仙似的隐居到这里，还只做高定。"顾一菲追问着说。

她那边开始炒菜，董一凡就站得离门更远些。

"我是想做一些属于自己的东西，但是我并不着急啊。摸清中国的市场和喜好，铺垫我自己的事情，这都需要时间。我初步设定的是一个十年的计划。"董一凡说。

"等你按部就班地去做，黄花菜都凉了。既然到了中国，你必不可少地要适应这里的节奏。"顾一菲说，她认为只有那种自身能量巨大的人才有可能改变世界，其余的人最好的方式就是顺势而为。谈得上能量巨大这几个字的名字，那都是要写进历史书的。

董一凡手中把玩着木头，他并不认可顾一菲的话。

"利用信息的不对称去换取的效率，其实跟骗钱没什么区别。我认为消费者迟早会明白，我们到底有没有骗过他们。"董一凡说。

顾一菲果断地停止了对于这个话题的讨论，一谈这个，两个人就是矛盾的。

"我们公司就是知道自己对香水不专业，所以才外聘设计师。现在我只能期待你的自由的节奏能在项目截止之前把作品完成。"顾一菲难得地平静了许多，面无表情地说着。

厨房的烟气飘起，将两个人有若无地隔离开来。烟气笼罩的顾一菲，像是穿了一层保护色。

顾一菲一做饭董一凡的心情立马好了起来，似乎最近情绪低落跟顾一菲的离开有着不小的关系。

毕竟顾一菲在的时候，他一晚上就完成了一款香水的概念设计。只是他自己还没有意识到这个问题。

董一凡不知道自己哪句话让顾一菲不开心了，沉默的氛围让他十分不自在。他看着手中逐渐有了模样的木头陷入迷茫。

随着木料的减少，它越发显现出了一个瓶子的雏形。但是这并不是董一凡期待的样子，他对这个平庸的该是瓶子样的木头感到失望。

吃饭的时候，顾一菲说："这周我们要一起将产品的计划做出来，除了设计外的工作我要尽快定下来。"

董一凡好几天没吃顾一菲做的饭了，自己天天吃面条嘴里很是寡淡。由俭入奢易、由奢入俭难啊。他埋头大吃，根本不想说话。

顾一菲无奈地看着他，只好先吃饭。董一凡虽然人很高冷，但是时不时透露出来的幼稚，却让人很是意外。

他给顾一菲的印象和他在外面取得的成就之间，有一个强烈的反差。

吃完饭顾一菲火速地收拾好碗筷，将董一凡推进了后面的实验室。

"现在我们将项目进展核对一下，让我听听你的具体计划，还有现在香水做到哪一步了。"顾一菲打开电脑，看着董一凡说。

现在可不是闹着玩的，合同已经签了，单笔签约费就是一百万。

"香水的设计很顺畅，我不想拘泥于对于红酒形象的表达，我想要将葡萄酒还原于田野。让人感受到广阔天地的清新。借用葡萄酒中土质、矿物香的定义，来拓展对于气味的思考。"董一凡说着，拿起桌子上的一个本子，翻到最新的一页递给顾一菲。

"这是你的全部构思？"顾一菲一边翻看一边问。能看到一个概念逐步演化出产品的思考过程是十分有益的，顾一菲聚精会神地看着董一凡的创作过程。能拿到顶级设计师的手稿，是多么不容易的事情。

"使用青藤的味道，衬以木质香提升质感。这个设计跟之前的青番茄叶可以作为一个系列的延续，既完成了你的命题，又能作为一个完整的设计理念。"董一凡说着。

"真是有些期待这个香气了。味道方面你还需要完善是吗？"顾一菲问。

"一些搭配方式我还要再尝试，为了还原红酒的样子，我想将香水的颜色做成红酒的深红色。成品的调配因为时间的关系我交给了一名调香师。后面我们还需继续沟通一下。"董一凡说着。

"两个礼拜，能搞定吗？"顾一菲第一次对董一凡提出了时间要求。她已经尽力宽松了，将后面的事情压在自己身上。

董一凡一皱眉，身为天才的董一凡不太能理解顾一菲这种把时间按秒计算的紧张生活，顾一菲的拼命让他不能理解。

当年在Oscar的工作室，董一凡也有过不分白天黑夜的高强度工作状态。但是和现在的目的根本不同，他们享受着进步和创造，如今似乎仅仅为了一个跨越及格线的产品。在他看来，顾一菲陷入一种功利的盲目状态中，将生命的全部意义押在利益上面。

他不明白那些利益是不是真的能让人快乐，他很怀疑。

"工作又不是将人变成奴隶，这样的压榨下，你觉得会做出很好的东西吗？"董一凡不可思议地看着顾一菲。因为签合同的时候他没有关心过时间的问题，理所应当地觉得不至于这么紧迫。

顾一菲心里有数，如果在签合同之前跟董一凡交底，他多半会拒绝，所以她回避了这个问题。

"我是，行了吧。只有香水和瓶子的部分，你大概需要多少时间？"顾一菲冷淡地说着，倒是有几分绝情。压力之下，她也无暇调动自己的情商左右逢源。

处于弱势地位的时候，往往需要不合理的手段来争取最大的成功。顾一菲学会了很多手段，但是跟内心是相悖的。只是她可以屏蔽掉抵触的情绪，因为幼时的经历告诉她，良心是富有者的专属，她唯一要做的就是爬上去。

董一凡对待生活的态度是顾一菲曾经最美好的想象，但是这种态度对她来说过于奢侈，过于虚幻。

"我现在还没有办法回答你。"董一凡轻声说。他任何时候都不急不躁的，让人觉得他对一切都无所谓。

"放下你艺术家的标准好不好？他们要的只是一个能上市的产品，不是你的艺术品。"顾一菲忍不住提高了一些声调，继续说，"哪怕你觉得是垃圾，是无意义的东西，但是对于我们来说，已经是足够。"

"我有自己的标准，我不认可的东西，我是不会交出去的。"董一凡紧跟着说，这种拒绝几乎成了他的本能。

顾一菲看着董一凡，她认可董一凡的标准。但是放眼当下，谁会在意他的高标准呢？变态的资本粉碎机不断地吞噬着走在后面的人，她看得真切，所以更加恐惧。

董一凡欣赏顾一菲的执着，而且感情是没有确切的标准的。感性是无法用科学解释的，那只是一个长期积累的主观判断的爆发。但是，他对于艺术的负责，是伴随着生命的，是对自己生命的尊重，因此他也无法违背自己的准则。

顾一菲咬着嘴唇，董一凡的态度是她预想之中的。他对原则的坚持和自己曾经遇到的一个医生一样，在他们的世界中有着不可撼动的东西，使得他们有时几乎是不近人情的。

她苦笑了一下，说："呵，你那宝贵的标准，可真是值得骄傲。"她表情淡漠地站起身，说："好，那就按照你的标准去做吧。"

她起身往外走去，没有再看董一凡一眼。他的执着是对顾一菲最大的讽刺，显得她像一个追逐利益的小丑。她不想再做一个十几岁，对这个世界无可奈何的小女孩。那种卑微的请求，无法打动任何人，只能让自己更加难堪。

她一个人拼命在这个世界上拼，拼尽全力才能保证自己不被淘汰。而有些人，可以理所应当地活在她梦寐以求的世界。

她任别人怎么评价自己，她只是想要得到自己想要的东西，不必祈求谁。

让那些该死的标准去死吧。

董一凡在她出去的一瞬间，看到了她眼神中的绝望。曾经无比骄傲的顾一菲，显露出那种令人心碎的表情，让他有些心疼。是他做错了什么吗？董一凡无助地站在那里看着顾一菲走出去。

走在外面的路上，清风吹拂着她的脸庞，让她的头发随风摆动起来。

顾一菲陷入了回忆，想起自己十二岁发生的事情。

那一年冬天，顾一菲还在读小学。那天她放学回到家里，发现家里反常的没有人。

她一个人吃了些饼干，开始写作业。直到晚上十点，她的母亲才回到家。

"妈，你干吗去了？"顾一菲走到门口问。

母亲神色疲惫地放下手中的包，一边脱着鞋，一边说："单位加班了，你快去睡觉吧。"

顾一菲往母亲身后看了下，疑惑地问："爸爸呢？"

母亲愣了一下，然后说："爸爸，爸爸被单位派到外地出差去了。你赶紧去睡觉，明天还上学呢。"

顾一菲哦了一声，回到自己的房间，躺在床上。敏感的她隐约觉得有什么事情发生，但是母亲不说她也没法追问。懂事是她一贯的行为准则。

不一会儿她听到母亲的房间有谈话声，隔着门，声音很小，似乎刻意躲避着顾一菲。

她悄悄走下床，打开门，到了母亲的门前。她跪趴在地上，顺着门缝看向里面，母亲正坐在床边打电话，手中拿着一个手帕不断地擦着眼泪。

"老顾怕是要不行了，我们连手术费都拿不出来。现在一菲还小，真不知道以后的日子怎么过。"母亲悲戚地说着，一边压抑着自己的声音。

"我知道，一菲现在还不知道她爸在医院。我明天去求求医生，希望她网开一面。"母亲说着挂掉了电话。

顾一菲赶紧逃回了自己的房间，蒙着被子心脏剧烈地跳动着。

她全身蜷缩着，感受到一阵寒意。

她，要没有爸爸了吗？

顾一菲咬着被角，眼泪顺着脸庞流到了枕头上。

就在这个时候，母亲轻轻地推开了顾一菲的房门，静悄悄地走到了顾一菲的床边，帮她掖好被子。

顾一菲背对着母亲，用力地闭着眼睛装睡。隐约间她能听到母亲在她身边小声地啜泣。

一连几天，她直到很晚才能看到母亲回来。有时候趁着她睡着，母亲又离开了家。

她越来越沉默，乖巧懂事地不问母亲为什么走，也不问父亲的下落。两人默契地不提任何事情。

突然有一天，顾一菲放学后被母亲拉着往外走。她不知道母亲的目的，只是母亲走得很急，让她有些跌跌撞撞的。

顾一菲被母亲带到一个医生家里，站在门口，她亲眼看见母亲苦苦哀求。医生冷漠的眼神中看不出一丝同情。他那种眼神里，只是见惯了世态炎凉的冷漠。

母亲情急之下，让顾一菲给医生跪下。

她由于发愣没有反应过来，被母亲一把按在了地上。

医生叹了口气，然后将门关上。

母亲跌坐在地上，抱着顾一菲的头痛哭。

"妈妈，我为什么要给他下跪？"顾一菲迷茫地问。

"因为我们没有钱给你爸爸看病，你爸爸生病了，可是我们却拿不出手术费。"母亲终于不用再隐瞒，歇斯底里地哭泣着。

回去的时候天上下起了雪，为了节省公交费，母亲拉着她一路走回去。

雪顺着鞋边卷进鞋子里，冰冷潮湿，但是顾一菲的感官也已经麻木。她不懂为什么没钱就要下跪。很多大人的事情之前都不懂，但是从那一刻起，她将一切记在了心里。后来母亲费尽周折终于筹好了手术费，但是家里从此一贫如洗。

母亲时常拉着顾一菲说："你一定要好好读书，将来有出息。"母亲殷切期盼着顾一菲能过上更好的生活，眼中泛泪。

顾一菲将母亲的话记在心里，从十几岁的时候就不断激励自己拼了命地学习。这么多年，她一刻都不敢松懈。

她怕那样的事情再次降临在自己身上，她不怕给别人下跪的屈辱，她怕即便是下跪也无济于事的无力感。

顾一菲走到了路边，拿出手机，给宁小凝打了过去。

"一菲姐，你找我？"宁小凝说。

"有空吗？出来喝酒。"顾一菲简单地说着。跟宁小凝相处的这段时间，让顾一菲喜欢上了这个时而精明时而无脑的家伙。两个人也逐渐从上下级变成了朋友，但是仅限在下班的时候。

两个人约好了酒吧，宁小凝比顾一菲提前一点到了店里。

这段时间，顾一菲都没放松过自己。整个人的神经一直处于紧绷的状态，她赶着做完一个案子然后又是下一个。尤其是最近的香水案子，占据了她全部的精力。

宁小凝看着顾一菲一杯接一杯地喝着，虽说大多数都是调和鸡尾酒，但是酒精成分依然是很重的。

"董一凡的事情进展不顺利吗？"宁小凝问。

顾一菲喝了口酒，说："小凝，我可能要另做打算了。"

第五章　我相信你

宁小凝疑惑地看着她，说："一菲姐，就算这个项目不成，你凭着之前的产品还是可以留在公司吧。大不了咱们忍了那个灭绝师太，以后开会我去。"

顾一菲伸出胳膊将宁小凝揽在怀里，说："谢谢你，小凝。如果我以后在别处地方站稳脚跟，你想要过来的话，我一定帮你引荐。"

顾一菲将全部的精力都放在了学习和事业上，以至于长久以来，并没有什么朋友。尤其是在这里。

宁小凝皱着眉，她不知道顾一菲在董一凡那里发生了什么事情。

"一菲姐，董一凡不会，怎么样你了吧？"宁小凝支支吾吾地问了出来，她是一个心里不能藏话的人。

之前顾一菲找来董一凡，唐婷婷开始在公司放出风，说顾一菲靠自己的身体才让董一凡答应的。虽然宁小凝不当真，但是听了这些风言风语她也不得不有些担心，三人成虎，人言可畏啊。

顾一菲看了她一眼，接着喝了一口酒，说："你又在公司听说什么了？"

宁小凝猛灌了一口酒，说："那个，那个唐婷婷在公司说，你请董一凡是潜规则来着。"宁小凝说完很是心虚，又喝了一大口。

顾一菲冷笑了一下，说："这个世界总有些人见不得你好的，更何况是女人。在这个时代，一个女人想要做出些事情来，依然困难重重。"

她对这样的话自然不放在心上，因为与这个相比，她有更加不能面对的东西。很多事情一旦有了对比，就变得不值一提。

"那既然董一凡已经签约了，你还愁什么？"宁小凝不解地问。

顾一菲叹了口气，说："签约倒是签约了，但是那大神根本不把这个放在眼里。"

"他不肯好好做香水？"宁小凝在嘴里含着一块冰，不知道是顾一菲的话太绕还是酒精的作用，宁小凝有些晕乎乎的。

"我倒是想他应付我一下，但人家又以艺术家的坚持，说什么灵感啊、格调什么的，那叫一个精雕细琢。"顾一菲冷笑着说，一提到这个她就恼火。

"那不是挺好的，到时候你拿出来的作品直接拍死灭绝师太。"宁小凝傻呵呵地笑着。

顾一菲没好气地说："是，他用心给我做出一款香，到时候黄花菜都凉了。到时候唐婷婷那边先拿出产品，我只能在这跟人谈情怀。他傻你也傻吗？"

宁小凝撇了撇嘴，光是听别人说，董一凡就是一个很难搞的人。不过顾一菲在她眼中也不是一般的人，唐婷婷费了那么多心思最后连面都没见上，顾一菲出马直接把人给带回来签约。从这一点来说，唐婷婷就输得很彻底了。

"没事的，一菲姐，我相信你。你再想想办法，咱们一起努力。"宁小凝似乎比顾一菲更有信心，她觉得只要顾一菲在好像什么事情都能解决。

顾一菲看了她一眼，坐直了身子看着她，说："董一凡根本不在乎咱们这一个案子是不是成功，他只在乎他的产品是不是能让他满意。为了一个创意，他不惜等几个月甚至是几年。人家那清高的劲头，看我就像是一个被索求无度的奴隶。"

顾一菲越说越激动，将杯中酒一饮而尽。她拿着空杯子示意调酒师过来，说："换一杯烈一点的。"

调酒师点了点头，用威士忌调了一杯酒递给她。

"一菲姐你是不是喜欢上董一凡了。"宁小凝小声地嘀咕着。

"你脑子里的那根弦不对了，我会喜欢上那个榆木疙瘩？要不是因为项目，我才懒得去找他。"顾一菲大声地说着，带着几分酒态。

跟了顾一菲这么长时间，宁小凝太清楚顾一菲对待敌人的态度了。心慈手软这个词对顾一菲来说，根本就不存在。要是合作谈崩了，她大可以直接索赔至少收回成本后再讹对方一笔，这样对公司也有交代。但是这次合同签得并不严格，甚至连最要命的时间都没签进去。

她对待董一凡的态度跟对待别人实在是不同，她很难想象顾一菲会为了一个男人买醉。

"啧啧啧，感情面前，再精明的人都会变成傻子。"宁小凝小声地说着。

"你什么时候变成感情的专家了？你等着回到灭绝师太身边吧。"顾一菲冷哼地说。

宁小凝趴在桌子上，转动着手中的酒杯。在灯光的映照下，酒体晶莹剔透。

"一菲姐，你不用这么难过，如果你走，我也走。到时候我还跟着你混。"宁小凝傻呵呵地朝着顾一菲笑了笑。

顾一菲一愣，旋即拍了下她的后背，说："有你这句话就够了，我还不信了，离开董一凡，我还做不出一个像样的发布会。"顾一菲咬牙切齿地坐直了身体，斗志昂扬地看着宁小凝。

"一……一菲姐，你想干吗？"宁小凝一看顾一菲这个状态就知道她又有新想法了。

"哼，就算只有个概念我也要想办法将概念弄成爆款。饥饿营销懂吗？都怪那个该死的董一凡，不然我也不至于想这么悬的路子。"顾一菲说。

"但是，概念是不是还要董一凡来做……"宁小凝问。

顾一菲翻了个白眼，说："难道他真想什么都不做就把100万赚走？"

出了酒吧，被外面的风一吹，顾一菲清醒了几分。

临走的时候宁小凝说："一菲姐，明天要将咱们的产品资料发给客户，你修改好了吗？"

顾一菲一拍脑门，说："我一早就弄好了，不过我的包和电脑放在董一凡家了。"

宁小凝眼睛转了转，说："那你……"

顾一菲长出了一口气，说："你先回去，我到董一凡家拿电脑。"

"这么晚了，他家又很远，你回来会不会不安全？我陪你去吧。"宁小凝担忧地说。

"没事，太晚了我就不回家了。"顾一菲轻描淡写地说了一句，让宁小凝呆在当场。

还说两个人之间没事？这都住在一起了？

她的大眼睛转了转，笑着说："好的，那我就放心了。"说完她跟顾一菲分别打车离开了酒吧。

顾一菲打车到董一凡家的时候已经是十一点半，这么晚，她也不确定董一凡会不会关门。

顾一菲走到门前轻轻一推，将大门打开，长吁了一口气。

客厅的灯还亮着，董一凡坐在茶几边埋头工作。

顾一菲从门口看过去，没说什么。想径直走到自己的那个房间。

可是她走到董一凡旁边的时候，瞥见董一凡旁边有一个酒瓶，里面的酒已经空去一半。

"你喝酒了吗？"顾一菲诧异地问。

董一凡开了一瓶顾一菲的"青春"红酒，不知不觉地喝了半瓶。

董一凡点了点头，笑了笑。

"你要想喝我给你带几瓶别的酒，毕竟之前喝了你那么贵的酒总要还礼。当然，我可不会还你那么贵的酒。"顾一菲说着，倒不是她小气，几万块钱的一瓶酒，她哪里舍得买。顶多将自己从西班牙带回来的最好的酒送给董一凡，这样已经让她很是肉疼了。

"你不是也喝了酒。"董一凡低声地说着，就像是一个犯错的小孩找到了同伴。

顾一菲愣了一下，坐到了他的对面。

"我喝酒呢，是因为我本身就喜欢喝酒。你喝酒又是为了什么呢？"顾一菲拿过一个酒杯，给自己倒了一点红酒。

自己做的酒，她对此再熟悉不过。瞬间会让她想起每个跟这瓶酒有关的记忆。

"听说心情不好的时候，可以喝一点酒。"董一凡说。

"那么你现在好点了吗？"顾一菲戏谑地说。

"没有，所以我喝了很多。"董一凡一副很无辜的样子，让顾一菲有些忍俊不禁。

"没听说过酒过愁肠愁更愁，晚上了你心情怎么还这么差呢，还是因为创意？"顾一菲问。

董一凡摇了摇头，他的眼睛漆黑深邃，像孩子一样无邪，如果长时间盯着他的眼睛看，会有一种被吸进去的感觉。

顾一菲避开他的视线，喝了一口酒。

"我做不到像你预想的那样又快又好。你走之后我想了一下，确实有高产又能保证水准一流的调香师。这可能就是我跟你的设想之间的区别了吧。"董一凡悠悠地说着。

顾一菲叹了口气，说："其实每个人都是不一样的。比如中国有位诗人叫李白，出口成章，那个潇洒的劲头，中国几千年历史上也没有几个。但是跟他同一时期的杜甫却是老老实实工工整整的令后世敬仰。每个人都有自己的路要走。"

董一凡看着顾一菲，说："如果我没有如期完成作品，你会怎么样呢。"

此时顾一菲已经想通了很多事，摇晃着酒杯，淡然地说："我的对手会爬到我的头上，所以我只好主动辞职。那是我梦寐以求的职位还有更高的薪水，而我却别人的愿变成了唐婷婷上位的垫脚石。"

"这种竞争会让你变得幸福吗？"董一凡疑惑地问。

顾一菲笑了笑，说："上位，成功，不一定就幸福。但是他们的不幸比穷人少很多。他们不会遇到穷人的那些难题。"

她看了一眼董一凡，知道他永远不会懂自己的意思。这就是很悲哀的事情，明明那么真切的欲望，在别人眼中却如此不可思议。

董一凡过于简单，过于美好。顾一菲甚至有些嫉妒他。生命对于每个人都是宝贵的，如果时间不用来疲于奔命，尽做些有意义的事情，那是多美的事情。

顾一菲苦笑着，口中的酒更显得酸涩了不少。

"你尽可以按照自己的想法继续做这个项目，就算你完不成，我也会想办法将发布会进行下去。"顾一菲站起身来说。

董一凡愣了一下，说："发布会的日期是什么时候？"

"两个月后。"顾一菲背对着他说。

顾一菲等着董一凡的嘲讽和鄙夷，但是董一凡并没有很快回答她。

董一凡看着顾一菲的背影，明白她的决心。

他抿着嘴说："我会按照我自己的标准继续做下去，但是我也会按照你的想法加快这个过程。香水和瓶子的设计，我尽力去做。但是配套的产业，现在就开始推进吧。你会很辛苦的。"

顾一菲诧异地回过头看着董一凡，说："好，这部分事情先交给我。"

顾一菲的大脑飞快地运转着，统筹着整个项目。

当年在西班牙的时候，顾一菲最突出的部分就是落实和执行能力。在她老师不在酒窖的时候，很多业务上的往来都是顾一菲来打理，并且井井有条。

统筹是门大学问，涉及的不是自己的一亩三分地而是整个时间。要有合理的人、物、时间的安排。

董一凡看着顾一菲的侧脸，此时的顾一菲正在思考问题，脸上没有表情。

从侧面，可以看到顾一菲脸部的线条分明，骨肉均匀。

顾一菲回过神来，看着他，说："你看着我干什么？"

董一凡连忙低下头，看着手中的酒杯说："我在找灵感，有些发呆。"他说话间，脸上有些发烫。

"那咱们一言为定，你的要求我尽量满足。希望你的灵感不会缺席。"顾一菲说。

"那，你会帮我做饭吗？"董一凡期待地看着顾一菲，被顾一菲投喂之后，他的嘴也变得挑剔起来。

"我每天给你做饭，你就能加快进度？"顾一菲问。对于有利的事情，顾一菲从来不拒绝。

董一凡狠狠地点了点头，十分肯定的样子。

"没问题。真是不理解你们有钱人，山珍海味吃腻了，家常菜倒是成了美味。"顾一菲看着她说。

"再奢华的宴会，也不如你亲手下厨的饭菜。在这里我觉得是生活，在外面多数时候都是表演。"董一凡时不时的一句生活感言总是能震惊顾一菲一下，他这话倒像是一个功成名就的人士说的。

顾一菲上下打量着董一凡，怎么看他都不像传说中那种饱经风霜的成功人士。

顾一菲回到自己的房间躺在床上，她以前也经常跟欧美地区的人打交道。他们更注重生活，对于效率确实很不在意。他们愿意花几年的时间讨论一条路该不该修，然后再花几年的时间把路修好。因为除了这条路，他们还有很多别的选项。

但是对于中国人来说，新的东西不出来，根本没有旧的顶替。追赶者只能拼命往前跑。

为了提升董一凡的工作效率，顾一菲只好亲自出马照顾他的饮食起居。这个时候家里面积大的弊端就显现了出来。

这么大的空间每天打扫起来十分辛苦，但是董一凡又不请保姆。他平时会花上一两个小时来打扫房间、栽种花草。

顾一菲为了让他将心思放在工作上，将这些事情全部包下来。每天累得躺在床上马上能睡，什么失眠焦虑，统统被疲劳取代。

顾一菲擦完地，擦了擦额头上的汗。她看着一边坐着的董一凡，气不打一处来。

她将拖把往地上一杵，说："灵感的问题解决了吗？"

董一凡看着书，头也没抬地说："作为一个职业设计师，靠灵感生活是十分不靠谱的。"

顾一菲恶狠狠地看着他，这家伙朴实无华的表面下绝对有一颗暗黑的心。她看了看手中的拖把，更加确认自己被这货坑了，但是又无法反驳，因为只要顾一菲不做饭，他就拿着木头发呆。

吃饭的时候，顾一菲说："瓶子的厂家已经找好了，是一个之前合作过的玻璃厂，我们按照计划前期会投1000个瓶子。按照这个量来说，一般的厂是不可能接的，但是我承诺接下来跟他们合作一批红酒瓶子，才搞定。"

董一凡点了点头，说："还有就是喷头，有个关键的地方就是你一定要亲自试一试喷雾的状态。还有喷头跟瓶子的气密性。这部分你最好用酒精试一下。"

顾一菲点了点头，毕竟董一凡在这方面经验丰富。

"为什么要用酒精测试？"顾一菲一边吃饭一边问。

"香水是经过稀释后的香氛，其中的分散剂很多是酒精，你这样测试比较接近香水。酒精挥发瓶内的压力会比水大一些。"董一凡说。

顾一菲带着董一凡到公司开了几个会，并且帮助董一凡做了所有项目进度的汇报。陈安平对于董一凡相当上心，全程陪同。

不过这家伙说什么都不同意跟公司的人一起吃饭，只同意由顾一菲陪同。这倒是给了顾一菲很足的面子，对于顾一菲来说，董一凡俨然已经成为顾一菲的资源。

不过顾一菲有意地在陈安平那里打探消息，将董一凡跟王亮到公司的时间全部错开。尽量减少不必要的麻烦。

为了体现出红酒的质地，董一凡想要将香水的颜色设计成淡红色，而瓶子的起初设计是透明的。

为了节省时间，他将调香的工作交给了他的一位朋友琼斯。这样他可以专心完成香水的设计和瓶子的设计。

琼斯是很有名的一位调香师，之前是一名化学家。他可以很准确地调配出任何你描述得出来的味道。结合着现代分子技术，他甚至可以自己合成一些新的原料来做味道的还原。

顾一菲光听着董一凡介绍，就知道这个人不简单。

晚上董一凡大部分时间都在实验室中度过，他将实验室的窗户打开，让空气流通起来，以免被过多的气味扰乱了判断。

在董一凡调香的时候，他时不时会将胳膊弯曲去嗅自己胳膊肘的位置。

"你在干吗？"顾一菲好奇地问。

"在闻香的过程当中，前后的香水会在鼻子中产生干扰。所以呢，我们会闻一下胳膊的位置或者袖子来洗一洗鼻子。"董一凡一边调配着香水，一边说。

真是奇特的习惯。

董一凡不断地调试着手中的香水，在他面前已经摆放了十几种小样。他不断地调试着各个成分的平衡点，以便找出最优的搭配。最终他尝试使用尤加利叶精油增加香气的清新感，让他觉得满意。

他在纸上写下初步的配方，以便琼斯在此基础上进行优化。他将自己想要表达的概念整理好，加在了初步配方的下面。

"香料要用百分之八十五的酒精稀释至百分之五再去闻，我不喜欢去闻纯的原材料。"董一凡一边说着一边将搭配好的配方，进行着稀释。

顾一菲看着董一凡的动作，构思着自己新的推广思路。她就坐在董一凡旁边看着他调香就觉得很神奇，要是能将董一凡拉到现场，让大众近距离地接触到这个神秘的行业或许会更有商业价值。

况且，况且这个颜值即正义的年代，她觉得董一凡会吸粉无数。

她摇了摇头，面对现实的话，还是先期待董一凡能把香水完成了吧。

董一凡将稀释后的香水喷在试香条上，递给了顾一菲一张。

顾一菲接过试香条，自从她住进董一凡家已经不知道闻了多少种香气了。其实大部分香气对顾一菲来说都已经很棒了，但是他总能挑出其中的毛病。

顾一菲对此十分无奈，以至于再去闻新样的时候已经有些麻木了。

她将试香条放在鼻子下轻轻一嗅，淡淡的花草香流淌进鼻腔。她确实分辨出来这款香与其他香水的不同，那种独特的个性一下子就脱颖而出。一种无法明确的香气，介于橙花、玫瑰花之间，还带有一些兰花的香气。

"你在其中加了什么？"顾一菲好奇地问。

董一凡满意地嗅着自己的新作品，说："丰富的颜色让我想到了香豌豆。它带有的不明确的芳香，恰好跟田园主题比较契合，我想将这一点用到我的作品里面。另外尤加利叶精油提供了一种清新的氛围，让香气整体不会变得腻。"

一款香水的制作过程会让人有幸福感，董一凡一扫这段时间的疲惫，整个人轻松了不少。他想那些持续高强度工作的人，是不是连这个喘息的时间都没有，连这一点幸福感都被剥夺了呢？

顾一菲开始思考如何进行一场香气实验，在现场让董一凡做一些跟香气有关的活动。将香水制作这个神秘的过程公之于众，拉近跟消费者之间的距离。就像是一场现场艺术的实验，在国内其实已经有很多企业尝试做这样的事情。

比如一些香水企业会在展台前摆放很多种香氛跟其对应的主题卡片，所有的香水柜台也都有试香的样品，但是这些还是不够精彩。

顾一菲在思考着，让董一凡以怎样的形式展示香水的主题内涵，一瓶香水是如何构思的。

这样的主题一定更加有趣，不但能吸引一些普通观众，甚至能引来很多专业的设计师。以董一凡的能力来说，相当于给国内的从业人员上了一课。

这样就需要找到一个合适的平台，或许在公司展会之前，将声势打出去。

顾一菲思索着整个事件的策划，要找到一个合适的媒体平台。目前的互联网媒体很多都在做知识付费，顺着这条路上去，最好在平台首页搞一个演讲。

顾一菲在网上浏览着相关的知识付费平台，很多老牌平台相对来说并不是她主要关注的对象。因为在老牌平台上，获得推荐资源相对困难。毕竟董一凡在国内并没有粉丝基础，在大平台上总是要吃亏的。况且时间上也是不允许的。

她跟董一凡聊天，了解到他想做个人品牌。那么相关的活动对他自己的想法也是很有帮助的。她跟董一凡协商由她来做外联，寻找到合适的方式来进行宣传。

纸飞机是最近比较火的小众文艺出版社，并且有自己的线上平台。主编白轶是从某出版社出来的，背景很不错。

这个出版社顾一菲是知道的，在国内文艺界十分有影响力，但是最近好像已经没落。纸飞机沿袭了这个出版社的调性跟运作方式，异军突起成了新的有生力量。

顾一菲将纸飞机一年以来出版的书籍浏览一遍，文学、历史、艺术做得十分全面。

她找到纸飞机出版社的商业合作邮箱，将董一凡的一些信息发送了过去，表明态度寻求一次线上节目的合作。

几个小时之后，纸飞机那边就传回来了邮件。

这效率让顾一菲很是惊喜，似乎找到了同类的感觉。

回邮件的是纸飞机的主编白轶本人，让顾一菲有些受宠若惊。这说明对方对这个合作很重视，她可以占据更多的主动权。

白轶对董一凡的背景很感兴趣，想要当面聊一次。

顾一菲没有回复具体时间，她跑出房间来到了董一凡的工作室。

"我帮你约了一个人。"顾一菲说。

董一凡还在雕刻着木头，他前面的桌子上已经有了好几种雏形。

"什么人呢？"董一凡放下手中的刻刀问。

"你不是想在中国建立自己的香味文化品牌？我帮你联系了一个不错的出版社，咱们去聊聊，顺便了解一下国内文化领域的市场，对于你以后的发展也很有帮助。"顾一菲说。

　　董一凡想了想，说："好吧，出版社倒是个不错的突破口。如果有可能的话，或许我可以跟他们合作出一本书。"

　　顾一菲愣了一下，说："我怎么不知道你还有出书的打算？"

　　董一凡耸了下肩，说："你大概只对我手中的香水感兴趣，别的你也没问过呀。"

　　顾一菲撇了撇嘴，觉得这家伙的话里带着一点酸意。

第六章　兼职经纪人

"好好好，你厉害，你书的内容整理得怎么样了？"顾一菲赶紧转移话题。

董一凡靠在椅子上，说："我在国外的时候偶尔会接些专栏的采访还有我自己时不时写的一些与自己创作有关的内容。大部分内容我都整理完了，最近因为做你的香水，又有了一些新的体会，所以会额外增加一篇。"

顾一菲说："纸飞机在国内是一个比较新的出版社，但是内容做得十分扎实。我觉得这个合作有很大的概率可以实现。"

董一凡并没有说什么，让顾一菲来安排。在国内，他除了长相，跟别的老外并没有什么区别。有顾一菲帮他联系事情，也减少了他很大的负担。

他想在中国做香味文化，但是第一个突破口如何打开也是他迫切需要解决的问题。

顾一菲将白轶约到了一个咖啡厅，等她跟董一凡到的时候，白轶已经等候多时。

顾一菲跟服务员说了自己约的人，服务员将他们带到了白轶的桌子旁。

顾一菲打量着白轶，确实文艺范十足。修长的脖颈，配上长发，让顾一菲都有些沉醉。她想着要是自己是个男的一定会追求白轶。

正在她胡思乱想之际，白轶起身伸出手跟董一凡和顾一菲握了个手。

"初次见面，我是白轶，纸飞机出版社的主编。"白轶说。

顾一菲这才缓过神来，说："我是顾一菲，这位是董一凡。"

董一凡微笑了一下坐到了一边。

白轶观察了一下两个人的状态，便将注意力全部放在了顾一菲身上。在她看来，谈合作找顾一菲就对了，谈内容的时候，或许董一凡才有兴趣加入。

三个人分别点了饮品，顾一菲笑着说："白小姐真是年少有为，这么年轻就成为主编。"

白轶礼貌性地微笑，说："这些年出版业并不景气，坚持做下去的人越来越少，不然哪里轮得到我来做出版社。"她的话三分客气七分事实。

"我很好奇，你们的出版社为什么起名叫作纸飞机呢？"顾一菲不断地抛出问题，想要摸清白轶的经营思路。

"我们坚持优质的小众内容和长销书而非畅销书策略，说起来就像是一场童年遗梦，希望童年里的纸飞机一直飞向远方。"白轶微笑着说，她察觉到了顾一菲的意图，自然开诚布公。

顾一菲一听，心里有了数。白轶看着精明强干，合着跟董一凡是同一种理想主义的人。

情怀可不能当饭吃，有情怀也要有市场，不然顾一菲可不会答应。

"我们想要做一场关于气味的演讲活动，你对此有什么看法呢？或者说，纸飞机能带给我们什么呢？"顾一菲说。

白轶认真了解过董一凡的背景，在气味文化领域，国内少有这样有见地的人。所以她十分重视这次接触，稀缺就代表价值。

"我们纸飞机走的是传统出版跟线上平台相结合的发展模式。资源优势在于，我们的线上活动很多都是由沈书枝老师亲自主持。我们有固定的受众，并且我相信我们固有的受众跟你们预想的受众有着高度的重合。比如说年轻白领、设计师、文艺爱好者。"白轶将自己平台的一些运作内容讲给白轶听。

董一凡在一边听着两个人互相试探地聊天，心中对于这次合作大概有了判断。他对于纸飞机这样的媒体很有好感，因为白轶就是一张很好的名片。

"您是董一凡先生的？"聊了一段时间，双方也有些熟悉，并不像开始的时候那么拘谨，所以白轶问出了心中的疑惑。她不确定顾一菲跟董一凡到底是什么关系。

"我是他债主。"顾一菲微笑着说。

白轶"啊"了一声，十分惊讶。

顾一菲笑了笑，说："开玩笑的，我跟他是合作关系，最近我们一起在合作一个项目，所以想要借助平台做个人和产品的推广。"

白轶点了点头，说："我这边需要董一凡先生给出一个意向的合作状态。"

董一凡说："我手边有整理好的一些稿子，如果你们感兴趣可以在你们这里出版。"

白轶点了点头，说："很期待您的稿子，那么线上音频节目您这边有考虑吗？"

"知识付费这些我之前并没有接触，不过也是可以尝试的。"董一凡对于新媒介很有好奇心。

顾一菲将自己的策划交给了白轶，如果纸飞机有相当的执行能力的话，做一次活动是不成问题的。

董一凡完全做了甩手掌柜，所有合作的事情全部交给了顾一菲。

尤其是谈论钱的时候，这家伙总是找借口溜达出去。顾一菲真是不知道这家伙以前是怎么谈合作的，让顾一菲有一种把他卖了的冲动。

"我这周会整理好董老师的书稿，然后给您回复。活动的话，我们有两个可选择的地点，一个是星光美术馆，另外是纸飞机书店。这个我会继续跟顾老师沟通。"白轶的脑子在飞快地运转，给出初步的方案。

顾一菲对她是相当满意，这种节奏的谈话让她十分舒服。

敲定了合作，几个人随便聊了会儿天，白轶就气味文化问了董一凡一些问题。

回家的路上，顾一菲看着一脸轻松的董一凡，感觉这家伙就是出来逛街的。她跟白轶在谈工作的时候，他跟个没事人一样，让顾一菲十分不爽。

"我说，你也不怕我把你卖了？"顾一菲说。

董一凡一摊手，说："你是好人，我相信你。"

顾一菲咬了咬牙，她最恨的就是别人给她发好人卡。她在心里回复："你才是好人，你全家都是好人。"

"你的香水瓶做得怎么样了，要不我给你提点意见？"顾一菲旁敲侧击地说。

董一凡一脸警惕地看着她，说："瓶子没做到让我满意的时候我是不会拿给你看的。"

"小气，我是在盯你的进度，免得到时候你拿不出东西。"顾一菲说。她对董一凡有信心还有一个原因就是即便他没有完成最后完美的创作，将他认为有瑕疵的产品拿出来也已经足够。她想接触到董一凡的设计就是有备无患为了以后留一手。

董一凡看着她说："你不会想拿我设计中的产品去交差吧？"

顾一菲一脸正经地说："怎么会，我的人品你是了解的。对吧，嘿嘿。"顾一菲干笑了一下，想着董一凡这家伙就是在不该他精明的地方精明了起来。

　　宁小凝这家伙自从知道顾一菲住在董一凡家之后，每次看到顾一菲小眼睛都四处乱转。好像要发现什么新的八卦一样，顾一菲看着她，敲了一下她的脑袋，说："小眼睛滴溜溜地转，又想什么坏主意呢？"

　　宁小凝笑着说："一菲姐，你跟董一凡是不是在一起了？"

　　顾一菲白了她一眼，说："别瞎猜了，我是因为工作原因才去他那里的。让你联系的做喷头的企业联系得怎么样了？"

　　宁小凝凑过来说："我上周在公司的会上提了一下，按照我选的公司合作。不过……"

　　顾一菲看丁小凝停顿了一下，说："继续说。"

　　宁小凝噘着嘴，说："唐婷婷听完后说她也要去那个公司定喷头，这样可以节省成本。"

　　顾一菲点了点头，这样做倒是也没什么问题。只是喷头的型号是根据瓶子最后才会决定的，唐婷婷这样跟着订货到底有没有考虑过瓶子的问题？这个人还真是时常不带脑子乱来。

　　"没事，你把地址发给我，还有负责人的联系方式。等出货的时候我要亲自去看一看。"顾一菲计划着等瓶子出来之后自己过去组装实验。细节处是最容易翻车的，尤其是各个零件不在一个工厂做。

　　"对了，唐婷婷那边的香水有什么动静了吗？"顾一菲问。

　　宁小凝笑着说："你之前不是让我将你跟我说的那些个创意透露给他们嘛，前两天我路过唐婷婷办公室的时候，她正大发雷霆。因为那些食物香气的香水提案，陈安平把她骂得狗血淋头。本来要开两个小时的项目汇报，十几分钟就结束了。"

　　顾一菲无奈地摇了摇头，抄袭惯了的人，甚至失去了最基本的判断能力，这么简单的事情也会被耍，她实在是很无语。

　　"是她们自己蠢，怨不得别人。最新生产的青春系列红酒的原料换过来了吧？"顾一菲问。

"已经更换了，你放心吧。我亲自去看过了。"宁小凝以前总是不靠谱，在顾一菲身边耳濡目染，总算精明了不少。

一周后白轶那边回复想要出版董一凡的书，并且可以在星光美术馆进行一场关于气味的宣传活动。

"白主编的效率真是高。"董一凡啧啧称奇，他看着顾一菲，又一次被这些女强人的效率震慑。

顾一菲白了他一眼，说："你以为谁都像你们一样？哪有什么奇迹，发展的速度不就是这么拼下来的。"

董一凡不置可否，伸了个懒腰表示抗议。

"你想好活动的主题了吗？准备工作需要多久，现场需要什么环境？"顾一菲现在俨然成了董一凡的私人秘书，人在屋檐下不得不低头。

董一凡打开电脑，调出一个文档，说："现场我需要几个桌子，还有一个投影仪就好。其余的座位随意安排就好。主题定为：嗅觉记忆。"

顾一菲认真地看了看董一凡的计划，然后将这个文档转发给了白轶。

"有一个事情，我想问问你。"董一凡说。

"什么事呢？"顾一菲看着董一凡一脸正经的表情说。

"演讲的时候，我可以说英文吗？"董一凡尴尬地看着顾一菲。

"不行。"顾一菲差点笑出声来，因为董一凡的中文确实不尽如人意。有些时候会用错一些关键的词。

不过在国内做演讲，飙英文并不是个明智的选择。因为面对的群体是大众，一方面会有交流障碍，另一方面会让观众觉得被冒犯，尤其董一凡的外貌一看就是亚洲人。在中国使用中文会让人有亲近感，这样有利于董一凡之后的活动。

"你的中文其实挺好的。"顾一菲故作镇定地说着，只能在心里挖苦着董一凡的口音。

关于气味的演讲和现场实验，董一凡已经做过很多次，但是在中国还是第一次。以往主要是使用英文，但用中文就会变得有些紧张。

董一凡将自己的创意提交给了在法国的琼斯，琼斯按照董一凡的要求制作了一些特定的气味。

琼斯很快完成了董一凡要求的气味，打包快递给董一凡。随着香水一起还附加了琼斯的一封信。

琼斯跟董一凡预约好了档期为他调制红酒主题的香水，这个案子之后他想开启自己的中国之旅，第一站就是要来董一凡家。

纸飞机的活动定在月底，宣传和嘉宾邀请都由纸飞机来筹备，董一凡也不用花什么心思。当然劳务费这块顾一菲也没客气，是按照纸飞机能给出的最高标准来算的。

赶在纸飞机的活动前，董一凡终于将自己瓶子的样品设计图拿了出来。

顾一菲喜出望外，跟接圣旨一样接过董一凡的设计图。

"真是不容易啊，你知道我每天都在提心吊胆过日子，给你当保姆。"顾一菲翻看着董一凡的手绘。

瓶子的整体形状有点像一个精致的酒壶。但是透明的材质，和瓶口的设置又让人明显感觉到和酒壶的区别。

瓶盖是木质的，表面有着红酒样子的纹路。木质跟玻璃的结合，带着东方的韵味。

"真漂亮。"顾一菲也做红酒瓶子的设计，但是改来改去大体上并没有什么大的区别。但是看到董一凡的作品，让她对瓶子的设计有了新的认识。原来细节处还有这么多功夫可以做。

董一凡递给顾一菲一个木雕，就是她手上设计图的木雕版。精巧可爱，让她爱不释手。

"我马上联系制瓶厂，准备下厂。"顾一菲开心地说。

董一凡一听，马上抢回了设计图，说："这可不行，香水的部分琼斯还没有完成。要等到香水的状态确认了之后，才能决定瓶子的材质。我看你实在是太着急，所以才提前给你看的。"

顾一菲咬着牙，看着董一凡："你倒是沉得住气，香水不是已经在制作了吗？"

"琼斯那边还在确认配方，我还需要跟他讨论最后的方案。"董一凡说。

顾一菲看着董一凡手中的设计图，眼睛冒光。

董一凡注意到了她的目光，将设计图拿到身后，说："你不要打它的主意，我不会让你把它拿走的。"

顾一菲咽了下口水，心里想："我的表情有那么明显吗？"

她故作镇定地说："谁要抢你的东西了，小气。"她故意不屑地瞥了他一眼，转身回了卧室。

董一凡为了纸飞机的活动，花了很多心思，连续很多天都在熬夜。顾一菲这段时间也就放松了对他的看管，毕竟瓶子已经有了模样，并且香水的设计已经完成调香在国外进行。

纸飞机的活动造成了十分轰动的效果，因为有沈书枝这样知名的文人站台，让美术馆人气爆棚是很简单的事情。

同时白轶将活动推到了网上进行直播，实时在线的人数突破百万。

董一凡从一瓶香水的创意开始，将整个商业路线讲了一遍。这些内容以往都过于神秘，以至于大家带着猎奇的心思认真地听讲。

"香水由一个定义开始，这是一瓶香水诞生的最初的构思。然后我们会经过团队的集体思考，来不断地完善这个定义，让它的轮廓更加清晰。之后就是要收集和研究与定义相关的创意。这个时候我们的一瓶香水就进入到实际的创作阶段，展开对香水的设计计划、制作瓶子。再经过测试，一瓶香水就可以被放大生产然后送到消费者手中。"董一凡一边讲着，下面的人忙不停地拍摄着他的PPT。

董一凡拿出了很大的诚意，他的演讲中干货满满。如果现场有设计师在的话，就相当于上了一堂创意到产品的设计学课程。

顾一菲在现场也没闲着，纸飞机这边的新媒体运营经验不足，使得直播信号故障频出。白轶在前面参与主持也顾不上后面的事情。所以顾一菲直接接手了这边的事情，用自己的手机分享着信号，然后安排人拿备用电池，准备多台直播设备，来补充信号源。

在她的安排下，一切还算顺利地进行了下去。只是大家没有预料到网友那么热情，服务器不断地被挤爆。

演讲结束后，董一凡瞬间收获了无数的粉丝，大家纷纷求签名和合影。

董一凡并不喜欢这样的场面，签了几个字就有意往后躲避。白轶赶紧上前打圆场，安排着工作人员引导董一凡走到了后台。

从美术馆出来，董一凡长出一口气。

"你很受欢迎嘛。"顾一菲笑着说。

董一凡瞥了她一眼，说："那个感觉很恐怖的，感觉他们像是要吃了我一样。"

顾一菲无奈地说："你知道多少人想要这样的机会都没有呢，你倒是不珍惜。"

回到车上，董一凡看着顾一菲说："你希望自己变得很受欢迎吗？"

顾一菲白了他一眼，说："求之不得好吧，你以为我这么努力是为了什么？"

顾一菲摇了摇头，反正说什么这个家伙都是听不懂的。

"对了，周一跟我去趟公司。领导要求咱们将项目汇报一下。PPT我准备好了，到时候你看看就行了。"顾一菲说着。

　　董一凡点了点头，正要发动汽车，手机上收到了一条短信。

　　"是琼斯的消息。"董一凡说着打开短信。

　　顾一菲猜想八成跟自己的项目有关，她等着董一凡看完之后跟她分享信息。

　　董一凡一边看着，一边皱了皱眉。

　　"怎么了？"顾一菲问。

　　"琼斯那边发现了一些问题。"董一凡说。

　　"什么问题？"顾一菲赶紧问。

　　"我们本想将香水设计成红酒的颜色，然后配上透明的瓶子。但是琼斯经过实验之后发现这样的组合使得香水会变得不稳定。光和热容易破坏香水中的一些成分。"董一凡说。

　　顾一菲心中一凉，因为她的报告中已经写明准备进行生产最后的准备。

　　"是什么样子的不稳定呢？"顾一菲继续问。

　　"长时间存放在超过四十摄氏度的环境，或者强光下直射都会有风险。"董一凡说。

　　"你是说在那样的环境下有风险，并且不是一定会发生是吗？"顾一菲凑近了过来问。

　　董一凡点了点头，说："琼斯这边的实验还不够充分，具体的信息还有待继续去做实验。不过最好的办法还是调整瓶子的颜色，这样就可以很好地保护香水。"

　　顾一菲略微缓和了一些，想着解决问题的办法，说："那么将你之前设计好的瓶子材质换成不透明的不就可以了？"

　　董一凡摇了摇头，说："简单的更换瓶子的颜色，在视觉上就会有缺陷。如果要更换瓶子的颜色，那么我要重新开始设计。"

　　顾一菲听到他说要重新设计，头一下就大了，说："重新设计，那前面的功夫不是白费了？时间上也并不允许，下周一就要汇报了，我们不能这样做。你将之前的设计图给我，我要进行下厂生产。香水的问题，你们之后再解决。"

董一凡疑惑地看着顾一菲说："你可知道这样的话香水随时都会出问题，这样的产品你怎么能允许它出现在消费者手中？"

"前面的产品只有1000支，而且大部分都是做活动搭配销售。就算到时候有什么问题也不会引发大的骚动。这样你就有充足的时间进行调整，而且你们实验室的条件比较苛刻，在通常的条件下，还是没什么问题的。"顾一菲想了想说。

时间时间，一切都是因为时间。

但是董一凡并不同意，他认为只有最完美的产品才能够推出去。顾一菲试图从公司的角度说服董一凡，因为企业不是一个人的工作室，它需要效率来抢生存空间。董一凡一时接受不了这样的设定，他已经习惯了在国外领先状态下的松弛进展。

董一凡不满顾一菲那种金钱至上的态度，说："是不是有钱你什么都愿意做？"

顾一菲本来一直压着火在跟董一凡讨论问题，没想到他来这么一句，冷言冷语地说："没错，只要有足够的钱，干什么都行。"

顾一菲这句话有后半句，"要么有很多钱，要么有很多爱。"她对爱已经不再有幻想，将一切寄托于金钱。

董一凡被气得脸色发青，一言不发地开着车。

顾一菲看向窗外，也不再说话。即便是这样顾一菲依然尊重董一凡的意见，只要他不点头，顾一菲还是无法说服自己将产品交出去。

晚上顾一菲做好晚饭，但是董一凡一直没来吃。顾一菲走到外面看着工作室里的灯一直亮着。

董一凡从回来开始将自己关在了工作室没有出来，不知道是在赌气还是在做什么。

顾一菲回到自己的房间，打开电脑看着之前做好的报告。页面停留在项目进度处：香水配方制作完成，国外生产中；瓶子设计完成，准备下厂。

犹豫了片刻，顾一菲将电脑关上没有做任何修改。生活不是解数学题，很难有标准答案，并且随时都会有意外发生。

做葡萄酒的时候也是这样，有时候会有人加错原料，或者存放出现问题。只要人活着就会不断有问题出现，然后想办法解决。

周一顾一菲带着董一凡来到公司，带他到接待室之后自己回到了办公室。

"一菲姐，董一凡呢？"宁小凝看顾一菲进来跑过去问。

"在接待室呢。"顾一菲冷冷地说了一句就去做别的事情了。

宁小凝站在原地有些蒙，根据顾一菲的态度就知道有问题，可是现在她又不敢问。

汇报会上，唐婷婷抢先将自己的项目做了汇报。里面详细展示了瓶子的效果图还有香水的制作进度。

顾一菲坐在下面有些不安，她看着一边的董一凡，不知道这家伙会不会拆自己的台。

陈安平对于唐婷婷的工作比较满意，一切进度都很及时。只是唐婷婷这边的预算也早就超了。有钱能使鬼推磨，这话总是那么适用。

顾一菲走到前面，还是宣讲自己的报告，只是其关于进度的内容都是文字描述。

陈安平适时地打断她，说："一菲，你的项目进展到这个程度，其中相关的内容是不是能展示出来？"

顾一菲手上没有董一凡画好的图，实在是没法展示，她将PPT跳到概念的那一张，说："设计的图纸我不方便展示，虽然瓶子已经确定，但是要配合香水需要再确认一次。为了尊重董老师的态度暂时无法公开展示，但是我亲自看过设计图，十分漂亮。"

陈安平一皱眉，这样没谱的事情，他自然是不放心。拿不出就等于没有，他略微沉吟了一下。就算是想提携顾一菲，那也得是在她将一切都做好的基础上。

唐婷婷冷笑着说："都这个时候了还在聊概念，你们要是有问题可以直接退出，没必要占用资源。乖乖回去做酒不是挺好。"

王亮坐在唐婷婷身边，看着对面的董一凡也是一脸的不屑。大家都是做香水的，董一凡冷漠的态度早就让他不爽了。之前还碍着对方的名头敬他几分，现在看来不过是徒有虚名的假清高。

这种场合顾一菲自然是不会吃亏，公开的会议中到处都是技巧，有时候做的事情反倒是其次，但是现在自己手中一点实际的东西都没有，实在是被动。

"设计的语言是每个设计师独有的，这种东西你只要看一看就知道高下。香水在知名调香师琼斯的手上开始制作，其品质自然会让人眼前一亮。"顾一菲说着。

董一凡坐在下面，想要说什么，不过被顾一菲一个眼神按住了。

顾一菲的处境已经很艰难了，董一凡一张嘴将事情全部说出来，这个项目自己就不用做了。

陈安平皱着眉，说："一菲，你们这边的工作进度我现在确实有疑问，毕竟香水不是你的专业。你们下去再总结总结。"

顾一菲咬着牙走了下去，陈安平的态度很明显，如果不行赶紧投降。每个人都在关注自己的利益，所以永远不要让自己处在那个可以被随时弃车保帅的小车的位置上。

以往顾一菲可以通过自己的能力解决很多事情，但是这一次香水的项目却不是她能控制的。如果她能自己来做的话，那么一切自然会不一样。

顾一菲心中汹涌澎湃，但是表面上依然从容自在，说："要呈现出非一般的作品，自然是要付出更多的努力。这次时间本来就很紧，而我们是出于对产品的精益求精所以方案才会一改再改。如果按照市面上优秀为标准的话，我们的工作早就结束了。我们现在要做的是将产品做到极致。"

这个时候顾一菲越是自信，才越有一点机会。无法说服自己，自然无法说别人。从这个角度，顾一菲的话才有一些分量。

"是吗？原来你最近跟董老师去做直播活动也是为了咱们的产品吗？活动做得不错嘛，顾一菲。我以为你们的项目已经接近完结了呢，看你那么有闲情逸致地参加别的公司的事情。"唐婷婷阴阳怪气地说着。

顾一菲没想到这事都传到她这里了，看向陈安平的时候，顾一菲明白现在估计全公司的人都知道自己跟董一凡去纸飞机的事情。只是表面上谁都没提，不过唐婷婷怎么会放过她。

"我是为了下一步产品推出提前做宣传，你懂什么？"顾一菲甩了她一句，坐到了自己的位置上。

陈安平没再说什么，讨论继续进行着。

唐婷婷眯缝着眼睛观察着顾一菲和董一凡，发现这两个人全程都没有互动。她心中立马有了判断。

走出会议室，顾一菲让宁小凝带着董一凡去休息。她自己回办公室将最近一些红酒的资料整理一下。宁小凝早上跟她说，有一些酒在保存上出现了问题，要她批一下报废。

刚到办公室门前，唐婷婷走了过来，拦住了她。

"有事吗？"顾一菲停下脚步，看了她一眼说。

唐婷婷双手交叉在胸前，说："顾一菲，说实话我还是很欣赏你的。香水这个案子你做不成，总监的位置一定是我的。你现在识相的话赶紧退出，以后安心为我做事。"

她得意扬扬地看着顾一菲，也是刚刚跟王亮聊了几句。王亮认为董一凡的设计一定是有什么问题，不然不应该遮遮掩掩的。

顾一菲叹了口气，往后退了一步，说："我跟董一凡的合作还没有结束，你怎么就知道你一定能胜出呢？再说，就算这个项目不成，我继续做酒就好了。毕竟就算你当总监，酒还是要靠我的。我不配合你，你又怎么样？"

"死鸭子嘴硬，董一凡要是能如期完成作品，你在会上至于什么东西都拿不出来？敬酒不吃吃罚酒。"唐婷婷咬着牙，她讨厌顾一菲的态度。从小到大没人用这个态度跟她说话。她讨厌顾一菲那股子自视清高的架势，她一个草根平民，凭什么跟自己骄傲？

顾一菲知道了唐婷婷的背景，也就清楚这家伙的心理，借此来继续刺激她。面对这样的人，求和是没有意义的，因为他们只享受压迫别人而不懂得和平相处。

"我用最差的葡萄做的酒都比你用最好的葡萄做的酒好，真不知道你有什么底气在这里教训我。你请董一凡的时候连他的面都见不到，我现在能跟他一起做产品，麻烦你回去好好想想。"顾一菲用一种看白痴的表情看着唐婷婷，惹得她暴跳如雷。

唐婷婷终于被顾一菲刺激得暴怒起来，平时她都是一副灭绝师太的样子，现在更是怒不可遏。

她上前一把推在顾一菲的左肩上，不知道是不是自己的力道太大，让顾一菲直接摔倒在地上。

她瞪着顾一菲，说："我告诉你，要不是你请到董一凡并且有陈安平保你，我早就把你清理出公司了。你不要太得意，完不成这个项目我有的是办法让你滚出公司。"她说完，愤然离去。

就在这个时候，宁小凝跑了过来，扶起顾一菲。

"一菲姐，你没事吧？"宁小凝还纳闷平时丝毫不吃亏的顾一菲，这会儿怎么被唐婷婷给推倒了，是不是最近太累了？

宁小凝将顾一菲扶了起来，回过头，之前在走廊一边的董一凡已经没了踪迹。

"董一凡呢？"顾一菲拍了拍身上的衣服，轻描淡写地说着。

"刚刚还在那边呢，你让我带他从另一边走回办公室，刚到门口就看见你跟唐婷婷争执。"宁小凝说着。

顾一菲点了点头，说："没事了，你做得不错。"

宁小凝先是疑惑了一下，旋即笑了笑，眼睛弯成一条线，看着顾一菲，说："一菲姐，你真有一套。我刚刚还费解你怎么会被唐婷婷推倒，毕竟你可是战斗力爆棚的呀。"

顾一菲打开办公室的门，说："你总算是变得聪明了一点。"

宁小凝跟在顾一菲身后，再一次五体投地，她发现跟顾一菲相比，自己简直就是一个低能儿。要是顾一菲想害自己，那真是分分钟的事情，简直可怕。

董一凡坐在车里，闭着眼睛。在国内的这段时间他时常感到疲惫，他有自己的标准，没什么可动摇的。身边的人，自然也影响不到他。那些客户再怎么催促，董一凡也没有急过。但是顾一菲的事情，让他心里有些波澜。

车窗外刮起了风，用禅语说，是风动还是心动呢?

他将车钥匙放在前台，然后发信息给顾一菲，自己坐地铁回了家。

顾一菲加班到很晚才下班，到前台拿了钥匙。涉及清理库存的事情，她不得不小心万分。这个时间点上更加不能被别人抓到把柄。

她走到停车场，看了看手中的钥匙。她跟董一凡始终不是一个世界的人，她握紧钥匙不让自己多想，将全部的注意力都放在眼下的项目上。为了让项目顺利进行，她只能花更多的心思。

等她到董一凡家的时候，已经九点。

顾一菲走进大厅，此时董一凡正坐在茶几边看书。现在很多人已经没有办法安下心来保持看书的习惯，顾一菲自己也有段时间没有阅读了。但是董一凡这家伙几乎雷打不动每天都会抽出时间看书，让顾一菲很钦佩。

看到顾一菲回来，董一凡说："你回来了。"

顾一菲点了点头，走到他对面坐下。

董一凡放下书，给她倒了一杯温水。他将旁边的一个文件夹递给了顾一菲，说："我的所有设计文稿都在这里面，还有香水的配方。琼斯那里我已经打好招呼，你按照我草拟的合约将费用打给他，就可以了，他做好香水之后会发快递给你。"

顾一菲愣了一下，本来应该很开心的事情，却没有自己预想中的狂喜。她接过文件夹略微迟疑了一下，说："你，你不再做修改了吗？"

董一凡苦笑了一下，说："这个项目本来就是你主导的，我将自己所做的交给你，由你做决定。"

顾一菲点了点头，轻声说："谢谢。"

董一凡显然并不需要她的感谢，说："定金我会退还给你，希望你能帮我跟你们公司商量一下完成解约。"

顾一菲看得出董一凡的态度很坚决，抿着嘴唇说不出话。此时董一凡的每一句话都像是把刀子刺在她的心上。相对于董一凡的潇洒自在，自己越发变得可笑。

董一凡不理解顾一菲为什么对世俗的成功和效率如此执着，这对在欧洲长大的董一凡来说简直是一种病态。

偏偏顾一菲对这份成功的执着却让董一凡有些钦佩。

他站起身走向书房，在门口停了下来，背对着顾一菲说："这是我第一次交出未完成的作品，这对我来说是一个很羞愧的事情。"他说完走进了书房，留顾一菲一个人在客厅。

客厅很空旷，头上是漆黑的夜。

顾一菲一个人在客厅坐了好一会儿，将面前的水一饮而尽。

她看着手中的文件夹自嘲地一笑，她要的是成功，不是所谓的清高。

文件夹中有董一凡的一些手稿还有一个U盘，另外就是他香水的配方。花体的英文下面还备注了中文的翻译，虽然董一凡汉语说得不好，但是汉字写得十分漂亮。

顾一菲看着配方上的字，只剩几分无奈。

之后的几天董一凡开始深居简出，尽量避免跟顾一菲接触。

顾一菲也不是不识相的人，将自己的东西收拾好，给他做了一桌子好饭，安静地离开了董一凡家。

董一凡从书房出来看到一桌子饭菜愣了一下。他有某种预感，看了看空旷的大厅。

他走到顾一菲的那间客房敲了敲门，没有回应。他将门推开，看到里面被收拾得整整齐齐，恢复了原本的样子，除了他新拿出的一床被子被整整齐齐地叠放在床边。

一切都结束了，董一凡长出了一口气，如同经历了一场梦。只是不知道是好梦，还是噩梦。

顾一菲按照董一凡文件上的信息联系到了琼斯的助手，将钱打过去之后，等着香水的到来。

她将董一凡的文件整理好发给了陈安平，配方和瓶子都已经交付，顾一菲向公司申请了结算尾款。

她不想让董一凡真的空手而归，所以背着他继续执行着合同，她想将钱打给琼斯，由琼斯来转交给董一凡。

之后更忙的事情就是盯着瓶子的生产，包装的生产，还有就是灌装。

之前董一凡提醒过她直接找一些奢侈品代工厂进行分装，这样能保证分装时香水的品质不被破坏并且能提供一个无氧的封装条件。

顾一菲将整条线联系好，只需要等国外的香水到来，将全部的东西转到代工厂进行分封和包装就可以上线了。

一切都在顺利地进行着，每天顾一菲都会亲自核实每个步骤的进度。

快下班的时候，宁小凝敲门走了进来，手中拿着一个小瓶子。

"一菲姐，唐婷婷的香水出样品了，你要不要闻一下。"宁小凝将瓶子放到了桌子上。

顾一菲看着瓶子中的香水，泛着一种不是很纯正的红色。

顾一菲拿起香水，盖子刚一打开，一股香气向她袭来。

顾一菲心中一惊，这个味道她太熟悉，这个味道跟董一凡的香水实在是有些相似。她连忙拿出试香纸将香水喷上去，反复闻了几次。

她眯起眼睛，猜到了其中的玄妙。

"一菲姐，怎么了？"宁小凝看着顾一菲表情变幻，问道。

顾一菲冷笑了一下说："唐婷婷盗用了董一凡的配方。"

"啊？"宁小凝实在是不能再震惊，看着顾一菲有些难以置信。

"那我们怎么办？"宁小凝颓然地说着。连配方都被抄袭的话，顾一菲请到董一凡的优势将荡然无存。

顾一菲却反常地平静了下来，她并没有想要理论的心思。配方是她亲自交给陈安平的，那么配方到唐婷婷手上也只能是陈安平或者是陈安平上面的人做的。

"王亮这个家伙毕竟也是一名调香师，他会抄袭，但是仅存的一点羞耻心，或者说自视甚高的小心思作祟，他也不会原封不动地使用董一凡的配方。配方中他一定动了一些东西，使得味道发生了转变。而且他香水的浓度配置也有些问题。"顾一菲看着面前的香水样品，盘算着接下来的计划。

"还有，一菲姐，喷头已经做好了，是不是让他们将我们的部分送过来？"宁小凝问。

"咱们先不去管他，下午我去做喷头的厂里面看一下。瓶子已经做好了，我去做个实验。"顾一菲手上已经拿到了瓶子的样品。

瓶身是透明的质地，因为造型和细节处的精心设计而显得格外精致。顾一菲拿到瓶子后一直放在身边，这个瓶子也是她的秘密武器。

第七章　配方被盗用

宁小凝对于唐婷婷抄袭配方的事情耿耿于怀，但是她解决不了这样的事的。

下午宁小凝当司机，载着顾一菲来到郊区一个做喷头的厂家。

厂长客气地接待了她们，到会议室将他们的样品拿了出来。

顾一菲看了看，品质上确实没什么问题，然后拿出了自己的瓶子。

"请问，有酒精吗？"顾一菲问道。

厂长一愣，虽然不知道顾一菲想做什么但是也没说什么，让手下去车间里找了瓶消毒用的酒精。

顾一菲将酒精灌到瓶子里，转身拧好喷头，在手中不断地摇晃，然后连续地试喷着。

喷头的力道控制得很好，当按到底部的时候有一个反馈，手感很舒服。

但是顾一菲将瓶子倒过来喷的时候，一点液体顺着喷头和瓶体接缝处溢出。

厂长一看有些吃惊，跟手下几个人面面相觑。

顾一菲把它递给厂长，说："麻烦您这边尽快找到问题，这样的东西我们是没有办法使用的。"

好在之前董一凡将一些细节跟她交代过，不然这样的瑕疵会毁了整个产品。现在果然出了问题，她心里也早有准备，不至于太震惊。

厂长将喷头取下，仔细看了看，说："瓶子接口的地方跟喷头有一点缝隙，会导致瓶内的液体流出。这样，我将接口位置的垫片加厚，就能解决这个问题。"厂长说。

厂长找来新的垫片反复试验了几次，再也没有出现过问题。

顾一菲这才放心地让他们发货。

回去的路上宁小凝一个劲地夸顾一菲，说："一菲姐，你真厉害，这么小的细节都能想到。"

顾一菲坐在副驾驶的位置上，将头转向窗外。

她没有说话，脑海中想起了董一凡。

宁小凝看着顾一菲转过头，自己也闭上了嘴巴。自从顾一菲开始做产品之后，再也没提过董一凡。她能察觉出顾一菲的变化，曾经自信锋利的她，现在总带着一点忧郁的色彩。

她虽然笨，但是对于感情这东西还是能察觉到一些的。但是她又不敢问，只能无奈地叹气。

在顾一菲看来董一凡是养尊处优的少爷，无法理解她想要打破阶层壁垒的心。

他们终归是两个世界的人。她在心里重复着这句话，有时候连自己都吓一跳。

瓶子包装全部出来之后的三天，香水也从国外寄了过来。这段时间顾一菲的神经一直紧绷着，这些从国外运送过来的产品是不容有失的，因为就算是能重新做，时间上也来不及了。

顾一菲亲自带人将产品取回。100升产品分成了五个小桶，包装得很严密。

顾一菲将产品运到代工厂，眼看着香水全部分封完成，一颗心才终于放下。

她在成品中拿出一瓶香水，放进了自己的包里。

唐婷婷那边的事情也在同步推进着，王亮将董一凡的香水配方中的一个原料更换为国产原料，以增加这个原料在香味中的个性，并且以此来说明自己的产品如何高明。

唐婷婷如获至宝地将这款香按照王亮的要求在他的工厂里做了放量，因为王亮增加了一个原材料的比例，所以整个香味的基调发生了改变，倒是可以说两款香是一种延续的关系。

唐婷婷对王亮的效率十分满意，派人到王亮的工厂里将制作好的样品送到了自己找到的工厂封装。

她满心欢喜地等着发布会的到来，有了董一凡的配方打底，她终于能为自己出一口恶气。

她想看到顾一菲那失望和愤恨的眼神。顾一菲越是不服输，她越是要将她踩下去。

新品酒的发布会如期举行，更有看点的是，君红同期推出了自己的主题香水。这个在业界还真是不常见。

以往的跨界多是从服装领域跨到香水，因为整体上都是有一点相关性，但是这次却完全颠覆了消费者的想象。

君红的背景十分强大，不但邀请了很多客户前来，还找了很多权威媒体进行造势，其手笔让顾一菲也很是吃惊。怪不得陈安平这个总经理在公司内还要小心翼翼地搞权谋，其背后的水还真是挺深。

展台被安排在君红入股的一家五星级酒店里面。这个酒店里有几个很大的展厅，可以做演讲或者陈列。

顾一菲跟宁小凝还有几个手下提前布置好了场地，将她制作的红酒和董一凡的香水陈列出来。

这么多年的历练，让顾一菲应付这样的场合可以说如鱼得水。来展会的人很简单，大部分都是直接客户，只要产品过硬价格合理，一切都不是问题。很快顾一菲这边的展厅就人满为患。

顾一菲将董一凡在纸飞机做讲座的视频下载下来，在展厅的大门正对着的墙上用投影的方式反复播放。很多人都被董一凡的讲座吸引，驻足观看。

从董一凡那里学的一些知识派上了用场，顾一菲不断为人们示范着香水使用的原则，和闻香的一些知识。很多人都没有接触过"穿"香水的概念。

顾一菲看到有人拿着香水往上一喷，然后再走过去让香水落到自己的身上，所谓的香水雨。顾一菲看到这样的场景一脑门的黑线。不知道对方是不是电视剧看多了。

顾一菲让他们将香水直接喷在皮肤上而不是衣物上，结合着自己的体温，会将香水变得更个性化，因为每个人体温的不同香水的味道自然会有变化。让他们了解所谓"穿"香水的真正含义。当然，这也都是跟董一凡学的。

由于前期的香水制作得比较少，所以活动现场每个人仅能限购一瓶。今天会场拿来五百件产品，刚到中午已经被抢购一空。

宁小凝笑得合不拢嘴，忙活得不亦乐乎。

到了下午这边的人依然不见少，宁小凝抽空跑了出去。

等她回来的时候，跑到顾一菲身边说："一菲姐，笑死我了，灭绝师太那边出问题了，别提多狼狈了。"

顾一菲喝着水，疑惑地说："怎么了？那家伙抄了董一凡的作业，香水不会有什么大问题吧？"

宁小凝嘿嘿笑着，说："岂止是香水，瓶子、包装到处都是bug。"

唐婷婷那边的香水瓶子是已经做好了的，王亮将之前的积压货拿出来直接使用。不过在喷头上，唐婷婷坚持使用顾一菲调研的产品。她看过顾一菲拿回来的样品，十分漂亮，就坚持要使用。

王亮倒是不拒绝，毕竟他也要给唐婷婷些面子。香水的主体他已经解决，后面的事情交给唐婷婷也无妨。

只是唐婷婷没想到，一个简单的喷头，却让她出尽了洋相。她为了避免让顾一菲知道自己也订了相同的货，自作主张地额外申请了一千个喷头。由于没有提出特别的需求，对方并未在喷头里面加上更厚的小垫片。

唐婷婷根本没有察觉到问题，直接在王亮的工厂里灌封装盒。

等到使用的时候，盒子里满是香水的味道，几乎每一瓶香水都只剩下了三分之一。在客户试喷的过程中，一些香水会顺着喷头流到顾客拿着香水的手上。

唐婷婷慌乱地向客户道歉，赶紧给对方换一瓶新的香水，可是结果还是一样。

香水的问题直接影响了她这边红酒的销售。

虽然这次销售卖点中增加了香水这个买点，但是主体还是红酒的销售。而且这个展销会是公司特别重视的展销会，基本上奠定了一整年红酒销售的基调。很多大客户都会到现场，一个不留神就会损失大单。

顾一菲并没有太在意唐婷婷那边的事情，继续着手头的工作。

宁小凝咂吧着嘴，看了看墙上不断回放着的董一凡的画面，轻轻地叹了口气。

顾一菲不再提董一凡之后，整个人好像都变得有些沉默了，全部精力都放在了工作上。

这个时候陈安平带着一个年轻人走了进来，宁小凝赶紧拉了拉顾一菲的胳膊，示意她有情况。

"哇，一菲姐，来了个大帅哥。"宁小凝立马变成了花痴小迷妹。

顾一菲看了一眼，心里也不得不承认，这个人确实值得宁小凝这样的小女孩动心。身姿挺拔、外形俊朗，加上定制西服手工皮鞋，典型的高富帅顶级配置。

"董一凡要是穿这么一身应该更帅。"顾一菲被自己的想法吓了一跳，不知道从什么时候开始董一凡变成她欣赏男生的一个标杆了。

顾一菲狠狠地摇了摇头，继续忙着手上的工作。有陈安平陪着，并不需要她去做什么文章。

不过陈安平却将那个人领到了顾一菲身边，说："一菲，这位是艺洲集团老板的公子白亦冰，他对你这边的项目很感兴趣，你来给白公子介绍一下。"

顾一菲礼貌性地微笑了一下，

然后将试用的红酒拿出来一瓶，在酒杯中倒了一点递给白亦冰，说："这是我最新做的红酒，您可以试一试。"

白亦冰摇晃着红酒，抿了一口，说："口感层次分明，单宁味道很特别。我听说了你的作品创意，我觉得很有趣。"他扫视了下展厅四周，说，"不过我更对顾小姐的策划能力感兴趣，你竟然能跟董一凡谈成合作，实在是让我很佩服。"

艺洲集团从事的业务很广，文化、旅游、商业地产，他本身在欧洲游学过几年，董一凡的大名他自然是听过的，听说他回国之后，他还亲自上门拜访过，想要谈合作，不过被董一凡拒绝了。

此时没想到眼前的顾一菲单枪匹马搞定了董一凡，自然不得不让他刮目相看。他上下打量着顾一菲，也不得不承认她的气质十分出众。

"哪里，您过奖了。"顾一菲保持着表面上的礼貌客气，冠冕堂皇且不走心。眼前的年轻人这么年轻，大概率是靠着家里的背景招摇过市，这样的人顾一菲见多了，包括唐婷婷不也是这种人。

白亦冰并不介意顾一菲的态度，微笑着说："你们跟董一凡合作的产品能让我看看吗？"

　　陈安平赶紧示意顾一菲将香水拿出来，准备好试香条递给白亦冰。

　　本来是工商管理出身的白亦冰，从小锦衣玉食，所接触到的东西都是品质上乘的东西。能过他的眼的，自然不是普通的产品。他接过瓶子，就知道董一凡的厉害。一个细节顶上一万句话。

　　他接过试香条闻了闻，十分陶醉。

　　"这才是香水嘛。陈总，同样是出自你们公司，刚刚那个展厅的香水简直就是毒药。"白亦冰吐槽了一下，本来他以为唐婷婷那边的香水是董一凡的作品，乘兴而去败兴而归。气得差点将今年艺洲集团酒店和商场的红酒订单全部取消。

　　好在陈安平陪着他，赶紧解释了一番。

　　他拿着香水问顾一菲说："你这款香水叫什么名字？"

　　"葡萄园。"顾一菲回答说。

　　白亦冰点了点头，然后对着陈安平说："你们这个批次的香水做了多少，我都要了。"

　　顾一菲笑着说："白先生，这批香水我们做得不多，所以目前每人只能限购一瓶。"

　　白亦冰满不在乎地说："很简单，你这批红酒我也包了。陈总，这下你没有意见了吧？"

　　陈安平笑着说："好，就按白公子说的办。"

　　顾一菲也不是个死守规矩的人，因为她早就知道所谓的规矩不过是建立者用来限制其他人的工具，对于自身来说是完全没有约束力的。

　　既然陈安平没意见，自己自然无所谓。

　　白亦冰从口袋里拿出一张名片递给顾一菲，说："认识顾小姐很荣幸。"

　　顾一菲接过白亦冰的名片，拿在手中，镶金的名片十分精致，但是更多的还是体现出豪的本质。白亦冰就是典型的我有钱我怕谁的代表，要香水你不给，我买光你的红酒看你还会不会拒绝。

白亦冰长这么大很少会被人拒绝。

顾一菲笑了笑，并没有什么异议，说："剩下500瓶香水都在库房中存放，白先生留下地址，我安排人送过去。"

白亦冰看了看墙上电视中董一凡的演讲，他伸手一指，说："你能不能让他到我们公司做一次活动？"

顾一菲笑着说："董一凡不接商业合作是出了名的，我想他很难接受这样的邀请。"

白亦冰饶有兴致地看着顾一菲，说："是你觉得他不愿意参加？他不是一样接了你的产品和活动。"

顾一菲只能笑笑，并没有回答。

"看来顾小姐跟董先生关系匪浅？"白亦冰继续说着。

陈安平笑了笑，说："白公子，一菲之前并不认识董一凡，她亲自拜访董一凡，花了很多时间，最后才让董一凡同意合作。"

白亦冰看着电视中的董一凡，说："我觉得我很快就能见到他。"他自信地笑笑，转过头看着顾一菲，说，"你觉得呢？"

顾一菲微笑着没说话，白亦冰之前跟她没有业务往来，对于这个人的背景她并不了解。

顾一菲这边的活动取得了巨大的成功，不但将香水品牌打了出去，还拉来了不少红酒的订单。她将红酒辅以文化创意的方式被认定为符合年轻人消费观念的产品，很多厂商对此都比较看好，甚至在展厅里面就有客户要求签约，怕后续供货库存出现问题。

白亦冰在商业上确实有一套，将香水拿到自己的商城里摆专柜展示。他将香水限定为非卖品。在他旗下的奢侈品店购物满10万元免费赠送。

在每个柜台都有试用的样品让顾客体验，这个级别的赠品，定位比一般的高定还高。再加上网络炒作，让这款香水名声越来越响。

在白亦冰的推荐下，"葡萄园"被推荐到了设计品评选大会入围名单。这个奖在设计界还是相当有分量的，相当于一次国际的品牌宣传。

无论是香水还是红酒，顾一菲的成绩都是有目共睹的。在陈安平的举荐下，她正式被任命为产品部总监，但是依然兼着项目组组长。

顾一菲没说什么，但是心里知道，上面的人也并不是这么想让一个外人上位。

唐婷婷的香水虽然没有亮点，但是在几经修改之后，也算是站住了脚跟，毕竟在王亮的国内工厂生产，对量上有很大的保证。

顾一菲联系上了琼斯，没想到对方并不排斥再次合作。她跟白亦冰做好了协商，由君红生产，交给艺洲集团分销。有了这条线，顾一菲在总监的位置上才坐得牢。

不过她当上产品部总监之后，唐婷婷就被调到了市场部做总监助理。

顾一菲也乐得减少跟她打交道，不过唐婷婷可没打算就这么放过她。每个公司掌权的部门都不同，有的是产品厉害，有的是销售牛。君红最有话语权的是市场部。

所以虽然顾一菲做了产品部的总监，但是处处受他人掣肘。

"一菲姐，新提交的项目申请又被退回来了。说是没有新意，不符合君红现在的市场调性。"宁小凝撅着嘴说。

顾一菲点了点头，没说什么。

宁小凝皱着眉说："下周就要做总结汇报了，咱们提交的项目总是被毙，下个月的计划怎么写呀！"

这也是顾一菲在想的问题，现在的顾一菲被夹在中间，申请的项目不被批，考核要求必须有新项目上马。

这时电脑上弹出一个邮件回复，是琼斯发来的。

之前董一凡没有收项目的签约费，顾一菲转给了琼斯，想让他转交给董一凡。

琼斯要将钱给董一凡的时候被他拒绝了，所以琼斯只好将钱再退还给顾一菲。

事情一件接着一件袭来，不给人喘息的时间。顾一菲看着退回来的钱，心中有些酸楚。

董一凡可以如此率性而为，到手的钱可以不赚。现在想想自己的处境，倒是有几分煎熬。

顾一菲冷笑了一下，她从来都不是好欺负的。

"把被退回来的所有项目全部总结到一起，我开会的时候用。"顾一菲对着宁小凝说。

宁小凝本来蔫头耷脑的没了精神，一听顾一菲这话立马精神了起来。

"一菲姐，你是不是又要手撕那帮家伙了？"宁小凝兴奋地看着她。

"那还用说，你看我像那么好欺负的吗？想挤对我，门儿都没有。不过现在并不急，好戏要放在后头。"顾一菲是越挫越勇的类型，她从不惧怕挑战。

顾一菲给宁小凝布置完作业，起身走出了公司。

她打车来到了董一凡家附近下了车，在胡同外面来回踱步。她想着见面后如何才能说服董一凡收下这笔钱。

但是当她走到大门前的时候，发现大门敞开着，门上的画也破损了。顾一菲赶紧走进院子，原本被布置得十分精致的院子空出来了不少。

隔着大厅的窗子看进去，里面的家具也已经被搬空。

顾一菲看到这个场景，心中一惊。她赶紧前前后后跑了一遍，没见到一个人。这一切对顾一菲来说，恍如隔世。

这段时间，顾一菲用工作麻痹着自己。她想见董一凡一面，但是始终找不到像样的机会。

这次因为被退回的签约费，她终于说服自己再次走进这个院子，没想到已经物是人非。

短短一个多月的时间，一切发生得太快也走得太快。

顾一菲走到街上，看到旁边一户人家走出一个人。

"您好，请问原来住在这里的人是什么时候搬走的呢？"顾一菲问道。

"哦，这家人啊。没多久，两个礼拜前，差不多。听说是欠了房租给不上了。现在的年轻人啊，都搞什么月光也不知道存点钱。"对方给出回应，后面的话顾一菲却一个字都没听进去。

顾一菲看着那扇打开的大门，抿着嘴唇。她突然笑了一下，咬紧了嘴唇。

她一直以为董一凡很有钱所以他才那么不在乎，一个理想主义的人，活生生地出现在了她的面前。

她在这里住了一段时间，知道每一个地方都有着董一凡的心血。他是怀着怎么样的心情，宁愿搬走，依然拒绝这笔钱。

顾一菲深吸一口气，客气地说："请问这间房子的主人您认识吗？"

"认识啊，村主任嘛。"那个人说。

"那您能帮我联系一下村主任吗？"顾一菲接着说。

那个人上下打量了一下顾一菲，说："你想干什么？"

"我想把这里租下来。"顾一菲认真地说。

既然君红开了香水这个口子，那么就不可能只试这一个产品，尤其是第一款产品就拉来了艺洲这样的合作伙伴。她知道以后依然是要依仗董一凡的，这样的话，两个人之间一定要有一个持续的联系。

顾一菲找到村长，以董一凡之前的价格将院子租下。

顾一菲将院子前后打扫了一遍。有些感慨，一个房子的气质确实和主人有关。没有了董一凡，房间变得简陋单调。只有董一凡在这里，这座郊区小院才拥有了那种恬淡美好的氛围。

顾一菲将门关好，她判断董一凡一定会再回来，毕竟他曾经在这个院子付出了这么多心血。这是她为数不多的非理性消费，虽然是花的董一凡的签约费，但是如果他不再回来，一切都失去了意义。

顾一菲的生活并不好过。职位的升高让顾一菲现在直接跟陈安平汇报工作，陈安平想要保证自己的地位，自然要拿出更加亮眼的销售额。

原本红酒销量稳定的时候，每个组的新品，和酒厂的制造计划都是一定的。但是突然之间，一切都变得不一样了。各项任务通通压下来。

手下几个组长有怨言在所难免，尤其顾一菲到公司可以说是后来者居上，很多人并不信服，因此将怨言的矛头指向了顾一菲。

顾一菲当组长的时候怼天怼地，但是现在身份变换，她需要管理别人，更多地依靠大家去做事情。

顾一菲一个人扛下来很大的压力，对上，她必须保证任务的圆满完成。对下，她要用棒子和甜枣结合的方式。棒子倒是好办，甜枣就要花费些心思。

董一凡搬到了郊区的一个仓库里面，这个仓库有一个大棚子，倒是不会漏雨。他对这里比较满意，暂时落下脚，等到自己完成一个作品之后，就可以重新搬回去了。

仓库可以勉强做一个储存室和工作室。他又在附近租了一个房间，作为休息的地方。

董一凡收拾东西的时候发现了顾一菲之前带给他的红酒。他将酒瓶在手中转了转，然后放在了一边的柜子上。之前配在柜子旁的酒被顾一菲喝掉了，现在将她的酒放上去，正合适。

他站在一边看着柜子上的酒和杯子，来回调整了下位置。调整了几次，他才满意。

或许这是他跟顾一菲最后的纪念了，他看着红酒有些怅然。

这些天董一凡都没有歇着，将一切都安排好。房子简陋拥挤，但是被他安排得井井有条。他将这里作为一个落脚点，所以自然没有付出那么多心血。

环顾四周，不但陌生，似乎也少了一些生气。一向豁达的董一凡不免也叹了口气，他似乎已经习惯了有顾一菲在的生活。

中午的时候，一个外国人走进了董一凡的仓库。

琼斯带有雅利安人的血统，金发碧眼，带有欧洲人特有的开朗。他试探性地走进房间，看到里面的董一凡，大跨步走过去，一把将他抱在怀里。

"Eloy，好久不见。"琼斯开心地用手拍着董一凡的后背。

董一凡微笑着，没说话。在这些人面前，再热情的东方人都显得有些腼腆。

在法国时间比较久了，琼斯习惯于说法语。他放开董一凡，四下打量周围的环境。

董一凡到一边的桌子上给他泡了杯茶，递给他说："别乱看了，尝尝中国的茶。"

这里的环境倒是出乎了琼斯的意料，之前董一凡给他拍过自己的院子。

"Eloy，你是跟我在开玩笑吗？你那个漂亮的院子呢？"琼斯摊开手，一脸不可思议地看着董一凡。

董一凡脸上略带怅然，坐在桌子旁，自己喝起了茶。

琼斯很少看到董一凡为什么事感到忧愁。这不是他的性格，这家伙似乎能搞定一切并且对什么都很看得开。

一向心高气傲的董一凡就像是斗败的公鸡，失去了之前的活力。

这在董一凡身上简直是爆炸性的新闻。

琼斯转到柜子旁边，拿起上面的红酒。

"我送给你的酒都没被摆出来，这瓶酒很厉害吗？"琼斯看着手中的酒，跃跃欲试。他是知道董一凡的，他家中的东西一定是品质上乘的。自己曾经送给他的酒都没被摆出来，这瓶酒一定是更好的吧？

"被喝掉了。"董一凡低着头，说了一句。

琼斯略感震惊，看向他说："你一向滴酒不沾，居然将我送给你的那瓶酒喝掉了。我以为当我来找你的时候还能在你家开酒呢。"

"不是我喝的，我用它招待了一位朋友。"董一凡说完，激起了琼斯的兴趣。

"哦，让我来猜一下。是邀请你做香水的那位女士？"琼斯走到董一凡身边说。

董一凡抬头看了看他，说："你怎么知道？"

琼斯笑着将双手举起来，说："能让你这么急迫催促的项目我还真是第一次见到，这真是太疯狂了，你一定要给我讲讲你们之间的故事。"

琼斯在柜子下面翻出一瓶威士忌，拿在手里，坐到了董一凡的对面。

董一凡也理不清自己现在的想法，他从来都是理智、冷静的人。但是现在他偏偏无法理性地思考自己的行为。

琼斯饶有兴致地坐在他对面喝着酒，听他讲述关于顾一菲的事情。

董一凡总会想起与顾一菲在一起时的一点一滴，继而自嘲自作多情。

琼斯对此大跌眼镜，感慨爱情的魔力。他大笑着摇了摇头，说："Eloy，我当时真是吃惊，你会要我做一款还不成熟的产品。"

董一凡叹了口气，手中拿起一块木头，说："不止是你，我也没有想到。"

琼斯摇晃着酒杯，说："你有没有想过她只是在利用你？包括在麦积山认识你的时候。"

董一凡抚弄木头的手停顿了一下，说："是和不是又有什么区别呢？"

琼斯听完大笑了起来，说："我倒是很想见一见这位顾一菲，她为了拿下你实在是用了不少手段，但是话说回来，我不得不有些佩服她。对你使手段的人不在少数，但是成功的却只有这么一个。"

董一凡看着他说："你们还有机会的，毕竟以后还要合作。"

琼斯眯起眼睛看向董一凡，饶有兴致地说："你觉得我和她还有合作的必要吗？"

"有，如果价格合适，我认为你没理由不继续合作。对了，你在中国要停留多久？"董一凡说。

"半个月左右吧，之后我要去非洲转一转。"琼斯喝着酒说，"要不要跟我一起去？"

董一凡看着手中的木头，说："我还有事情没有做完。"他将手中的木头拿起来晃了晃。

琼斯笑了笑，说："她都已经让项目完结了，你又何必继续做下去呢？"

董一凡平静地说："那款产品的稳定性并没有解决，会有隐患的。"

"对了，我可以借给你钱去把之前的院子赎回来。"琼斯看着董一凡，转移了话题。

董一凡对住所挑剔那是出了名的，琼斯对于董一凡现在的处境有些心疼。向来对女生十分冷淡的董一凡，没想到内心深处还是个情种。

董一凡看着琼斯的表情，大概猜到了这家伙的想法，说：

"滚。"

董一凡将手中的木头放在桌子上，说："新的瓶子我已经设计得差不多了，重新选了材质。我手头还剩下一款香水，你在的这段时间协助我完成一些调香的工作吧。这样我就有钱租回院子了。"

琼斯不置可否，没有拒绝董一凡的邀请。

董一凡手边的一款男士香水，由于顾一菲的项目的原因延迟了完成日期。好在琼斯在，替董一凡省去了时间。香水设计的部分很快就完成了，因为之前已经有了框架。

香水的主人是中年男士，使用场景是私下生活中。董一凡想要一种比较放松的氛围，不必再去凸显男性的成熟特质。

"Eloy，Eloy？"琼斯摇了摇头，这段时间经常看到董一凡失神。

琼斯喊了他几声，看他没有反应，十分无奈。琼斯完全放弃了董一凡的作用，只将一部分工作象征性地交给董一凡，他反而成了主导。

琼斯出手，一切自然顺利异常，很快就确定了配方。琼斯如释重负地长出了一口气，好歹在自己去非洲之前帮一下董一凡。

桌子上放着一瓶香水，瓶子很精致，一看就是董一凡之前的设计存货。

琼斯好奇地拿过来，喷一点在试香条上，放在鼻子下闻了闻。一点清淡的山茶花香仿佛浸润了他的每个毛孔，一点甜蜜外带着一点似有若无捉摸不定的感觉。

琼斯诧异地看着董一凡，用手敲了敲桌子，说："这么好的一款香水怎么没听你提过。"

董一凡接过琼斯手中的试香条，放在鼻子下，深吸了一口气。

"这款香水是我前段时间完成的作品。"董一凡没有一点要解释的意思。

　　琼斯看着手中的香水，点了点头。这款香融入了董一凡很多感情，选用了他最喜欢的山茶花。董一凡很会用香味的一些设计语言，也在香气中表达出了一丝爱恋的隐喻。

　　这段时间董一凡明显不在状态，失去了往日的灵敏。

　　琼斯叹了口气，能让天生乐天派的琼斯叹气也不是件容易的事情。既然这家伙开窍了，是不是给他再介绍个女朋友就圆满了？

　　琼斯拿出手机，他记得有一个认识的华裔设计师最近在这边。他发了条信息过去，问对方有没有时间一起吃饭。

　　董一凡一向对应酬不感兴趣，但是奈何琼斯死缠烂打。毕竟他难得来一次中国，董一凡只好跟着他一起赴约。

　　他大概知道琼斯的意思，只是他并没有心思认识女孩子。

　　琼斯提前在网上订了一家法国菜餐厅，这是他一个法国朋友在中国开的店。他提前打了招呼，预留出了一个不错的位置。

　　庄青提前来到了餐厅等着他们。

　　琼斯热情地给两个人做了介绍，他朝着董一凡使了一个眼色，然后跟庄青说："我有个朋友到了附近，我去见一下，失陪。"

　　庄青装扮典雅大方，修身的长裙衬出她姣好的身材。她微笑着说："董先生回国有一段时间了吧？"

　　董一凡点了点头，说："快两年了。"

　　庄青一边引着话题，一边将餐安排好。她大致询问了下董一凡的口味，就安排出一顿很合董一凡胃口的晚餐。

　　董一凡看着她的一举一动，那种熟练的姿态让他想起了顾一菲。细心观察对方很辛苦吧，他不免想起顾一菲是不是也在应酬呢？

　　庄青总是能寻找到合适的话题跟董一凡聊着，并且不断地用专业上的问题让董一凡开口。

　　场面上倒是十分和谐融洽，庄青对自己很有信心。在社交上她从来没有失手过，尤其是面对男人。

"董先生觉得我今天使用的香水如何呢？"庄青喝了一口红酒，甜笑着说。

董一凡一手刀，一手叉，切着面前的牛排，说："很一般吧。"

庄青顿了顿，尴尬地笑着说："不知道董先生觉得我适合什么样的香水呢？"

董一凡喝了一点水，说："香水就像是衣服一样，使用不同的香水能传达出不同的状态。衣服可以改变一个人的形象，香水也是一样。在不同的场合要穿不同的香水，这个才算是合适。"

董一凡象征性地说着，没有直接回答庄青的问题。他抬起头四处看了看，想要找到琼斯。

他突然发现，只有跟顾一菲在一起的时候他才喜欢滔滔不绝地分享自己知道的东西。他喜欢跟顾一菲分享自己的世界，但是对于别人，他实在是兴致索然。

庄青抿着嘴，有些恼火。在任何社交场合她都可以游刃有余，多少人想要多跟她说一句话不知道会花多少心思。

庄青皱着眉，说："这款香水是TM公司春季限量款，设计十分精致，不知道董先生对这款香水有什么看法吗？"

董一凡放下刀叉，淡淡地说："你今天穿着一袭长裙，整体风格是知性略带性感。况且年龄上，这样的搭配是十分稳妥的。但是这款香水体现的却是年轻女孩的活力，虽说对于这款香水的使用是没有年龄限制的，但是在使用的过程中需要更加小心，不然会形成一种不协调的逆差感。"

董一凡话里的意思很明显，他毫不留情地将自己感受到的东西未经过滤地说了出来。

庄青的脸色一阵青一阵白，她自然是想不到自己精心设计的形象会在香水的使用上出现问题。尤其是面对这方面的专家，更显得无所遁形。

庄青的教养让她无法在这样的场合发火。

她拿起酒杯抿了一口红酒，转而微微一笑，说："董先生最近有什么心事？"

董一凡淡漠地吃着东西，一听她的话，一愣，下意识地说："没有。"

庄青看着她的表情微微一笑，说："以我对你背景的了解，你并不是一个在公开社交场合不顾及别人感受的人。但是我们见面以来，你的话总是带着攻击性，这倒是引发了我的好奇。"

董一凡微微叹了口气，并不易被察觉，然后说："中国有句诗里面说，曾经沧海难为水，除却巫山不是云。取次花丛懒回顾，半缘修道半缘君。"

庄青一听他这么说，恨不得拿起酒杯泼在他的脸上。

董一凡也不多解释，从对方的表情中，他已经明白庄青是听懂了的。

琼斯组局的意思很明白，他难得来一次中国，董一凡并不想辜负他的好意。但是现实如此，他并不喜欢庄青。

"那你觉得，我哪里让你觉得比不上你之前认识的女生呢？我倒是有些好奇。"庄青内心的骄傲被董一凡激发出来，在以往任何场合，大家都会心照不宣地保持表面上的和谐融洽，但是面对董一凡，她发现即便是直接好像也并不尴尬，甚至能更好地得到答案。

董一凡喝了一口水，说："一见面的时候，你保持着得体的微笑，并且很懂得社交的分寸，让气氛维持得很好。你的背挺得很直，表现出的修养也足以让人欣赏。但是在之前的一瞬间，我们陷入了短暂的沉默。也在那一个瞬间，你放弃了之前保持的警惕，表情变得松懈下来。你的背微微地弯下去，脸上呈现出疲惫的神情。那一瞬间我正好抬头看到了你，也在那一刻看到了你真实的状态。"

庄青咬着牙板着脸听完董一凡的话，董一凡的话深深冒犯到了她，因为董一凡很直接地戳穿了她。

每个人都有三个面貌，一个别人眼中的，一个自己表达的，还有一个是真实的自己。在社交中行走的人，都默契地将表达视为一切，所有的言行举止都经过精心的排练。大家在那些高级的宴会中穿梭着，伪装成自己认为最好的样子，忍受着疲惫，去寻找欣赏自己的人。

但是面对董一凡这样的人，你始终无法保持时刻戒备。只要有一个瞬间放松，就会被他捕捉到，并且前功尽弃。董一凡作为一名艺术家，最看重的就是真实。

他让庄青发现自己引以为傲的妆容和得体的举止，在他面前是那般轻浮无用，以至于被当面戳穿后显得羞愧愤怒。

庄青是黑着脸走的，在跟董一凡交锋了几下直接败下阵来。她借口有事先行离开，留董一凡一个人坐在位子上发呆。

庄青走出餐厅，回头看了一下。她深吸了一口气，心中却有点异样的情绪。董一凡是第一个捕捉到她真实一面的人，她闻了闻身上的香水味，想了想董一凡的话，觉得还真是有几分道理。她笑了笑，看了一眼董一凡的方向："咱们会再见面的。"

等琼斯回来的时候，只看到董一凡一个人坐在座位上。

"Eloy，庄青女士呢？"琼斯无奈地摊开手，有些哭笑不得。

董一凡看着他，说："已经走了，她说回头单独请你吃饭。"

琼斯坐在一边，叫了一杯红酒。他从来没有见过这样的董一凡，有些无奈。

抛开工作，董一凡一直是一个温和的人，他不会主动攻击任何人，也不会被任何人所伤害。

但是现在，他很明显地带着一点攻击性。直到这个时候，琼斯才再一次知道了董一凡这段时间心里起了多大的波澜。

"我以前怎么没发现你还有这么幼稚的一面。"琼斯笑着说。

　　董一凡没有回答，看向了四周。

　　琼斯放下酒杯，说："对了，最近顾一菲联系我，想要再订购一些香水，我还没有回复她。"

　　董一凡猛然转过头，说："你不能给她。"

　　琼斯的眉毛一挑，说："OK，有你的话就可以，我本来对这单生意兴趣也不大。我马上回绝她。"

　　琼斯说完，拿出手机要发信息。不料又被董一凡拦下。

　　琼斯饶有兴致地看着他，说："这又是什么意思？"

　　"现在香水的稳定性没有解决，你给她更多的香水只会增加风险。"董一凡说。

　　"所以？"琼斯说。

　　"瓶子的问题马上就会解决，到时候你再跟她合作。"董一凡认真地说。

　　琼斯拍着大腿大笑起来，说："你不恨她利用你了？你还想帮她？你可别忘了，从认识她开始，在你身上就没发生什么好事。"

　　董一凡低下头，说："我知道她在做的一切，可是我就是恨不起她来。"他无奈地抬起头看着琼斯，那意思很明显，他能看穿一切，但是还是忍不住走到了现在。

　　琼斯想笑，又有点笑不出来，大概恋爱中的人都有点自虐倾向。只是对于董一凡现在的状态，他确实不太放心。不过董一凡也不是没见过世面的小伙子，庄青在他面前都走不过几个回合，一个顾一菲也不会翻起太大的风浪吧？

　　"走吧，去地面的商场中散散心，顺便我也看看中国香水专柜的商品，了解下他们的喜好。"琼斯拍了下董一凡的肩膀站起身去结账。

　　他们走进商场，一进入就开始了工作。环境气味是每个商业场合都会注重的环节，即便是国内，也在这方面有了一点意识。

不过在气味的使用上，就有些不尽如人意了。即便是国际大品牌，到了中国也总是犯各种错。

商场的香味分散得并不好，进门的时候太浓，并且味道跟整个装潢并不搭配，显得十分艳丽。

如果闭着眼睛走进这个商场的话，会让你觉得进入的是夜总会而不是商场。

他们走到卖化妆品的柜台，浏览着摆放的商品。

"这些大品牌好像更受欢迎？"琼斯站在一边观察着，问一边的董一凡。

第八章　抄袭的背叛

　　"这个商场走的是高端路线，并不具备代表性。像这样的商场，只有国际大品牌才能够入驻，即便是这样，摆出的也只是各大品牌的代表性产品。一些很个性化的或者小众的产品并没有售卖。"董一凡说。毕竟他回国已经有一段时间了，这边的市场他早就去调查过。

　　琼斯点了点头，说："看来他们很喜欢规避风险。"

　　"只能说，在香味选择上，很多人只能跟风。他们还不会识别气味中的具体含义，也很少懂得气味的搭配。即便是庄青，也会犯错。但好处是，即便是会犯错，庄青还是会有意识地进行气味语言的尝试。"董一凡说着看到了楼层中间的一个独立柜台。

　　他拉着琼斯走了过去，看到那边展出的正是自己设计的香水。

　　琼斯看到之后，笑了笑，伸手拿起那瓶香水，说："没想到这么快就在这里见到了它，真是有缘分。"

　　服务员礼貌性地微笑着，说："两位先生您好，这是我们商场独家代理的新款香水。是由著名香水设计师、调香师董一凡先生设计，香水的名字叫'葡萄园'，展现出特别的田园清新气味，和以往的香水十分不同，您可以试闻一下。"

　　服务员说完，拿出试香条，分别递给董一凡和琼斯。

两个人接过试香条，闻了一下，脸色立马变得严肃了起来。他们对视了一眼，都察觉出了问题。

董一凡看了看四周的环境，这个商场中间是中空的，顶棚是一个大大的天窗。中午的时候，中间柜台的光线应该很足。并且玻璃展示罩内的温度应该很高，这样就导致香水开始变质了。

"这款香水怎么卖？"董一凡好奇地问。

服务员微笑着说："先生，这款香水是非卖品。在商场任意消费满十万元我们都会赠送一瓶。"

琼斯笑了笑，觉得这个创意还挺有意思。他看到另外一边也放着一瓶香水，但看瓶子就有些抄袭董一凡的意思，只是手法实在是拙劣，连神韵都谈不上。

他拿起那瓶香水，刚一开瓶盖，一股香气就扑面而来。琼斯赶紧将香水瓶远离自己，免得被呛到。

这个味道真是一言难尽，说是抄袭吧，差距不是一点半点，要说没抄袭，却带着一点董一凡那瓶香水的影子，让人哭笑不得。

他将香水递给董一凡，让他闻一下。

"不用了，你一开盖，我就闻到了。"董一凡淡淡地说。他有些伤心，没想到顾一菲这么急着拿自己的配方来山寨，而且做得如此拙劣。他知道顾一菲渴望成功，但是手段如此拙劣实在是让人看不下去。就在他伤心的时候，服务员开始了解读。

服务员微笑着说："这款香水是国内顶尖设计师王亮的作品，是跟'葡萄园'同期推出的。这款香水有现货售卖，如果您感兴趣的话，可以购买。"

琼斯撇了撇嘴，说："王亮是谁？"

董一凡说："是她们公司请的另一个香水设计师。"

琼斯摇了摇头，跟董一凡败兴而归。

回到家，董一凡坐在客厅的小茶几前，手中摆弄着的木头基本已经成型。他给自己泡了杯茶，一边喝茶一边发着呆。

琼斯坐在远处喝酒，旁边的窗户开着，阵阵凉风吹来很是舒服。他也是个极会享受的人，也更加觉得发呆这样的事情简直是浪费生命。但是人生中总有些事情是无法用道理说清的，情这一个字，在有些人身上基本不会发生，但是一旦出现便是洪水猛兽，即便身经百战也只能缴械投降。

琼斯纵横花海多年，爱情对他来说过于缥缈。一个生活在法国的浪漫男人，他能理解的只有情，鲜少有爱。情是理性的，而爱往往是非理性的。

他在董一凡家停留了几天，专心地将他的男士香水做完。

董一凡这边将瓶子做成了黑色，这样里面的香水本身的颜色便弱化了。在琼斯的提点下，董一凡将香水的配方做了修改，将带有颜色的成分更换成更稳定的香料，这样就从根本上解决了保质期的问题。更改后的香水略微带一点红色，在喷出的一瞬间，迎着阳光可以看到它的色彩。

琼斯帮助董一凡将配方定了型，然后留下一封信，起程去了非洲。

陈安平的办公室里，顾一菲正坐在他的面前。办公室里还有白亦冰、君红市场部兼财务部总监马致远，以及唐婷婷。

艺洲这边香水的营销运作十分成功，产品广受好评，只是碍于产量所以一直没有大量做下去。

"现在香水的反馈很好，但是产能一直跟不上。你们是不是在产能上再想想办法？光是有个好名声没有销量到头来岂不是白忙活？"白亦冰已经压抑着自己的脾气尽量说话客气了。这段时间他不止一次催促过陈安平发货，但是始终得不到回复。

陈安平说："产能的事情确实有些困难，毕竟香水的调配都是在国外进行的。"

"我就不明白了，一个香水而已，配方已经在咱们手上，怎么就不能找国内的厂做呢？"马致远一拍桌子，看着陈安平和顾一菲。

"国内没有水平一流的调香师和品质管控生产线。想要保持高标准的产品，目前来说产线必须在国外完成。"顾一菲平静地说着，她已经习惯市场部的人吹胡子瞪眼的架势。

她虽然不怕吵架，但是对方跟疯狗一样追着你的时候，还是不理对方是最好的。

"什么叫国内没有好的产线？就是你没有用心找。这个月必须解决这款香水的产线问题。"马致远瞪着眼睛说。

"好啊，那你们市场部派人来跟进吧。之前你的助理不是也搞过香水吗？"顾一菲冷笑着说，她身子往后一靠，以退为进。

唐婷婷坐在一边，被顾一菲呛得脸憋得通红却说不出话来。相对于葡萄园，王亮的那款香水销售量简直是惨不忍睹。顾一菲明显是在揭她的伤疤。

马致远知道这其中的故事，站起来大声地说："什么叫市场部来跟进，你们产品部是干什么吃的？事情都让我们做了，要你们干什么？"

顾一菲冷哼了一下，不去看他。她对公司不满也不是一点半点，市场部盛气凌人，可是她偏偏不吃这一套。

现在当着白亦冰的面，马致远就想给顾一菲难堪。按理说这样的事情，多半是关上门自己人吵。

唐婷婷背后有董事会，她跟马致远是一条船上的人。而顾一菲不过是一个外聘人员，性格上又带着刺，这些人总想着找机会打压打压顾一菲。

白亦冰坐在一边，跟没事人一样，在那里看戏。

陈安平看着这些人的态度，一皱眉，显然马致远并没有把他这个总经理放在眼中。

他沉吟了一下，说："一菲啊，产线的事情你再想想办法。一个产品出来，没有产能确实有些问题。"

顾一菲看陈安平发话了，也没说什么。顾一菲咬着嘴唇，她现在不是自己一个人，少了几分当初的洒脱。现在宁小凝那些人跟着自己做事，自己这边出问题肯定会连累到他们。那是顾一菲不想看到的事情，所以眼下她只能自己去扛。

"现在咱们讨论接下来要做的文化活动吧，你们有什么想法。"白亦冰笑着说。

陈安平点了点头，艺洲有意投资跟君红合作在文化产品领域继续拓展。之前香水的尝试可以说是大获成功，两边有很大的意愿乘胜追击，将项目深入下去。

"想要打造一个品牌，在产品的基础上我们可以尝试从文化活动宣传入手。"陈安平说着。

白亦冰想了想，说："我们可以参考之前纸飞机跟董一凡的那种合作模式，请一些文化节的名人来对谈。这样设立一个品牌的调性，又可以借助这些人自身的粉丝量，提高我们品牌的曝光率。"

顾一菲一听白亦冰的话，就知道这家伙是看之前董一凡的活动举办得十分成功，现在想要照搬那个模式。只是这个模式看似简单，实则是有很大的讲究的。

纸飞机之所以可以做好，一个是固有平台已经搭建好，有文化名人做底。再加上董一凡的头衔和现场表现力，才在网络上引发轰动和最后的成功。但是现在君红和艺洲有什么？

顾一菲不想蹚这浑水，一言不发地坐在一边揉着太阳穴。她最近面临的事情实在是太多。早上宁小凝刚给她看了最新季度的红酒销售情况，因为她和唐婷婷都将很大的精力放了香水这边，导致红酒的业务相对比较停滞。顾一菲这边因为艺洲的带动增长倒是不错，但是唐婷婷负责的那块可以说是惨不忍睹。两者相结合，数据上依然不好看。

现在她是要负责任，整个部门的业绩她变成了第一负责人。

马致远迎合着白亦冰说："白总的意见我觉得很好，这种品牌运作模式结合互联网，是一个比较不错的选择。文化领域我们可以寻找一些绘画、摄影、建筑、气味这些领域的人与红酒进行对话交流。"

白亦冰说："不知道你们都有哪些合适的人选？"

马致远说："我现在还没有框架，但是气味上面，因为之前跟董一凡有过合作，所以最好还是邀请他来。现在董一凡在国内的热度还是很高的，大家对这样一个人依然是充满了好奇的。"

唐婷婷偷看了顾一菲一眼，她之前听说，香水项目之后顾一菲就再也没有联系过董一凡，很可能两人之间出现了什么问题。

她眼珠一转，说："之前董一凡是顾一菲联系的，现在就交给她吧。"

白亦冰看着顾一菲，说："顾总监这边应该没什么问题吧？"

顾一菲一皱眉，说："我跟董一凡之间的合作已经结束了，况且董一凡并不喜欢这种商业合作。"

唐婷婷冷笑着说："呦，做香水功劳真是大呀，现在都开始给人使脸色了？你别忘了，你只是一个执行者，我们可不是非要经过你的同意的。"

白亦冰淡淡地说："这样吧，你们搞定董一凡，我们再谈下一步合作。投资的事情，我们再缓缓。"他说完，就往外走。

马致远赶紧起身追了上去，说："白总，董一凡的事情肯定没有问题，我一定尽快给你回复。"

等他再回到办公室的时候，指着顾一菲的鼻子说："你有什么可骄傲的？公司没了你就不转了？不要以为之前做了一些好项目就可以在公司为所欲为了。上个季度的销售情况你心里没数吗？我告诉你，现在你就给我去请董一凡。"

顾一菲的性格自然是遇强则更强，她白了马致远一眼，说："我们现在是平级，你有什么资格冲着我叫嚣？你自己答应的事情，跟我有什么关系，我是做产品的不是做公关的。有本事，你自己请董一凡去。"

马致远被顾一菲顶得说不出话来，瞪着她运气。

论资排辈的职场，一个年轻人敢于跟老资格叫板，自然是让那些老人不太好接受，顾一菲在这个环节中无疑是一个搅局者。

她用自己的实力作为话语权，打破陈规旧律。她有自己的准则，如果论本事说话，她自然是无话可说，但是玩手段，她可以奉陪到底。

陈安平看着马致远吃瘪，暗自冷笑了一下。平日里这些关系户实在是太过嚣张，连他这个总经理都不被放在眼里。

他欣赏顾一菲的性格，但是到更高的位置上，他需要顾一菲听他的话。

"志远啊，这件事确实你们市场部应该来牵头。一菲这边还有产品上的事情要做。"陈安平淡淡地说，然后示意大家分头去准备。

马致远跟唐婷婷面面相觑，对看一眼，有些傻了。这个皮球踢到他们这里，是真的玩不转。

唐婷婷站出来，说："顾一菲，把你手上关于董一凡的资源交出来。"

顾一菲一笑，说："好啊。董一凡在国内没有手机号码。他家的地址和他相关的资料我稍后用邮件传给你。"

她说完转身走了出去。

唐婷婷跟着马致远回到他的办公室，马致远说："婷婷，这件事你能搞定吗？"

关上门都是自己人，马致远也不避讳什么。

"既然有了联系方式，我可以去试试。实在不行，用上面的压力，让陈安平就范。到时候再让顾一菲出来解决，解决不了直接撤了她就好。陈安平也就没话说了。"唐婷婷说着，冷笑了一下。

自打顾一菲来，自己就没好日子过。

"这样也可以，但是现在形式不太好。董事会里面老在说改组的事情，想去掉家族烙印。所以这件事要处理得漂亮一些，不行就撤下来，别把自己放在里面。"马致远坐在座位上，身体靠着椅背说。

唐婷婷不耐烦地坐在一边的沙发上，说："您说，这陈安平有什么本事？不就是个职业经理，难道以后公司就真的交给外人？我觉得老头子不会放心的，现在也不过是做做样子，搞搞改革给外人看。好让那些家伙用心替咱们做事罢了。"

马致远毕竟年纪比唐婷婷大很多，在公司时间也更久。他隐隐有不安的感觉，现在下面的矛盾慢慢都浮在面上开始吵，但是老头子反常地很长时间没有露面了。

"总之，还是小心为妙。即便是真的改组，也不会完全一刀切，还是要体现出自己的价值比较稳妥。"马致远说完，让唐婷婷好好考虑跟艺洲合作的事情。毕竟跟艺洲接洽的很多事情是由市场这边牵头的。

唐婷婷清了清嗓子，说："我听艺洲那边的人说，顾一菲做的那款香水好像有点问题。有几个客户开始反馈买回去之后，香水变质了。"

马致远说："消息准确吗？"

"消息准确，但是现在反馈是很个别的事情。艺洲那边也没将情况上报，再等等看。如果真出了问题，陈安平、顾一菲都吃不了兜着走。"唐婷婷冷笑着说。

马致远点了点头，说："你之前做的那款香水怎么样，如果顾一菲那边的东西撤下来，能顶上去吗？"

唐婷婷张了张嘴巴，硬着头皮说："哈，当然没问题。要不是顾一菲弄来董一凡装大尾巴狼，我那款香水也不至于积压。"

马致远点了点头，他哪知道唐婷婷为了面子跟他也不说实话，说："如果顾一菲那边真的出了事情，你一定要抓住机会。到时候，我才有理由再拉你一把。"

唐婷婷自然是欣喜异常，虽然她有些背景，但是毕竟不是直系亲属。所以有马致远这样的长辈帮衬着，还是很不错的。

顾一菲不过是使用了一些小聪明拿到了董一凡的联系方式，现在自己也拿到了，这就相当于拿到了董一凡这个资源。

唐婷婷想着信心满满地跑去董一凡家的地址，没想到扑了一个空。跟周围邻居一打听，董一凡早就搬走了，而且院子似乎已经租给了别人。

唐婷婷气得直跺脚，回到公司跑到顾一菲的办公室指着顾一菲的鼻子骂。

顾一菲冷笑了一下，说："地址已经给你了，你还有什么不满意？"

唐婷婷怒不可遏，其实她只是三十几岁的年纪，容貌中上，精心打扮一番依旧很有风韵。只是脾气的原因，显得她有些粗俗。

"董一凡搬走了你知道吗？你给的这个地址根本就没用。"唐婷婷一巴掌拍在桌子上，嘭的一声，吓得宁小凝身子一颤。

"我知道啊，这就是我唯一知道的线索了。你可以顺着这个线索继续查下去。"顾一菲淡淡地说着，抱着肩膀看着唐婷婷。

"把董一凡新的地址给我，别跟我耍花招。你本事大，在公司蛮横是吧？信不信我把你这几个手下都炒了？"唐婷婷掐着腰说。

宁小凝一听，跟吃了黄连一样。

"你们吵架关我什么事。"她在心里暗暗叫苦不迭。

顾一菲自己倒是无所谓，但是触及她身边的人，那就是她的逆鳞。

她猛然站起身，说："地址我已经给你了，至于董一凡现在在哪里，我告诉你，我不知道。还有，有什么不满朝我来。你要是敢动别人，我更加不会放过你。别忘了，我现在有机会去总部开会。我要是在那里闹起来，够你喝一壶的。"

唐婷婷被气得脸上红涨，说："你敢！"

顾一菲冷笑了下，说："我有什么不敢的，大不了我走人。信不信，到别的地方我照样能把他们安排好。别忘了李峰靠什么跳槽的。我劝你与其花时间跟我这里浪费，不如赶紧想办法找人。"

办公室里其余几个人噤若寒蝉，毕竟之前唐婷婷在的时候，他们都被唐婷婷训过，现在更是一句话也不敢说。

顾一菲靠在桌子上看着她，心里感到一丝无趣。她不怕这样的对峙，只是觉得有些无聊。

她不得不承认，董一凡那种人生态度会让一个人活得更纯粹一些，但事实是，很少有人有那个魄力。

"好，顾一菲，咱们走着瞧。"唐婷婷说完，转身摔门而出。

一看唐婷婷出去，宁小凝长出了一口气。

"吓死人了。"宁小凝猛喝了一口水。

顾一菲没说什么，看起最新的销售报告。

"今年一些新款产品的销量不是很好，你有总结原因吗？"顾一菲看着材料问宁小凝。

宁小凝看了看一边的几个组长，说："客户调查反馈，一些产品的识别度不够。品牌响应还不足以拉动销量，并且新产品的性价比整体上不高。"

顾一菲点了点头，说："这就是之前唐婷婷挖下的坑，但是短时间内新的产品又填补不上，这就是个问题。"

一组组长陈婷说："一菲，你要不跟唐婷婷那边缓和一下，咱们这边新品销量压力这么大，到时候问责下来，会很麻烦。"

二组组长刘强也跟着说："是啊，一菲。唐婷婷调到市场那边，现在很有话语权，咱们还是暂避锋芒好。"

顾一菲笑了笑，说："不是我找她麻烦，是她来找我的。不过你们放心，她不敢动你们。"

陈婷跟刘强看了看对方，她朝着刘强使了个眼色。

刘强清了清嗓子，说："一菲，那个董一凡的联系方式，你真的没有了吗？"

顾一菲凡看着资料，说："没有了，他不过是咱们请的一个设计师，项目结束了，还有什么可联系的。"她轻描淡写地说着。

几个人互相看了看，回到座位上继续做自己的事情。之前公司有很多关于顾一菲和董一凡的传言，但是谁也没有跟顾一菲证实。况且那个项目之后，顾一菲就再也没有提过这个人和这个项目。好像一切都不存在了一样。

顾一菲看着电脑，心中想着刚刚唐婷婷说的话。她心中有一丝苦涩。原本自己天真地以为凭借实力可以逾越潜规则更自在地做选择，但是现在看来，要付出的代价依然很大。

只是她一个人倒是没什么，她不想因为自己的做事风格连累宁小凝他们。只是眼下自己确实不知道董一凡在哪里，跟唐婷婷解释也是徒劳。她少见地叹了口气，继续看面前的数据。她要尽快解决眼前的事情，不然麻烦会一件接着一件。

唐婷婷那边联系董一凡的事情迟迟没有进展，艺洲这边却报来了更坏的消息。

艺洲那边销售的香水品质开始出现问题，投诉接连发生。起初反馈少的时候，艺洲客服都自行处理了。但是随着投诉不断增加，再加上拿到香水的都是一些比较有购买力的消费者，短时间内整个事件闹得沸沸扬扬。

问题的矛头直指艺洲和君红集团。这个事件在网络上发酵，起初网友嘲讽反正能拿到的都是有钱人，让那些顾客更加恼火。

白亦冰亲自到陈安平公司兴师问罪，让他给个解释，还有拿出善后的解决方案。

陈安平毕竟经验老到，先行安抚下白亦冰。毕竟两边还要继续合作，眼下当务之急是找出问题，并且将这个事件解决。

马致远看唐婷婷这边联系董一凡并不顺利，直接找到陈安平。

"涉及产品的事情，她顾一菲没得逃避了吧？现在她必须拿出解决方案来，给艺洲一个完美的解释。否则，只能处分她，给艺洲一个交代。至于赔偿的责任，顾一菲自然也是第一责任人。"马致远冷笑着说。

陈安平皱着眉，现在事情越发棘手。红酒这边的销售压力还没解决，新产品又出这么大一个状况。

"你的意思是让顾一菲来负责跟艺洲这边的接洽？"陈安平看着马致远说。

马致远点了点头，说："本来这边确实应该市场部来负责对接，婷婷这边工作做得也不错。但是现在产品那边惹出了这么大个乱子，况且顾一菲工作能力强，这个时候顶上去不是很正常的嘛。"

陈安平笑了笑，说："原来你还是认可顾一菲的能力，好吧，既然你提出将对接艺洲的工作交出来，那么我也没有意见。就这样吧，剩下的事情我来安排。"

马致远没想到陈安平这么爽快就答应了，心里多少有点迟疑。但是既然说出来了，也无法收回。对接艺洲是公司今年的一个重要工作，他现在交出来真说不出是利大于弊还是弊大于利。

陈安平在办公室来回踱步，盘算着整个事情。如果顾一菲能解决这件事，该如何收尾。如果顾一菲无法解决这个事情，该如何收尾。

他作为总经理，既要做好公司的业绩，也要考虑到个人在公司的位置。他拿起电话打给了顾一菲，让她到办公室来。

陈安平从来没明确地跟顾一菲说过拉帮结派之类的话，但是却在各种信息中夹带一丝信号。顾一菲看得明白，默契地保持着这个距离。

顾一菲来到陈安平的办公室，推门走进去，看陈安平正坐在办公桌前。

现在的陈安平也是一脑门子烦恼，公司的经营压力让他有些头疼，现在在香水上又出了问题。尤其是顾一菲是他举荐的，如果这件事处理不好，势必要影响到他。

陈安平抬起头看着顾一菲，说："艺洲那边最新传来消息，咱们的香水出了质量问题。"陈安平语气严肃，带着点兴师问罪的意思。

"是什么样的问题呢？"顾一菲假装意外地说。

"汇报说，香水在存放一段时间之后会变质，你们做开发的时候没有做好相关的储存性实验吗？"陈安平盯着顾一菲，质问道。

"香水是董一凡亲自设计的，而且是国外生产的，理论上不应该存在什么问题。不过一些实验因为时间的问题确实没有跟进。"顾一菲说。

她的镇静出乎陈安平的意料，审视着顾一菲。顾一菲是他出国考察的时候发掘的人才，在做事方面她是十分可靠的人。

第一她对成功有着强烈的渴望，这就是她的全部动力和底气。在其他方面或许她平平无奇，但野心就是她的资本。

"项目完结的时候你为什么没有做相关的汇报？"陈安平眼神中略带着火气，明明有隐患他却从来没有接到顾一菲的书面报告。这样的态度，实在是让他不满。

"项目时间太紧，我来不及做相关的汇报。这个事情是不去做谁也不会知道的事情。况且我之前提交报告的时候说过，产品需要时间验证，应该给予更多的时间，但是公司这边并没有通过。"顾一菲淡定地说着。

陈安平深吸了一口气。他不得不承认自己即便是这样看好顾一菲，依然是看轻了她。

她在危机来之前，已经准备好了所有应对的说辞。她确实多次提过要延长交货期，也提交过风险警告。这样一来就将所有的责任转化到公司层面，眼下即便是公司出面惩罚顾一菲，在道理上却也有些棘手。

顾一菲微笑着说："您毕竟是总经理，不至于出了危机就沉不住气，自乱阵脚。我现在有两个方案可以给您选择。"

陈安平笑了笑，他没想到顾一菲会这样跟她说话。这倒是也给他吃了一颗定心丸，因为顾一菲的姿态很明显在传达一个信息，那就是她有办法。

"真没想到，你这么年轻就能来给我上课。你说吧。"陈安平靠在椅子上，看着顾一菲。

"现在问题出自香水，解铃还须系铃人。为了彻底解决这个问题，那么就要找回董一凡。唐婷婷没那个本事请到董一凡，大概她连见都见不到一面。那么这个人，就一定是我。"顾一菲笃定地说着。

"第二个方案呢？"陈安平接着问。

"第二个方案就是将一切责任放在我的身上，这样我背锅走人。你这边对上对外都有了交代。"顾一菲轻描淡写地说着，冷静得像是评论着别人的事情。

陈安平往前探了下身子，盯着顾一菲说："你能想到的我自然是能想到，那么你怎么确定我不会选第二条呢？"

"选择第二条虽然是能直接卸掉最紧急的危机，但是改善不了你在公司的处境。有我在，你手中就多一杆枪。对艺洲来说，虽然有了说辞但是依然解决不了香水的问题，这样的话这个合作伙伴多半还是保不住。"顾一菲说完，等着陈安平表态。

她自愿被陈安平当枪使，但是这杆枪其实他想拿起就拿起，想放下就放下的。这场博弈在陈安平提拔顾一菲对抗唐婷婷开始就已经存在了。

现在这个问题解决不掉，对于他来说压力很大。上面对他这样处理事情早有不满，只要业绩漂亮谁都没话说。但是现在业绩上面临着很大的下行风险，他自然要好好考虑一番。

重整公司的结构获得话语权自然是他很看重的，但是保住现有的位置才是大前提。

"即便是你能解决香水的问题，你又如何来说服艺洲呢？香水事件一出，对艺洲这边形象影响很大。"陈安平说。

"我只需要一天时间，我去找白亦冰当面聊。我会说服他的。"顾一菲自信地说着。

她自然是有信心的，有了董一凡这样的大IP，艺洲可以在一个领域内撕开一个大口子。最近顾一菲一直在研究奢侈品行业的一些运作模式和盈利转化方面的内容，背后的数字可以让任何人眼红。

陈安平点了点头，说："好，我给你一周的时间，只要艺洲那边点头，这件事就交给你处理。"

"不止这样，我需要你的全力支持，不论在事前还是事后。我现在做产品会受到很多限制，尤其是市场部和财务部方面的阻力很大。如果我解决了这个事件，我需要您在这两个方面给予我绝对的支持。"顾一菲眼神犀利，带着很强的攻击性。

即便是陈安平也为她的这股劲头大吃一惊，毕竟是经过大风大浪的人，旋即笑了笑，说："好啊，我不怕你有本事。能走远，全看你的本事。"

"一言为定。"顾一菲说完，走出了陈安平的办公室。

顾一菲往办公室走去，着手准备跟白亦冰交锋。

在一众同事的注视下，谁也看不懂她在做什么。人人岌岌自危。顾一菲倒是很平静，但是她跟谁也不解释。

陈婷看着顾一菲的样子，跟一边的刘强说："你说这顾一菲升上去之后是不是太过招摇了，本来升职这么快就应该低调一点。可是谁承想现在变本加厉地折腾，害得咱们跟着提心吊胆的。她愿意跟唐婷婷斗，可是倒霉的却是我们。"

刘强叹了口气，说："可不是嘛，她比我来公司还晚呢。我混到现在才当上组长，人家都做到总监了。这年纪轻轻升得太快，人就飘了。"

他们只是想安稳工作，离开了唐婷婷本来是件大家都开心的事情。但是顾一菲资历比较浅，就当上总监，他们心里难免有一些怨言。

"小宁，你现在跟个哈巴狗一样跟着顾一菲，以后准没好果子吃。"陈婷讥讽着说。她不敢当面怼顾一菲，只好拿宁小凝出气。

宁小凝瞪着眼睛说："什么叫哈巴狗，你说话怎么这么难听。唐婷婷在的时候，怎么不见你出来说话？"

陈婷婷掐着腰，说："怎么，她事情没办好让我们吃挂落，还不能让人说？你别看她现在这么能装，以为自己了不起。唐婷婷在公司多少年了，你知道背后的水有多深吗？等哪天真把人得罪完了，直接开除她顾一菲，到时候你也好不了。"

宁小凝气不过，说："你这是忘恩负义，你难道忘了唐婷婷在的时候是怎么欺负你的了？"

刘强站起来说："小宁啊，你这话说得就不对了。唐婷婷又不是她顾一菲调走的，人家是高升到市场部了。"

宁小凝咬着嘴唇指着他们，眼泪在眼圈里转悠。

就在这个时候顾一菲回到了办公室。

她一进来，所有人马上闭上了嘴巴，转过身假装做事。

顾一菲一进办公室，看了他们一眼，又看了看宁小凝，大概知道了刚刚发生了什么。

她没声张，走到宁小凝身边，笑着说：“小宁，干吗呢，赶紧去工作。”

宁小凝吸了下鼻子，噘着嘴走到了自己的工位。

本来顾一菲升了总监可以有一间自己的办公室，但是她并没有搬过去，选择跟大家一块办公。

跟大家没有距离，每个人大概的心思她自然是第一时间就能掌握的。只不过她现在分不开身来处理，但是她自有打算。

宁小凝一副欲言又止的样子，看得顾一菲一阵好笑。

顾一菲把一些资料整理好，之前白亦冰给过顾一菲名片，她发短信过去。

寒暄了几句之后，她说明自己的想法，关于香水的最新解决方案。

果然白亦冰一听到董一凡，就马上来了兴趣，让她到办公室面谈。

顾一菲敲了下宁小凝的桌子，说：“小宁，跟我出去一趟。”

顾一菲带着宁小凝也让白亦冰知道自己并不是一时兴起的逞强，也显得更正式。

宁小凝替顾一菲将公车的钥匙拿到，跟着她走进地下车库。由于刚刚的争吵她现在的情绪还是有些低落。

“怎么，不开心？”顾一菲边走边说。

宁小凝噘着嘴，说：“嗯，是他们太过分了，他们竟然说……”

顾一菲打断了她，没有让她继续说下去。

“在跟人相处的过程中你要注意两点：第一，你没那么重要；第二，你比他们重要。”顾一菲坐进车里，发动好车子。

宁小凝一脸疑惑地坐到了副驾驶的位置，系好安全带，说：“一菲姐，你这话什么意思呀？”

顾一菲笑了笑，说：“你没那么重要的意思就是别太把自己当回事，别人说了些什么不用太放在心上。第二句的意思就是要把自己照顾好。跟同事相处，你太把他们的话当回事，最后只能是自己受伤。但是你要明确自己的位置，用实力说话。"

宁小凝拼命地点头，说："还是一菲姐你心胸宽阔。"

顾一菲瞥了她一眼，说："你哪里看出我胸襟宽阔了？只是现在时机不成熟，处理他们这件事我不能亲自动手，这样就会在部门内部形成不好的氛围，这种事最适合唐婷婷去做。"

宁小凝张大了嘴巴，说："一菲姐，唐婷婷能主动帮你做事吗？"

顾一菲调整好去白亦冰办公室的导航，一边开车一边说："我喜欢能做事的人，抱怨都是懦夫的行为。我喜欢有个性不服管教但是有能力的人，显然他们并不具备能力这一点。至于唐婷婷嘛，我自有办法让她往我的坑里跳。另外，被送走的人还会感激我尽力保他们。"

宁小凝的嘴角抽动了一下，一丝丝寒意在心里盘旋。以她的小脑袋自然是想不出顾一菲用什么样的办法来让唐婷婷帮她做事，也想不出那些人为什么会感激顾一菲。

她只能庆幸自己是顾一菲的忠实小粉丝，不然连怎么死的自己都不知道，被卖了一定还替别人数钱呢。

顾一菲将车开到艺洲集团的公司楼下，拿好文件下了车。

白亦冰站在自己办公室楼层电梯口处等着顾一菲。

"顾小姐你好，咱们又见面了。"白亦冰微笑着说。

顾一菲礼貌性地报以微笑。他跟着白亦冰来到了他的办公室。

白亦冰的办公室在总部的高层，从这里可以俯瞰整个城市的风景。房间里的家具和各类摆设鲜有顶尖的奢侈品，基本都是一些品质上乘的轻奢品牌。

整个环境给人的感觉就是，我有钱也有文化。这是顾一菲走进这个办公室后的第一感觉。

　　这倒是让白亦冰跟一些肤浅的富豪产生了一些区别，也许是因为见识得比较多，他更看重的是文化而非单纯的物质。

　　"坦白说，我对这次跟君红的合作是十分失望的，我们用高额的消费标准作为赠送香水的条件。在很大程度上来说，获得香水的顾客都是十分有购买力的消费者。他们的不良反馈，对我的公司的形象和业绩都造成了很大的负面影响。不知道顾小姐，在这方面将会给我怎么样的答复呢？"白亦冰面无表情地说着，丝毫看不出他内心的动态。

　　这一次他没有表明自己的立场，言谈也找不出一丝破绽，这跟他前几天在君红大发雷霆的样子判若两人。

　　顾一菲微笑着说："我只说三个字就能回答你的问题。"

　　白亦冰身子往前探了探，说："哪三个字。"

　　"董，一，凡。"顾一菲一字一顿地说着。

　　"就这三个字？"白亦冰诧异地问。

　　"就这三个字。"顾一菲笃定地回答着。

　　白亦冰用食指有韵律地敲着桌子，说："顾小姐，你是否知道这次的公关危机对艺洲来说有多严重呢？"

　　"我当然知道，否则我也不会出现在这里。"顾一菲依旧平淡地说，那个状态就好像她是被白亦冰请来的顾问一般。

　　宁小凝坐在一边看两个人神仙打架，一脸蒙。

　　白亦冰笑了笑，说："那还请顾小姐详述说一二。"

　　顾一菲示意宁小凝将Ipad递给她，她打开一个准备好的PPT递给了白亦冰。

　　"那些获得正品的消费者根本不会在乎一瓶赠品的品质是否有问题。她们之所以这么积极反馈，无非是香水给她们留下了很深的印象。她们的诉求跟价值无关，只是想要拿到更好的产品。"顾一菲一边说着，一边翻动着屏幕上的页面。这是她刚刚做好的关于奢侈品购买对象的购买力调查。

她收集了网上的数据，也花钱购买了一部分调查公司的报告。整合下来的用户画像显示出最终的结论。

顾一菲接着说："董一凡就是产品水准的保证，你做奢侈品应该知道香水带来的丰厚利润，而且其带动的品牌效应是非常客观的。所以请到董一凡这位大神，你就能在中国奢侈品行业站住原创的脚跟，甚至开创出一个新的局面。"

白亦冰心中一惊，顾一菲的每句话正说到他的心坎。一次小小的事故确实无足轻重，更何况香水仅仅是赠品，他们可以不对这次的品质问题负责。

"就算你找回董一凡，那眼下已经形成的舆论氛围你又怎么挽回呢？"白亦冰继续试探着顾一菲，他倒是想见识一下顾一菲到底有多大的能力。

顾一菲将PPT滑到最后一页，说："他们的诉求是拿到好的产品，只要我们能将更好的产品送到他们手上，自然就会让他们满意。尤其是董一凡新做的香水，第一批用来回馈他们。与此同时市场上有一到两个月的时间是真空期，他们不可能在市面上见到同一款产品。独一无二的尊贵享受，有了这个待遇，谁还会再抱怨什么呢？"

白亦冰笑了笑，说："你这是在玩饥饿营销？"

第九章 他到底在哪

顾一菲一摊手，说："手段只是次要的，结果才是主要的。在中国，百分之二的人掌握着百分之八十的财富。所以你的目标盯着那百分之二的人就好。用一款好的产品在他们之间形成口碑，之后即便是有钱都买不到。"

白亦冰点头看着顾一菲，说："没想到顾小姐对商业还很有想法。不过用户那边你不用太担心，我已经给他们发邮件过去，承诺再赠送一瓶由董一凡先生亲自设计的新款香水。我顺便将董一凡的简历和做过的产品给他们发了一下，结果所有人都表示愿意撤诉。"

她微微一笑，为了能够说服白亦冰，她可是下了很大的功夫。毕竟管理者的视角跟设计师不同。他们更在乎的是大局操盘，想的是更宏观的事情。设计师盯着的只是自己手中的东西，可是没想到白亦冰已经想好对策，等着自己往里面跳呢。

顾一菲想了想，将计就计，顺便给自己争取一些福利，说："为了我这边工作的顺利展开，你要给我们陈总发个邮件，说明一下情况。"

白亦冰笑了笑，说："你倒是很精明。"

顾一菲叹了口气，说："没办法，在职场生存，总是要有一些保障才好施展拳脚。"

"既然是这样，那么作为本次事故的赔偿，我要求你请董一凡在艺洲旗下的公共空间做一系列文化活动，形式可以多样化，主题是香水相关的东西就可以。目的嘛，就是将销量推上去。"白亦冰看着顾一菲说，这是一场博弈，看谁更有话语权。

想请董一凡的人实在是很多，国内各大品牌、商场都打过董一凡的主意。但是最终都铩羽而归，碰了一鼻子灰。

广告品牌需要一些流量明星来作为噱头，但是可以真正将一个品牌提升一个档次的却是实实在在的设计师们。董一凡可以让国内的香水品牌拿出一款真正对打国际顶级香水的产品。行业内，谁会不眼红呢？

顾一菲略微迟疑了一下，她之前想过白亦冰会有类似的要求，这是白亦冰敲诈的好时机。

"没问题，只是董一凡的劳务费你这边不能少。"顾一菲佯装淡定地说着，现在她还来不及考虑如何再次搞定董一凡的事情，先行答应下来。

"这个问题，我想我可以拿出最大的诚意。"白亦冰眯起眼睛，说："我对你越来越好奇了，你跟董一凡到底是什么关系呢？"

他实在是很好奇，董一凡的名声他是知道的，但是似乎可以任由眼前的顾一菲摆弄一般。

"合作关系，只要你能找到对方的需求，合作总是很容易达成的，就比如现在的我们。"顾一菲耸了耸肩，故意说得很轻松。

白亦冰饶有兴致地摸着下巴，说："既然这样，我也是可以追求你的了？"

他的话倒是让顾一菲出乎意料，惊得宁小凝下巴差点掉了下来。

顾一菲看着白亦冰，说："那么您就要多费心了。"

她没有把白亦冰的话当真，又寒暄了几句，带着宁小凝走了出去。

宁小凝拍着胸脯说："一菲姐，你不是真的要去再找董一凡吧？"

顾一菲没有回头，径直地走向了车库。

宁小凝跟在她身后，看着顾一菲的背影。她看不出顾一菲心中所想，只是觉得顾一菲这样雷厉风行的人，酷是留给外人的，困难全被自己掩盖住了。

她叹了口气，紧走两步跟了上去。

顾一菲一路上都没有说话，不论是自己还是白亦冰都盯上了董一凡这块招牌。但是即便顾一菲自认是黑莲花，也难免会有被感性左右的时候。她无法做到真正的冷血、蛇蝎心肠。

归根结底，她的心还是热的，只是她将这颗心藏得够深，以至于鲜有人、鲜有事能再触动她。

几个月前他们还是陌生人，那时候顾一菲单枪匹马杀到董一凡家。现在她却为出现在董一凡面前反复想着理由。

每次她被感情左右的时候，都会被现实狠狠地打几记耳光。她咬着牙，猛踩下油门。

引擎轰鸣声骤起，一边的宁小凝吓得脸色煞白，但是又不敢打扰顾一菲。她双手抓住上方的把手，两只脚顶在前面，全身绷紧。

她简直不敢睁开眼睛，只能在心里求饶。

顾一菲回过神来，看到了一边的宁小凝，缓缓地放开了油门。

跟陈安平汇报完之后回到家，已经是深夜。推开房门的瞬间，仿佛有阵冷气扑面而来。漆黑的房间，她放好钥匙才打开灯。

她早已习惯了一个人的生活，却因为在董一凡那里住了一段时间就觉得眼前的场景才是陌生的。她自嘲地一笑，坐在了沙发上。

董一凡对她来说是什么呢？顾一菲在心里问着自己。在她利用他的名声的时候，内心那隐隐的不安是为了什么呢？

　　董一凡比不上升职加薪，比不上名声和利益。更加比不上她内心深处的恐惧，那个从小就伴随着她的梦魇一般的场景。

　　她不允许自己再面临那样的窘境，不允许自己失去一切包括尊严之后依然无能为力。

　　顾一菲闭上了眼睛，一滴泪水从她的眼角流下。眼泪对她来说，是极其陌生的存在。她甚至想不起自己还为哪个男人流过泪。

　　董一凡不过是她人生中的一个过客，但是她却难免想起他。她长叹了口气，自言自语地说："董一凡啊董一凡，你应该感到高兴的，因为我居然为了你掉了眼泪。"

　　她站起身到卫生间洗了把脸，看着镜子中的自己，笑了起来。刚刚哭过的眼睛水汪汪的，却看不出一点林妹妹的柔弱。

　　"好了，该干正事了。"顾一菲拿出一块擦脸巾，将脸擦干走了出去。

　　想找到董一凡吗，琼斯是一个很好的突破口。

　　顾一菲给琼斯发邮件，解释自己想要将之前的合作费用给董一凡。

　　隔了一天，琼斯才有了回复。

　　虽然他对顾一菲有很多不满，但是他还是将她的邮件转给了董一凡。

　　董一凡一个人坐在窗边，只是现在窗边少了他亲手种植的海棠。琼斯发来邮件的时候，他刚好面对着窗外发呆。

　　"顾一菲想要你的新地址，她还惦记着你呢。"琼斯在邮件中说。

　　董一凡翻看着手机邮箱中的信息，回复说："你不用把我的地址给她，她这么快来找我大概率是香水那边出了问题。我们已经解决了香水的问题，我将完整的方案给她就是了。"

　　琼斯回复说："你这样一点都不可爱，如果你喜欢她就直说嘛。"

董一凡看着琼斯的回复，赶紧回复说："别瞎说，我只是不想辜负自己的努力，之后她会再跟你下单要香水的。"

琼斯没再说什么，此时他身在非洲，也无法帮助自己的这位朋友。他是一个百花丛中过的浪漫男人，当然理解不了董一凡到底是怎么想的。也懒得再去管，起码董一凡现在来看神志还算清醒。

董一凡没有将自己的地址给顾一菲，因为他实在是很伤心。在这个项目上，他付出了很多心血，顾一菲不是不知道。他已经尽自己所能，甚至妥协交出了不完善的作品，她依然不满意。以至于将自己的配方拿给别人胡乱抄袭。

他的座位旁放着一个小盒子，是他最终的产品配方和瓶子、包装的设计图。他用手抚摸着盒子，似乎在跟自己的小孩告别。

恍惚间，他仿佛看到了那个时而狡黠时而文静的女孩的笑脸。他自然是希望顾一菲开心的，从心底里就这么希望着，这也是他跟顾一菲合作的一个原因。

她会开心的吧？

她开心就好！

价值观不同的人在相处中往往走向悲剧，那种观念上的冲突，是无法用妥协来解决的。那些迥异的观念，在碰撞中会像刀子一样伤害到争执的双方。在互相不理解和困惑于为什么不理解中黯然神伤。

顾一菲收到了琼斯拒绝透露董一凡地址的邮件，她的心立马悬了起来。用董一凡做招牌虽然暂时安抚住了众人，但是只有她自己知道这样做无异于万丈悬崖之上走钢丝。

她转动着眼珠想办法，眼下最要命的是解决香水的稳定性问题。

顾一菲不是一个坐以待毙的人，她找了很多人去尝试做香水的改进。但是因为无法再次打着董一凡的名号去申请经费，所以价格上很难满足这些设计师。更何况他们一听是董一凡手中出的香水，虽然兴趣很大，但是没有一个敢接手。

　　每天顾一菲都要在公司待到深夜，整个人比以往更加消瘦了几分。

　　晚上十一点，顾一菲坐在自己办公桌前查找着调香师的一些材料。她缓过神来，办公室里已经漆黑一片，只剩下她电脑屏幕的光还亮着。

　　顾一菲揉了揉太阳穴，起身将灯打开，突然被吓了一跳。

　　"小凝，你怎么在办公室睡着了？"顾一菲长出了一口气说。

　　宁小凝打着哈欠，揉了揉眼睛，说："我本来想等你下班的，你最近一直加班到半夜。"

　　顾一菲笑了笑，说："你这是睡到我下班，没什么事情赶紧回家吧。晚了家里人会担心的。"

　　宁小凝咬了咬嘴唇，说："一菲姐，董一凡那边是不是有什么问题呀。你最近这么拼命地加班，一定有什么事情是很棘手的。我虽然笨，但是好歹也能帮上你一点忙吧。"

　　她诚恳地说着，小眼睛眨巴着看着顾一菲。

　　顾一菲的心里流过一丝暖流，在这个陌生冰冷的城市，有这样一个人真心关心你何尝不是一种幸福呢。

　　顾一菲坐在了她的旁边，捏了下宁小凝的脸，说："是啊，我联系不上他。所以要想办法找人解决目前的困境。"

　　宁小凝赶紧捂住自己的嘴巴，然后说："一菲姐，你放心，我一定会管住自己的大嘴巴的。"

　　宁小凝大嘴巴是全公司都知道的，什么事情只要被她知道，基本上就代表全公司都知道了。

　　顾一菲点了点头，靠在椅子上，喝了点水。

　　宁小凝是本地人，父母都是职工，算得上衣食无忧。她对顾一菲这种女强人十分崇拜。但是她自己又缺少那股子拼劲，能力上也略显不足。她只是羡慕顾一菲，但是要让她也这么拼命，她早就不干了。

"一菲姐，你能力这么强，又这么努力，你的动力是什么呢。"她好奇宝宝一样看着顾一菲，她觉得顾一菲跟自己不一样，但是她自己又说不出来。

顾一菲侧着头看着她，连续的熬夜让她的嗓子有一点沙哑。

"你看窗外，是不是万家灯火。这一片片写字楼里面，有多少人奋斗到深夜，他们是为了什么呢？来到这个世界上，每个人的处境都是不同的，每个人的成长经历也是不同的，自然每个人的欲望也是不同的。如果你像渴望呼吸一样渴望成功，你自然会拿出生命去拼。"

顾一菲伸了个懒腰，走到窗前，指着对面的商贸大厦，说："小凝，大部分人都不会轻轻松松成功的，有多少白手起家的人，能走到那个楼里面随便刷卡呢？你当然可以享受人生，那其实是你的福气。但是对于我，只有拼命向前这一条路。"

她转过身，脸上看不出一丝的疲惫，反倒是精力十足，眼睛里仿佛带着一束光。可是宁小凝看得出，顾一菲只是靠着那股子精气神支撑着，她的身体实在是太过疲惫。

"像我这样的人，如果不认命，就只能拼命。"顾一菲停顿了好一会儿，轻声地说了一句。

宁小凝被她的话震住，感到一丝心疼。顾一菲是第一个在公司为她出头的人。她从小胆子就小，受欺负也不敢声张。所以她从心底里喜欢顾一菲。

"一菲姐，我也会好好努力的，因为我想像你一样。"宁小凝认真地说着。

顾一菲走到她身边，拍了拍她的头，说："你啊，还是回去洗洗，好好睡一觉吧。走吧，这么晚了，我请你喝一杯。"

宁小凝一扫刚刚的忧郁，立马活力四射地蹦了起来，说："太好了，我们走。"

顾一菲关上电脑，带着宁小凝到了公司附近的一个小酒吧。她都忘了自己上次出来喝酒是什么时候了，好像一切都变得很遥远。

"一菲姐，你看那边那个女人，好有气质哦。随便的穿着都那么美。"宁小凝喝着酒，眼神在酒吧中飘动。

这个酒吧是这一片商业区里面规格比较高的，很多名人都是这里的常客。

顾一菲顺着她的目光看过去，说："真是很随便呢，她那一身从上到下没十几万下不来。"

宁小凝被酒呛了一下，咳嗽了半天才缓过来，说："一菲姐，你不是在开玩笑吧。"宁小凝自恃对时尚和奢侈品都有些了解，但是她还真看不出这个人穿的是什么大牌。

顾一菲笑了笑，说："人家从头到脚几乎武装到了牙齿。现在的阔太圈早就不是一件套装走天下的时候了，很少有人还使用那些夸张的大logo，现在最厌恶的是什么？"

宁小凝眨巴着眼睛问："是什么？"

"暴发户呗。新贵们当然是要朝着贵族的方向努力经营。你觉得人家的装扮清淡典雅，正是人家精心挑选的呀。这些有品位的新贵，最忌讳的就是身上金钱味太重而流于俗气。"顾一菲看宁小凝还是一脸疑惑不明就里，无奈地说："你看到她旁边放着的包了吗？那是南非鸵鸟皮的Constance，那个logo你总该认识吧。那是爱马仕里很难买到的一款包，单价在十万上下，不是有钱就能买到的。"

宁小凝倒吸一口冷气，又忍不住朝着那边瞟了一眼。她的眼睛现在变成了人民币的形状，冒着金光。

"怎么，羡慕啊？"顾一菲摇晃着酒杯说。

宁小凝点头如捣蒜，说："当然呀，做公主是每个女生的梦想嘛。"她说完看了看顾一菲，感觉自己说错了，好像并不是每个女生的梦想都是当公主，顾一菲明显是奔着王子去的。

"当一朵人间富贵花，靠着别人供养，这不是公主。这其实是一个比职业女性更辛苦的工作。一个女人的价值和安全感全部来自无法控制的事物的时候，那种谨小慎微的状态，足以令一般人崩溃。"顾一菲淡然地说着。

酒吧里的灯光略显暗淡，来来往往的人，你看不透每个人的故事。所有目之所及，都是一种假象。在街边哭泣的人未必就伤心，在这里欢笑的人，也不一定很开心。

宁小凝看着顾一菲，很欣赏她的人生态度。她觉得做女人就该像顾一菲一样，能力强、心理素质更强，目标明确，勇往直前。

不过她自己自然是无法做到的了，但是她很喜欢在顾一菲身边做事，这样就能看到顾一菲的飒爽英姿。

不多时两个人都有了一点醉意，各自叫车回家。

顾一菲回到家的时候已经是深夜，即便是酒量尚佳的她，在连日的疲惫下，酒量明显下滑。

她将衣服挂好，走到餐厅给自己倒了一杯水。一饮而尽之后，她仰头长出了一口气。

连日的努力依旧没有得到好的解决方案，窗外月光照在床上，她强拖着疲惫的身子洗漱完毕，又忍着疲惫敷上一层面膜，终于可以躺进那片月光里。

接下来又是几天连续的加班，如果不能及时地找到董一凡的替代者，她怀里的这颗雷指不定在什么时候就炸开了。

顾一菲陷入绝望，找了很多办法都没能解决香水变质的问题，眼看就要到公司给的期限，好不容易有一个调香师准备接手这个案子，没想到突然被告知无法解决董一凡的问题。

顾一菲坐在自己的办公室里，一筹莫展。她思索再三，拿起手机打给了村主任。

之后顾一菲打车到了董一凡原来的住址，刚到街口就下起了雨。

没见到董一凡自己却在倾盆大雨中被浇成狼狈的落汤鸡。压力积压得太久，顾一菲终于抑制不住泪水号啕大哭。

空旷的地方，她一个人在夜幕和夜雨的掩饰下，彻底释放了出来。

就在这个时候，顾一菲突然发现雨似乎停了。她抬头，为她举伞的居然是董一凡。

顾一菲赶紧擦了下脸上的水，站了起来。

此时这般情景，两个人四目相对，心中均是五味杂陈。

"你怎么在这儿？"董一凡面无表情地说着。

顾一菲整了整自己的头发，说："我来找你。"她直视着董一凡，并不回避。等了一下，董一凡没有说话，她接着说："你又为什么在这儿呢？"

"村主任打电话说，我之前的电费没有结清，让我过来看一下。"他说着看了看紧锁的大门。

两个人再次沉默了下来，再见面，生疏了许多，彼此除了客气的寒暄一时找不出其他的话题。

良久之后，董一凡叹了口气，说："我送你回去吧，这么晚了又下雨。"

顾一菲四处看了看，说："好。"

又是一阵沉默，顾一菲打了一辆车，两个人坐在后排，离得很远。他们各自看向窗外。一场雨让整个城市都变得安静了下来，车水马龙的城市里，好像只剩下了这一辆车在路上行驶。

顾一菲透过窗户的反光看着董一凡的侧脸，在心中长出了一口气。为了能再见到他一面，自己也够拼的。哪想到有下雨这个桥段，不免在心里感慨老天爷的戏实在是太足了。

她打电话给村主任，让他帮忙通知董一凡回来结清电费。她觉得村主任那边说不定有董一凡的联系方式。没想到村主任很快就联系上了董一凡。只是她也没想到在这个当口下起了大雨，导致自己情绪上的崩溃，而这一切又被董一凡看见。

顾一菲自己也感慨，故事她只设计了一半，剩下的确实是无心之举，只是凑到一起，倒成了天时地利人和的绝佳安排。

到了顾一菲楼下，董一凡站住了脚。顾一菲回过头看了他一眼，说："上去吧，之前又不是没在你家里住过。我这里有两个房间，可以让你屈尊。"

董一凡愣了一下，他身上的衣服也都湿了。

第十章　酒量见长

认识顾一菲开始，董一凡经历了很多奇怪的事情。比如认识不久顾一菲就住进了董一凡家，比如现在自己又莫名其妙地到了顾一菲的家里。

顾一菲对生活品质要求也很高，在这个寸土寸金的地方，她一个人就租下了一个两居。

在吃和住这两个地方，顾一菲也从来不会亏待自己。但是跟董一凡的"豪宅"比还是差很远的。

顾一菲拿出一条新的浴巾给董一凡，说："别愣着了，赶紧擦一擦。"

董一凡接过浴巾擦拭着身上的雨水，他站在一边目不斜视，显得很拘谨，毕竟这是第一次到女生的家里。

看着他在客厅傻站着，顾一菲心里有些好笑。她推开次卧的门，说："你先进去休息下，把身上的水也擦擦。我先洗个澡。"

说完，顾一菲转身回到自己的房间拿出换洗的衣服，到卫生间洗漱。她裹着浴巾一边刷牙一边看着镜子中的自己。想到董一凡在隔壁的房间，苦笑了一下。到底是董一凡这家伙人畜无害到了极致，还是自己没有魅力呢？

　　她打量着镜子中的自己，心中有了结论。董一凡这家伙绝对是战斗力为零的渣渣。

　　她洗漱完换好了居家的衣服，淋过雨，洗个澡之后舒服了很多。

　　她敲了敲次卧的房门。不多一会儿，董一凡缓缓地打开了房门，倒像是小媳妇一样。此时顾一菲反倒觉得自己像是个调戏良家妇女的流氓一般。

　　"我洗好了，你去洗个热水澡吧，别感冒了。"顾一菲说完回到客厅拿出几瓶酒。

　　把董一凡骗出来，也不能亏待他。到了自己的地盘，顾一菲想露一手，倒一点酒给他尝尝。料想这家伙平时也不怎么喝酒。

　　董一凡手中拿着浴巾站在原地没有动，面露难色。

　　顾一菲转身看到他的时候，一拍脑门，说："你等我下，我看看有什么你能穿的衣服没有。"

　　顾一菲赶紧回到自己的房间，翻腾了很久。好在很久之前她买过几件大号的衣服，有点嘻哈风。她拿出一套衣服在身上比量了一下，说："应该能穿上吧？"

　　她拿着衣服走了出去，递给董一凡，说："去吧，赶紧换一下。衣服我都没穿过，放心吧。"

　　董一凡接过衣服说了句谢谢，就走进了卫生间。

　　里面传来洗澡的水声，顾一菲下意识地朝着那个方向看了一眼，不由得笑了下，感觉自己真是个流氓。

　　顾一菲拿着一瓶红酒走到厨房，把红酒倒进一个小锅里，然后往里面放入一些肉桂、丁香、橙皮，最后放入几勺红糖。

　　顾一菲一边小火慢慢地熬煮着，看着里面的气泡不断地涌现。冬天的时候，她最喜欢围着毯子坐在窗边喝热红酒。

　　她本来想要调一杯烈一点的酒，不过考虑到董一凡的酒量，最终选择了做热红酒。

红酒煮好了，董一凡也从卫生间出来了。顾一菲看了他一眼，说："来喝一点热红酒吧，别感冒了。"

董一凡穿着自己的衣服倒是挺合适，顾一菲看着咂吧着嘴。果然是衣服架子，穿什么都好看。她不免感慨老天不公，给了他才华又给了他颜值，简直没天理。

董一凡坐到了桌子旁边，看着顾一菲端过来的小锅，说："肉桂不是做饭用的香料吗？"

顾一菲一笑，说："没见识了吧，谁说能做饭的材料不能做酒了。"之前一直在香味领域转悠，顾一菲老是吃瘪，现在到了自己的专业她总算能扬眉吐气了。

她拿出两个杯子，一杯里倒了半杯，另一杯倒满。

顾一菲把半杯的红酒推到了董一凡面前，满杯的自己拿了过来。

"尝尝吧，味道不错的。"顾一菲抿了一口红酒，一股暖流直达胃里，舒坦。

董一凡小口地喝了一点，点了点头，说："还挺好喝的。"

顾一菲放下杯子，说："那当然，来来来，顾老师给你上一课。这热红酒要追溯到公元8世纪之前，希腊诗人荷马听说过吧，在他的史诗《奥德赛》中就有记载，女神瑟茜就用香料加红酒来麻醉奥德修斯的船员。"

董一凡本能地用鼻子闻了闻，肉桂结合橙皮的味道再加上红酒，确实别有一番风味。

"确实不错，我回去也试试。"董一凡摇晃着酒杯说。

顾一菲被他的话吓了一跳，说："可别，你家的酒那么贵，煮了简直是暴殄天物。你想做就用一些便宜的葡萄酒就好了。"

她可真是怕了董一凡了，这家伙倒是什么东西都敢用，想象那些个几万元一瓶的好酒会被董一凡煮了她都心疼。

董一凡不以为意，说："你还是那么在意物质的价值。"

顾一菲白了他一眼，说："你是大少爷嘛，自然不在乎。"

两个人一谈到这个话题，气氛就变得紧张。董一凡喝了几口红酒，看着眼前的杯子，说："煮过的酒就是有一点不好。"

顾一菲一瞪眼，说："哪里不好了？"她做的红酒自己当然有信心，董一凡还能挑出什么毛病不成。

"酒精少了许多，有些不像酒。"董一凡大口地喝了下去，仿佛在示意顾一菲，她的酒没有劲儿一般。

"行啊，几天不见酒量见长。行，在我的地盘，酒还能亏待你吗？"顾一菲起身到酒柜里面拿出了几瓶颜色各异的酒。

顾一菲本来想好好地教训下董一凡，但是考虑到他的酒量，下手就没那么重。她拿出几个小酒盅，调了两杯"教父"——苏格兰威士忌结合着杏仁味的力娇酒，杏仁的苦味和威士忌混合后形成了一种独特的口感。

微微的苦味，是顾一菲很喜欢的。一个让成年人上瘾的东西，往往都不是甜的。

"来，尝尝吧，看到我的小酒柜了吗？我不换样地给你调酒，喝到你满意为止。"顾一菲挑衅地说。

董一凡拿起酒杯，看了看，倒进了口中。这是一杯烈酒，浓烈的酒精顺着他的食道滑进胃中，像一团火焰。

董一凡忍不住咳嗽了起来，嗓子干裂般的疼，眼泪都咳了出来。

顾一菲看着他出洋相，笑着说："烈酒可不是这么喝的。咽下去的瞬间最好不要呼吸，不然肯定会呛到的。"

顾一菲顺手从茶几下拿出一个香薰蜡烛，就是董一凡设计的那款。

"当年买这个蜡烛，单纯是被它独特的气味吸引，哪想到现在能和它的设计者一起喝酒，真是不可思议。"

顾一菲家的客厅有一面大落地窗，窗外正面对几个住宅楼。这一片的住宅极其密集，关了灯，窗外各户的灯光像星星一般闪耀着。

董一凡终于缓和下来，喝了几口水。他长出了一口气，感觉刚刚差点将肺咳出来。

看董一凡那么惨，顾一菲也停止了戏弄他的心思。

她从酒柜中拿出一瓶瓶身很小的啤酒，倒在杯子里，是红色的液体。

"你还是算了，尝尝这个。"顾一菲将酒拿到董一凡面前说。

董一凡拿起酒杯喝了一口，说："有点甜。"

顾一菲笑着说："这是比利时的芙力草莓啤酒，含有百分之三十的草莓汁，听起来就很适合你吧。"

董一凡点了点头，没有继续说什么。

顾一菲看着酒柜，想着给自己做一杯什么样的酒。她瞥了董一凡一眼，抿了下嘴唇，拿出一瓶雪碧和龙舌兰。

她把龙舌兰和雪碧混合倒进一个厚杯子中，拿纸巾盖住瓶口。

董一凡看不懂她想要做什么，一直看着她。

顾一菲冷不丁地拿起酒杯然后重重砸在桌子上，"嘭"的一声，吓了董一凡一跳。

一股泡沫喷溅出来，顺着杯子流出。

"香水那件事，你是不是还在怪我？"顾一菲拿起酒杯轻声地说着。

董一凡愣了一下，他想起自己在商场闻到的那款劣质仿香。

"谈不上吧，可能很多东西对你来说都是一场生意。但是对我来说意义完全不同。"董一凡看着窗外的灯光说。

顾一菲自嘲地一笑，喝了一口杯中的酒。这款酒加了很多雪碧，非但没有缓和酒劲，反而起到了推波助澜的作用。碳酸饮料让酒精变得更容易被吸收。

不过这款酒有一个好听的名字"情人的眼泪"。

"你清高，你有艺术家的格调。"顾一菲冷笑着说。

董一凡一皱眉，说："刚认识你的时候，你不是这样的。"

"我是哪样的？你才认识我几天，就自以为了解我了？"顾一菲盯着董一凡。

董一凡叹了口气，说："我不了解你，但是我相信自己的直觉。我当初帮你，也是因为我的直觉。"

"你的直觉告诉你什么了？它没告诉你我会为了成功而不择手段吗？"顾一菲嘲讽地说着，又喝了一大口酒。

"香水是不是已经出问题了？我说过设计需要更多时间的。"董一凡忍不住说。

"得了吧，再拖下去，它连被发现出问题的机会都没有。"顾一菲恶狠狠地说。

虽然平时她也可以喝快酒，但是今天，她喝得格外快。

"成功有那么重要吗？"董一凡苦笑着说。他此时看着顾一菲感觉她变得十分遥远和陌生。

当初还是陌生人的时候，董一凡觉得顾一菲很熟悉，很真实。认识越久，感觉却反而变得陌生。

"你怎么会知道穷是什么感觉，不是所有人都像你一样有视金钱如粪土的资格，没有钱的人拿什么谈论尊严与安全感，没有钱，她就只能亲眼看着自己的亲人被活活拖延到死去，即便下跪也无法得到同情。"酒精的作用下，顾一菲的情绪也有些激动。

董一凡的心中一震，他又哪里知道顾一菲经历过什么？他感受到了顾一菲的伤心，似乎那些积压在心底的伤又再次浮现了上来。艺术家总是敏感的，他皱着眉，说："可是对于每个人来说都有选择的，不是吗？"

"是啊，所以我选择接近你，想尽办法让你跟我合作。我只是想要钱，你不必用你的标准来衡量我。"顾一菲盯着董一凡说。

"可是，你还是不应该把我的配方给别人拿去抄袭。"这是董一凡心中的一个结，也是无法逾越的底线。这种做法相当于对董一凡的背叛。

顾一菲愣了一下，说："我傻吗？主动把你的配方给唐婷婷的香水设计师？我只是一个员工，资料交到上面，我还能管得了上面的人吗？"

顾一菲将面前的酒一饮而尽，摇摇晃晃地站起身，走到了自己的房间门口，扶着门框，说："董一凡，这个世界不是你想象的那么美好的。你简直幸福得像一个传说。"

她说完走进了自己的卧室，倒头就睡着了。情人的眼泪是墨西哥深水炸弹的一种，酒劲上来可不是闹着玩的。

第二天宿醉醒来的顾一菲想到她居然对救了自己的董一凡恶言相向便头皮发麻。

董一凡不知道什么时候已经离开了，在客厅留下了一张便条写着告别的话。顾一菲拍了拍自己的脑袋。

"真是酒后误事，好不容易把董一凡骗出来却忘了谈正事。"她看着茶几上的几个空酒瓶，深深地叹了口气。

顾一菲洗了个澡，赶去上班。宿醉的后遗症就是有些头疼，她坐在办公室里揉着太阳穴。

办公室里气氛沉默压抑，大家各自在自己的工位上工作着。

顾一菲知道，他们现在疏远自己，因为怕了唐婷婷。在他们眼中，唐婷婷迟早会回来的，更何况现在唐婷婷故意泄露她背后有背景的事情。

以往唐婷婷有自己的小骄傲，虽然跋扈但是从不会显摆她有背景一事。但是现在她不在乎什么自尊，只要是有利于打压顾一菲的手段，她都不介意使用。

就在这个时候，宁小凝抱着一个盒子走了进来。

"一菲姐，你的快递。"宁小凝说着将盒子放在了她桌子上。

"什么快递？"顾一菲疑惑地说着。

"我也不知道，收件人写的是我的名字，但是备注了转交给你，你看。"她指着备注栏给顾一菲看。

顾一菲看着上面的地址，居然是从北京寄过来的。

她拿起剪刀将包装打开，里面包装倒是挺精致的，一阵暗香飘来，显得格外特别。

"一菲姐，好香呀。这是你买的香水？"宁小凝站在一边，第一个闻到香味。

"不是啊，我买的东西怎么会寄给你呢！"顾一菲的心提了起来，预感到了不同寻常。

她示意宁小凝跟着自己走了出去，找到了一个没有人的会议室。

"一菲姐，干吗这么神秘呀。"宁小凝走进办公室不解地问。

"办公室人多眼杂，如果我没有猜错的话，这个盒子应该是董一凡寄过来的。"顾一菲将盒子放在桌子上，一点点把里面的东西拿出来。

宁小凝好奇地看着，说："你找到董一凡了？"

顾一菲没有回话，从盒子里面拿出了几样东西。分别是一个小木雕的瓶子，一个U盘，一些设计手稿，还有一份香水配方说明。

顾一菲赶紧将设计稿打开浏览了一遍，一颗心终于放下。

直到看到设计图之后，顾一菲才终于明白，为什么仅仅是换一下瓶子的颜色，董一凡都要如此的大动干戈，事实证明，一个好的设计师最在乎的就是一些细节上的处理。

黑瓶子和透明的瓶子整体质感差异十分明显。新的方案，更显得内敛，带有一种说不出的独特魅力，像一颗黑宝石的雕刻，董一凡营造出了一种五彩斑斓的黑。

顾一菲将所有的东西放回盒子，小心地将盖子盖好。

宁小凝瞪着大眼睛看着顾一菲，说："一菲姐，这是？"

顾一菲看着宁小凝，说："一个翻盘的秘密武器。最近唐婷婷是不是在下面使什么坏了？"

宁小凝拉了把椅子坐下，凑近顾一菲，小声说："唐婷婷蠢蠢欲动地等着回到产品部呢。这段时间咱们这边不但红酒业务开展受阻，你这边迟迟没有搞定董一凡，所以她过来拉拢人心。说等你走了，这些人都要跟着你滚蛋。"

顾一菲点了点头，说："我就知道会是这样，不过无所谓。现在我算是有时间让他们见识见识了。"

她用手轻轻地拍了拍纸盒子，微微一笑。

宁小凝看着顾一菲嘴角带笑，不由得打了个冷战。跟了顾一菲这么长时间，一看到顾一菲露出这个表情就知道有人要遭殃了。

顾一菲回到办公室，拍了拍手，说："各位，现在大家到会议室来一下，带上各自的电脑，我们开一个紧急会议。"

在大家错愕的眼神中，顾一菲走了出去。她让宁小凝组织大家到会议室开会。

"小凝，什么情况？"陈婷率先走到宁小凝身边问道。

宁小凝摇了摇头，说："我也不清楚一菲姐要聊什么，反正让大家带电脑过去。"

"别编了，你都成顾一菲的狗腿子了，什么事情你不知道。"陈婷冷笑着说。

宁小凝被气得掐着腰，说："谁是狗腿子，你们爱去不去。"

刘强走过来拉了一下陈婷的胳膊，说："你干吗这样说，咱们先去开会吧。小宁也未必就什么都知道。"

陈婷一甩胳膊冷笑着说："就算她知道就是不说又能怎么样，反正用不了几天唐婷婷就回来了，说不定她跟顾一菲一块卷铺盖走人，到时候哭都没地方哭。"

刘强一皱眉，叹了口气说："快别说了，去开会吧。"

顾一菲坐在会议室前面看着手下这些人陆续到齐。她实在是不喜欢现在公司的氛围，用乌烟瘴气来形容一点都不为过。刘峰选人用人的眼光太有问题，以至于一些有能力的人得不到重用，一些阳奉阴违的人反而升到了高位。

要不是唐婷婷走，刘强到现在也做不上组长。陈婷明显是一个喜欢搞圈子的人，她的心思不在产品上，而是在维护自己的利益上，所以她喜欢跟唐婷婷这样的人为伍，有了保护伞自己的地位就稳固了。

顾一菲环视着所有的设计师和技术员，借着这次人员的调动，她要给大家注入一些新的活力。

她笑着说："今天突然把大家召集起来，就是想跟大家说：目前产品遇到困难，产品在创意上需要下大功夫。但是我这边有个想法，坦白说，之前李峰做总监的时候很多做法我并不赞同，尤其是在人才管理上，人才在公司得不到重视，这就是资源浪费。"

顾一菲停顿了一下，接着说："所以今天，尤其是面对产品创意不足的情况下，你们每个人现在写一个计划书给我，一个小时之后发到我的邮箱。我会查看每个人的创意，然后考虑重新划分大家的职位。"

顾一菲话一说完，下面一片哗然。

最紧张的莫过于刘强和陈婷。他们两个人现在是组长，任何人对他们来说都是挑战。尤其是刘强，他终于等到了唐婷婷离开之后才当上的组长。

顾一菲敲了敲桌子，说："这是一件好事啊，我现在给大家一个凭本事吃饭的公平机会。大家有什么意见吗？"

"我有意见，公司的组织框架是早就定好的，不能凭你一个人说变就变了。"陈婷瞪着眼睛说。

顾一菲看着陈婷说："作为组长，你当然要有更优秀的实力，这点挑战你有什么可怕的呢。"

陈婷憋了半天，说不出来，冷哼了一声。

顾一菲一摆手，说："现在开始计时，一个小时之后我要看到你们的邮件。库存的状况我已经发到你们的邮箱中，这就是你们的全部材料。过时没有发邮件的视为放弃成绩归零，我会考虑在末位淘汰的时候优先处理。"

宁小凝也是倒吸了一口凉气，她没想到顾一菲会这么严厉。产品部从李峰掌管开始还没有主动开除过人，只是有些人会被边缘化。

顾一菲的话一说完，大家开始陆续打开电脑查看邮件。起初很多人抱着看一看的态度，谁也不知道顾一菲是不是来真的，但是慢慢发现身边的人进入了状态，也纷纷跟着紧张起来。

第十一章　两女交锋

一个小时之后，顾一菲浏览了一遍邮箱，所有人都按时发了邮件过来。

平时的激励不奏效，她需要找个点来激发一下大家的潜力。她虽然不指望这一个小时大家就能给出满意的创意，但是总还会有一些亮点被激发的。

"好的，我会回去看一看。你们回去工作吧。"顾一菲说完走出了办公室。

宁小凝一看会议室气氛不对，拿起电脑赶紧跟着走了出去。她可不想再多待下去，要不然顾一菲不在这些人又该冲着她来了。

现在宁小凝倒是也学得精明了不少，她虽然不知道顾一菲打算做什么，但是她知道一定不像她说的那么简单。

陈婷第一个在会议室里发了火，她狠狠地摔了下椅子，说："顾一菲这是搞什么？一个丫头片子拿着鸡毛当令箭。"

其他人看了看陈婷，没有说话。

陈婷一瞪眼睛，说："我带领一组的时候，她还没到公司呢。现在在我面前这么嚣张。怎么，你们难道还怕了她不成？我就不信她敢开除谁。"

陈婷冷哼了一下，说："一群胆小鬼。"她说完走了出去，径直走向了唐婷婷的办公室。

顾一菲处理完公司的事情，把快递盒拿了出来。里面的东西她已经放进了柜子锁了起来。

快递单上有寄信地址，顾一菲将这个地址记录下来，然后将盒子上的地址撕掉。

这个快递一定是董一凡寄过来的，那么这个地址大概就是董一凡现在的住址。

正好在这个时候，白轶发来短信。

自从上次活动之后，纸飞机就在紧锣密鼓地安排着董一凡新书的出版，现在有一些细节要跟董一凡确认。

顾一菲回复了一下，说改天约上董一凡一起聊聊。

她关上手机，走了出去，按照快递单上的地址找了过去。

董一凡真是一次次地刷新着顾一菲对城市边缘的认知，这一次董一凡搬得更远了。

她一直盯着手机上的地图看，生怕司机把她带到什么奇怪的地方，想象着见面时的场景，顾一菲也不知道如何开口。

上次喝完酒自己说了什么，她有些已经记不清了，但是难免已经恶语相向，这才是她最无奈的地方。不过好在借着纸飞机的事情，算是能缓解一下气氛。

车子在一个很荒凉的地方停下，眼前的这个院子看样子不像是住宅，倒是有点像一个仓库的样子。

顾一菲在墙外看了看，又在手机上确认了一下位置。

她走到门前，敲了敲门。

不多时，董一凡从院子里走了出来，打开房门的一瞬间，愣了一下。

"怎么，不欢迎？"顾一菲笑着说。

董一凡尴尬地摇了摇头，说："你怎么找来了？"

顾一菲耸了下肩，说："怎么，你就准备跟我在门口聊？"

董一凡往后退了一步，说："进来吧。"

顾一菲倒是不客气，侧身走了进去，朝着客厅走去。董一凡关上门，跟着顾一菲走了进去。

一进门口，顾一菲就停在了原地。她猛然回过头，看了董一凡一眼。

董一凡摸了摸鼻子，走进房间，说："这位是庄青，这位是顾一菲。"他说完，站在一边，看着两个对视的女人。

两人互相打量着。

虽然董一凡处事方面不太在行，但是顾一菲跟庄青都不是吃素的。

顾一菲微笑着朝庄青点了点头，然后对着董一凡说："纸飞机那边的书已经编辑得差不多了，还有一些细节要跟你对一下。如果你觉得没问题的话，就可以签约。"

董一凡觉得顾一菲看他的眼神怪怪的，好像自己做了什么可耻的事情一样。

"好啊，从她那边的状态看，我还是挺喜欢他们的风格的。只是书的设计上，我还有一些自己的想法，到时候可以一并聊一下。"董一凡回答着，感觉此时的氛围有些怪异。

庄青自从上次被董一凡气走之后，脑子里总是想着董一凡的话。她愣是恶补了很多关于气味搭配的知识，毕竟都是设计圈的人，她也找到了一些其他的香水设计师朋友聊了聊。

庄青跟琼斯要了董一凡的地址，这倒是让琼斯很意外。不过琼斯还是将地址给了她，八卦的他隐约嗅到了其中的暧昧气息。

刚好最近她有一个时尚手袋设计的方案，想要跟董一凡探讨一下造型艺术。没想到刚聊没多久，顾一菲也赶了过来。

自从琼斯走之后，这里就没再来过客人。偏偏今天，两个女生撞到一起过来了。

董一凡坐在一边，给顾一菲倒了一杯茶。

"顾小姐是编辑？"庄青微笑着说。

顾一菲摇了摇头，说："不是的，我只是帮董一凡联系了一家出版社。"她们的对话都很简短，但双方尽可能地从对手那里获得更多的情报。

"庄小姐是做什么的呢？"顾一菲报以微笑。

"我是一名平面设计师，目前成立了自己的工作室。"几句话点出自己的职业和目前的状态。可以成立自己工作室的设计师，大概都有点手段。

她看了董一凡一眼，说："你来的时候我刚好在跟Eloy谈论一些香水设计的话题，不知道你对此有没有兴趣。"

顾一菲眉毛一挑，说："碰巧跟董一凡在一起有一段时间了，怎么说言传身教对香水还是有一些了解。"

庄青眼睛微微眯起，说："之前没听Eloy提起过顾小姐，不知道顾小姐是从事什么职业呢？"

"我是做红酒的，有机会请庄小姐喝一杯。"顾一菲说。

"红酒跟香水好像相差很远。"庄青笑着说。

顾一菲点了点头，说："确实很远，所以我跟董一凡合作费了很大的心思才做出了一款香水。"

她看了董一凡一眼，说："你说是吧。"

董一凡正喝着水，听着两个女人有来有往地谈话，突然听到自己的名字，差点呛到。

"是的，是的。"董一凡在心里叹了口气，实在是有苦说不出。

庄青点了点头，说："哦，难道就是之前Eloy提到的太过于着急以至于产品有缺陷的那个设计？"

顾一菲瞥了董一凡一眼，看着这货频频点头，气不打一处来。

她转而微笑着说："我要做的不是理想化的产品，我要做的是可执行的产品，现在已经重新步入正轨了。"

她看了董一凡一眼，这是她想对董一凡说的话。这叫分段执行，逐步完善。

本来顾一菲对庄青很有好感，倒不是说想做朋友的那种好感，而是认为她是一个好对手。

只是现在看来，有些高估她了。毕竟这么明确地亮出自己的立场未免太过心急，也容易被防备。

外人一眼就看得出庄青对董一凡有意思，不由得让顾一菲感到一丝挑战。

顾一菲喝了一口茶，淡淡地朝着董一凡说："那天你早上几点从我家里走的？"

她轻描淡写的一句话，把庄青和董一凡都震住了。

董一凡瞪大了眼睛，干咳着，说："我早上醒来想起家里还有事情，就先走了。"

顾一菲观察着庄青的反应。

庄青愣了一下，她在顾一菲跟董一凡之间来回看了看。董一凡正襟危坐，好像一切如此自然而然就发生了。

此时的庄青暗自咬着牙，她自然是一个很骄傲的人。被顾一菲盯着浑身不自在，此时的她就像是一个多余的存在。

"Eloy，我还有事情，先回去了，改天我再来拜会你，关于新的手袋设计，还希望与你进行合作。"庄青故作淡定，其实内心已打翻了醋罐。

她跟董一凡握了下手，然后转身看着顾一菲说："顾小姐，我想我们还会再见面的。"

董一凡起身将她送了出去，留顾一菲一个人坐在客厅。

顾一菲白了他一眼，坐在原地没动。料想现在庄青心里该是五味杂陈了吧。还想合作？她转动着眼睛，莫名地就是想要打散这次合作。

庄青坐在车里心中很是郁闷，虽然顾一菲的话让她很不自在，但是她还是要跟琼斯确认一下，像董一凡这样优秀的男生，自然很多追求者。这个顾一菲一看就不是善茬，自己自然也不会轻易就退出。

董一凡回到客厅，刚一进门，就听顾一菲说："怎么，怜香惜玉，舍不得人家走啊？"

董一凡一脑门子问号，这两个人明明都是自己不请自来，现在却说他舍不得。这是什么逻辑？

"没有啊，你应该知道的，我最喜欢的状态是一个人在房间里待着。"董一凡淡淡地说着。

顾一菲被他一句话噎住，张了张嘴，最后没说出什么。

她环视着四周的环境，确实大不如前。她心里有一点愧疚，但是眼下话赶话顶到这里，道歉的话她也说不出来。

"新的香水，琼斯那边会安排吗？"顾一菲说。

董一凡在一边整理着一些新买的书，边拆塑封边说："琼斯那边我已经打好招呼了，你发个邮件给他，然后走流程付款签合同就好了。"

他将一切都已安排好，所有经过他手的事情，他都会办得妥当。对他来说，浪费时间的事情是绝不会做的，所以每做一件事都会尽心尽责。

顾一菲略微松了一口气，想着要不要告诉董一凡原来的房子已经租好了，并且用的是他的签约费。但是一想这个节骨眼上，不好节外生枝。

这位大少爷的脾气那么古怪，万一又因为签约费的事情，有什么觉得拧巴的地方，那就不好了。

顾一菲转过话茬，说："你现在在做什么项目呀？"

董一凡将书整理好，放进了书架，他似乎在躲避着顾一菲，一直找事在做，没有一刻停下来。

"因为红酒香水耽搁下的案子终于交付了，之前还有另外一个项目没有完结，所以最近在赶工。"董一凡淡淡地说着。

顾一菲一皱眉，她自然是明白董一凡为什么会搬家。眼下这般情景跟之前天差地别。只是有了董一凡的空间，总会被他折腾出一番雅致的味道。

大有一种山不在高有仙则名，水不在深有龙则灵的意思。

"抱歉，因为红酒的案子，耽搁了你的事情。也让你蒙受了很大的损失。"顾一菲轻声地说着。

董一凡停下手中的活，转过身看着顾一菲，说："也不能这么说。我是被你的话打动了，确实想要试一试。只是我对项目的时间掌控并不好。你之前说得也没错，有时候如果我不能选择案子，那么我还能在香水界继续做下去吗？这是我最近经常会问自己的话。"

顾一菲点了点头，长出了一口气，终于看到这家伙开点窍了。她转动着眼睛，说："我们公司想要做一个类似纸飞机那样的文化论坛，趁着香水推出的势头不错，想要乘胜追击。怎么样，有兴趣吗？"

顾一菲说完，盯着董一凡。

董一凡没好气地看着她，实在是很无语。

"你来找我难道除了工作，就没别的事了吗？"他站在一边，居高临下地看着顾一菲。

顾一菲干咳了一下，说："那个，也不能这么说。咱们谈完合作还能聊点别的不是。我，我可以给你做饭，或者做酒也行。"

董一凡愤愤不平地看着顾一菲，说："没这么简单，我可不是几顿饭能打发的。"

顾一菲咬了咬牙，说："合作期间，你的饭我包了。怎么样？"

董一凡走了过来，坐在顾一菲对面，说："成交，那咱们谈一谈具体细节吧。像上次那样的事情，我可不想再次发生。"

顾一菲瞥了他一眼，说："这事咱先翻篇好不好？人嘛，要往前看。"

董一凡不以为意，说："是吗？我可是一个念旧的人。"

跟顾一菲相处得久了，他的普通话说得越来越溜了，居然也开始让顾一菲吃瘪。

"好了，作为额外的回报。纸飞机这边的事情我会帮你处理好。在国内你也没有助理，我就勉为其难地帮你一下，不用太感谢我。"顾一菲说着。

董一凡摸了摸自己的鼻子，让顾一菲做自己的助理表面上是她帮了自己一个大忙，但是实际上却也让她完全掌握了自己的行踪。这有得有失的处境，顾一菲算得清楚着呢。

这也是让董一凡明明不情愿，却也不得不同意的方案。

"可以。"董一凡说。

顾一菲总是有备而来，关于白亦冰想要的活动状态，她心中大概有了想法，她想在活动现场做一个香水实验展台。

光用说的很难让一些非专业的人体会到香水的奇妙，之所以香水这种东西在国内还带有神秘感，无外乎就是接触的机会比较少。毕竟国内很多产业都在起步阶段，这也是不得不承认的事实。

之前在董一凡实验室的时候，顾一菲就有过这个想法。看着董一凡做实验，实在是一种很美妙的体验。

如果让现场观众感受到那个神奇的质变过程，现场效果一定很棒。

顾一菲拿出平板电脑，将自己整理好的方案给董一凡看。

董一凡接过电脑，浏览了一下文档，说："这种现场试验我之前在巴黎做过，不过和你想的有一些不同。"

顾一菲眼前一亮，说："你之前做的是什么样的呢？"

"我之前做过一次气味体验实验，准备了很多种化工合成的气味。比如巧克力、酒精、尿液、青草、土壤、粪便等生活中会接触到的气味等十几种。大家都知道这些气味是合成的，但是每个人闻到的时候，反馈并不一样。对他们来说，是一种很奇妙的体验。用香精的形式，闻到生活中的一些气味。"董一凡说。

顾一菲点了点头，这个活动确实挺有趣，明知道是假的，大脑却自动对应上现实中的东西。

"气味是记忆的敲门砖，这种强烈的记忆符号在日常往往会被人忽视。"董一凡说。

"那么，顺着这个思路，我想呈现出另一种状态，就像是魔术师，让两种不同的味道碰撞然后产生出新的味道。"顾一菲说。

董一凡看着顾一菲，说："你并不是想拉近观众跟香水的距离，反倒是以魔术的形式让香水变得更加神秘莫测。"

顾一菲嘿嘿一笑，说："这个，营销嘛。哪有自己拆自己台的事呢。顺着人们的想象，可以将其神秘的特质推到极致。"

董一凡无奈地说："你的鬼点子真是多呀。"

顾一菲一摊手，说："生活所迫。我只是有一个大概的想法。更多细节需要你来填补。如果活动办得成功，对你新书的推广也是很有帮助的。一石二鸟，何乐而不为呢。"

董一凡点了点头，说："那么我们谈一谈劳务费的事情吧。"

这样的话从一本正经的董一凡嘴里说出来，真是出乎意料。

顾一菲刚喝一口茶，一听他的话，被茶水呛了一下，不住地咳嗽。

董一凡摸了摸鼻子，说："你至于反应这么大吗？难道别人参加活动不收取劳务费的吗？"

他用无辜的表情看着顾一菲。

顾一菲拍了拍自己的胸口，才算缓了过来。

"别人说很正常，但是从你嘴里说出来简直太不正常了。"顾一菲喘着气说。

玩笑归玩笑，酬劳这块顾一菲可没帮白亦冰省钱。她按照董一凡在欧洲的标准给他报的劳务费。

得到董一凡的许可，压在顾一菲身上的石头总算是减轻了不少。

在她跟白亦冰谈好的条件里，加上了活动的组织者一定要是她顾一菲本人。

为了让白亦冰放心，她亲自带着董一凡去了一趟艺洲的办公室。

白亦冰虽然不太懂香水，但是他懂得商业价值。他迫不及待地要跟董一凡签下合约。

董一凡看了看眼前的合同，说："我要拿回去给我的律师看一下，然后才能签字。"

顾一菲坐在一边，心里给他竖起大拇指，逼格这块，确实还是董一凡牛。

不过这对董一凡来说却是很平常的事情。

"咱们可说好了，活动相关的策划，必须由我来负责。董先生不希望外人来打搅他的日常。"顾一菲看着白亦冰说。

白亦冰看了看董一凡，又看了看顾一菲，说："没问题，你的策划书我会亲自检阅。如果一切顺利，我没有理由插手。"

顾一菲淡淡地说："我倒不是怕你插手，君红那边你……"她话说到一半就停了下来，话不用说完，白亦冰自然就领会了。

他笑着说："像顾小姐这样有想法的人，我想君红也找不出第二个。我会亲自跟君红那边打招呼的。"

顾一菲微笑着点了点头，这次白亦冰出来说话，即便唐婷婷再怎么折腾也无济于事。

从艺洲走出来，阳光映照在大厦的玻璃上金光闪闪。

董一凡站在顾一菲身后，转过身看了一眼身后的大厦，说："感觉自己又被你带到坑里了。"

顾一菲笑着说："哪有，哪有，咱们是互利互惠。"

"香水的瓶子和包装做得怎么样了？"董一凡问。

"我还以为你不想再提起那款香水呢，瓶子已经准备好了。我特意去看过，按照你的要求，体现出五彩斑斓的黑。"顾一菲当时提到这个要求的时候，玻璃厂的师傅无一不翻了白眼。

董一凡穿着一件白衬衫，配着浅色牛仔裤和球鞋，潇洒利落。他把手插进裤兜，往前走，说："黑这种元素可以藏进去很多东西。到那时不能将黑用死，那样就是去了一切，只剩下死黑一片。"

顾一菲跟了上去，说："你说的都对，琼斯那边的香水半个月之后到货。活动安排在了一个月后，这样时间上刚好能安排过来。之前拿到香水的那些顾客会第一时间收到补给她们每人一瓶的新香水。"

董一凡不再说话，顾一菲对计划的把握足够严谨。他要将精力放在论坛和现场试验上。

他本身想要做的个人品牌需要他个人名气的支撑，所以借由这边的活动和纸飞机出版的书，自己有很大的空间去营造自己的品牌。

认识顾一菲之后，很多事情都走上了快车道。董一凡之前也确实没想过自己这么快就要开始在中国建立自己的品牌。

董一凡之前读过一些关于日本的哲学书，里面有一个很有意思的观点，是偶然性哲学。

在科学的范畴之外，存在某种偶然的必然性。很多成功的人也都有运气的成分，但是往往他们说运气的时候，大众却将其归结于努力。

现在他自己，正是在某种偶然性的驱使下认识了顾一菲，并且在她的推动下，逐步地走到了人前。

"我先回公司一趟，你自己回家吧。"顾一菲朝着董一凡摆了下手，走向了地铁站。

现在公司里面已经炸窝了，因为顾一菲一出手就将董一凡找了回来，唐婷婷简直要气炸了。

为了面子，她只好传出谣言。比如顾一菲用身体上位，才搞定董一凡之类的。总之贬低顾一菲来说明她的能力不差，只是手段低劣而已。

她这边气愤，马致远更加气愤，在他眼中自然不是顾一菲算计唐婷婷这么简单。对他来说，这就是陈安平在挑战他们这些有家族背景的人。

一只看门狗，现在要咬房间里的主人，企图将主人赶出去？

马致远掌管着公司的财务大权，没有他的点头，任何一分钱都走不出去。他现在关闭了顾一菲所有经费的支出，他倒是要看看，陈安平还能把自己怎么样。

毕竟血浓于水，到时候闹到大老板那里，他就不信陈安平能拿到什么好处。再说，他们背后还有老太太撑腰呢。大老板总不至于连老太太的面子都不给吧。

表面风平浪静，实则是暗流涌动。

顾一菲昨天提交的一项报销申请，到今天都没有批下来，一直在财务那边卡着。

顾一菲冷笑了一下，明白其中的缘由了。只是她就算再能折腾，也搞不定马致远这些人。剩下的就看陈安平了，其实顾一菲也很想看看陈安平的手段。

自己被当枪使倒是没什么，毕竟她现在还年轻，当不了使枪的人。

但是她也要看看这个使用自己的人，到底值不值得。

　　她将申报截图发给了陈安平，意思很明确，就是让他给个态度。

　　陈安平坐在办公室中，他看着手机中顾一菲的信息。他思索了一下，回给顾一菲一条短信。

　　"你之前说财务这边故意打压过你的一些项目申请，把材料给我发过来。"

　　顾一菲一看，眼前一亮。材料她早就让宁小凝整理好了，等的就是这个时机，陈安平看来是准备出手了，她现在反而变成了一个看戏的人。

　　她回到办公室第一件事就是把财务资料发给了陈安平。

　　办公室里十分安静，大家都在低头看着电脑。到底在忙什么，谁也不知道。顾一菲扫视了一圈，心里有数。她要的就是震慑住这些人，让他们害怕害怕。

　　如果大家都像宁小凝一样，该干吗就干吗，顾一菲也没必要去打压他们。但是这些人要是跟着搞什么帮派，那不好意思，顾一菲的团队里，不需要帮派。

　　能进到君红的人，除了有家庭背景的，都是有些本事的人。毕竟君红也不是什么小企业。

　　所以只要心里没鬼，根本不用怕顾一菲。

　　而那些山猫野兽，现在一定慌得不行，私下回去抱唐婷婷的大腿。

　　顾一菲让这些人原形毕露，以后用人的时候，就心中有数。

　　陈婷就是她必须要处理的那个人，她已经明目张胆地站在了唐婷婷那边。不把她搞定，团队就很难管理。

　　顾一菲走出办公室，拿着电脑走到了楼上的阳台。这个露天阳台跟财务办公室很近，基本上就是给财务的这些人准备的。

　　顾一菲到这里的目的很简单，这里偶遇唐婷婷的机会比较大。

　　果不其然，她还没坐下一会儿，唐婷婷就边打电话边走了进来。

她看到顾一菲坐在远处，停住了脚步。眼睛恶狠狠地看着她，都忘了自己正在打电话。

等对面呼唤了她几声，她才反应过来。

她匆匆地结束了对话，挂掉了电话。她瞪着顾一菲，想转身走，但是转念一想，又走了回来。

唐婷婷走到顾一菲面前，坐到了她的对面。

顾一菲假装专注于电脑根本没有看她，自顾自地忙着。

唐婷婷上前一把将顾一菲的电脑屏幕关上，探着身子盯着顾一菲。

"哦，是唐助理啊。"顾一菲故意将"助理"两个字咬得很重。

"哼，牙尖嘴利。好你个顾一菲，之前给我假的董一凡的地址，是等着看我的笑话是吧？"唐婷婷冷哼着说。

顾一菲一皱眉，为难地说："我之前给你的地址是正确的呀，只不过董一凡在那个时候已经搬走了。"

唐婷婷现在也不知道顾一菲的话哪句是真的，哪句是假的了。

"你放屁，那怎么你一接手就把董一凡请回来了？"唐婷婷瞪着眼睛说。

顾一菲看了看她，说："我说出来你可能不信，有一天我在街上刚巧碰见了董一凡。"她一摊手，用戏谑的表情看着唐婷婷。

唐婷婷被气得脸上通红，就差过来咬顾一菲一口了。她实在是气急，因为她的能力完全能胜任她的职位。但是没有对比就没有伤害，顾一菲的办事能力实在是很出色，并且她又玩了命的努力。

在她的衬托下，唐婷婷好像做什么都不行。

本来董一凡这种级别的人，君红请不来谁也不会在意，但是顾一菲一出手情况就变了。换句话说，顾一菲抬高了做事标准，让唐婷婷根本没有施展的余地。

唐婷婷呼出了一口气，嫉妒使人面目全非。

"顾一菲，我真的很想毁灭你。"

唐婷婷冰冷地说着，几个词似乎从齿尖挤出来的。

顾一菲缓缓地叹了口气，说："如果我是你，我恐怕早就动手了。真的。"

唐婷婷一跺脚，说："你等着，我先从你身边的人动手，你找回了董一凡，我承认我现在动不了你。但是你身边的人，你就保不住了。"

顾一菲一皱眉，大吃一惊，微微流露出一点慌乱的样子，说："你要拿谁开刀？"

唐婷婷很满意顾一菲的表情，长久以来的压抑总算是有了能发泄的地方。

"就从你最亲近的人下手好了，宁小凝这家伙我很早就讨厌她了。"唐婷婷冷笑着说。

顾一菲一听，长出了一口气，小声嘀咕着："吓死我了，我还以为你发现陈婷……"

她赶紧捂住自己的嘴巴，讪讪地笑了一下，接着说："没，没什么，我们都是成年人，只看利弊。跟我无关的人，你随意。"

顾一菲嘴角微微翘动一下，似乎是勉强挤出一个微笑。她说完转身走了出去。

唐婷婷站在原地，看着顾一菲的背影。

她是被顾一菲骗怕了，想起最近陈婷突然跟自己特别亲近，不断跟自己手下的人套近乎，就有些后背发麻。

顾一菲接着去了陈安平的办公室，她要给宁小凝"买个"保险。万一唐婷婷机智了一下，没上当，那自己一定要保住宁小凝。

她来到办公室前，办公室的门开着，陈安平正在里面坐着。

陈安平看到顾一菲，示意她进来。

顾一菲关上门，走了进去。

"遇到什么事了？"陈安平看着顾一菲说。

顾一菲笑了笑，说："我刚刚跟唐婷婷聊了会儿天。"

"是简单的聊天？"陈安平可不信顾一菲没事会去跟唐婷婷聊天，要么是唐婷婷找茬，要么就是顾一菲主动去招惹的。

现在这个节骨眼上，双方已经隐隐有水火不相容的态势了。

顾一菲清了清嗓子，说："本来我在旁边阳台办公，碰巧唐婷婷走了过来，也碰巧我跟她聊了几句。她说要开除宁小凝，所以我赶紧过来跟您这边打个招呼。宁小凝我要保。"

陈安平对顾一菲是了解的，她可不会自己什么都不做，他看着顾一菲等着她继续说下去。

"好吧，我假装自己舍不得的人是陈婷，给她挖了个坑。但是万一她没上当呢！所以我想要双保险。"顾一菲接着说。

陈安平笑了一下，说："你这是无间道啊！"

顾一菲耸了耸肩，说："上次我给部门的人做了一次摸底测试，命题设计。结果上看，陈婷的方案确实很差。也许她是对我不满，所以在态度上比较应付没有反映出真实水平。但是这足以说明问题，在这件事情上，我并没有过多的夹带私人恩怨。"

聊到专业的地方，顾一菲总是很认真的。

陈安平点了点头，明白了其中的原委，说："好，这个事情我帮你兜底。"

他将身体靠在椅背上，说："最近我也要出手了，几个事情一块处理吧。好为你之后跟艺洲的合作打开空间。"

顾一菲眼睛微微眯起，陈安平的枪口到底瞄准的是谁呢？

她没有继续问下去，说："好的，我明白了。"

每个人都要有一点界限感，越界的事情不要问。

顾一菲跟陈安平告辞，走了出去。

唐婷婷的动作也很快，她回到办公室，思来想去心里都不安稳。

宁可信其有。

她可不在乎一个陈婷到底是不是自己身边的间谍。直接找个理由开除就好了，反正现在自己在财务，也方便调查。

在公司这么多年，总有些发票是有问题的。

她安排一个财务出纳，翻出陈婷所有的发票和业务经费核查，很快就查出了几笔异常的支出。

倒不是什么大问题，就是她比较喜欢占小便宜，有虚报开销的地方。

比如一次打车路程上显示的距离和钱比她实际申报的少一半，因为她将几次行程的发票一并开了出来。

类似这样的事情，平时公司疏忽也就过去了，但是现在却成了唐婷婷开除异己的有力武器。

她将这些发票信息整理出来，上报给了马致远。

马致远起初拿到单据的时候，觉得不是什么大事，批评教育一下就算了。但是唐婷婷将顾一菲的话说了一遍，让马致远也起了疑心。

总是多一个不多，少一个不少，他也就签了字。

唐婷婷拿着单子再去找陈安平，不料陈安平皱着眉表示不同意。

"陈婷在公司也有段时间了，平时工作也很卖力气。再说，现在一菲带领的团队里面，陈婷也是中坚力量。这样一个人走了，对一菲来说也是损失。"陈安平说。

有了陈安平这句话，唐婷婷心里更加坚定了几分。她一本正经地说："陈总，陈婷做的事情有悖于公司的价值观，这样的行为对公司伤害很大。要不是这次我们内部整顿，还发现不了。"

她停顿了一下，说："更何况马总监已经批下了，您说呢？"

陈安平面无表情地看了看唐婷婷，说："好吧，既然马总监已经签了字。那就这样吧。"

陈安平拿起笔，在辞退报告上签了字。

唐婷婷走出去之后，陈安平冷笑了一下。唐婷婷居然还想用马致远来压自己？

陈安平从抽屉里拿出一个文件，是他任命马致远升为副总经理的文件。他将文件放在桌子上，签下了自己的名字。

唐婷婷哪会想到，陈安平会配合顾一菲演戏。她将辞退信派人送到产品部，放在了顾一菲的办公桌上。

送文件的人放下文件就走了，也没跟顾一菲说话。顾一菲刚开完组会，正准备安排下一周的工作。

她拿起文件，浏览了一下，撇了撇嘴。她用手拍了拍文件的封皮，感慨着唐婷婷这样的对手真是越多越好。必要的时候，还能帮自己管理团队。

顾一菲走到陈婷面前，说："跟我来一下会议室。"

陈婷先是愣了一下，然后看了看四周的人，跟着顾一菲走了过去。

她们两个刚一出去，办公室里面就炸开了锅。

最近正是敏感时期，任何事情都会引起大家的警觉。顾一菲的那场考试迟迟没有下文，本来很多人说顾一菲不过是走个形式。但是熟悉顾一菲的人明白，她可不是一个走形式的人。

所有人都将目光投向了宁小凝，宁小凝赶紧低下头，不去看他们。

来到办公室，顾一菲示意陈婷坐下。

"陈婷，最近工作中遇到什么问题了吗？"顾一菲说。

陈婷不知道顾一菲葫芦里卖的是什么药，说："还可以，没有什么大问题。"

顾一菲点了点头，说："这样啊。上次考试的结果出来了。"

她缓缓地说着，然后看着陈婷。

陈婷一皱眉，心里有一点不安的预感。当时她没有认真去写策划，她不信顾一菲会把她怎么样。但是现在顾一菲提起这件事是为什么呢？之前所有人都知道顾一菲即将被唐婷婷弄走，因为她负责的香水项目出了品质问题。但是最近听说她又把董一凡请了回来，似乎风向又有些变了。

想到这里她终于开始紧张起来，坐立不安。

顾一菲叹了口气，说："陈婷，我觉得你的能力是没有问题的，在君红这么多年你也做出了一些产品，但是……"

陈婷听到她话锋一转，整颗心都悬了起来。

"但是什么？我在公司这么多年，兢兢业业，有什么可但是的？"陈婷咬着牙说。

她心中自然是有火气的，眼下顾一菲明显是针对自己，那么就没必要有所保留。她将赌注压在了唐婷婷身上，此时正好跟顾一菲翻脸，以表明自己的态度。

顾一菲看她这个态度，点了点头。她的余光看到门外有几个人影晃动，多半是组里的人跑来偷听。

她清了清嗓子，说："你来公司多年不假，功劳苦劳你都拿得出。但是公司是始终向前发展的，优胜劣汰也是再正常不过的事情。坦白讲，这次考核中你的策划是最差的，完成度、创意都不够好。"

陈婷反倒放松了下来，靠在椅子上，说："怎么，我没有好好去写而已，就这种策划我要写多少就写多少。"

她满不在乎地说着，不再看顾一菲。

"那按照你的想法，谁该排在末位呢？"顾一菲接着说。

陈婷瞥了她一眼，说："还用问吗？二组的人向来水平最差，你这是揣着明白装糊涂。他们二组的人有一个算一个，哪个有能力跟我比？"

顾一菲笑了笑，说："陈婷，有些事情不是你以为就好的。你这么说二组的人有失公允。之前唐婷婷在的时候压抑住了他们的创造力，就像是刘强，他很有想法，但是在唐婷婷手下难以施展。"

陈婷瞥了她一眼，说："你到底是什么意思？"

顾一菲顿了顿，说："鉴于你上次测试成绩不理想，我想让你写一封辞职信，这样对你对我都有好处。"

陈婷听完，愤然站了起来，用手指着顾一菲，说："就凭你？你凭什么让我辞职，我来公司多少年了，你也不看看自己几斤几两！"

她瞪着顾一菲完全没有把她的话当回事。

顾一菲淡淡地说："我不是谁，我只是产品部的总监，不论你承认与否，在产品部内，我说了算。"她的语气不容置疑，眼睛一直盯着陈婷。

陈婷冷笑了一下，说："想开除我？没门，我跟你说。我现在就找陈总去，让他给我评评理。"

她说完转身就要往外走，吓得外面的人立马往两边散去。

顾一菲大声说："不用了。"

陈婷转过身，说："你什么意思？心虚了？"

顾一菲从手中的文件夹中拿出一张离职证明，放在了前面的桌子上，说："陈总已经签字了，你可以自己看看。"

文件夹中有两份文件，一份是离职证明，另一份是辞退缘由报告。顾一菲只将那份离职证明拿了出来。

陈婷迟疑了一下，缓缓地走到桌子面前，双手拿起那份文件看着。

她的心顿时揪到了一起，简直不敢相信自己的眼睛。

"不，这不可能，这不是真的。唐婷婷会保我的。我不信！"陈婷双手颤抖着，有些语无伦次。

顾一菲坐在一边看着她变幻的表情，摇了摇头。她站起身，从她的身边走过。

她刚走到门口，就听见身后的陈婷大声叫喊着："顾一菲，就算我平时不听你的话，你至于直接开除我吗？你知道这份工作对我有多重要吗？我家里还有两个孩子，我老公的工资并不高，你让我怎么活？"

她声嘶力竭地哭喊着，不顾颜面。现在她终于认清了现实，但是也已经晚了。

顾一菲转过身，冷冷地看着她，说："不是每个人都有机会犯错的。唐婷婷可以，但是你就不行。这里是公司，既然你喜欢站队，那就要明白站队的代价。"

她看着陈婷继续说："整自由他整，人还是我人。试看整人者，人亦整其人。其实我只想简单做事，但是明显是你们不允许。"

"顾一菲，你好狠！"陈婷抽泣地说着。她指着顾一菲，说："你有必要把事情做得这么绝吗？你难道就不怕有一天别人也这么对你？"

顾一菲抬起头，微笑了一下，说："所以我尽力不让这种事情发生在我的身上。"

她开门走了出去，并没有理会身后的陈婷。

她回到办公室，将电脑放进包里，在众人的注视下走出了办公室。

顾一菲离开之后，办公室里再次热闹了起来。几个八卦的同事把刚刚发生的事情绘声绘色地讲了出来。

所有人都惊掉了下巴。

"小宁，你之前难道就一点风声没听到？"

"就是，你一直跟着顾一菲，她不应该不跟你说吧？"

宁小凝看着这些人七嘴八舌地问着，说："我真的不清楚呀。一菲姐又不会什么事情都跟我说。"

宁小凝抿着嘴，她猜测是顾一菲怕她说漏嘴，所以有些事情选择性地避开她。毕竟宁小凝有时候心直口快，藏不住话。

"也是，顾一菲这么狠，估计她也没表面上那么信任你。"

"这顾一菲可真是够有本事的，不但站住了脚跟，还开除了陈婷。看来以后这上面的人折腾上面的，咱们好好干活就行了，谁来当总监不是干活呢？"

"是啊，相对于唐婷婷，顾一菲还挺不错的，能力强、创意多，况且只要别人不去招惹她，她待人倒是挺温和的。"

宁小凝点头如捣蒜，说："我平时就说一菲姐人很好的，你们偏不信。"

陈婷进来的时候，众人一哄而散。只有平时要好的几个人过来安慰她。

她已经哭得差点背过气，毕竟她还有两个孩子，每天一睁眼就是钱。衣食住行，教育，等等。

顾一菲给宁小凝发去短信，让她将后续的事情跟进一些，协助陈婷办理离职手续。

她赶去了董一凡家，解决了部门内部的事情，下一个重点就是董一凡跟艺洲的项目。

这个活动君红公司也很重视，这有助于后续市场的开发。艺洲建议将活动扩大，结合自身的项目，举办一次大型的文创活动。

白亦冰想在自己的一处五星级酒店里召开品牌活动节，为君红留出一块主要的场地展示红酒和香水。其余的展厅分别展示艺洲的合作品牌商品和自家的品牌产品。

顾一菲拿到白亦冰的策划方案很吃惊，毕竟五星级酒店一天的营业额不是一个小数目。即便是自己的酒店，也会有很大损失。

况且这个品牌活动节不是开一天两天，他一口气要办一个月。这在以往简直是不可思议。

光是场地的投入已经是巨额，何况后面还有广告和请嘉宾的费用。

这种级别的活动自然会带来大量的曝光，这对君红简直是千载难逢的好机会。

对于董一凡也是一样，如果活动成功，可以快速地提升他在大众中的知名度，带来丰厚的流量。

互联网时代，流量为王。谁拿得到流量，谁就得到了话语权。只要有流量，变现的方式就太多了。

所以一有时间，顾一菲就跑到董一凡家盯着他的进度。

顾一菲刚一进客厅，看到董一凡拿着剪刀在剪一本厚厚的书。

"你在干吗？"顾一菲将自己的包放在椅子上，疑惑地问。

董一凡将剪刀放下，举起了那本书。书的后面被董一凡掏出一个洞，看样子是想放东西进去。

"我在想新书的设计，配合这本书，我想出一款香水，买书的人可以免费获赠。"董一凡将书后面的洞对着顾一菲，示意香水如何放进去。

顾一菲走了过去，好奇地接过那本书。

书后面的部分被董一凡用胶水粘到了一起，再挖出洞，看起来像是一个盒子。只是在翻阅的时候，整体手感有点不协调。

后面粘在一起的部分重量偏大，翻书的时候手感不是很好。

她反复摆弄了几下，说："你看过《肖申克的救赎》吗？"

董一凡眼前一亮，一拍大腿，说："你是想让我将瓶子藏在书的中间？"

顾一菲笑了笑，说："没错，这样设计的话书的整体更加平衡，不会偏向一边。而且这样隐藏更有意思。如果可能的话，你不妨试试将瓶子做成一个锤子的模样，激发人们去寻找自由。"

董一凡一听顾一菲的话，说："这样的想法实在是很妙，我可以考虑考虑。只是有点抄袭的意味。我要结合自己的主题来设计瓶子。"

"将香水藏在书中也没有几个人这样做过，我都有点期待你的书做出来会是什么样的了。"顾一菲自己也做设计,遇到好的点子自然是兴奋得不得了。

董一凡将书放在一边,说:"你那边的活动我收集的材料差不多了,琼斯工作室的人也帮我准备了一些样品。对了,上次你见过的那个庄青女士你还有印象吗?"

顾一菲点了点头,说:"有印象,她怎么了?"

董一凡摸了下鼻子,说:"她自己有一个手袋的工作室,跟艺洲是合作关系,她也会参加这次的活动。"

顾一菲眉毛一挑,说:"是吗?那还真是巧合。"

她凑近董一凡,说:"庄青人美,又有能力,对你又紧追不放,你是不是动心了?"

董一凡往后退了一下,说:"才没有。"

顾一菲一撇嘴,说:"真没意思,人家一个大美女主动送上门来你都不接着,真是一个无趣的男人。"

她嘴上这么说,但是却一点嫌弃的意思都没有。

顾一菲坐到茶几旁给自己倒了点水,长叹了口气。

董一凡是一个很敏感的人,大概所有艺术家都是敏感的。

"你今天心情不是很好,公司又发生什么事情了?"董一凡走过来说。

顾一菲双脚伸向前方,将身体舒展开。这是董一凡经常会做的动作,她现在也习惯于这样放松身体。

"我开除了一个人,准确地说,是我利用唐婷婷开除了一个人。"顾一菲淡淡地说着。

第十二章　Chanel No.5

董一凡走到她身边，说："我觉得你做事一定有你的理由。"

顾一菲瞥了他一眼，说："我是有理由，只是很多事情并不能用对错来衡量。"

她摇了摇头，喝了一口水。

董一凡坐到了他的对面，说："你们公司最近好像挺多事情的。"

"难得你对我们公司的事情感兴趣。现在发生的不过是暴风雨之前的小菜。"她想了想，说，"或许也不是什么暴风雨，也许很快就会过去。"

董一凡听不懂顾一菲的话，安静地坐在一边。

顾一菲看了他一眼，说："你原来在Oscar的手下工作，你们的工作氛围是什么样的呢？"

这个问题已经很久没人问过他了，毕竟离开了巴黎，原本的那个环境就离自己有点远了。

他想了想，说："Oscar是一个很严格的人，他不会允许你犯任何低级错误。所以我们做什么都会反复检查好几遍，才敢让他看。"

顾一菲一皱眉，说："有那么恐怖吗？我看你做事情从容得很嘛。"

董一凡连忙苦笑着，说："我们被骂得狗血淋头的时候多着呢。每周开会的时候，我们都是小心翼翼的。如果会议上Oscar没有对谁发飙，那就相当于说这个人的工作是很不错的了。"

这样的人对顾一菲来说倒是很有吸引力，她喜欢这种极致的工作状态，并且她也享受这种时刻在挑战中的状态，以至于她会更有斗志做到令别人称赞的地步。

"啊，他这么变态啊，我还以为你们工作状态很宽松呢。"顾一菲说。

"他真的很有才华，所以我们才佩服他。只是我们将工作和生活分得开，一旦脱离工作，他就会变成另外一个人。我第一次带队的时候，将一款香水做得很差，以至于销量几乎为零。那时候我产生了很严重的自我怀疑。"

顾一菲饶有兴致地看着他，从她认识董一凡的那天起，他就是悠然自在的样子，真看不出他曾经也有过这样的糗事。

"后来呢？"顾一菲问。

"Oscar问我的目标是什么。这个案子中做错了什么，并且在复盘的时候，总结到了什么，他让我将这几个事情想清楚。"董一凡说着。

顾一菲想了想自己管理手下的时候好像从来没有让别人反思的空间。犯错可能是每个人都会的，只是那个代价有大有小。

"我只求你在这个案子中不失误才好。"顾一菲淡淡地说着。

"我想从Chanel No.5香水入手，因为这款香水在国内的知名度比较高。"董一凡说着，一边拿出一瓶Chanel No.5，递给了顾一菲。

"这款香水有什么特点你知道吗？"董一凡问。

顾一菲倒是买过这款香水，说："成熟，优雅？"

董一凡摇了摇头，说："对于我们来说，它的特点在于它的调香师第一个在香水中添加了乙醛这种化学物质。"

他看着顾一菲继续说："我们认为这并不是实验室的意外，而是调香师厄内斯特·鲍的天才想法。他让香水多增加了一个醛类的产品。在现场，我可以将不同稀释剂调配的香水放在人们面前，让他们直观地体会到这种差别。"

顾一菲咂巴了下嘴，说："我觉得你最好还是结合上一些香水背后的故事，这样才更加有吸引力。专业性和故事性并重。比如它名字的由来，或者背后的故事。"

董一凡点了点头，说："它的名字之所以为五号，是因为厄内斯特·鲍在可可香奈儿女士的要求下，拿出了五款香水。而香奈儿选择了第五种，所以起名为五号。"

顾一菲看了他一眼，说："这么简单？"

董一凡一摊手，说："就是这么简单，只是不了解的人会有过多的解读。"

"那它的瓶子呢？现在可是被称作香水瓶界的劳斯莱斯。"顾一菲怎么也不相信那种几乎成为奢侈品界神话的香水名字，是这么随意起名的！

董一凡笑了下，说："那个瓶子是香奈儿在她所能找到的瓶子中最平庸的那个，那只不过是实验室中很普通的玻璃瓶。而它的长方形切割玻璃塞子是根据巴黎高雅的旺多姆广场设计的。"

顾一菲哼了一下，说："反正据说每10秒就能卖出一瓶香奈儿五号香水，被你说得这么随意。"

董一凡摆了摆手，说："我可没有说它随意，它的配方中含有80种成分，这个配方一直没有改变过。其香料都有特定的供应商。它的关键是依兰和茉莉花。其中茉莉花的原精是从法国格拉斯种出的茉莉花里面提取的，鲜花的产量每年都差不多，即便是外人拿到这款香水的配方，也很难将其复制。只是当时的一款天然植物原料已经在自然界中灭绝，替代品变成了人工养殖的，所以在气味上其实已经产生了不同。"

"原料等级的差别，会对气味产生那么大的影响吗？"顾一菲问道。

"当然，不然你们公司出的那款山寨香水味道为什么会那么差。"董一凡愤愤地说着，他对这件事始终耿耿于怀，毕竟自己的创意被剽窃得那么彻底，他实在是有些气愤。

顾一菲笑着说："好了，毕竟水平差得远嘛，消消气，消消气。你看，你背后的故事那么多，随便讲讲对我们来说都很有新意。所以你大可以不用那么在意技术性的问题，多讲些故事更有吸引力。"

董一凡点了点头，说："毕竟不是每个人都是与设计相关的人，如果有设计师专场或许我更可以发挥自如一些。"

顾一菲眼前一亮，拍了下手，说："我们可以自己举办呀。毕竟活动要持续一个月，其中会不断地邀请嘉宾开讲座。你可以选择一个面向国内设计师的讲座，这样在业内的传播效果也会更好。"

"好啊，这样当然好。其实大家交流更有助于我了解他们真实的想法。"董一凡说着，拿起笔将这个点子记在了本子上。

两个人有一搭没一搭聊着天，话题一会儿一变。他们已经很久没有这样聊天了，那次雨夜的争执反而拉近了他们之间的距离。

顾一菲看到桌子旁边有一瓶君红的"童年"红酒，酒已经被打开，但是只喝了一点。

她起身拿起两个杯子各倒了一点，递给董一凡一杯。

董一凡接过红酒，小口地抿了一下。

顾一菲看他喝了下去，说："这款葡萄酒是仿制古时候的方法酿造的，你知道以前的人是怎么做红酒的吗？"

董一凡摇了摇头，说："愿闻其详。"

顾一菲转动着眼睛，说："以前啊，没有机械来压榨葡萄汁。所以呢，让一些少男少女，一边唱歌跳舞一边踩葡萄。用脚踩葡萄的酒会更好喝，因为脚踩的力道柔和，而用机械容易把葡萄籽挤破，影响酒的口感。"

董一凡瞪大了眼睛看着眼前的红酒，说："你是说这瓶酒就是少男少女用脚踩出来的？"

顾一菲摇了摇头，说："怎么会，我们上哪里找那么多少男少女，要花多少工钱呀。"

董一凡听完长出了一口气，说："吓了我一跳。"

"我们请的是老大爷和老奶奶来踩的。"顾一菲紧接着说。

"什么？"董一凡本来就有洁癖，差点蹦起来。

顾一菲看他的样子，大笑了起来。他实在是太好骗了，看着董一凡的窘态，顾一菲笑得肚子有些疼。

能让顾一菲笑到失态的，董一凡是第一个。

"哈哈哈，骗你的啦。你现在知道你给我普及香奈儿的时候，我内心是什么感受了吧。"她大笑着享受报复的快感。

董一凡无奈地看着顾一菲，说："这根本就是两回事好吧。"

顾一菲缓了缓，说："脚踩制酒很常见啊，我们国家的茅台以前也用少女踩制曲。还有日本的口嚼酒就是让女性洗净身体，咀嚼生米并用盐清洁牙齿。她们仔细咀嚼刚出锅的米饭，吐到容器中，之后再放入少许的水并用石臼搅磨，在内容物变黏稠后便会将其倒入罐子中发酵。"

顾一菲说完坏笑地看着董一凡。

董一凡对这个倒是没多大反应，说："这个我亲眼见过，不过我是不会喝的。"

闲聊了一阵，顾一菲又跟董一凡核对了一下展会的细节。

一切仿佛回到了当初的那个院落，时间好像一直没有走过一样。

顾一菲照例给董一凡做饭，然后回家。这个地方可不比当初，已经没有多余的房间给顾一菲。

陈婷走了之后，之前紧张的气氛立马缓和了下来，这几天顾一菲再也没找过任何人谈话，大家也就放心了。

陈婷离职也是在公司闹得沸沸扬扬的，宁小凝陪前陪后，最后帮她把东西全部搬走了。她闹到陈安平那里，最后也是无济于事。

不过这倒是让唐婷婷有点难堪，像是吃了一只苍蝇一样难受。她只能打碎了牙齿往肚子里咽，根本没办法说出来。

陈安平没过多久就在公司内部高层会议上把他的升职文件公布了出来，因为这在之前董事会议已经讨论过，所以内部只是传阅，并不再做讨论。

出乎意料的是，马致远被升为副总，而唐婷婷居然被提上财务总监。按理说她并不是财务会计出身，这个位置这么重要，怎么也不该她来做。

陈安平自己心里清楚，将马致远从财务支走实际上是明升暗降，这样他们家族那边的反应一定会比较大。所以接替他的人一定是他们内部的人。但是这个人的能力一定不能太强，不然岂不是刚送走一个又换另一个没什么区别。

唐婷婷无疑是一个好的选择，第一她还是被家族寄予厚望的，第二她对财务也是只知皮毛，做事需要几个人来帮助。这样的情况下她实际的权利将被大大削弱。

陈安平大可直接安排财务那边的助理来推进项目，可以说既架空了家族那边的人，又增强了自己对公司的掌控。

公告一出来，引起了热烈讨论。

宁小凝赶紧跑进办公室，到顾一菲面前，说："一菲姐，一菲姐，公司刚刚出了公告，唐婷婷被升为财务总监了。"

顾一菲听到宁小凝的话，并不吃惊。

"真的假的？"顾一菲看着宁小凝说。

宁小凝走到自己办公桌上，拿起水杯喝了一口水，然后走回来，说："真的啊，公告都发出来了。"

"那马致远呢？"顾一菲疑惑地问。

"马总监被升为副总了，具体负责什么业务现在还不知道。"宁小凝神秘兮兮地说着。

顾一菲点了点头，微微咂巴出了一点滋味。

陈安平明升暗降的手段玩得比较高明，只是马致远也不是等闲之辈，现在升为副总，他的职权又怎么控制呢？

坐到上面的人都是一群老狐狸，陈安平这一下肯定让马致远难受一阵子。如果陈安平成功地把他架空，那么马致远在公司也待不了太久。

这么想来，君红挖走李峰不会是陈安平的安排吧？

顾一菲眯起眼睛，深吸了一口气。当时李峰被挖的时候大家都很奇怪，就算自己当初做的那两款酒在市场上反响不错，但是李峰已经在圈内混了这么久了。他有几斤几两大家心中都是有数的，不会因为自己的几个产品就迅速提升身价才对。

况且他是有君红家族背景的人，这样的人君红真的敢重用吗？

想到这里，顾一菲背后隐隐阵阵凉意。她似乎太小瞧陈安平了，还有更重要的一点，她也太小瞧唐婷婷他们这伙人了。

能让一个人动这么大心思，埋这么长的伏笔，他们的实力应该较之陈安平更加强大。

顾一菲笑了笑，说："真是有趣。对了，小凝，你帮我打听一下李峰在君红那边怎么样了。"

宁小凝没反应过来，怎么顾一菲突然想起李峰来了。

"好的，一菲姐，别的我不行，打听消息我最在行了。"宁小凝带着点小傲娇说。

宁小凝出去之后，顾一菲开始整理自己的资料。

他们热闹非凡地斗来斗去，顾一菲也不能闲着。她的目标就是要将这场活动办得漂亮。

今年新红酒的制作已经告一段落，借着这次展会的机会，将产品更好地推广出去尤为关键。

想要包装一款红酒，也要做一个品牌定位。

她突然想起上次在纸飞机活动上的作家沈书。论知名度，沈书不论在大众视野还是学术界都是响当当的人物。

尤其是在青年群体之中，他声望甚高。这也得益于他平时犀利精辟的言谈风格。他是做诗人起家，后面虽然创作减少，但是时事评论经常在大众之间传播。

这样一个人，如果请来做红酒的代言，那么在格调上跟自己的产品很是搭配。因为"童年""青春"这样的主题，主打的就是年轻群体，而沈书会赋予产品更深层次的文化内涵。

时尚与复古的结合，确实是一个不错的卖点。

况且现在董一凡跟纸飞机的合作刚刚开始，既然纸飞机想要打造自己的平台，那么资金和产品也是他们需要的。

她打定主意，发短信给白轶。董一凡这边的一些创意都是顾一菲来传达，一来二去，她跟白轶倒是熟悉起来。

"白主编，我这边最近有个项目，是和艺洲集团合作的。目前在红酒产品上，我有一个新的想法，想要跟你们合作。让沈书老师代言我们的产品，你看怎么样？"

没过一会儿，白轶回复短信说："我会跟沈老师聊一下。你们的合作具体要做什么呢？"

顾一菲将白亦冰的计划简单地做了个介绍，尤其是其中他想要举办一个月的活动，请很多各界的名人来做讲座。

文化节的活动，纸飞机的人脉无疑是十分雄厚的，但就他们的作者来说，就是相当庞大的一群文化人，其中包括艺术、人文等领域。

　　白轶对这样的活动很有经验，她之前亲自组织过一些活动。

　　"我跟沈老师商量一下，或许你这边牵个线，我们跟艺洲那边聊一下。如果是艺术人文领域，我们很多作者都可以参与一下。"白轶回复说。

　　"董一凡的书现在进度得怎么样了？如果来得及，在活动现场我想拿到一些样书。"顾一菲既然答应做董一凡的经纪人，对他的事情当然格外用心。如果在活动的同时把他的书推出去，那么是再好不过的了。这叫作借力，既要整合资源又要懂得借力而行。

　　"文稿方面已经准备好了，我们准备推出两版。一版是普通装，面向大众。另一版精装版内嵌香水。普通装的需要最后确认封面和排版就可以下厂了，我们很早就准备好了书号。但是精装版，需要董一凡老师最后敲定设计，并且制作好对应的香水。"白轶回答说。

　　顾一菲跟白轶约好时间，准备之后再进行协商。看来精装版是来不及了，董一凡做香水根本就不会那么快的，所以现场能拿到一些普通装的书也很好。

　　等书印制好了之后，纸飞机会给董一凡安排新书发布会。精装的书留到那个时候也可以。

　　马致远被陈安平这么一搞，实在是很难堪。唐婷婷在这方面还是有些自知之明，一得到消息就赶去了马致远的办公室。

　　"现在陈安平明摆着已经开始动手了，我们接下来怎么办？"唐婷婷叹了口气问。

　　马致远坐在办公桌的后面，看着天花板。原本他一直不把陈安平放在眼里，但是现在陈安平已经逐渐露出獠牙。他可不是简单动用自己的职权将马致远调任，而是说服了董事会的人。

　　这样情况就变得微妙了起来，不过马致远这边最后的底牌还没有揭开。

　　"先看一看情况，财务这边所有的公章你要亲自保管好，一定不能交出去。"马致远闭着眼说。

"好的，只是陈安平给我安排了几个助手。"唐婷婷为难地说，毕竟自己对财务的业务不熟悉，现在把自己架上去，既兴奋又有点忐忑。

她在马致远面前不能表现出兴奋来，更多的是说些自己的担忧。

"业务上你可以分出一部分，有事的时候直接来找我。慢慢熟悉下就好了。我担心陈安平用你是缓兵之计，下一步还有动作。所以我们也不能闲着，对付他最好的办法就是砍断他的手脚。"马致远睁开眼睛看着唐婷婷。

唐婷婷一听，立马来了精神，她凑过去，说："你是说顾一菲？"

马致远点了点头，说："必须要给陈安平一点教训，不然他还不得翻天。现在公司上下、中层以上除了顾一菲哪个也不是他陈安平提拔上来的。他既然想要用顾一菲，我们就偏偏不给他用。"

要能对付顾一菲，唐婷婷简直要拍手赞成。想到上次她给自己演戏，让自己帮她开除了陈婷的事情，她就恨得牙痒痒。

"最近顾一菲接手了跟艺洲的项目，处理起来有些棘手。"唐婷婷说。

马致远冷笑了一下，说："那就让他们先做，我们后面动手。顾一菲之前合作出的问题就够我们做文章了。就等着项目结束，直接处分她，即便她现在做得再好也无济于事。你这段时间盯紧一点，我会布局的。"

唐婷婷点点头，说："就是这个董一凡比较难搞，怎么就总是跟着顾一菲呢？"

马致远想了想，说："这个事情交给我吧，我来处理。"

唐婷婷看着他，也不知道他说的处理是什么意思。

强龙不压地头蛇，这道理即便是在现代社会依然如此。董一凡即便再有才华，在这座城市里依旧是一个"外乡人"。

而马致远是土生土长的本地人，再加上运用一些手段，总会给他一些麻烦的。

唐婷婷没有继续问下去，只是在心里期待着一些事情的发生。

顾一菲连着艺洲君红两边跑了两个礼拜终于将活动的很多细节敲定。

在她的牵线下，艺洲跟纸飞机达成了很多合作。

顾一菲也不得不承认，如果论人文这块，纸飞机的人脉甩他们十几条街，人家随便一个作者都是大师级别的，完全没法比。

白亦冰乐得不行，屁颠屁颠地安排人接送纸飞机这边的老师。最后拿到嘉宾名单的时候，顾一菲无奈地笑了笑。

上面半数的人都是纸飞机的作者，这倒是好，差点办成纸飞机专场。有器物师、音乐家、艺术家、记者、设计师五花八门的人物。再加上纸飞机线上平台直播，这样的阵容，想不受关注都不行。

白亦冰别的不行，但是钱这方面管够。他花钱的架势，就像是跟钱有仇一样。

不过白轶倒真是很厚道，即便白亦冰百般展示自己不差钱，但是白轶也没有多要一分钱。

这要是换成顾一菲，那可就不客气了。

君红的展台被安排在了大厅中央，一进大厅就能够看见。

展会开始的时候，君红这边的领导几乎全部出席。显示出了君红对这次活动的重视。

顾一菲特意找来一些复古的带有球囊喷雾器的香水瓶，将香水提前灌在了里面。大厅门口的地方，她根据董一凡的建议安排了香薰喷雾器。

只要一进大厅，就能缓缓地闻到新版"葡萄园"的香气。顾一菲的设计是让观众在不知不觉中就沉浸在香气的氛围里面，勾起他们的兴趣。故意在宣传之前，就埋下伏笔。

当他们闻到这个香气的时候，自然会有追寻味道的本能反应。当香味再次出现的时候，就会有更多惊喜。

这样的润物细无声的推广方式，可以减少他们的抵触情绪。

在展台边上，顾一菲安排工作人员，在有人路过的时候都要按下香水瓶的气囊喷雾器。

让看不见的香气弥漫在空气中，这让每个路过的人都会情不自禁地停下脚步，闻一闻空气中的味道。

董一凡的现场试验没有在第一天举行，所以他戴着帽子站在一边观看着人们闻到气味后的反应。

"怎么样，我的安排还可以吧？"顾一菲走过去，笑着说。

董一凡摸了摸鼻子，说："安排得不错，但是我看这个安排怎么有点像可可香奈儿呢？"

董一凡瞪着双大眼睛看着顾一菲，嘴角微微翘起。

顾一菲哼了一下，说："怎么，她用过的方式我就不能用了吗？这叫集各家之所长，懂不懂？"

上次董一凡说完香奈儿的故事之后，顾一菲找来几本书，恶补了一下。里面确实有很多值得借鉴的东西，尤其是产品推广。

"第一批香水已经给之前拿到香水的那些顾客送了过去，结果是出乎意料的好评。"顾一菲看了董一凡一眼，说："怎么说来着？你要是天天闷在实验室不做商业产品，你的那些好的设计什么时候才能被大众用上。"

董一凡看着来往的沉浸在香味中的人们，说："我不是不想，我只是不急。"

顾一菲一拍脑门，说："行行行，我急，我急行了吧。我看见那些产品不行还赚得锅满瓢满的人就恶向胆边生，嫉妒使我面目全非。"

董一凡无奈地看了看顾一菲，苦笑了一下。

"晚上请你吃兔子，犒劳犒劳你。过两天就看你的了。"顾一菲嘿嘿笑着，就像是盯着一棵摇钱树一样。

董一凡往后退了一步，说："别这样，我们不熟。"

顾一菲说："哼，不想吃算了，那家川菜馆子的厨师都是成都的，味道一绝，看来我只能自己去享受了。啧啧啧。"

她一边说着，一边背过身去。

董一凡快走几步，转到了顾一菲面前，说："别呀，我们还是好朋友。现场试验我都准备好了，放心吧。"

"这还差不多，我先去忙了，你要是累了就找个地方坐一坐，晚上我叫你。"顾一菲说完开开心心地走了出去。

第一天顾一菲将推广的重心放在了红酒上，毕竟之后等董一凡出场之后，聚光灯会统统照在香水上面。

沈书的合作已经有了眉目，之后如果谈好条件，可以跟纸飞机开联合发布会。

现在顾一菲觉得，纸飞机还真是一个万能的文化平台，而且他们有胃口吞下所有可能的项目，这也让顾一菲啧啧称奇。

现在看来，君红的天地还是有些小了呀。

顾一菲看着手中的红酒，想着之后的事情。她可不会被眼前的俗事绊住脚，她想要的比陈安平能给的更多，不过还是先要做好眼前的事情。

顾一菲在展会上来回穿梭，不停地给顾客讲解着红酒的一些知识，跟大家分享样酒。年轻人喜欢更细腻的口感，所以"童年"这种口感柔和的酒更受他们欢迎，而中年人会被口味更涩的"青春"吸引。

其实红酒跟很多东西一样，被资本炒作起来变成了赚钱的工具。实际上对顾一菲来说，只不过像是喝雪碧、可乐一样再平常不过的饮品。她将这个观念融入自己的讲解之中，消除了顾客对于红酒的误解。

当人们可以平视红酒的时候，自然就不会再去盲目追逐价格昂贵的红酒，这样才可以心平气和地去品味不同酒的口感、风味、陈年潜力，等等。

宁小凝跑前跑后地忙着，不断收名片，递名片，一有空她就跟在顾一菲身边，听她跟顾客聊天，可以学到不少东西。

这次的大会，马致远没有来，但是唐婷婷到了现场。

现在唐婷婷心里拧巴得难受，要说希望展会冷清吧，这毕竟是自己的公司。但是现在热闹的场景，尤其是顾一菲在人群中侃侃而谈的样子，又让她恨得牙痒痒。

唐婷婷左看右看，看到了在一边闲逛的董一凡。她眼珠一转，整理了下自己的衣服走了过去。

"董先生，有段时间没见了。"唐婷婷笑着说。

董一凡回过头看到了唐婷婷，去顾一菲公司的时候见过这个人。

他点了点头，说："您好。"

唐婷婷今天精心打扮了一番，剪裁合体的商务套装衬托出身材的曲线，她对自己的身材一向是很满意的。

她走近董一凡，跟他并肩站在一起。

董一凡微微地往一边挪动了下身体，这属于他的下意识反应。他不喜欢别人离他太近，这样会让他感到一丝不自在。

"之前听说董先生不接商业合作，没想到君红有幸请来了您。这也多亏了我们的顾一菲，不然您这尊佛还不一定能请得来。"唐婷婷看着一边忙碌的顾一菲说。

董一凡记得唐婷婷上次在她们公司的走廊上跟顾一菲争执，还推了她一把，而且她请的调香师还剽窃了自己的产品。

他微微地摇了摇头，说："还好，还好。"

　　大厅热闹非凡，此时董一凡真希望突然有人来叫唐婷婷，把她带走。

　　就在这个时候，白亦冰来到了顾一菲的展会上，他带来了一个大客户，介绍给顾一菲认识。

　　董一凡站在远处看着，他很少在自己家中看到顾一菲露出这样的笑脸。她笑得很好看，但是对董一凡来说有一点距离感。

　　唐婷婷顺着董一凡的眼光看过去，眼珠一转，说："你看，我们顾一菲厉害吧，白亦冰这样成功的富二代都被她迷得团团转。按说这样的活动是落不到顾一菲头上的，但是白亦冰点名要顾一菲来策划。"

　　她一边说着一边观察着董一凡的表情，她继续说："国内地产大亨的公子，是多少女孩的白马王子。一菲拼命工作为的不就是这一天嘛。你看白总还特意带客户给她认识。我看他们两个是情投意合，郎才女貌。真是让人羡慕。"

　　董一凡抿着嘴唇没有说话，他站在原地，身体有些僵硬。

　　他见过白亦冰，也从顾一菲口中了解过他的信息。他的背景十分雄厚，而且他本人也是很优秀的人。

　　董一凡也说不出自己现在是什么心情，远远地看着顾一菲跟白亦冰有说有笑地聊着天。

　　唐婷婷又往董一凡身边凑了凑，说："这是我的名片，以后董先生有什么事情可以联系我。这个案子结束后，一菲可能就离开君红公司了。如果您有什么事情，都可以打我的电话。"

　　董一凡看了看唐婷婷，说："她要离开？"

　　"这不是显而易见的事情嘛，等这个案子结束了，人家跟着白亦冰吃香的喝辣的，哪还会回我们这小公司上班，随随便便当个总裁夫人多好，再说了，一菲不就是等着这一天嘛。"唐婷婷绘声绘色地说着。

"这是她的理想吗？"董一凡嘀咕了一句。

他知道唐婷婷跟顾一菲的关系不好，她的话未必可信。

但是他看着顾一菲和白亦冰在一起的画面，心中还是不免有些异样。顾一菲想要职业上的成功，她需要金钱带来安全感。

价值观上的很多东西，是难以改变的。董一凡并不想改变顾一菲，同样他觉得顾一菲也不会轻易做出让步。

董一凡叹了口气，转身向着大厅的外面走去。在门口的时候，一阵芳香扑鼻。董一凡放慢了脚步，深吸一口气。

唐婷婷看着董一凡远去的背景，冷笑了一下。有一次就会有第二次，下一次一定问出他的联系方式和地址。

她看向另一边的顾一菲，恶狠狠地咬着牙。

"先让你得意一阵子。"她远远地看着董一凡走了出去，她也跟了上去。

董一凡走出大厅，一个人在外面转着。正好遇到了庄青。

庄青的工作室也参加了这次活动，开幕式的时候她还上台致了辞。只是那时候董一凡还没有过来，所以并不清楚，顾一菲也没有跟他提起这件事。

"刚来就要走吗？"庄青笑着说。

今天她换了一身干练的西装，柔和中带着干练的爽利。香水搭配上，选择了迪奥的毒药。

庄青选择的是毒药四个版本中的温柔奇葩，也就是绿毒。

这款香由晚香玉、熟李子和熏香混合而成，仿佛来自祭祀仪式。它不但让人精神焕发，而且使人沉浸在鲜花中。

由于职业的习惯，董一凡第一时间就接收到了庄青刻意准备的小互动。

两个人对视了一下，心照不宣地笑了笑。

"我刚刚看了看我香水的情况，现在没什么事情出来转转。"董一凡淡淡地说。

庄青看着他，说："刚刚看你皱着眉头从里面走出来，有心事？"

董一凡摇了摇头，说："没什么。"

"真的没什么？平时的你总是一副天下太平的样子，安稳得很，今天看起来有点多愁善感的样子，像一个诗人。"庄青笑着说。

她看到一边有一家咖啡店，说："不如去喝一杯咖啡，我这边暂时也没什么事。"

"如果你不忙的话，我请你。"董一凡难得主动一回，庄青倒是有些惊讶。

她偷偷拿出手机，给助手发了条短信。

"我这边临时有事，展台那边你盯一下，有什么事给我打电话。"

唐婷婷老早看着董一凡跟庄青站在门口聊天。

她赶紧转回身，往大厅走。

唐婷婷走到君红的展台附近，放慢了脚步。

顾一菲刚送走一批客人就看到了唐婷婷。

"唐总监，恭喜恭喜。你升职我还没去恭喜过你。不知道有什么指示？"顾一菲说。

"我哪敢指示你啊，要多跟你学习。"唐婷婷冷笑着说。

顾一菲倒是不以为意，要是唐婷婷说几句好听的话，那才是出了问题。

"对了，刚刚看到董一凡站在门口跟一个美女有说有笑的，你认识吗？不会是别家公司的公关，到时候你这个宝贝资源可就被挖走了。"唐婷婷撇了撇嘴说。

顾一菲笑了笑，说："这就不劳唐总监费心了，我跟董一凡就是合作关系，我还能拦着他跟美女聊天不成。"

唐婷婷点了点头，说："也是，男人都一样，喜新厌旧嘛！"

唐婷婷说完走到了一边，她的目的已经达到。她不会让顾一菲过得这么顺心，顾一菲就像是她的克星。顾一菲过得顺心，就相当于唐婷婷要过得糟心。

顾一菲一皱眉，想了想董一凡会被哪个美女搭讪。这家伙平时并不喜欢跟陌生人打交道，不会是庄青吧？

顾一菲想到这儿赶紧朝着大厅外走去，在门口四处张望了一下，已经看不见董一凡的身影，她四处看了看。

在咖啡厅的落地窗前看到了董一凡的身影，此时坐在他对面的正是庄青。

顾一菲莫名觉得有些恼火。

"好你个董一凡，我忙得团团转，你倒好，跑到这边撩妹来了。"顾一菲看着远处的董一凡有说有笑的样子，气不打一处来。

庄青喝了一口咖啡，说："你刚刚在想什么呢？"

"我在想瞬间和永恒，遗憾和圆满。"董一凡双手交叉放在桌子上，他眼睛看着桌子上的阳光。

一束阳光照在桌子上，将桌子分成明暗两个部分。

"那你有什么结论呢？"庄青继续问。

董一凡叹了口气，说："我以往都是欣赏恒定的东西，寻求超越时间的美感。只是近些时候，我陷入一种不歌颂永恒，只追求瞬间乍现的美感的状态。或许是无法将一些东西变成永恒，所以只好沉浸在瞬间的喜乐之中。"

庄青看着他，点了点头，说："你爱上谁了吗？"

董一凡一愣，旋即笑了笑，说："没有。"

他眼神闪烁，带着躲闪，让庄青更加确信。

她没有再追问下去，董一凡也没有说什么。

庄青此时倒像是一个知心大姐姐，似乎可以安抚董一凡的情绪。

在很多场景中我们都在扮演一个角色，有时候带着目的。

知心大姐姐的好处就是可以潜移默化地将自己的观点表达出来，在帮助对方分析问题的时候，自己跟对方的关系也更近一步。

两个人沉默了一会儿，董一凡说："你的展会弄得怎么样了？"

本来庄青要去见几个客户，但是遇到董一凡之后，她让助理先应付下来。

她搅动着面前的咖啡，汤勺在杯中转动，细心地没有碰到杯壁一下。

"一切按照计划在运行，不然我哪能抽身。"她笑着，说，"等一会儿我带你去我那边转转？"

"可以啊，上次在我家你提到的那款产品，已经做出来了吗？"董一凡问。

庄青笑着说："多亏你提出的建议，我简化了线条的变化，让整体更加流畅自然。不然会让手袋显得过于做作。"

就在这个时候，顾一菲走到了董一凡身边。

她气鼓鼓地瞪着眼睛，看着董一凡。

董一凡看到他的时候，也是很诧异，说："你怎么来了？"

他一张嘴，就让顾一菲气不打一处来，说："我不该来是吗？"

"我不是这个意思……"董一凡小声地说着。

庄青将身体靠在椅子上，眼睛在两个人之间游移。

董一凡摸了摸鼻子，说："那个，你想喝点什么，我去帮你买。"

"给我拿一杯水就好。"顾一菲冷冷地说。

董一凡悻悻地起身走到吧台去给顾一菲倒水。

庄青目送着董一凡走远，然后笑了笑，说："你喜欢他？"

顾一菲白了她一眼，说："我看，是你喜欢他才对。"

"我问过琼斯了，你跟董一凡刚认识没多久，而且只是合作关系。至于你睡在他家的事情，也相当于借宿而已。"庄青淡淡地说着。

顾一菲没有理她，等着董一凡拿水来，说了一上午的话，她确实有些渴了。

"我喜欢他。"庄青凑近顾一菲，轻声地说。

"关我什么事。"顾一菲满不在乎地说着。

庄青坐下来，看着顾一菲说："我只是告诉你我的想法，遇到喜欢的人就一定不要放过，这是我的信条。"

"真无聊，你这是在宣示主权吗？"顾一菲说。

遇强则强是顾一菲的性格，她最讨厌庄青这种说话风格，好像她不同意有些事就不能进行一样。

庄青妩媚一笑，看着董一凡的方向，说："没错。人总是喜欢挑战自己嘛！越是得不到的才越是想得到。"

顾一菲冷笑了一下，说："这种想法对我来说实属是犯贱的行为。对我来说没什么是得不到的，只有想得到和不想得到这两种选择。"

庄青一撇嘴，说："你倒是蛮自信的嘛！"

"这算哪门子自信，这叫作执着。你知道我为了我想得到的东西付出了多少！要说自信，你应该跟那边那位学学，那才叫从骨子里散发出来的自信。"她说着，朝着董一凡的方向努了努嘴。

董一凡拿着一杯水，放在了顾一菲的面前。

顾一菲忙了一早上也确实有些渴了，她喝了口水，说："我还忙，先走了。"

她说完起身就离开了，董一凡赶紧跟了上去。

庄青看着两个人走进大厦，拿出口红补了个妆，然后赶去了自己的展台。

顾一菲看着董一凡跟了出来，说："你出来干吗，人家可还在里面坐着呢！"

董一凡无奈地笑了笑，看顾一菲的架势，如果自己不出来，怕是晚饭都不保了。

"没什么，我觉得，也没什么可聊的。是吧。"董一凡说。

"是不是问我干什么？问你自己啊。"顾一菲说。

董一凡一头雾水，倒是不知道顾一菲为什么心情不好。

"我……我好好准备接下来的活动，不乱走了。"一谈到工作，顾一菲应该会高兴些吧。

果然，顾一菲的脸色立马缓和了过来，说："这还差不多。还有，如果有君红这边的人跟你聊天，你一定要说我做你经纪人的事情。"

董一凡不知道顾一菲打的什么算盘，说："好的，我知道了。"

暗流涌动中，顾一菲不过是不断想办法给自己增加筹码，而董一凡无疑是她最有力的保证。

第十三章　香味的重现

　　白亦冰的手笔很大，他从开始就要将活动做到全民参与的水平，也因此斥巨资投放了大量广告。

　　第二天就是本次活动的一个重头戏，就是董一凡的现场试验。由于前期的宣传，和纸飞机的报道，活动现场人员爆满，不得不安排保安进行了限流。

　　顾一菲提前将现场安排好，她把活动的各个环节都验收了一遍。尤其是现场的话筒和音响设备，她反复试验了几次才放心。备用电池的电量，现场网络和备用网络等，事无巨细。她都要亲自看一遍。

　　活动开始的时候，顾一菲客串了一下主持人，将董一凡介绍给大家。

　　董一凡站在展台的中央，一边纸飞机的人已经准备好了直播的设备。他们对董一凡对活动进行着同步的线上直播。

　　董一凡面前的长条桌子上摆放着很多瓶子，里面都是他今天要用到的材料。在展台两侧同样有很多个瓶子，上面都带有标签，提示着瓶子中的气味。

　　这就是董一凡准备好的关于生活中的一些气味的现场艺术。闭上眼睛，随着气味的到来，熟悉的事物好像就出现在了眼前。

这一个小活动是今天的暖场节目，董一凡眼前的这些瓶子才是今天的主角。

"大家好，我是董一凡。很开心跟大家一起交流和品味香水。对于香水这个概念，每个人的真实体会其实并不一样。香和臭其实是一个相对概念，而且特别私人。有的人觉得臭得要命的东西，有些人却觉得闻起来很舒服。不过今天的主题，不是气味本身，而是气味的重现。"董一凡说着，指了指桌子上的瓶子。

"无论是从成本，还是技术的变革。化学合成物已经被广泛应用到了香水行业中。就像你们之前闻到的那些味道，都是通过化学合成的方法合成的化合物。在现代，一个好的化学家可以随心所欲地再现任何一种味道。"董一凡停顿了一下，说，"现在的香水中只有百分之十左右的成分是天然成分，而其余的百分之九十都是化工产物。而考验我们这些人的，就是如何将合理的物质叠加在一起创造出更好的气味。"

董一凡拿出试香条，放在一个瓶子里，然后现场找了一个观众，说："你来闻一下这个味道。"

那个观众学着董一凡的样子，将试香条在鼻子下扇动了一下。

"是什么味道？"董一凡问。

"有点苦。"

董一凡拿出另外一个试香条，放在一个瓶子中蘸了一下，递给了他。

"是什么味道？"董一凡问。

观众结果去闻了一下，说："有点甜腻的感觉。"

董一凡将两张试纸叠在一起再次递给了他。

"这次是什么味道呢？"董一凡问。

"哇，是玫瑰的味道。"那个人惊喜地叫了出来。

董一凡的魔术并没有结束，他再次拿出一个试香条，递给了他，将三张试纸叠在一块。

"你再闻一下这次的味道。"

那个人知道了董一凡在做什么，他接过去闻了一下，惊喜地说："是茉莉花的味道。"

董一凡再次拿出一个张试纸，放进另外一个瓶子里面，然后递给他。

"再闻一下这个。"

那个人将试香条放在鼻子下闻了一下，说："还是茉莉花的味道，不过好像更加浓郁，更甜一些。"

"没错，你真厉害。最后这种香气是稀释后的天然茉莉花的味道。跟之前的化合物组成的气味相比，天然的精油有着不一样的浓郁风味。如果我想要更加鲜明的茉莉花香，我会用之前的那种组合化合物。而我想要更加醉人浓郁的花香，就会选用天然的茉莉花精油。"董一凡面向大家，他又弄出了更多试纸，在工作人员的帮助下，分发给在场的人们。

"调香师在选用不同原料的时候，优先考虑的是先要设计出一种什么样的效果，而不是用什么样的气味。所以天才的调香师厄内斯特·鲍将乙醛使用在了Chanel No.5的创作中。乙醛的应用不仅使得花香变得更加浓郁，并且还奇迹般地调节了成分之间的相容性，使其更加柔和，并且留香更持久。"董一凡拿出几个瓶子，分别去除几款稀释剂，其中有乙醇、乙醛，他用不同的稀释剂来稀释大马士革玫瑰精油，然后做成香薰条，一组组发放给观众。

"大家可以体会一下不同组合之间的味道差别。"他说着，自己也挨个闻了一下，接着说："乙醛的加入使精油散发出一种更加独特的气味，让原本的花香变得更加浓郁且琢磨不透，增加了质感和层次。"

抽象的话语不好理解，毕竟不是每个人都知道这些化合物或者大马士革玫瑰精油到底是什么味道的。但是有了现场的接触，可以更直观地用鼻子来理解董一凡的做法。

这种奇妙的体验是前所未有的，比之神秘莫测的成品香水，这样的实验更加具有说服力。

同时通过董一凡的讲解，也消除了大家对于化工合成产品的顾虑。现场有一些香水行业的从业者，他们听了董一凡的设计理念，受益良多。

整个活动在热闹的氛围下进行着，直播中很多人都在惋惜着不能亲自去现场。这种体验，透过屏幕根本没有办法享受得到。

很多人在字幕中留言要求再举办几场活动，好让更多人亲近香水文化。

顾一菲一直在手机前盯着直播的状态，相比于现场，线上直播的影响力会更大。

直播间最高峰人数达到了百万，可以说引流方面，纸飞机做得相当不错。

董一凡继续讲解着一些香水界的经典搭配，讲到高兴的时候，现场就模拟出一些经典的香氛。

董一凡对于香味的理解十分独特，借由他书中的想法，让大家将更多的注意力放在鼻子上，用鼻子去感受一个不一样的世界。

"生活中我们往往忽视了鼻子的作用，如果让你舍弃一个感官，你会选择哪一个？"董一凡问现场的一个观众。

"嗅觉。"他的回答让现场的观众都笑了出来。

董一凡也笑了一下，这是他意料之中的回答。

"看不到东西生活会有障碍，品尝不了美味幸福感就会降低，触觉帮助我们跟世界做肢体的交互，而听觉一样是难以舍弃的。至于嗅觉，好像对生活并没有那么大的影响。"

董一凡说完，拿起一张试香纸，放在自己的鼻子下面，深吸一口气，说："但只要你专心用嗅觉去体会，就可以利用嗅觉来感知一个不一样的世界。树木有它的气味、书本有它的气味、衣物有它的气味、每个城市都有每个城市的气味。甚至每个人都有独特的味道，闭上眼睛，你是否能回忆起最亲近的人身上的味道呢？"

董一凡一点点由浅入深，用气味带着大家在世界上走了一遭。这也是他新书的主题，寻香之旅！

观众听得入了迷，全部变成董一凡的小迷弟。现场的香水在董一凡演讲结束之后全部被抢购一空。

顾一菲拿出许多董一凡设计的卡片赠送给现场购买香水的观众。

大家排起了长队，来找董一凡签名合影。董一凡倒是也配合，签名签得手发软。

观众的热情出乎了他的意料，导致他不断地看向顾一菲。

顾一菲故意将视线移开不去看他，就算是对他在现场跟庄青幽会的惩罚。

董一凡见顾一菲不理他，心里苦闷，脸上还要配合大家拍照。

他这样的转变，即便是顾一菲都觉得不可思议。她本想董一凡装装样子签几个名，没想到他一连签了一个多小时，还依然很耐心地坐在那里。

他真的有改变吗？顾一菲心中充满了疑问。

直播在网上再次引发了轰动，让董一凡收获了大批粉丝。

活动持续期间，董一凡还有两场演讲。一场是面对大众开放的，主要讲香水的一些奇闻逸事和香水的一些概念性的东西。另一场则是设计师专场，观众都是精心筛选过的。董一凡将国外的一些优秀案例做了解析，主要探讨设计的语言和创意部分。

他这样将专业和通俗错开交流，得到了很好的效果。

顾一菲一直陪他做完了所有的活动，等人们散去之后。

顾一菲递给他一瓶矿泉水，说："辛苦了。"

董一凡接过矿泉水，喝了一口，说："不辛苦。"他看着空下来的空间，似乎并没有什么情绪起伏。他看着人来，再看着人走，就像是喝水一样自然。

"传道授业了一把，怎么不见你开心？"顾一菲问。

董一凡看着门口的方向，淡淡地说："习惯了，人来人往是常事，大家不过是匆匆过客，真正能留下来的，往往不是这种热闹的时候遇见的。"他说完，看了看顾一菲，说："活动都做完了，香水也处理好了，这下子你的事情结束了吧？"

顾一菲愣了一下，看着董一凡，说："你这么配合活动，就是为了等这一刻？"

董一凡点了点头，说："当然啊，我想以最好的状态完成这些工作，这样你就可以跟公司交代了嘛。"

他长出了一口气，卸下了身上所有的担子。

"原来你一点都没变，只是配合我而已。"顾一菲说。

董一凡尴尬地笑了笑，说："或许我是想去试一试自己可不可以。很多时候人的自我判断会失误。但是我这次好像没有判断错，如果我愿意，我是可以做大众的东西的，所以做过也就过去了。"

顾一菲看着他，想起了当初他将不成熟香水配方交给她时的情形。她微微皱起眉头，明白了董一凡接下来想要做的事。

"你是不是又要隐居去了？"顾一菲问。

董一凡摸了摸鼻子，说："这边的事情结束，我就继续接一些定制的工作，最近有些疲倦了。"

顾一菲白了他一眼，说："怎么累着你了，我这不忙前忙后地伺候着你吗。"

说完她警惕地看着董一凡，说："还有几场对谈活动，你可别现在就撂挑子，怎么着也把这几场应付过去。"

董一凡点了点头，说："当然啊，这是我事先答应你的，我会做好的。"

"可别，你又不是给我打工的，搞得我像个罪人一样。"顾一菲不满地说着。

董一凡无辜地看着顾一菲，他没张嘴说话，但是眼睛里已经充满了怨妇气质。

"好了好了，我错了。是我绑架了你这位大少爷，来替我出头。大恩不言谢，要不我以身相许吧。"顾一菲开玩笑地说着。

一听她的话，董一凡一只手摸着下巴，说："要是这么说的话，还有其余的活动我也是可以继续去的。"

他接着小声地说："以身相许的事情，我好好考虑考虑！"

顾一菲一巴掌拍在他的肩膀上，让董一凡咧了下嘴。

"还考虑考虑，你怎么不上天呢？"顾一菲气呼呼地说着。以身相许还要考虑？

毕竟董一凡确实很卖力地配合了几天，顾一菲难免要表示表示。

"走吧，今天回去给你做点好吃的。"顾一菲说着走出了展厅。

董一凡眼前一亮，快步跟了上去。

展会眼看着很成功，所有的事情都在顺利推进。

董一凡跟纸飞机的各位作者还有艺洲的嘉宾连续开了几次座谈会，场场活动都是爆满。甚至艺洲还从其他几家酒店调来了保安，来配合维持现场秩序。

人一多，工作人员都忙得脚打后脑勺。

宁小凝连续赶了几天的场，饭也顾不上吃，在活动中差一点昏倒在地。

"小凝，你今天下午不用上班了，先回去休息。"顾一菲将宁小凝拉到一边说。

"我没事，一菲姐。"宁小凝倔强地说着。

顾一菲拍了拍她的脑袋，说："工作重要命重要啊？傻不傻！听话，不然就不可爱了。"

"可是一菲姐，你工作都是很拼命的啊。"宁小凝噘着嘴说。

顾一菲笑了下，说："想拼命先要学会照顾好自己，不然哪有本钱？你只看到了皮毛，没看到本质。笨丫头，快点回去吧。"

宁小凝噘着嘴，回家休息去了。

顾一菲倒不是对宁小凝格外照顾，她只是更加清醒。现在的宁小凝对于团队利大于弊。她更可能迷迷糊糊地做错事情，浪费更多人的时间。

只是这种清醒，如果不表明就显得温情，表明就显得无情。

顾一菲的心每天都悬着，因为每天都面临着新的问题。之前香水的坑算是填上了。接下来，要将整个活动周期全部盯下来，直到活动结束，她才能算是松一口气。

最近唐婷婷每天都来现场转一圈，她在现场拉着市场部和财务部的人四处转转，再拍几张照片。

顾一菲看在眼里，心中有些疑惑。她觉得唐婷婷不会是这么无聊的人，只是暂时还不知道这家伙的目的。

直到早上，顾一菲看到手机上君红推送的公众号文章，才恍然大悟。公众号上长篇报道着这边的活动，只是照片上总是有唐婷婷的身影，而且文章也提到了唐婷婷的名字。

顾一菲如此敏锐的人，立马想到了其中的问题。不过此时她并不在意这些，至于日后如何周旋，那就另当别论了。

董一凡最近在家专心修改着他的稿子，他给新书起名《寻香日记》。书样的设计已经完成，香水的设计也已经准备好了，剩下的就是让琼斯帮忙制作。

他的新作品是木质香调的香水，淡淡的檀香味。灵感来自他在日本轮岛旅行的时候，当地职人带他探访的古庙。

他将那些古朴的记忆化作一瓶香气，保留了下来。

香水的灌装和瓶子的制作，都让顾一菲安排了下去。因为之前做香水的缘故，顾一菲倒是对这个流程无比熟悉，现在做起产业链来更是得心应手。

新书的制作还有一些周期，所有的事情已经敲定，这段时间对董一凡来说，正好是一个空当。

在新书推出之前，他想再去一次轮岛，重新跟那里的职人聊聊。开启新书的时候，纸飞机想要拍摄一些视频配合新书推广。本来纸飞机想要带着团队陪着董一凡到轮岛拍摄视频，做成一组旅拍类的节目，但是董一凡拒绝了这个提议。

董一凡不喜欢带着一群人旅行，要照顾那么多人的情绪，或者被别人照顾他都不喜欢。很多人在一起的时候，频率总是会不一致的。

顾一菲的活动马上就要结束了，自己是不是还留在这里，对她来说也没什么不同了。

顾一菲知道董一凡要走，不过她也没多问。总之他的实验室还在，他迟早还是要回来的。

艺洲这边虽然没有因为这次活动盈利多少，甚至还有些亏损，但是这场造势活动让艺洲的品牌影响力得到了显著提高，这会在日后的市场上得到积极的响应。

白亦冰看到现在的状态，乐得合不拢嘴。他很喜欢挑战，只是年少多金，很少有什么事情真的难住他。

他想要表现给自己的父亲看，证明自己的实力。但是在老一辈人的参天大树下，想要出头也并不是那么容易的。

白亦冰在他父亲的商业帝国上有所建树，最好的方向就是他父亲不擅长的文化领域、文创品牌。

这一次他押宝很成功，让艺洲少了点房地产的土豪气，多了一点文艺气息。

他很欣赏顾一菲，并且越来越被她的风格吸引，现在他在考虑的事情是怎么追求顾一菲。

追求一个女生对他来说还是新课题，因为以前女生都会主动找上他，而他只需要在其中挑选即可。

该如何追求一个人反倒成了花丛高手白亦冰的一个头痛的问题。

最近他跟顾一菲接触比较多，也看到她跟董一凡总是形影不离，这让他有点不爽。

他坐在自己的办公室里，想着等这次活动之后，就让顾一菲远离这个项目，这样她也就不用跟董一凡有过多的商业往来。

白亦冰的这个想法正好跟马致远碰上了，只是他们并没有直接交流。但是两边都有这个意思的时候，事情就容易多了。

白亦冰对顾一菲的态度，顾一菲一搭眼就看出来了。女人的直觉都很敏锐，更何况是顾一菲。

白亦冰看她的眼神中，首先她是一个女人，然后才是合作伙伴。这一点，她十分清楚。

不过她并不在乎这些，做事就是做事。况且被白亦冰这样的人喜欢，也并不是什么坏事。只要处理好，总归是利大于弊的事情。

做品牌有两种方式，一种是老老实实地做品质，厚积薄发。另一种就是资本的大量注入，利用广告或者炒作的方式吸引更多的人关注。这两种，顾一菲都把握到了。

品质上君红的红酒绝对是性价比之选，而香水，按照国内的定价更是超值的。而流量方面，虽然没有在广告上下太大的功夫，但是互联网端已经积攒了大量用户。

其影响力直到活动结束很久，依然很明显。

终于将整个活动周期盯完，顾一菲已经瘦了一圈。她将活动的前后做了一个详细的报告发给了陈安平。

本来以为一切就这样过去，但是唐婷婷他们可不想让顾一菲这么圆满地结束任务。

宁小凝在活动结束之后终于康复了，不承想她上班第一天就火急火燎地从外面跑进来。

"小凝，什么事这么急。"顾一菲看着她满头汗的样子有些好笑。

"一菲姐，又出事了。"宁小凝气喘吁吁地说。

"先喝点水，慢慢说，什么事这么着急。"顾一菲一皱眉，宁小凝这么风风火火的，她都能猜到出了什么事。

她这样的状态一定是上面又有什么安排。在君红第一年没什么感觉，但是到了第二年，这股子乌烟瘴气的劲头倒真是让她大开眼界。

"唐婷婷从财务转到市场部了！"宁小凝大口喘着气说。

"理由呢？"顾一菲冷淡地问。

"理由，理由就是在跟艺洲的合作中，她功劳很大，不但给了现金奖励，还按照她个人的意愿，将她调到了市场部。"宁小凝一口气说完。

顾一菲冷笑了一下，轻轻地摇了摇头。

再荒唐的事情，她现在都能接受。人间本来就是一出荒诞戏，有太多东西都不严谨得令人发笑。

既然上面喜欢这样乱搞，她当然没什么意见。现在，即便是哪天自己被直接开除，顾一菲都不会觉得意外。

只是她不想走，就一定有不敢动她的理由。

顾一菲摆了下手，说："无所谓了，反正公司是他们的，愿意怎么玩就怎么玩呗。"

宁小凝气得一跺脚，说："一菲姐，之前刘峰就是抢了你的功劳才被挖走的。现在唐婷婷又用你的功劳来邀功，她一定是在财务那边待不下去了，才利用你的功劳给自己转了岗位。真是太欺负人了，好事都让他们占了。"

顾一菲笑了笑，拍了拍宁小凝的胳膊，说："抢就抢呗，反正她又不是调回产品部，跟咱们还是有距离的。公司愿意怎么弄就怎么弄吧。反正还有陈总压着呢，他有办法的。"

顾一菲示意宁小凝先去工作，别在这些八卦上浪费时间。

在马致远的运作下，市场部配合唐婷婷做了一系列关于活动的报道。当然，不论是稿件还是照片中全都是唐婷婷的身影，关于顾一菲却只字未提。

马致远就是拿着这些材料，在私下向董事会的股东渗透，拉来他们的支持。这样的人才，对他们来说就是摇钱树，更何况还是自家人，所以当然会全力支持。

在大会前，大部分能打通的关系，马致远都已经打通好。等到开会的时候，陈安平已经无法改变什么了，他变成了被通知的对象。

现在顾一菲什么都不必做，陈安平自然会出手的。不然他这个总经理也不用做了，一个被明目张胆架空的光杆司令确实有些可悲。

唐婷婷如愿以偿地转去了市场部，对顾一菲这边的工作没少挤对。她手下人在与产品部的人合作的时候态度也是极其恶劣。

手下人不断上来反馈，顾一菲却反常地没有声张。她安抚着手下人，不论市场部的人如何刁难，该做的计划依然在继续着。但是顾一菲会安排人送材料上去审批，至于是不是通过已经不再重要。因为不论市场部怎么说，产品部这边的计划在顾一菲的安排下还是如期进行。

顾一菲表面上没做任何反抗，但是面对这两套"政权"，顾一菲手下的人自然很是解气，这就是在狠狠地打市场部的脸。

马致远下一步就开始收拾顾一菲，他将劣质香水的事情揪出来，在董事会里面公开讨论。

这也是顾一菲最近不过于声张的原因。

马致远显然不会轻易放过她，亲自下场开撕。这种会顾一菲根本没有资格参加，也没办法当面对峙。

　　陈安平又被夹在中间，不得施展。但是陈安平也不是省油的灯，他自然不会就此善罢甘休。

　　没过几天，宁小凝这个小灵通又屁颠屁颠地从外面跑着回来。

　　顾一菲看了她一眼，笑着说："这次又有什么消息了？"

　　宁小凝一愣，说："一菲姐，你怎么知道我有消息啊？"

　　顾一菲无奈地笑着，说："你每次跑着回来，不都是有了新的八卦憋不住了想跟人分享。"

　　宁小凝脸上微微一红，说："一菲姐，你之前不是让我打听下刘峰在君红到底怎么样了吗？"

　　顾一菲点了点头，说："没错，怎么样了？"

　　宁小凝笑嘻嘻地说："今天早上，刘峰被君红的保安赶出了大厦！"

　　这倒是出乎顾一菲的意料，刘峰跟君红才合作没多长时间，按理说应该正处于蜜月期才对。

　　"因为什么事情呢？"顾一菲问。

　　宁小凝清了清嗓子，表情异常兴奋，说："他被发现学历造假，然后君红启动了内部调查，证实了这件事情。"

　　顾一菲眼睛瞪得大大的，她怎么也想不到刘峰是栽在这件事上。

　　"不会吧，刘峰至于学历造假吗？"顾一菲诧异地说。

　　宁小凝表情严肃，谁要是质疑她的小道消息，那才是对她最大的打击。

　　"保证消息来源可靠！"宁小凝旋即笑嘻嘻地说着。

　　"可是君红怎么到现在才掌握刘峰的资料呢？这个节骨眼怪巧合的。"顾一菲说完，恍然大悟。

　　她突然想起来最近没什么动作的陈安平，再联想到刘峰被挖走的事情，似乎另外一条线已经启动。

　　如果刘峰被挖这件事就是陈安平主导的呢？君红里面有人跟陈安

平有密切关系的话，自然愿意帮他演一场戏。

刘峰的资料，陈安平一定掌握得最清楚。这是一场局中局，好戏好像才刚刚开始。顾一菲莫名其妙地变成导火索，起码给了陈安平一个契机开始他的行动。

顾一菲长出了一口气，并没有宁小凝那么兴奋，反倒是有些担忧。

陈安平出拳了，那么马致远一定也会还以颜色。之后双方才好僵持着维持表面的和谐运作。

那么马致远会找谁动刀？无疑就是她顾一菲！

果不其然，很快消息再次传来。让市场部的人坐立不安。

因为跟艺洲合作的香水存在品质问题，导致公司形象受损。所以公司决定将顾一菲降职为产品部副总监，总监工作交由陈安平代理。

一系列的人事调动，并没有哪一方会取得决定性的胜利，只是双方在互秀肌肉。当然，公司能允许下面的人折腾，无外乎就是利润上还过得去。

利润上顾一菲倒是贡献了不少，现在倒是成了这些人折腾的资本。很是讽刺！

产品部人心惶惶，他们都习惯了顾一菲的领导风格，也很欣赏她。

"大家安心工作，不要受那些事情的影响。"顾一菲站在办公室的中央拍了拍手，说。

"真不知道公司是怎么想的！"宁小凝嘟着嘴说。

"就是，一菲，要不咱们一起去找陈总说说？"刘强叹了口气说。

顾一菲看着他们，欣慰地笑了一下。

虽然她为了管理好团队，也用了点手段，但也是不得已。用孟子的话说："予岂好辩哉，予不得已也！"

玩手段，她自认没怕过谁。但是说到底她并不喜欢这样。真情永远可贵，但是顾一菲更明白世态炎凉。

她拍了拍手，说："大家好好工作吧，最近酝酿的计划都要动起来。虽然之前咱们的表现不错，但是后面的产品一样重要，马虎不得。"

顾一菲说完走了出去，她的平静让所有人都很疑惑。

对于以前的顾一菲来说，一个项目被打下来她都要闹上去讨个说法。可是现在，连她最在乎的职位被剥夺，她都没有一点抵触的情绪。

众人中只有宁小凝若有所思地看着顾一菲走出去的方向，暗自思索。

她的小脑袋当然想不出顾一菲下一步要做什么，但是她知道，事情一定不会这么简单就过去，不然她就不是顾一菲了。

她叹了口气，说："猜不透猜不透，成年人的世界实在是太复杂了！"

想不通就不想，这是宁小凝的人生格言。所以她才能时刻都让自己开心起来。她嘿嘿一笑，就像是在追电视剧一样，期待着顾一菲接下来的反击。

顾一菲走出办公室到外面的咖啡店点了杯饮料坐下，优哉游哉地喝着饮料。

她不着急，那么就该陈安平着急了。现在两边斗得你死我活，拉开架势互相噬咬。顾一菲的作用已经发挥完了，就是用业绩让陈安平拿到了话语权，下面就该陈安平出力了。

顾一菲这把枪，可不是无脑向前冲，当炮灰用的。她要的就是陈安平将事情处理得差不多的时候，再被请出来压阵。

何况现在顾一菲有了新的打算！这次活动让顾一菲看到了香水在国内的潜力。作为一个新兴的发展中国家，国内的经济一日千里，带动的消费也是水涨船高。

现在对于很多消费者来说，已经不是买得起的阶段了，到了卖得好的时候。在国内很多领域都是真空，有着巨大的市场可以开发。

在红酒这条路上，顾一菲已经摸到了天花板。红酒在很早的时候就已经开始讲求品牌，尤其是被推广进国内之后。即便是国内的红酒品牌也一定会起一个洋名字，或者到香港注册，镀个金。

红酒想要做个人品牌，对顾一菲来说还远远不够。起码她的大众认可度是不够的，但是如果现在转入香水行业就另当别论了。

董一凡现在想做的就是个人品牌，这是很好的一个契机。毕竟顾一菲之前也是做设计起家，对于设计这方面有着独到的见解和强烈的个人风格。尤其是将香水产业分化之后，她只需要做好设计工作，调香等化学相关的工作都可以由调香师来完成。

这个职业定位对她来说再适合不过，这就是她下一步想要发展的。既然要做香水设计，必要的知识当然是不可或缺的。这方面，一个现成的老师就是董一凡。

太阳透过大落地窗照在顾一菲身上，暖洋洋的。

她伸了个懒腰，在这一个小时之内，整理好了自己的思路。

顾一菲站起身走了出去，迎面正碰上唐婷婷。冤家路窄大概就是这么个意思吧。

唐婷婷故意挡在顾一菲面前，颐指气使地跟身后的人交代着工作。

"最近把香水方面的工作交接一下，咱们要比产品那边做得更好才行。"唐婷婷说完转过头看着顾一菲，故作吃惊地说："呀，这不是顾一菲嘛。都怪你运气不好，听说最近被降职了？"

顾一菲根本不想搭理她，在她看来唐婷婷的行为总是显得那么幼稚。

她不想说话不代表唐婷婷就会放过她。

唐婷婷看顾一菲不说话，冷哼了一下，说："还在这装，香水那边的工作你以后不用做了，接下来我们市场部会接管你的工作跟艺洲对接。"唐婷婷凑近顾一菲说。

对于这个顾一菲倒是有点意外，她知道唐婷婷一直惦记着这个案子，但是她屡次插手都碰一鼻子灰，没想到现在还来掺和，这是有多不长记性。

"好好好，你去做，你去做。"顾一菲淡定地说着。

她的态度倒是让唐婷婷始料未及，她本想着顾一菲最在乎的案子被抢她能露出点气愤的表情，可哪承想，她这么淡定！

唐婷婷心中暗想她一定是装的。

"怎么，气不过？"唐婷婷继续说着。

顾一菲被她纠缠得有些烦了，说："我有什么好生气的？"

唐婷婷双手交叉在胸前，说："一会儿命令就会给到你，以后艺洲这边所有的工作都交到市场部这边。你会没有反应？"

顾一菲笑了一下，说："就现在公司的状态，你跟我说什么我都信。业务交给你们，没问题。随时拿走，不客气。"

唐婷婷瞪着眼睛，说："在公司想跟我斗，你也不看看自己几斤几两！"

她咬着牙，却又不能把顾一菲怎么样。这家伙现在油盐不进，让唐婷婷恨得牙直痒痒。

"你还是省点力气吧，既然想接手香水的案子，起码要能拿到货吧。"顾一菲从唐婷婷身边走了过去，拍了拍她的肩膀说："给你点提示，法国生产的！"

顾一菲说完走了过去，要是没几手压箱底的东西，她怎么在这个错综复杂的地方混下去。

唐婷婷被顾一菲的话气得不轻，在她身后大声说："死鸭子嘴硬，咱们走着瞧。"

顾一菲头也没回，回了办公室。

没过多久，陈安平的秘书来到办公室。

"一菲，陈总让你去办公室一趟。"

顾一菲答应着，说："我马上过去。"

陈安平终于还是坐不住了，主动地找了过来。

顾一菲缓缓站起身，想去会一会陈安平，看看陈安平的葫芦里到底卖的什么药。

自己这么淡定，那就该陈安平不淡定了吧！顾一菲想想倒是觉得很有趣，她来到陈安平的办公室门前，敲门走了进去。

"陈总，您找我？"顾一菲走进去，坐在陈安平对面。

陈安平看着顾一菲，倒真是有点头疼。

他自然是喜欢一个精明能干的手下，但是这样的人，也往往难以管教。

"香水的事情，要交给市场部做了。"陈安平看着顾一菲说。

顾一菲点了点头，说："我知道了！"

陈安平诧异地看着顾一菲，说："你怎么知道的？决定才下达不久。"

"那个，刚刚碰到唐婷婷了。她自然不会放过在我面前嘚瑟的机会了！"顾一菲无奈地说。

陈安平哑然一笑，说："你知道为什么把这边的业务从你这里拿走了吗？"

顾一菲摇了摇头，说："不知道。"

"是艺洲公司那边提出来的！"陈安平给自己倒了杯茶，一边喝一边看着顾一菲。

"白亦冰？他为什么掺和这档子事？"顾一菲感觉全世界人都疯了，这白亦冰又在抽什么疯呢？

陈安平饶有兴致地看着顾一菲，说："我也很奇怪，怎么白亦冰会提这种要求。顾一菲啊顾一菲，我是该说你精明强干呢？还是说你红颜祸水呢？"

顾一菲疑惑地说："这话是什么意思？"

陈安平不知道顾一菲是不是揣着明白装糊涂，双手放在桌子上，说："白亦冰能提这样的要求，似乎是对于你跟董一凡走得太近比较在意。他强调的只是香水这边的合作交给市场那边，但是他还提出了其他的合作内容，就是由你来负责了。"

顾一菲的身体往后靠了一下，她白了陈安平一眼，说："你们男人是不是觉得女人都会围着你们转呢？"

陈安平没有反驳，也没有否认。

顾一菲冷静下了一下，说："你这是赤裸裸的性别歧视。我搞定董一凡，靠的是我自己的人脉还有坚持不懈的努力。而艺洲，之所以能跟君红建立这么多合作，靠的是董一凡的名声。"

顾一菲的语气一点都不客气，怼得陈安平一句话也说不出来。

陈安平平时温文儒雅的劲头，让顾一菲怼得一句话也说不出来。

陈安平笑着摇了摇头，说："你可别在这上纲上线，这话可不是我说的，是马致远说的。要不，你去跟他较量较量？"

顾一菲白了他一眼，说："你们这些直男癌，他爱说什么说什么吧。我不在乎。"

她说完，笑了笑，说："你是不是特别期待我再次冲上去跟他们正面刚。我也不傻，你们还是自己较量去吧。"

陈安平倒是没想到顾一菲回答得这么干脆，说："你是要放弃？"

"我可没说放弃，也没说不挺你。已经到这个地步了，你干吗还吞吞吐吐的。有什么话就直说呗，你想让我帮你做事，或者说帮你稳住局势，这都没问题！"顾一菲看着陈安平说着。

"问题是，我该做的已经都做了，现在该你了。如果你还是这样左怕狼右怕虎，那就没什么意思了。你现在与其要我的态度不如说你自己表明态度。否则我何必陪着那群公子哥儿玩过家家呢？"顾一菲接着说。

她可是一点都不客气，陈安平拿她当枪使，这没问题，但是她还是要看看陈安平值不值得。

陈安平的眼睛微微眯起，顾一菲的话总是出乎他的意料，让他有些头疼。

"你还真是让人头疼啊。"陈安平叹了口气说。

"有吗？我多听话呀。"顾一菲无辜地说着。

陈安平没好气地看了她一眼，说："我从去年让刘峰走，不就是在给你铺路吗？你还要我表什么态？"

顾一菲摆了摆手，说："刘峰那不算，如果我没猜错的话，他学历造假的事情也是你弄出来的吧。只是你这样也很没意思，属于隔靴搔痒。如果你这种程度的警告有什么实质性的作用的话，那么你也就不必这么辛苦地盘算了。"

要么大刀阔斧，要么就安稳地做空壳总经理。反正福利待遇又不差你的，何必这么拧巴呢。

"你说完了？"陈安平淡淡地说着。

"说完了就好，现在轮到我说了。"陈安平笑着说。

"公司这边的事情确实很复杂，大老板一直有心做股份制改革，但是为什么一直执行不下去？这里面有老太太的因素。清官难断家务事，这群人只要忽悠着老太太在里面捣乱，那么改革就无从谈起。而我，并没有像你想的那样，不温不火地跟他们玩过家家。处理刘峰也不是互相抛底牌。"陈安平语重心长地说着。

"今天叫你过来，就是跟你说一下艺洲的安排。至于别的事情，还要再等一段时间。"陈安平靠在自己的椅子上，又是一副老神在在的样子。

顾一菲看着他，突然有了一种上当的感觉。

姜还是老的辣，陈安平这是在套自己的话。顾一菲叹了口气，轻轻地摇了摇头。

陈安平看着她垂头叹气的样子，觉得很有趣。

"你想低调，就低调吧，产品部部长是我兼任的，职权还是在你手里。"陈安平说完示意顾一菲回去工作吧。

顾一菲摇着头走了出去，江湖险恶，江湖险恶。

走出陈安平的办公室，顾一菲也没心思回办公室了。她直接走出了公司，坐车去了董一凡家。

自从活动结束，自己有几天没去看望董一凡了。

走进大厅，看到门口放着一个大行李箱。

"你这是要去哪里啊？"顾一菲看着坐在里面的董一凡说。

董一凡抬头看到顾一菲，笑了一下，说："我怕你忙，就没跟你提。这段时间你已经够忙了，我想去日本看望一位朋友。"

顾一菲没说什么，走到董一凡旁边坐下。她四处看了看，保持着沉默。

董一凡起身给她倒了杯茶，说："最近工作顺利吗？"

"怎么想起问我工作的事情了？"顾一菲问。

"嗯，你们公司的唐婷婷联系过我，说想要接手香水的案子。"董一凡说着，自己喝了口水。

顾一菲倒是不意外，淡定地说："香水的工作已经交出去了！"

董一凡看着顾一菲淡定的样子有些意外，他疑惑地说："你居然这么平静？"他左右看了看顾一菲，怀疑眼前的顾一菲是不是被调包了。

顾一菲长出了一口气，向后舒展着身体，说："我能怎么办呢？我争强好胜不假，但也是在他们的地盘啊！"

她索性向后躺了下去，下面是一层羊毛编织地毯。顾一菲躺在上面还挺舒服。

董一凡发觉了顾一菲的异常，之前他听顾一菲说过关于公司的事情。在一个曾经的家族企业，能力越强就越容易触碰到这里的天花板。

董一凡自顾自喝着水，不知道如何去安慰顾一菲。这种事情，他没有亲身体验过，只能沉默地坐在一边。

顾一菲侧着脑袋，看向门口的行李。

她躺在地上，说："你要出门吗？"

董一凡顺着顾一菲的目光，看到了一边放着的行李箱。

看着行李箱的时候，顾一菲倒是生出了点离愁别绪。

"我准备去日本轮岛拜访一位朋友。"董一凡说。

顾一菲躺在地上，侧着头，目光一直盯着那个行李箱。

"轮岛是什么地方呢？"顾一菲问。

"轮岛是日本石川县北部的一个城市，在日本能登半岛的最北端。"董一凡说着，望向顾一菲。

当顾一菲转过头，视线与董一凡相接之前，董一凡又将视线转到了窗外。

"轮岛面向日本岛，盛产漆器、朝市、御阵乘太鼓。是一个很有意思的地方。我的朋友是一名漆艺师，他住在轮岛已经十几年了。"董一凡说着，仿佛人已经到了日本。

顾一菲叹了口气，说："又是一名神仙吗？"

董一凡没听懂顾一菲的话，说："他叫山崎一郎，是一名很有名的漆艺师。"

顾一菲坐起身，无奈地说："你要去多久呢？"

董一凡沉默了一下，说："目前还不好说，这段时间我其实做了很多事。就像一个水杯，已经满溢，没有办法再装入更多东西了。"

顾一菲点了点头，说："还是你潇洒，现在我最奢望的就是能给自己放个假。"

她回想起跟董一凡打交道的这几个月，很多事情像幻灯片一样在眼前过。

"你说，你为什么会帮我呢？"顾一菲转过头，认真地盯着董一凡看。

董一凡躲避着她的眼睛，说："什么事情都需要一个理由吗？"

顾一菲一挑眉毛，说："我也觉得不需要，但是这个答案说服不了别人。"

"我又不需要说服任何人，所以对我来说不算个问题。"董一凡说。

"他们都不认为我是凭借自己厚脸皮和行动才让你出山的。"顾一菲淡淡地说。

类似的事情，她已经经历很多。

"你需要跟他们解释吗？"董一凡皱着眉说。

"不需要，我才懒得理会他们的猜测，只是觉得有些许悲哀。"顾一菲说。

旋即，她叹了口气，说："我被降职了。"

董一凡听到这个消息之后，整个人都愣住了。顾一菲最在乎的就是她的职业，现在一再遇到打压，也实在是受够了这些。

"是那个唐婷婷的原因吗？"董一凡问。

"也算，也不算吧！对了，香水的事情你怎么回复她的呢？"顾一菲好奇地问。

董一凡摸了摸鼻子，说："我已经打发她了。"

"你怎么说的？"

"我说让她找我的经纪人聊，之后就将你的电话发给了唐婷婷。"董一凡淡淡地说着。

顾一菲听完，忍不住笑了笑。

估计唐婷婷看到顾一菲电话的时候，表情一定很有趣。

"你可真行！"顾一菲笑着说。

"谁让她欺负你的，我自然也不会跟她合作。"董一凡说得斩钉截铁。

顾一菲往前探了探身子，说："真义气！"

她说着竖起了拇指，接着说："没白给你做饭，不错不错。"

董一凡说："她能给出的，只是各种物质条件。她是一个完全不懂艺术的人，我不知道她为什么对做这样的事情这么有热情，怪吓人的。"

"这你就不懂了吧？所谓专业的人做专业的事，不过是一种说辞。也许做事的人是专业的，但是管事的人，往往都是业余的。"顾一菲说。

董一凡的表态给顾一菲吃了一颗定心丸。要是董一凡彻底觉得厌烦，将琼斯这边的工作授权唐婷婷转化到国内，那么对于顾一菲来说完全丧失了主动性。

靠着董一凡，她就有底气继续在公司跟那些人纠缠。

想到这里，顾一菲看了董一凡一眼。

顾一菲一直觉得自己在设计董一凡，而这一系列事情的推进虽然受到了阻力，但是都顺利地进行下去了。

董一凡在这个过程中，似乎沦为了一个任由顾一菲安排，没有主意的角色。

但是直到董一凡说出，会支持顾一菲的时候，她才发现，董一凡实质上并不被动。

董一凡一直在用自己的行动给顾一菲撑腰，他配合着顾一菲做产品，默认自己只认可顾一菲。

这一切，完全都在董一凡的掌控之中。只要他不松口，顾一菲在公司就有一席之地。

她眯起眼睛看着董一凡，说："我才发现，你隐藏得够深啊！"

董一凡摸了下鼻子，说："你这话，什么意思啊？"他瞪着大眼睛，不明白顾一菲的话是什么意思。

顾一菲长出了一口气，说："我一直认为能完成一切是靠自己的努力，现在看来，好像还有别的因素。"

董一凡低着头，说："你是女强人嘛，事事都不愿意让别人帮忙，你不会愿意在别人的帮助下更进一步。只是这个世界上，不论男人女人，又有哪个是单枪匹马就取得成功的呢？没有人是不依靠其他人的。"

第十四章　四目相对

顾一菲明白董一凡的意思，她有着自己的骄傲。她不需要别人的施舍，她需要的是，让自己占据主导权。

她一直在通过自己的努力，在现实的生活中寻求一种自我实现。

她绞尽脑汁想办法设计董一凡，只是人家一个无招胜有招一下子就给破解了。表面上被设计的董一凡，实质上却是自己主动推进。

董一凡看着顾一菲，说："你在想什么？"

"我在想你说的话。"顾一菲说。

"你不要过多在意那些人的想法，只要咱们坦坦荡荡，问心无愧，做好自己就可以了嘛。"董一凡喝杯水，一贯的那么养眼。

顾一菲迟疑了一下，然后笑了笑，说："那么如果我心中有愧呢？"她看着董一凡的眼睛，身子往前凑了一点，逼近董一凡。

董一凡也看着她，四目相对，仿佛一切都静止了一般。

几秒的时间，董一凡红着脸移开了视线。

顾一菲看着他脸红的样子，叹了口气，心中说："还真是一个纯情的傻子。"

"喝水真没劲，咱们还是喝点酒吧。"顾一菲打破了沉默，自己起身找了瓶酒。为了防止董一凡暴殄天物。顾一菲在董一凡家放了不少自己的酒。

要是董一凡再晚一秒避开视线，先动的人就是顾一菲了。

她背对着董一凡在书架上筛选着想喝的酒，也趁着找酒的间隙缓和着自己的心跳。

她拿着一瓶奔富的红酒，走了回来。

"你知道奔富吗？"顾一菲将酒打开，倒进醒酒器。

"听说过，不过没有过多的了解。"董一凡看着顾一菲的动作说。

顾一菲一边倒着酒，一边说："奔富酒庄位于南澳赫赫有名的巴罗萨产区。巴罗萨产区是一个相当有趣的产区，这里密密麻麻地聚集了众多澳大利亚优秀酒庄。他们有着各不相同的酿酒理念，有些酒庄，例如奔富、百兔、酝思古纳华拉等崇尚酿造高品质葡萄酒的理念。而另外一些则例如杰卡斯、利达民、禾富这些走完全商业化的路线，每一瓶葡萄酒均按照大众化口味来酿制，以讨好尽量多的爱酒之人。"

她说完，看着董一凡，笑着说："听起来是不是像是咱们两个之间的分歧？"

董一凡轻轻地摇了摇头，说："我不喜欢单纯说教，也不喜欢别人都跟我一样。我虽然有自己的坚持，但是我从来不反感别人跟我不同。"

他最怕顾一菲因为自己失去了以往的那种活力。生命的自我实现有很多种方式，顾一菲的路是哪一条，他也不清楚。

他从顾一菲身上看到了很多种可能，这也是他喜欢帮助顾一菲的理由。

顾一菲将酒杯递给董一凡，说："你是大神嘛，你会为别人改变吗？"

董一凡摇晃着酒杯，闻着里面酒精散发出的味道。

"人为什么一定要改变呢？"董一凡看着酒杯中的红色酒体说。

顾一菲喝了一口酒，说："有很多理由吧，比如喜欢上一个人，或者为了完成某件事情。"

顾一菲知道董一凡的酒量，所以每次只给他倒一点。其余的酒都被自己喝了。

董一凡看着顾一菲，说："也许吧。你知道山崎一郎以前是做什么的吗？"

顾一菲摇了摇头，她倒是对董一凡口中的那位朋友有了点兴趣。

"山崎一郎之前是一名记者，而且是日本最畅销的报纸里面开设专栏的记者。他的报道会有大量读者跟读，他的影响力甚至能左右政治力量。"董一凡喝了一口酒，眼神有些迷离，整个人陷入了回忆之中。

"一郎的影响力很大，同时他也变得越来越不安。因为没有人会一直正确，而他的读者，都渴望透过他的报道，知道事情的真相。很多人来收买，甚至恐吓他。以往快言快语的他，逐渐变得沉默起来。"董一凡说着，站起身，走到一边的书架上，双手拿起一个造型优美的碗。

这只碗不论是造型还是颜色都十分具有观赏性。

"一郎发觉这不是他想要的人生以后，马上放弃了一切，带着妻子搬去了轮岛，在所有人诧异的眼神中做起了匠人。"董一凡说着，将手中的碗递给了顾一菲。

"这是他去年送给我的礼物。在他们这些职人中，也有很多不同的理念。在一郎看来，器物的出现就是被拿来用的。所以设计之初就要保持其用的本质。但是其他职人，开始将器具作为艺术品。为了追求艺术的美感，往往可以忽略，甚至牺牲其用的本质。"董一凡喝了一点酒，接着说："这个世界很复杂，并不是非黑即白的。也没有绝对的真理。所以你说改变好还是不改变好呢？一郎也是有改变也有坚持的。"

顾一菲叹了口气，说："我不相信二元论，但是我相信自己想要的东西。我的目标是一定的，所以我不在乎过程如何曲折。我不在乎改变还是不改变。"

顾一菲把玩着手中的漆碗，手中是光滑的触感。这样一个碗完全就是一件艺术品，一般人哪会拿来使用呢？

董一凡看着顾一菲把玩着漆碗，想了想，说："要不你跟我一起去轮岛转转？也许会帮助你想通很多事情。"

顾一菲笑了笑，看着董一凡说："我有什么好想通的。只要赚钱，怎么样都可以。"

董一凡认真地看着顾一菲，说："可是我怎么感觉你的原则性比我还强。如果你愿意同行的话我可以安排。毕竟你这段时间也挺累的，总该给自己放个假。"

顾一菲身体往后仰着，躺到了地上，说："这倒是，毕竟我已经降职了，而且还有年假可以休。我明天就去请假，跟你去轮岛走一遭。"

她有些醉了，大声说着。

董一凡看着顾一菲红扑扑的脸蛋，自己的脸上也微微红起来。他赶紧将头转向一边，不让顾一菲察觉自己正在看她。

他偷眼看着顾一菲，心中生出几分欢喜。

顾一菲在地上躺了一会儿醒了酒，坐起身来。

"饿了吧，出去吃点东西？"顾一菲说。

董一凡点了点头，赶紧将桌子收拾好，然后跟着顾一菲走了出去。

这个荒无人烟的地方连个像样的饭店都没有，溜达了一会儿，董一凡尴尬地摸了下鼻子。

"要不，咱们还是回家吃泡面吧！"董一凡说。

顾一菲叹了口气，说："你的技能点可能真的全部加到香水上面去了。去超市买一点葱，我给你做葱油面吃吧！"

董一凡连忙点头，听名字就觉得好吃。

走到超市，买好了材料，董一凡两只手都拎着大袋子。

顾一菲白了他一眼，说："不会做饭就只能做苦力，知道了吧！"

董一凡笑了笑，说："如果天天都有好吃的饭菜，做苦力心里也是甜的呀。"

"呸，想得美，以后唐婷婷跟你合作，你让她给你做饭吃吧。"顾一菲说。

她快走了几步，董一凡小跑着追了上来。

"对了，你那个红颜知己，庄青怎么样了。上次展会的时候我都没去关注她。"顾一菲若无其事地提了一嘴。

"她的展会我去看过，新品也很受欢迎，这段时间她还想跟我继续合作联名产品。这个案子被我压着，还没有给她答复。"董一凡说着，突然脚下一疼。

顾一菲穿着的小高跟，正好踩在了他的脚面上。

董一凡感觉自己的脚面已经被刺穿了一样，疼得龇牙咧嘴。

"抱歉哈。"顾一菲的道歉可以说毫无诚意。

她将董一凡抛在身后，自己往他家走去。

董一凡苦笑了一下，提起袋子，一瘸一拐地跟了上去。她跟庄青就见了一面，怎么跟仇人一样？

董一凡实在是想不通。或许她们上辈子有仇吧。

毕竟晚饭还要靠顾一菲来解决，他只能听之任之。

顾一菲虽然很恼火，但还是将菜处理好，做了一桌丰盛的晚餐。毕竟自己也饿了，她从来不亏待自己。至于董一凡，就当他是要饭的好了。

吃过饭，董一凡赶紧抢着去刷碗。在顾一菲临走的时候，董一凡将一张卡片递给了顾一菲。

"这是什么？"顾一菲疑惑地问。

董一凡站在一边，说："里面有我去日本的航班信息，如果你感兴趣的话，可以跟我一起去转转。我觉得到那边认识一些比较有趣的匠人，或许会给你一些不一样的视角。还有就是，现在你们公司环境不太好，正好可以出去散散心。"

唐婷婷联系董一凡的时候，他就猜到了顾一菲目前的处境，他想将顾一菲的机票订了，但是又怕顾一菲觉得自己在安排她而排斥。

顾一菲看了看手中的卡片，说："再说吧，我先回去了。"

董一凡看着顾一菲走出去，心里有了些许失落。他喜欢独来独往，但是想到跟顾一菲一起旅行的时候，却十分期待。

当时合作香水的时候，顾一菲常来自己的院子。现在活动结束了，她还会常来吗？

董一凡不知道，所以现在只剩下了失落。

晚上董一凡搬了把椅子到屋外，虽然四周一片荒凉，但是在夜色下，一切都遮盖住了。

月光在郊外的土地上泛起银色光晕，他抬头看着月亮。身后是自己的住所，却不是他想要的那个地方。好在这段时间他攒够了钱，等从日本回来就去原来的地方将房子再租下来。不知道现在那座房子是不是有人住了进去。

他或许要去别的地方，找一座房子。又或许因此离开这个城市乃至离开中国。

风清月明，他想要告诉顾一菲，今天的月色很美。

几天后，董一凡收拾好了行李。他早就关闭了在中国使用的通信方式，也间接导致唐婷婷怎么也联系不上他。

登上飞往日本的飞机，他放好随身的行李，选择了一个靠窗的位置。

董一凡拿出一本书，放在桌板上。他一边看着书，一边等着飞机起飞。

就在他聚精会神看书的时候，旁边突然传来一个声音。

"您好，坐在这里的是我一位朋友，请问我们能换个位子吗？"

"哦，好的。"

董一凡身边的人起身，跟那位女士换了一个座位。

此时的董一凡正在聚精会神地看书，完全没有注意到旁边已经换了人。

飞机要起飞的时候，空姐要求大家将桌板抬起。

董一凡抬起头，看到旁边坐着的居然是顾一菲。

他瞪大了眼睛看着她，整个人都愣住了。

空姐一再提醒他系好安全带，连说了几遍，他才反应过来。

"怎么，魂都吓没了？"顾一菲靠在座位上说。

"没有，没有。你怎么突然来了？"董一凡吃惊地说。

顾一菲笑了笑，说："你以为我跟你一样是闲云野鹤吗？我当然要跟公司请假了。自从到公司以来我年假都没用过一次。"

她说完闭上了眼睛，早上收拾行李起得太早，现在她有些困了。

董一凡收起书，转头看着顾一菲。

飞机缓缓地上升，穿越云层又再次降落。虽然董一凡经常飞行，但是每次双脚离开地面都有一种不安全感。

但是这次顾一菲在他身边，让他安心了许多。因为跟顾一菲在一起时间好像都变得快乐一些，至少在感官上是这样。

一下飞机，语言不通的顾一菲只能跟着董一凡行动。

山崎一郎的车就在机场外面，远远地顾一菲就看见一个穿着抹布长衫的人。

山崎一郎不到四十岁的样子，周身整洁利落，有着一股子文人的气质。

平素里并不十分热情的董一凡跑过去，跟他拥抱在了一起。

"好久不见，一凡君。"山崎一郎拍着董一凡的胳膊说。

董一凡一只手捂着自己的胳膊，说："你比之前手劲更大了。"

山崎一郎笑了笑，他为人比较开朗，很爱开玩笑。他看到顾一菲，笑着说："你好，初次见面请多关照。"

顾一菲笑着说："我早就听说过大名，久仰了。"一个会说中国话的日本人，果然交流起来舒服多了。

山崎一郎拉着董一凡的手臂，说："这位是你的女朋友吗？"

董一凡脸一红，连忙说："不是，不是。是一位朋友！"

"朋友？"山崎一郎不相信地问。

"朋友！"董一凡跟顾一菲异口同声地说。

山崎一郎看着两个人笑了笑，突然拍了一下脑门，说："对了，忘了跟你说。我有一位朋友最近也来到这里。"

三个人一边说话一边往停车场走去。

"你的朋友？"董一凡疑惑地问。

"对，她好像是听说你要来轮岛，所以才过来的。"山崎一郎笑着说。他一边说着，一边又看了看顾一菲。

顾一菲瞪了董一凡一眼，说："怕是什么时候欠下的情债找上门了吧？"

"你胡说，我才没有。"董一凡说着，三个人已经到了地方。

这个时候，从一辆车上走下一位漂亮姑娘。

顾一菲一看，恨不得现在就掐死董一凡。眼前站着的，不是别人，正是庄青。

不光顾一菲吃惊，连董一凡也很吃惊。

在顾一菲杀人般的眼神的注视下，董一凡苦着脸看着顾一菲，说："上次，展会上我提过一次，之后我再没有见过她。"

"是吗？我怎么觉得我现在有些多余了呢！"顾一菲说着将头撇了过去。

董一凡觉得无比头大，这两个人怎么总能碰上。

在自己家如此，在展会如此，即便到了日本还是如此！

庄青朝着他们走了过来，看着董一凡笑着说："很惊喜吧，我是先到了这里，才知道你要来看望的友人就是山崎一郎。"

董一凡礼貌地笑笑，想要伸手跟对方握手，却瞥见顾一菲的眼神之后，乖乖将手插进了裤兜。

庄青笑了笑，说："好久不见。"

"真是好久不见，没想到来日本还能碰见你。"顾一菲冷淡地说。

庄青笑了笑，说："在展会的时候就听一凡说想到轮岛散心。正好我手头上的工作也告一段落。被他一提，想起了轮岛的老朋友山崎一郎先生。只是到了日本才发现，原来我跟一凡认识的是同一个人。"她笑了笑，接着说："倒是没想到一凡跟顾小姐同行。"

顾一菲说："是啊，怕是打扰到你了，这么用心制造巧合可真不容易。"她说完朝着车子走了过去，拉门坐到了副驾驶的位置。

庄青并没有因为顾一菲的话而产生什么情绪波动，走到董一凡面前，说："走吧，咱们边走边聊。"

董一凡看了一眼山崎一郎，眼神在说："你怎么不提前告诉我？"

山崎一郎也看着他，眼神在说："这不是没来得及嘛。"

回去的车里面气氛也诡异到了极点，顾一菲坐在副驾驶一直看着窗外。

庄青跟董一凡坐在后排，她不停地找着话题跟董一凡聊天。

"对了，我说的项目你考虑得怎么样了？"庄青说。

"你是说联名香水产品？"董一凡回复着说。

庄青点了点头，说："你想好了吗？有什么问题你尽管提出来。设计上也以你为主。"

顾一菲眼睛看着窗外，耳朵却听得真切。

董一凡突然想起了那天晚上自己被顾一菲踩的那脚，仿佛就在眼前。他连忙说："这个事情，我觉得并不适合我现在的发展方向。我的工作可能要停一段时间，并且回去之后很多事情还不确定如何开展。"

董一凡小心地说着话，总感觉自己后背发凉，或许他就不该来日本。

董一凡暗自叹了一口气。

山崎一郎的家在乡下，几户人家都各自盖起独立的院落。旁边的几户人家也是匠人。有的做碗坯，有的做时绘，分工不同，各司其职。

安顿下顾一菲和董一凡，山崎一郎的夫人已经做好了饭，等着他们开饭。

日本顾一菲还是第一次来，尤其是到了职人的家里，四处的器具对她来说都很新奇。

吃过饭之后，董一凡拿出自己带着的摄录机，跟山崎一郎，说："这次我想拍一点视频回去，你帮我拍一下吧。"

董一凡这次来轮岛，也是要为纸飞机出书做一些素材。

"我们去后面的山上转转吧。"董一凡说。

庄青很捧场地笑着说："好啊！"

顾一菲没说什么，回自己的房间换了双旅游鞋。

从山崎一郎家后门出去，走了不到一公里就进入到了山里。一路上山崎一郎不时对着树木说着话，还一边打招呼。

"百岁君，别来无恙。"

"呦，今天气色不错嘛！"

"我看看，你又长大了没。"

顾一菲疑惑地看着山崎一郎的举动，不知道他在做什么。谁会跟这些树说话呢？

董一凡不知道什么时候已经走到了他的身边，说："因为日本人向来秉持万物有灵的自然观，当然，这也是神道思想的理论基础。在他们看来，人世间有八百万神明，桌子可以是神，树可以是神，甚至连用久了的铅笔也可以成神。人、神与世界乃是一体，之间有着千丝万缕的传承与关联。而地位尊贵的天皇，当然绝不可能只是渺小的人类，必须是拥有天神血脉的超凡之人。"

顾一菲认真地听着，点了点头。

董一凡眼前一亮，接着说："一郎对这座山十分熟悉，他知道每一棵大树的位置。每天进山也会跟这些树木打招呼。在自然中，他也就成了自然的一部分。"

董一凡随手摘下一片叶子，递给顾一菲，说："这就是这座深林的味道，你要记住它。"

顾一菲接过叶子，闻了闻，一阵清香传来，不光有树叶清新的味道，还带着一点不知道哪来的芳香。

山崎一郎拿着摄录机跟在董一凡后面，拍摄着董一凡的动作。

看起来他们已经做过很多次，彼此异常默契。

庄青不知道在哪里摘下一朵花，走到董一凡面前，递给他，说："你来闻一下这个花，好特别呀！"

董一凡接过花，轻轻地闻了一下。这朵花还没到真正芳香的时候，被摘下有点可惜。

在庄青错愕的表情下。他一边说着，一边将花放在了路边的草丛上。

顾一菲差点笑出来，这家伙未免太过不知道怜香惜玉了。不过倒是让她稍微解了一点气。庄青这样有学识又漂亮，身材又好的大美人，顾一菲都有一种我见犹怜的感觉，奈何董一凡这块木头一点不领情。

不过庄青对此也早已习惯，她像是没事人一样，跟在董一凡身边。

在山中走了一圈，董一凡从地上捻起一点苔藓，放在鼻下闻了闻。顾一菲很好奇，走到他旁边，也跟着闻了一下。

正常人谁会没事来闻苔藓呢？

一股清新潮湿的气味传到鼻子里，说不上好闻还是难闻，就是有一点新奇有一点怪异。

"这就是大自然的味道啊。"董一凡将手拍干净。

顾一菲环视左右，她在森林中的唯一感受就是空气湿润清新。好像不同的森林会有些许气味上的不同，但是顾一菲的记忆中也想不起别的森林是什么味道来。

"很多人都想把山水带回家，但是却被现实捆住手脚。"董一凡叹了口气。

在他看来，再好的转诉都不如亲自体验来得实在，身在其中的感受是任何描述都代替不了的。

"或许画面和声音可以通过摄影机记录下来，但是现场的温度、湿度、味道，用什么办法也无法直观地传达过去。"董一凡站在一棵树下，他一手抚摸着树干，一边说。

他轻轻地拍了拍大树，绕了一圈又回到了山崎一郎家的庭院。

顾一菲走了一圈山路，腿有些酸疼。坐办公室时间太久了，以至于走得双腿酸疼。她一回来就跑到院子里面的藤椅上坐了下来，一动都不想动！

山林间的宁静，倒是让她很放松。她长出了一口气，懒得理会董一凡。这家伙现在正在山崎一郎的工作室里摆弄着山崎一郎最新的作品。

　　这个时候，顾一菲的手机响起，她拿出手机一看，是宁小凝打来的。

　　"一菲姐，你怎么突然就请了年假。"

　　顾一菲打了个哈欠，说："怎么，陈总都批了，难道你不同意？"

　　"我哪里敢啊，就是你这突然一走，让我有点慌。"宁小凝嘟囔着。

　　"你有什么好嘀咕的，麻烦的事情唐婷婷都已经接手了。产品部陈安平接手了，我在公司干吗呢。"顾一菲说完，懒洋洋地坐在椅子上。

　　宁小凝想了想，说："一菲姐，你是不是还有什么计划呀，要不然的话，即便是想离开也不会就这么走了呀，要走也肯定是你自己想走。"

　　顾一菲一边捶着腿，一边说："你要这么看，如果你离开公司一段时间，公司里面一切正常，那么你也就没必要再待下去了！所以我离开这段时间，要是唐婷婷把一切都搞定了，那岂不是显得我过于没用了。"

　　顾一菲不屑地说着，如果唐婷婷完美地替换了她，那岂不是说顾一菲这些年都白混了。

　　"听说唐婷婷又把王亮找来了，不知道下面怎么搞。好像是为了提高利润，现在开始做国产化了。"宁小凝说。

　　顾一菲对此一点都不意外，唐婷婷想要在原来的基础上继续发展，那么只能从利润上下手。按照他们的理念，香水不出问题都很难。

　　"还有，一菲姐。听说艺洲专门为了香水，在商场中央布展。唐婷婷应该会负责具体的事务。"宁小凝有些着急，因为这种事明明顾一菲做得最好，现在却被降职。

她泄气地叹了口气，觉得没天理。

"办呗，到时候帮我盯着点。唐婷婷自己搞不定，应该还会请外援的。不过这都不是我关注的，我想知道陈安平到底怎么运作。他还要不要争权了，他要是怂，那可就没意思了！"顾一菲说。

宁小凝一听，眼睛立马亮了起来，说："一菲姐，原来你这是欲擒故纵呀。"

"什么呀，我这叫惹不起躲得起。现在这帮人黑了心地想要往上爬，也不管自己能不能撑住场面。到头来公司效益不好，倒霉的不还是我们。要是陈安平搞不定这些，我也懒得在君红做下去了。"顾一菲说着，站起身活动了下双腿。

"说来也奇怪，这两天，陈总也不在公司。好多人想找陈总签字却找不到人。"宁小凝说。

顾一菲笑了一下，说："人家玩神隐，逼宫呢，再等等。公司那边的事情你帮我顶一下，产品的事情你跟刘强打个招呼，让他多上点心。"

"得令。"宁小凝说完挂断了电话。

顾一菲对自己很有自信，所谓珠玉在前，她不信唐婷婷能做得比她好。虽然白亦冰脑袋抽抽，要求把自己换下来。但是他并没有更好的人选，到时候等着哭吧。

王亮那个水平，在国内做做日化香精还可以，做高端香水，他还差得远。之前的劣质仿香已经让艺洲吃不了兜着走了，她不相信白亦冰不长记性。

想想自己是靠着红酒起家的人，却要靠香水在业内混，真是有趣。

这个时候山崎一郎的妻子松子端着茶盘走了出来，将茶放在顾一菲旁边的桌子上。

"请喝茶。"松子轻声说。

顾一菲坐起身，说："您客气了。"

松子坐在她的旁边，笑着说："你是董一凡的女朋友吗？"松子的英语说得很不错，让顾一菲放松了下来。

"不是，你们怎么都这么问？"顾一菲无奈地说着。

松子笑了笑，说："董一凡总是独来独往的，这么多年他从来没带女孩子一起旅行过。"

"哦，是吗？那不还有庄青呢吗。"顾一菲朝着董一凡的方向努了下嘴。

松子看向了董一凡的方向，说："庄小姐是自己过来的，董一凡并不知道她在这里。"

松子说完笑了一下，说："你来之前，董一凡打过电话过来，让我把他之前住的房间收拾出来给你住的。虽然他一年也来不了一回，但是那间房子一直都是董一凡自己住的。"

"算他有良心。"顾一菲看着董一凡在跟山崎一郎讨论着一个漆碗。

"你怎么选择跟一郎先生到这里生活的呢？"顾一菲边喝茶边问。

松子温柔一笑，眼睛中满是柔情，说："当时我们两个都在报社上班，一郎已经是名气远播的记者。但是我发现他越来越不幸福，心也漂浮不定。当初我们以为只要够努力，坐到更高的位置一切都会好起来。但是到头来我们还是走进了死胡同，一切都变得越来越糟糕。"

顾一菲不知道他们那个时候经历了什么，但是也不方便打探别人的隐私。在都市中打拼的人，每个人都有自己面临的问题。

"后来呢？"顾一菲有意跳过那些隐私的部分。

松子微微一笑，她低下头，将散落的长发别在耳后。

"我们取得了预想中的成功，却不知道自己想要什么。刚好那段时间一郎在一个展会中遇到了漆器大师坂田雄一先生。也是在坂田先生的引荐下，一郎毅然选择辞职搬来轮岛做匠人。"松子述说往事，脸上十分平静。

在这个与世无争的世外桃源里，他们享受着最古朴的生活。松子在家料理家务，刚搬来的时候，只能寄住在一座多年没有人居住的老房子里。

松子本来并不精通家务，但是在邻居的帮助下一点点熟练起来。从一间破房子，到山崎一郎作为学徒终于可以独当一面的时候，领到师父给的一点奖金。

他们积攒着钱过日子，最后盖了一间属于自己的房子。

"刚开始做漆器的时候，一郎一接触到漆料就过敏，每天都要给他搽药。老师送来一些薄牛肉给他敷在皮肤上。那时候我们几天都吃不到肉，却只能用肉来敷皮肤，实在是很可怜呢。"松子笑着说。

顾一菲也跟着笑了一下，松子对山崎一郎的爱是藏不住的，言行间都是满满的爱意。

"做职人很辛苦吧。"顾一菲说。

松子点了点头，有些心疼山崎一郎，说："一郎开始决定辞职来轮岛的时候，所有人都是反对的。那个时候他做了六年学徒，其中难免有自我怀疑的时候。那个时候的一郎，内心一定很痛苦吧。"

顾一菲叹了口气，成年人的世界没有什么是容易的。

不过人生还是充满可能性的，就像那句话：要种一棵树，要么在十年前，要么在现在。

董一凡走了过来，说："你们在聊什么？"

顾一菲白了他一眼，说："告诉你干吗，庄青大老远跑到这找你，你还不赶紧陪着去。"

董一凡摸了摸鼻子，说："明天晚上在轮岛海边有民间祭烟花秀。要一起去看吗？"

松子在一边赶紧说："烟花表演很漂亮哦，全日本都很有名的。"

顾一菲说："既然来了，那就一起去看看呗。纸飞机的视频材料你准备得怎么样了？"

董一凡挠了挠头，说："森林中这段剪一下应该不错，但是好像还不够。"

顾一菲想了一下，说："那烟花秀的时候我给你拍一段吧。之前你不是说：不歌颂永恒，只追求瞬间乍现的美感。这个感觉跟烟花很像，那种绽放的美感，或许你会有感悟吧。"

松子笑着说："一菲的头脑真的很灵活呢。"

董一凡嘿嘿笑了笑，回到了工作室。松子跟顾一菲告辞去准备晚饭。

顾一菲喝着茶，看着远处的青山，心里盘算着公司的事情。所谓的放下，真不是一般的境界。

君红现在就是一锅粥，她要在这里面理清自己的位置，并且找到自己的利益平衡点。

就在这个时候，庄青走到了顾一菲身边。

顾一菲看了她一眼，叹了口气，怎么越想远离，这家伙就越跟得紧。

"没想到你也来到轮岛了。"庄青站在一边说。

顾一菲靠在藤椅上，笑着说："是啊，我也没想到。不过董一凡想让我陪他过来。"她轻描淡写地说着。

庄青耸了下肩膀，说："我知道你喜欢董一凡，但是以你现在这个态度，应该没有机会。"

顾一菲笑了笑，说："怎么，你又成感情专家了。那么你对自己的判断又如何呢？"

庄青自信地笑了笑，说："董一凡这样的人，要温水满满浸润。"她一边说着，眼睛看向董一凡。

顾一菲点了点头，说："你倒是花了很多心思！"

庄青在顾一菲面前毫不掩饰自己，她看着顾一菲，说："你的背景我做了调查，你不适合董一凡。"

顾一菲不耐烦地说："你怎么想都好，但是别来惹我。你喜欢董一凡就去追，追到是你的本事。对我来说并没有什么损失。能抢来抢去的东西对我来说，都缺乏唯一性的意义。又不是工作，有什么好抢的。"

顾一菲实在是很无奈，如果喜欢上一个人，会这么轻易被别人抢走，那还不如不要。

这么简单的道理，庄青却不知道。

庄青冷笑了一下，说："咱们走着瞧。董一凡没有理由拒绝我。我可以帮他做中国的市场，我才是他最好的选择。"

顾一菲点了点头，说："你们全家都很厉害，现在我在这儿喝茶，董一凡在那边工作室。你想努力也要找好方向是不是，你的目标在里面呢！让我安静地待一会儿好不好。"

顾一菲说完，喝了一口茶。

她将头扭向一边，不去看庄青。

但是心里已经把董一凡掐死一万遍，这家伙，还没怎么样呢就把蝴蝶引过来了。

她越想越气，想着如何教训董一凡。

董一凡在工作室突然感到后背有一阵寒意，不由得打了个喷嚏。

庄青走进工作室，笑着说："一凡，联名产品的事情你考虑得怎么样了？我们可以邀请山崎先生一起加入。"

在庄青不在屋子里的时候，董一凡问山崎一郎："现在工作室有什么困难吗？"

山崎一郎无奈地笑了笑，说："困难就是学徒太少，现在即便是日本的年轻人，也并不热衷这些手艺。"

　　董一凡点了点头，说："你最近有跟其他人合作，做一些推广吗？漆器源于中国，但是在国内却并不常见。如果可以的话，你要不考虑一下去中国发展？你中文这么好，一定没问题的。"

　　山崎一郎坐在一边的木椅上，笑了笑，说："这次庄青来找我就是为了这个事情。她想让我跟她做一个联名产品，在她的手袋上，我可以做一些木质的配件。"

　　董一凡点了点头，说："你确实可以尝试一下。"

　　山崎一郎笑着说："听说你跟红酒企业合作，出了款香水？"

　　他揶揄着董一凡，调笑地看着他。他知道董一凡跟别人合作产品的时候，也着实让他大吃一惊。

　　董一凡眨巴着眼睛，手中拿着一个木碗，说："你最新的作品可是在我的手上，你不怕我手一抖，然后……"董一凡说着，看了看手中的碗。

　　山崎一郎笑了笑，说："不过，听说是顾一菲请你出山的。这个女孩还真挺有本事。"

　　董一凡若有所思地说："你跟庄青认识很久了吗？"

　　山崎一郎说："也不是太久，有一次我在东京参加一个展会，刚好她也在现场，晚宴的时候，经过朋友介绍认识的。"

　　董一凡点了点头，说："打开中国市场的方式有很多，这个要看你以后的发展定位。多做一些尝试也未尝不可。"

　　山崎一郎，问："之前庄青谈话间，我听她说也邀请过你参加这个合作，你最后怎么决定的？"

　　董一凡想了想，说："我现在想专心做自己的品牌，所以她的合作我不想参与。说实在的，对我来说，做联名产品，她的品牌还不够大。"

　　"可是你不是跟顾一菲的公司合作了，他们甚至不是领域内的公司！"山崎一郎疑惑地问。

董一凡笑了笑，压低了声音，说："那是因为顾一菲的原因嘛。"

山崎一郎会心一笑，说："好你个董一凡，我们这些人里面你是最淡泊名利不近女色的，没想到现在也拜倒在顾一菲的石榴裙下。啧啧啧，真是温柔乡，英雄冢啊。"

董一凡摆了摆手，说："你还是考虑考虑自己的事情吧。"他说完给自己倒了杯茶喝。

就在这个时候，庄青走进屋子。

"哦，你说这个合作。一郎对你的合作很感兴趣，毕竟你们可以直接配合。我这边，暂时还有一些其他的工作要做。你们不妨在新产品上多花些心思。香水这种产品，对于你们来说，可能只是附加的东西。可以锦上添花，但是对产品提升不大。"

庄青笑了笑，坐在了董一凡的身边，说："我就知道你会这么说。不过在很多艺术设计上，你可不能躲着我哟。"

董一凡摸了摸鼻子，想到了院子里坐着的顾一菲，他心虚地说："好，好。"

毕竟已经拒绝了直接合作，再加上山崎一郎会跟庄青合作，所以董一凡为了帮助山崎一郎站台也不能再次拒绝。

山崎一郎笑着拍了拍董一凡的胳膊，表示感谢。

庄青干脆利落地跟山崎一郎将合作的很多事都谈了谈，敲定了一些细则。对于中国市场，董一凡了解更多，他也帮着出了一些主意。

庄青的新产品依旧是跟艺洲合作的，因为之前有过合作，所以能拿到很好的柜台位置。

这对于产品的推广很有帮助，毕竟在大型商场的亮眼位置上，人流有保障。庄青跟白亦冰谈得很好，以至于免了商场大厦的广告位。

"你们两个对产品的细节最好再好好聊聊，毕竟在现在可以当面探讨。"他说完，站起身走了出去。

天色已经有些晚了，光线逐渐暗了下来。

"你怎么还在这边坐着呢？"董一凡走到顾一菲身边说。

顾一菲看了看他，说："你舍得出来了呀。"

董一凡摸了摸鼻子，说："来日本就是散心的嘛。这边有很多古庙，要不要一起转转？"

顾一菲立马站了起来，说："不早说，赶紧走。一会儿回来饭就做好了。"

她本来是想一个人把最近的事情理出一个思路，可是事情想完了，就开始无聊了。

人生地不熟的，她也不能乱走，不然她早就自己溜出去玩了。

董一凡被顾一菲催促着，笑着往外走去。

以往轮岛十分繁盛，很多匠人都在这边工作。只是现在匠人慢慢减少，很多房屋也跟着破败了。

山崎一郎家之前就是一处荒废的房屋，后来他赚了些钱，才将房子重新盖起来。

董一凡来过轮岛几次，对这边很熟悉，她带着顾一菲东走走，西看看。

在不远处确实有一座古庙，年久失修，但是却打扫得很干净。

"一郎夫妇时不时地就会来庙里打扫，这才让这座庙不至于过于破败。"他一边说着一边带着顾一菲走进去。

佛龛前有一组器具，是漆器的各种用具。

"这些也是山崎一郎先生做的吗？"顾一菲远远地看着。

董一凡说："不是的，这些是庙里原有的器物。一郎也说不清是什么时候留下来的。他拿回家重新修补过，又放了回来。这些器具有一定的历史，造型古朴，给一郎很多启发。"

顾一菲仔细看了看，又拿出相机对着这些碗拍了照。

从古庙回来的时候，松子正好做好了饭。

"快来吃饭吧。"松子招呼着顾一菲和董一凡。

顾一菲也是饿了，这一天又是爬山又是逛轮岛，她实在是有些疲倦。

吃完饭，她回房间休息。

她躺在床垫上，看着外面的星空。

不知道为什么，自己见到庄青就有一种说不出的感觉。她那种明目张胆地看着董一凡的眼神，让她有些不舒服。

在顾一菲看来，董一凡是喜欢自己的。只是喜欢这个东西对她来说过于缥缈，看人就像看画，离远看很美，近看往往一塌糊涂。

顾一菲又想到了庄青跟董一凡之间的合作，如果董一凡答应的话两个人一定会有很长时间在一起。

庄青毫不掩饰自己对董一凡的欲望，用她自己的说法，软磨硬泡。

时间这种东西，或许真的能改变董一凡的想法。毕竟就算是知道董一凡对自己有好感，她也不清楚董一凡喜欢自己什么。

从小她就明白不要考验人性，她对人性从来就没有信心。

庄青样貌好、身材好、学识好、家世好，这样的女人还那么倾心于董一凡。顾一菲怎么想，都想不出董一凡会不动心。

她不免叹了口气，自言自语地说："顾一菲啊顾一菲，董一凡就快被狐狸精叼走了，你怎么一点行动都没有呢。等董一凡被狐狸精迷住，那么回国以后就是一场灾难，到时候香水产品怎么办呢？"

她一拍自己的脑门，笑了笑，说："我果然是更关心工作的事情，对，就是这样。"

顾一菲像是打开了一个心结，心情也好了许多，转而沉沉睡去。

第二天，除了顾一菲，所有人都起了个大早。

山崎一郎带着大家去山上挖来了新鲜的竹笋和野菜，等顾一菲起来的时候，正好赶上一顿新鲜的山珍。

"今天我带你们去附近的工坊参观一下吧，晚上要赶去看民间祭。大家要养精蓄锐哦。"山崎一郎说。

庄青对于晚上的烟火表演格外期待，笑着说："我要好好打扮一下呢，到时候请董先生帮我多拍几张照片呢！"

董一凡一抬头，说："哦，好的。"

顾一菲自顾自地喝着粥，头也没抬。总感觉自己种的白菜在被猪拱，心疼，又没办法。

在工坊参观的时候，顾一菲索性换了身衣服，亲身体验了一下漆器的制作流程。

顾一菲在那些人身上仿佛看到了董一凡的影子，他们安守着自己的领域，并且怡然自得。

这就是董一凡想给顾一菲展示的东西，那些人在自己的工作中，得到的不光是金钱，还有对自己的提炼和升华。在每个器具中，实现自我。

在工坊转了几圈，一行人再次回到了山崎一郎的家，短暂的休息之后，松子也为大家准备好了晚饭。

庄青不放过任何一个跟董一凡说话的机会，一有空就拉着董一凡说这说那的。

因为很多涉及设计方面的问题，董一凡自然也格外认真。

顾一菲索性走到一边，眼不见为净。

山崎一郎笑着走到了顾一菲的身边，说："怎么不一起喝茶？"

顾一菲看着山崎一郎的表情，就知道他的想法。

她朝董一凡的方向努了下嘴，说："人家忙着呢。"

山崎一郎笑了笑，在一旁点起一根烟，他往后退了一步，跟顾一菲拉开了一点距离。

他看着远方的青山，说："董一凡不喜欢庄青的。"

"我知道。"顾一菲听完淡定地说。

"你知道？"山崎一郎一愣，旋即笑着说。

"是啊，我当然知道，只是知道是一回事，看得顺眼又是另外一回事了。"顾一菲说。

山崎一郎看了她一眼，说："你还真是很特别。"

"我哪里特别了，我普通得很。"顾一菲坐在台阶上的蒲团上，无奈地说。

"董一凡喜欢你。"山崎一郎说。

"我知道。"顾一菲一副理所当然的表情说着。

"这你也知道？"山崎一郎笑着说。

"我当然知道，不然我怎么让他帮我做产品。"顾一菲理所当然地说着，把利用董一凡这件事说得十分正大光明。

山崎一郎吐出一口烟，他已经很久没有遇到顾一菲这么有趣的人了。

"如果倒退十年，或许我们会成为好朋友。"山崎一郎笑着说。

"现在也可以。"顾一菲说着，她看着山崎一郎，往前探了下身子，说，"要不，我再做红酒的时候，您帮我做一个木盒？"

山崎一郎听完，大笑了一下。

"交你这样的朋友，怕是很吃亏吧？还要提防被你占便宜。"山崎一郎说。

顾一菲一本正经地摇了摇头，说："我才不会让朋友吃亏，我只会让敌人难过。"

山崎一郎将烟头掐灭，笑着说："那么我还是很喜欢你这个朋友的，或许以后我们真的会有一些合作呢。你也是这么请出董一凡的吗？"

顾一菲叹了口气，说："那家伙要是像您这么通情达理那我要省不少功夫。"

顾一菲将自己请董一凡的经过讲给他听，让山崎一郎笑得前仰后合。当然，顾一菲还是有所保留地将故事修改了一下。

这个时候董一凡从里面走了出来，说："你们在聊什么，看起来很开心的样子。"

山崎一郎笑着说："在聊你是怎么被她邀请来做香水的事情。"

董一凡看着顾一菲，尴尬地笑了笑。

"好了，时间差不多了，我们出发吧。"山崎一郎拍了拍手，说着走到车库里面去发动车子。

庄青挨着董一凡坐在后面。

顾一菲坐在松子的旁边。驾驶位子上是山崎一郎，他透过后视镜看着松子说："只有我一个人坐在前面啊！"他开玩笑地说着。

董一凡忙打开车门走了出去，说："那我陪你好了。"

顾一菲没有回头，但是能想象到现在庄青的表情。她内心竟然有一丝窃喜，她扭过头，怕松子看出来。

车在公路上缓缓行驶，一路上山清水秀，自然之美映入眼帘。

"以后我也想在海边买一座房子。"顾一菲跟松子说。

"很好啊，如果你喜欢这边，欢迎你过来住呢。"松子笑着说。虽然接触不多，但是她对顾一菲格外亲切。

烟花表演就在海边，此时已经有很多人在一边的空地上搭起了帐篷。

董一凡下车跟着山崎一郎在后备厢中拿出一大块野餐布铺在地上，有点野餐的感觉。

"先休息下，要天色更晚些才会开始烟火表演。这里是最佳的观赏地点，就算是本地人也不是都知道哦。"山崎一郎笑着说。

这倒是让顾一菲也有些期待一会儿的烟火表演。

轮岛民间祭保持着日本单位时间内烟花数量的纪录，可以说是相当壮观的烟花表演。

从车窗望出去，能看到海天交接的那条线。

顾一菲很喜欢大海，但是她生活的地方，总是离海很远。

董一凡坐在顾一菲前面，不时地回头跟松子聊天。松子微笑着回应着，她是个特别温柔的人，也很懂别人的心思。

"那边有一家很有名的小吃店，你们要不要去试试？"松子说着，大家转过身看着庄青。

庄青笑了笑，说："好啊，那咱们去看一看。一凡，你去吗？"

董一凡摇了摇头，说："我就不去了。"他淡淡地说了一句。

山崎一郎打开车门第一个走下了车，大声说："走吧，我们去大吃一顿。这家店在轮岛很有名哦。"

庄青和松子跟着也下了车，跟着山崎一郎走了出去。

庄青本来想问问顾一菲，但是看大家都没说什么，她的话也就咽了回去。

众人走了之后，车里就剩下顾一菲跟董一凡。

"你要在日本待到什么时候？"顾一菲打破了沉默。

"还不清楚。"董一凡说。

顾一菲看着远方，沉默了一会儿。

董一凡也侧着头，透过玻璃的反光，可以看到顾一菲的脸。似乎只有这样的时候，他才可以仔细去看顾一菲的脸。

"我后天就回去。"顾一菲突然说。

董一凡有些意外，因为她说得过于突然，而且她请了几天假，董一凡也不知道。他们两个相处的默契就是，你不说，我不问。

"是公司出问题了吗？"董一凡看着玻璃中的顾一菲说。

顾一菲笑了一下，说："我毕竟不像你一样是自由身，我还有工作呢。再说，公司的事情什么时候消停过。我现在消失一段时间，那边陈安平也玩起了失踪。陈安平可以神隐逼宫，我还没那个资格。"

董一凡沉默着，每当他想要前进一步的时候，顾一菲就好像离自己更远了一点。但是当自己想要离开的时候，顾一菲又回到了原点。

他们之间总是有种若即若离的距离，谁也没有突破着向前。

"在轮岛的这两天，你开心吗？"董一凡问。

顾一菲愣了一下，她没想到董一凡问了这个问题。

"挺快乐的，远离喧嚣，人自然会放松些。只是这样的日子对我来说，只是假期的一种度过方式，却不是我的生活方式。如果我想去实现自我，那么我一定在滚滚红尘中翻腾，而不是隐居山林。"她转过头，正看到玻璃中的董一凡，两人四目相对。

董一凡赶紧转开了视线，低声地说："我，我能帮你什么吗？"

顾一菲笑了一下，无奈地说："你能帮我再做一款香水吗？"

"为了你还是为了你们的公司？"董一凡问。

"为了公司。"顾一菲说。

"不能。"董一凡坚定地说。

顾一菲哑然一笑，说："这不就得了！"

她打开车门走下了车。海风向她吹来，将衣服吹起。她双手抱着胳膊，迎着海风，发丝轻轻飞扬。

董一凡坐在车中看着顾一菲的背影，在夜色中，顾一菲成了一张剪影画。

突然一簇烟花升空而起，伴随着一声响，璀璨的光芒一瞬间绽放开来。

顾一菲正站在董一凡的风景中，那一瞬间的画面，让他内心震动了一下。他甚至分不清到底是烟花让他震撼，还是顾一菲。

顾一菲看着突如其来的烟花，兴奋得不得了。她在原地蹦了几下，兴奋地转过身，一手指着烟花，看向董一凡。

董一凡笑着，下了车，走到了顾一菲的身边。

更多烟花随即而来，似一场流星雨。将夜空当作画布，烟花作为画笔，在海边的夜空中，一幅幅绚丽的画面轮番上演。

庄青和山崎一郎夫妇走了回来，松子大声地说："快看，烟花表演开始了。"

他们说着，也停下了脚步。他们距离董一凡跟顾一菲还有一段距离。

庄青望了望那边的董一凡，又看了看一边的顾一菲。

他们两人的脸上都挂着笑容，开心的笑容。

但是松子他们停下了脚步，庄青也不好自己走过去，不甘心地看向了远方的烟花。此时的风景，对于庄青来说，有些索然无味了，她只希望时间快些过去。

"听说看着烟花许愿，会实现的。"董一凡大声地在顾一菲耳边说。烟花巨大的爆炸声不时在空中传来，让环境特别嘈杂。

"骗人的吧。"顾一菲从来不相信这些，她只信自己。

"你要不要试试？万一灵验了呢。"董一凡大声说。

顾一菲听完，双手合十，看着远方的烟花。烟花在她眼中绽放，特别美丽。

董一凡看着她的眼睛，好像有些醉了。

"你许了什么愿望？"董一凡看着顾一菲说。

顾一菲笑了笑，说："不告诉你。"

海风有些凉，有点透骨的感觉。顾一菲跟董一凡的距离在不自觉中，拉近了很多。

他们的肩膀碰到了一块，但是谁也没有主动离开。

董一凡看着远处的烟花，这是他见过，最美丽也最短暂的烟花秀。他多希望这烟花一直放下去，时间多在这一刻停留。

"结束了。"顾一菲转过头看着董一凡。

董一凡点了点头，站在原地没动，依旧看着烟花的方向。

海中有一道大桥，桥上的灯光打开，在海中形成了倒影。

顾一菲又在原地站了一会儿，转身回到了车上。

没过多久，山崎一郎夫妇跟庄青回到了车上。

"你们去得够久啊。"顾一菲看着松子说。

松子俏皮地朝着她眨了下眼睛，说："我们就在不远的地方，怎么样，够漂亮吗？"

顾一菲点了点头，说："这是我这辈子见过最漂亮的烟花表演。"

可能是因为大家都累了，回去的车上，格外沉默。

"松子，我后天就回去了。"顾一菲看着松子说。

"这么快就走了吗？"松子遗憾地说着，她拉住了顾一菲的手。

第十五章　离别

"人在公司身不由己嘛。"顾一菲无奈地笑了笑说。

松子对此很是不舍，说："我明天要多准备一点特产给你。"

"在这边打扰了你们这么多天已经很不好意思了，实在是太麻烦你了。"顾一菲有些不好意思地说。

松子握着顾一菲的手，很是舍不得。她对顾一菲很有好感，这么多年来家里的客人很多，但是让她喜欢的人并不多。

山崎一郎一边开车，一边看了看旁边的董一凡。

对于顾一菲的离开，最开心的可能就是庄青了。这些天庄青的日子并不好过，不论她怎么做，大家的重心好像都在顾一菲那里，即便她才是项目的发起人。

山崎一郎说："那么，我们明天去实验室一起做漆器吧，你可以看到我做器具的过程呢，不知道你是不是感兴趣，你还可以亲自动手试一试。"

顾一菲开心地说："好啊，能亲眼看到漆器大师制作器具的过程，真是很幸福的体验呢。"

董一凡坐在顾一菲前面，幽幽地说："那么你看着我做香水就不幸福了？"

顾一菲伸手在他胳膊上拍了一下，说："幸福，幸福。"

山崎一郎跟松子都笑了笑，气氛再次欢乐起来。

一行人回到家中，各自回到房间去休息。

顾一菲这一觉睡得格外快，也格外沉。这些天她走了太多的路，倒是对她的睡眠很有帮助。

只是即便她在日本，公司的事情她也一刻不敢耽搁。如果项目推进上有什么棘手的事情，她也会马上进入工作状态。

实际上，她人虽然不在公司，但是很多项目她都在参与。

第二天，山崎一郎改变了行程，本打算今天大家一起去隔壁的山庄玩耍，但是因为顾一菲明天就要离开，所以山崎一郎特意安排大家去工作室，一起做漆器。

山崎一郎亲自调好漆，并且给各位找了坯子，亲自演示着如何上漆。

传统的中国手艺被日本人引用至今，并且保留着一些最原始的模样，这样让顾一菲很是感兴趣。

她不仅对这个过程感兴趣，更重要的是，她感激山崎一郎的用心。

董一凡一直站在一边，并没有动手。

"你为什么不来试一试？"顾一菲疑惑地问。

"因为我怕过敏，任何过敏对我来说都可能是毁灭性的。"董一凡一本正经地说着。

这家伙生活当中确实很注意这些细节，他对自己身体的保养，时刻都不敢放松警惕。

毕竟调香师，是一个利用身体最基本功能生存的职业。如果失去了灵敏的鼻子，那真是很可怕的事情。

顾一菲学着董一凡的样子，在每个地方重新理解气味的设计，用鼻子来旅行，用气味来记录一路的见闻，不同的城市。那些自然中的味道，是无法用大脑想象的。

她记住了木坯的味道，漆的味道，还有一些颜料的味道。从味道这个角度出发，确实可以体会到不一样的世界。

山崎一郎专心制作器具的样子，刀子每次落下，都带着某种节奏。得心应手的时候，那种熟练的技艺，就会在工作中产生一种美感。

山崎一郎的每个动作都很协调，让人看着十分舒服。他全心投入到自己的作品中，即便是刀子将手指划破，他也没有丝毫停留。

直到完成了一个作品，才突然叫了一下，说："哎呀，又划破了。"

惹得大家哄堂大笑。

董一凡没有再次挽留顾一菲，成年人之间，再见总是说得很容易。毕竟在想象中，天南海北不过一张飞机票。但是多少人穷极一生，都没有买下那张去往另一个人城市的飞机票。

顾一菲打包好行李，在她的坚持下，山崎一郎给她打好了车，自己一个人去了机场。

唐婷婷这边随时都会有动作，顾一菲就在等着她下一步做什么。她要随时行动，赶去救场。

她跟董一凡去日本有一部分原因就是淡化自己在公司的存在感，好让唐婷婷能放下心来做事。

顾一菲没有回自己的家，在董一凡原先的院子里住下。白天跟公司的人开一些视频会议，晚上做和艺洲之间的合作策划。

董一凡在顾一菲走后的第二天也离开了日本。他提前结束了自己的旅行，回到中国。

回国之后，董一凡回到乡下，因为赚到了一些钱，他想重新搬回自己的实验室。

毕竟这个新的落脚地只是一个临时的工作室，他曾用心经营过的那个院子，实在是舍不得就这样放弃。

之前的两个案子尾款已经到位，他想再去找村主任谈一谈。

可是找到村主任之后，却发现，院子已经租了出去。而且是以他董一凡的名义，对方给出的身份是董一凡的经纪人，暂时管理这个院子。

这让董一凡一头雾水，完全搞不清楚状况。

"对方没有留下更多信息吗？"董一凡不解地问。

村主任摇了摇头说："没有，对方就是个女娃，知书达理。要不你回去院子，问问什么情况。是不是公司帮你安排的？"村长才不管谁住在院子里，反正不做坏事而且按时交房租，那么对他来说谁住不是住呢。

董一凡赶紧回到了院子前，这么滑稽的事情，他也是第一次遇到。

他脑子里有一万个问号在转。

董一凡来到门前，大门紧闭着。门上之前的画已经不见，替换的是一副新门神，题材倒是跟之前一致。

他轻轻地推开了房门，走了进去，看见大厅的门开着。

董一凡站在门口，迟疑了一下。他抬手敲响了房门。

不多时，门内传来了脚步声。

大门打开，董一凡愣在了原地。

"你，你，你从日本回来了？"顾一菲站在门内，尴尬地说。

她总想找个契机跟董一凡说一下这个事情，但是一直没有合适的机会，没承想现在董一凡自己找上门来了。早知道是董一凡，顾一菲一定不会开门的。

董一凡一看门内站着的是顾一菲，心里就明白了大半。

他没说话，径直地走到了院子里。

顾一菲关上门，跟在董一凡身后。

"保持得不错。"董一凡里里外外看了一遍说。

顾一菲赔笑说："还行还行。"

董一凡走到大厅里，走到一边的桌子旁坐下，看着顾一菲，说："解释一下吧，怎么回事！"

顾一菲笑了笑，赶紧给董一凡倒了一杯水。

"这不是，我怕你这么好的院子旁落别人之手，所以……"

"所以，你就租下来了？可是你哪来那么多钱浪费在这上面呢？"董一凡心里很暖。顾一菲如此珍视这个房子，对他来说也很是欣慰。

"这不，君红的酬劳你也不拿。那我只好代劳了。我想来想去，还是将房子租下来比较实惠。嗯，没错。"顾一菲心里没有底，但是装作义正词严的样子。

"什么？那笔钱我不是退回去了？"董一凡吃惊地说，简直快要怒发冲冠！

顾一菲赶紧给董一凡面前的水杯倒了一点水，说："这个，公司拿出来的钱，哪能说退就退呢。这不，我已经将钱花在它该用的地方了。"

董一凡一脑门子黑线，顾一菲可以说是一直在刷新他对事物接受能力的下限。

他用手指敲着书桌，叹了口气，说："因为君红的事情，我耽搁了几个案子，以至于没钱交房租，之后我拼命地做完了那些工作。"

顾一菲点了点头，赔笑着说："是是，你能力强。"

董一凡本想生气，看着顾一菲的样子，最后叹了口气。

他站起身，在房子里走了一圈。

"要知道是这个结果，你当初还坚持退钱吗？"顾一菲嘿嘿地笑着说。

"当然退，这是原则问题！"董一凡说。

顾一菲笑了笑，然后坐在了他的对面，说："反正钱我已经花出去了，你看着办吧。要不你去公司告我？"

"你，你这是要无赖。"董一凡气鼓鼓地说。

顾一菲继续笑着说："这回算我的，我保证没有下次了。"

董一凡叹了口气，也只好默认了。

顾一菲转动着眼睛，笑着说："你来这里不就是想要搬回来嘛。"

"是。"董一凡弱弱地说。

"你看，反正房子我已经租下来了。既然你不想用君红那笔钱的话，你可以付租金。"顾一菲说。

"付租金给谁呢？"董一凡问。

"给我呀。"顾一菲理直气壮地说。

他看着顾一菲笑着说："那请问，我怎么付房租呢？"他实在是跟不上顾一菲的脑回路。

顾一菲笑着说："这样吧，你教我做香水，用学费做房租你看怎么样？"

"这么说，你想做我的徒弟？"董一凡吃惊地说。

在轮岛亲近自然，并且接触了匠人，顾一菲有了不一样的感悟。顾一菲这些年为了赚钱没有什么爱好，她却在日本之旅中感受到了气味的美妙。

她想从香味入手，学习更多的东西。本来她还在想如何跟董一凡说这件事情。现在倒是顺其自然地说到了这里。

难得见她开心，董一凡就势做了她的师父。

"好啊，既然你有兴趣，那么我可以教你香水的知识。"董一凡这才明白顾一菲想要干什么。

董一凡笑着说："咱们去实验室看看吧，这么长时间估计也荒废了。过段时间，我们重新布置一下。"

顾一菲开心地跟了上去。

既然事情已经这样了，董一凡也没有再坚持什么。他将仓库那边的东西又搬了回来。这来回一折腾让董一凡身心疲惫，遇到顾一菲之后，自己好像很久没有过个安生的日子了。

之前是赶工做君红的香水，之后是为了房租赶耽搁的案子。不过对于过去的事情他也不纠结，毕竟顾一菲给他挖坑，他也生不起气来。顶多偶尔赌赌气，而当顾一菲叫他吃饭的时候，又再次泄气。

董一凡在人前一贯的高冷范，在顾一菲面前总是破功。

两个人再次住在了一起，并且十分自然。谁都没有对此发表什么意见，算是默契地不去提。

董一凡一边忙着搬家，一边要将在日本拍的片子剪辑出来，忙得不可开交。顾一菲心里过意不去，毕竟董一凡这么折腾一下也都是因为顾一菲。她主动地提出帮董一凡剪辑。君红很多片子也都是顾一菲弄的，所以对于这些自然是得心应手。

董一凡现在也不客气，放心地将素材拷贝了一份给顾一菲。对于董一凡这边的事情，顾一菲倒是又当爹又当妈。做起了经纪人，还要帮忙维护客户关系。

不了解不知道，一了解吓一跳。通过几个香水项目的跟进，顾一菲发现董一凡空有设计天赋，在经营与感情上一窍不通，也因此一直过着月光生活。

"就你这状态还能接到工作，真是老天保佑。"顾一菲感慨着说。

董一凡摸了下鼻子，说："我怎么了？"

"你看看你之前拒绝的这些案子，要不是你让我从你开始的记录一路整理过来，我都不知道你拒绝了这么多大佬的邀请。"顾一菲看着资料恨不得掐死董一凡。

董一凡干咳了一下，说："我给你看这些，是想让你熟悉一下我做过的产品，不是让你咬牙切齿的。"

顾一菲叹了口气，说："行行行，那么董老师，以后这种交接的工作能不能也一并交给我呢？"

"可以啊，不过你是不是又有什么企图？"董一凡警惕地问。

顾一菲凑近说："当然，这个提成，你看看怎么给合适呢？"

"做学徒哪有要提成的，你还是安心学习知识吧。等有一天你能独立接案子了，再说提成的事情。"董一凡说。

"嘿，我之前怎么没发现你资本家的面目呢？"顾一菲不满地说着。

董一凡无奈地说："你还是先学好基本知识吧，当年我们在法国的时候，都是从打杂开始做起的。没有这个过程，很难将自己磨炼出来。"

顾一菲对此十分认同，她旋即继续研究起了董一凡的资料。

君红那边很是热闹，唐婷婷的策划案还没有送到艺洲，但是陈安平已经有点坐不住了。

他现在虽然也不在公司，但是助理每天会将一些公司的文件及时发给他。陈安平看着唐婷婷的策划案有些无奈，王亮的模仿能力还可以，但是创新真的是一言难尽。

王亮拿出的所有方案，你都可以在市场上找到范本，有些甚至连文案都懒得改。

这样的策划简直是砸自己的招牌。

"小陈啊，你现在这样闹。我也很难办啊，毕竟大老板现在并不直接管理公司。我夹在中间很难办的。"唐远君是公司的副总裁，负责处理日常事务。

他并不支持陈安平的改革，但是现在闹得他闭门不出，让大家都难堪。

"现在我就是想要你们一句话，你觉得这样闹下去会有什么结果呢？公司不改革，那么我没必要在这里浪费时间。我的态度很明确了吧？"陈安平淡淡地说着。

"你怎么这么幼稚呢？你凭什么觉得在家族和你之间，大老板会选择你呢？"唐远君冷笑着说。

他疑惑地看着从容自在的陈安平，说："你现在到底有什么底气呢？就因为一个顾一菲？"

陈安平笑了笑，说："很简单，咱们各取所需。以你的地位和职位，包括你的能力，即便是改革，你也是受益者。我的目的很简单，我只是想让公司走上正轨。有能力的人，我依然会重用。说到顾一菲，我只是想要证明，一个真正有能力的人该是什么样的！"

唐远君冷笑着说："就凭你一面之词？"

"你是对你自己的能力没自信吗？"陈安平笑着说。

唐远君被陈安平说得哑口无言，搞不定陈安平，他又没办法跟大老板交代。

陈安平从一边的桌子上拿起一份资料递给了唐远君，说："自己看看吧。这两份方案，你选一份吧。"

唐远君拿起资料，浏览了一下，然后叹了一口气。

"你现在怎么想呢？"陈安平不慌不忙地问着。

"你想怎么做？"唐远君无奈地说。他明白陈安平的意思，公司想要继续往前发展，需要源源不断的人才的注入。眼下公司的人，能力上有所欠缺。顾一菲的出现很现实地证明了这一点，对比之下，家族的人都变成了庸才。

这两份策划摆在一起，一目了然。

一份杰出，一份庸俗。

"公司有相当一部分人守着老规矩，想要动这些人阻力很大。因为他们自己也知道，他们就是要被清理的对象。那么我现在不出现，让他们按照现在的状态运转下去。"陈安平淡淡地说着。

唐远君看着他，说："然后呢？"

陈安平继续说："跟艺洲公司的合作对我们很重要，唐婷婷没有那个能力搞定。不过之前香水的合作还是很成功的，白亦冰不会轻易放弃跟君红的合作，他只能改变策略不意气用事。虽然我不知道他跟顾一菲之间到底发生了什么，但是在生意层面上，他没理由不让顾一菲接受这些业务。"

"所以，你现在静观其变，将压力给到大老板。去证明改革的必要性？"唐远君说。

陈安平点了点头，说："明眼人一看都知道该怎么做，至于做还是不做，他自己选喽。"

唐远君站起身，走到陈安平的家门口。

陈安平跟出去送他，在他身后说："我等着你的答复。"

唐远君叹了口气，说："你也知道我这样做，对于我的压力有多大！毕竟都是有血缘关系的人，你想让我在家里被人指指点点吗？"

陈安平不以为意地说："如果，我再给你加一部分股权呢？"

唐远君的身体停滞了一下，然后转过身，伸出手，说："合作愉快！"

陈安平跟他握了握手，说："合作愉快，我不会让你失望的。"

城池要从内部瓦解，有了内部人的帮助，做起事来会更加方便。他坐到沙发上，拿起手机拨出顾一菲的电话。

"你回国了吗？"陈安平沉声说着。

"已经回来了。"顾一菲赶紧回答。

"明天来上班，你也走了有一段时间了。准备准备，唐婷婷的策划我看了，很差。你要重新做一稿。"陈安平说。

他又交代了一些事情，然后挂掉电话。

顾一菲拿着电话有些傻眼，她看了看董一凡。

"怎么了？"董一凡问。

"一个好消息，一个坏消息，你想先听哪个？"顾一菲说。

"好消息。"董一凡说。

"好消息就是，陈安平让我回公司，准备接手艺洲的项目。"顾一菲说。

"那么坏消息呢？"董一凡追问。

"坏消息就是，我要在几天之内再做出一个策划，但是目前我还不知道具体的项目……"顾一菲无奈地说着。

董一凡一皱眉，说："你们怎么总是将事情安排得这么紧急呢？"

顾一菲说："只要是追赶者的角色，就没有按部就班一说。谁不想弯道超车呢？"

董一凡没说什么，又递给顾一菲一瓶新调好的香水。

"把这瓶香精稀释一下，装到瓶子里。"董一凡说。

顾一菲这段时间一直在实验室里给董一凡打下手，用他的话说，这是一个练手和练鼻子的过程。

不过他也不指望顾一菲将鼻子锻炼得多么敏感，只是具备一些专业的品评能力就好。她的主要方向，还是在于设计。

不同香气的试香条在面前一字排开，都是顾一菲上午处理过的香水。她按照编号，将所有的香水的体验记录下来。

很多工作，比的不光是学识还有见识。见多识广，首先要见到。

董一凡很欣赏顾一菲的工作态度，虽然她有时候会要赖，但是工作还是很卖命的，她的职业态度十分值得肯定。

"你明天就回公司吗？"董一凡一边记录着刚刚的搭配方案，一边问。

顾一菲点了点头，说："是时候回去了，乱才有空间。但凡有变动，总是伴随着机会！"

顾一菲喜欢挑战的原因就是，能在动荡的状态下获得机会。她从来不惧怕被挑战，她总是对自己有信心。

董一凡想了想，说："如果你需要我帮忙的地方，我一定尽力。"

"这才有个当师父的样子，不过暂时我能搞定。陈安平想跟公司的人搞事情，在没有输之前，总不能把自己耍成光杆司令吧。"

董一凡将本子收起来，看着顾一菲说："听着就很耗神。真不知道你们的爽点在哪里。"

顾一菲一摊手，说："你是神仙嘛，你哪里懂得凡人的游戏。人间的游戏最好玩的地方就是，每个人在自己的视角上都是主角，但是不到最后的最后，谁都不一定是真正的主角。"

董一凡一皱眉，说："这话是什么意思啊？"

顾一菲笑了笑，手中的香水已经稀释好，她将瓶子盖好，再用封口膜密封上。

"陈安平是布局者吧？唐婷婷和马致远不也是？后面的大老板不也是？各方心怀鬼胎的人不也是？我不也是？一群人耍心眼，互相算计。而且这场游戏不存在互惠互利。大的方向上，起码两边有着天然的矛盾。大家都想把对方搞倒，但谁是这出戏的主角呢？"顾一菲笑了笑，眼睛弯弯的，像一只小狐狸。

董一凡笑了笑，说："你看得这么明白为什么还往里面跳呢？"

顾一菲白了他一眼，说："都说了你是神仙，我是凡人，我当然要去红尘里滚一滚啊，因为，我也想当主角！"

董一凡愣了愣，他看着顾一菲如此坦然地说出心中所想。

他轻轻地摇了摇头，说："好吧，虽然不懂你在说什么，但是只要你开心就好。有什么需要帮助的跟我说。"

顾一菲摆了摆手，说："你现在是当了师父，也不用这么主动吧。怎么，现在都不讲原则地帮助我了吗？"顾一菲嘿嘿地笑着，盯着董一凡看。

董一凡睁着乌黑的大眼睛，说："不能！"

他的眼睛黑白十分分明，像是一个孩子。

"小气。"顾一菲嘀咕了一句，然后说，"香水我稀释完了，我去做饭了！"

她说完走了出去。

顾一菲走出去之后，董一凡静静地坐在座位上。想要建立爱情的关系，就需要物质基础。这是他最近在思考的问题。

这也是他逐渐开始接触商业产品的缘由，他有了想要保护的人，也就有了更多欲望。

他看向窗外，阳光照在窗外的茉莉花上，他现在脑子里就能写出那种温存时刻的气味的配方。

这是他第一次对赚钱产生实质性的感受，能回答自己赚钱是为什么。

做完晚饭，顾一菲在客厅看书。她需要恶补的知识还真是不少。背靠着董一凡，知识层面的东西绝对管够。各种资料接连不断，顾一菲很怀疑董一凡是不是已经在国内生活了十几年，不然怎么积攒了这么多资料。

董一凡坐在茶几边上，手中拿着一个小木头在刻着，他又在为新的作品做准备。

顾一菲的电话突然响起，她拿出来一看，居然是白亦冰？

她看了一眼董一凡，这家伙正专心致志地在刻木头。她不想打扰董一凡，走到了门外，接通了电话。

"白总，您好啊。"顾一菲笑着说。她不知道白亦冰怎么想起自己来了。

"顾小姐，别来无恙。"白亦冰笑着说。

顾一菲陪着他寒暄了几句，知道这些铺垫之后，才是关键。白亦冰不想让顾一菲继续做香水，但是目前除了这个项目，艺洲跟君红还有红酒方面的业务往来。只是这方面一直都是市场部在做，所以变相让唐婷婷做起了所有对接艺洲的工作。

"白总打来电话，是有什么事情呢？"顾一菲笑着问。

"听说，顾小姐最近在公司的处境比较艰难？"白亦冰消息自然是灵通的，只要他感兴趣，消息就会源源不断地送到他的桌子上。

"哈哈哈，您是听谁说的，我们正常的人事调动而已，况且我们之前的合作确实出了些问题。"顾一菲赔笑着说。

"君红的事情圈内已经传开了，你在中间一定也不好办。"白亦冰接着说。

顾一菲没有急着回答他的问题，她在等着白亦冰后面的话。

"不知道顾小姐，有没有兴趣加入艺洲公司？"铺垫得足够了之后，白亦冰说。

顾一菲笑了一下，说："不知道白总想要给我个什么样的职位呢？"

"只要你感兴趣，总监一级的你随便挑。"白亦冰倒是不含糊。

顾一菲摇了摇头，说："多谢白总抬爱，不过目前我还没有跳槽打算。"

白亦冰要是能说出个具体的职位顾一菲或许还会动心。但是他这么一说，顾一菲就失去兴趣了。白亦冰找自己一定有所图，不图自己的工作能力，那么剩下的就很明确了。

果然土豪的脑回路都很清奇，让顾一菲哑然失笑。

她想要成功，但是这个成功，一定是跟自己的努力相关，不然一切都变得没有意义。

顾一菲绝对不会将自己的安全感，建立在别人赋予的东西上。

"你可以再考虑考虑，毕竟薪酬这块，我保证高出君红一大截。咱们以后还有合作，你可以慢慢考虑。"白亦冰说完挂掉了电话。

他是君红的大客户，只要他随便找点借口，就可以让君红开除顾一菲。到时候，她就会不得不考虑自己这个建议了。

第十六章　两只狐狸的密会

　　白亦冰笑了笑，靠在椅子上，想着后续的事情。

　　就在这个时候，助理敲门走了进来。

　　"白总，下午收到君红那边的策划案。我整理了一下，您看一下。"

　　只要白亦冰在公司，他的助理就一定在。只要他不离开，谁也不会下班。

　　白亦冰拿起文件看了看，说："你觉得怎么样？"

　　"比较一般。"助理直接地说。

　　白亦冰将文件放在桌子上，想了想，说："这边的合作不能这么推进下去，这个王亮根本不具备顶级香水设计师的资格。单论文案来说，就已经很差劲了，看来一个好的设计师真是很重要。"

　　助理点了点头，说："起码在确定一个产品的调性上，董一凡跟王亮就不是一个档次。奇货可居，所以才会有那么多人去请董一凡。"

　　白亦冰冷哼了一下，说："什么奇货可居，不还是能拿钱搞定嘛。咱们最不差的就是钱，只是这些人毛病多，喜欢被抬举。"

　　白亦冰手指在桌子上敲了敲，说："这样，将策划打回去，让他们修改。如果方案还不满意，就再打回去，直到你觉得满意再给我看。"

助理迟疑了一下，说："要是一直不满意呢？"

白亦冰说："在咱们计划节点之前你提醒我几次，实在不行，我再另做打算。对了，新的一批香水怎么样了？"

"刚跟君红沟通过，他们的香水是由国外生产，国内封装，他们什么时候拿到货还要看法国那边的安排。这个唐婷婷好像联系不上那边，我去要确定日期的时候，总是支支吾吾的。"助理说着。

白亦冰被助理的话气笑了，说："这君红除了顾一菲就没有一个能做事的人了？"

"好了，你先回去吧。"在助理走之后，白亦冰也离开了公司。

晚上陈安平约了他吃饭。

之前的一段时间，陈安平一直没露面。白亦冰预感到了其中的隐情。君红的家族机制由来已久，想要改革的呼声也越来越高。

这个时间段陈安平神隐了，一定有什么动作。陈安平这只老狐狸到底葫芦里卖的是什么药，他一时也说不清。但是此时他约白亦冰吃饭，肯定不是叙旧这么简单。

顾一菲打完电话回到客厅，回去继续看着桌子上的材料。

她翻了几页书，然后将书合上，看着董一凡说："刚刚白亦冰给我打电话了，说要我去他公司。"

董一凡停下了手中的刻刀，用嘴吹了一下，说："那是好事啊，想要挖你呢。"

顾一菲淡淡地说："要是单纯想挖我还好，但是他没给我具体的职位，而是让我自己选。"

董一凡一皱眉，说："那他是什么意思。"

顾一菲摇了摇头，说："不知道，估计是本姑娘天生丽质，被人垂涎了吧。"

她明显是在开玩笑，但是董一凡却很认真地看着她，说："那你不能去了呀，这样多危险。"

顾一菲笑着说："危险倒是其次，主要是不是因为工作能力得到肯定有些挫败感。"

董一凡明白顾一菲的意思，自从他拿了一些国际上的设计大奖之后，很多人来找他合作并不是为了做出更好的产品，反而变成了只是想要他的署名而已。

"别想那么多了，做好现在的事情你也可以成功呀。明天你不就回公司了，搞定他们。"董一凡难得对顾一菲的事业这么支持。

顾一菲笑了下，说："我还不知道陈安平想怎么玩呢，所以我也是如履薄冰。不过好在你还在我手上，这倒是个很好的筹码。"

董一凡一脑门子黑线，说："什么叫作我在你的手上。"

顾一菲笑了笑，说："不要在意那些细节嘛。"

陈安平很早就在定好的餐厅包厢中等着白亦冰。

白亦冰走进包厢，看到陈安平，笑着说："陈总，好久不见。"

他揶揄着陈安平这段时间的神隐。

陈安平笑了笑，说："白总别来无恙。"

他们坐好之后，白亦冰说："不知道陈总找我想聊什么呢？"

陈安平笑着说："最近我们公司的事情，白公子一定也有所耳闻。我想改革，但是大老板那边却迟迟没有动作。"

白亦冰是个有头脑的富二代，他一听陈安平的话，就知道陈安平有更大的企图。

白亦冰笑着说："不知道我能帮陈总些什么呢？"

陈安平给白亦冰倒了一杯茶，说："公司最近的策划，想必你也看到了。那是我派人送过去的。从这些文件中你也能看出来，这样的合作，继续下去对君红并不是什么好事，简直是浪费时间。"

这么说自己家的案子，白亦冰还真搞不懂陈安平话中的玄机。

"那陈总是有更好的方案喽？"白亦冰试探性地问了一下。

陈安平暂时没有回答白亦冰的话，先行让服务员将点好的菜送上来。

白亦冰倒也是不急，他一边吃着一边等着陈安平的下文。

陈安平说："现在我想改革的动机已经很明确，但是事情想要发展下去，还需要一些外部的推动。"

白亦冰笑着说："那不知道我这边能为你做些什么呢？我也不是你们公司的人，总不能插手你们公司的事情。"

陈安平笑了笑，说："这倒也不会。但是毕竟艺洲是君红的大客户，你的某些表态还是有作用的。"

白亦冰不知道陈安平葫芦里卖的是什么药，说："我做这些，对我有什么好处呢？"

"在你们新项目启动之前，我会给你拿出一份更好的策划方案。包括香水的供货和营销。"陈安平淡淡地说。

白亦冰笑了笑，说："陈总，不是我说。现在你们连供货都一直有问题，我怎么相信你说的这些呢？"

"那只是人的问题，都很容易解决。"陈安平淡淡地说。

"你想怎么给我解决？"白亦冰追问着。

葡萄园现在确实有了一点名气，但是供货量一直上不去，销售额自然也不太好看。

陈安平看着白亦冰说："做香水这方面需要顾一菲出面，你现在要求我们撤下她，让工作变得很被动。"

白亦冰一皱眉，说："难道离开了顾一菲，你们这边就没人可用了？"

陈安平笑了笑，说："人倒是有，但是人才可并不多。"

白亦冰心里还是有些别扭，但是自己又无法反驳。顾一菲能请出董一凡，能跟纸飞机的人打交道请来嘉宾站台。

他要是想做同样的事情倒也没什么问题，那就要用钱砸。可是钱能砸出来的人，终究还是输人一等。

"对了，香水项目虽然弄得风风火火的，但是咱们合作的大业务还是在红酒上。这方面，依然离不开顾一菲。可以跟你坦白地说，顾一菲是我招进公司的，我下一步还需要她。"陈安平不再卖关子，直接摊牌。

白亦冰对于陈安平的话并不感冒，平时玩世不恭惯了，要他乖乖配合，确实比较难。

陈安平看得出他的心思，说："我做红酒这么多年，别的不好说，但是人脉肯定是没问题的。现在很多公司都在多线发展。接下来我想在君红的基础上开发出更适合年轻人胃口的红酒品牌。借用这个概念，重新整合公司。"

这个倒是正中白亦冰的下怀，他认真地听着陈安平说完，若有所思。

陈安平在搞定这些人之前，已经把对付他们的方法研究好了。

白亦冰想要什么？

无非就是证明自己。

那么创立一家新公司正好可以让他大展拳脚。

白亦冰还是年轻，通过观察他的表情，陈安平就能掌握他的想法。他此时不慌不忙地喝了点水。

白亦冰反应过来之后，笑着说："还是你老谋深算呀，这是拉着我往贼船上跳。这样一来以后艺洲最好的柜台恐怕都是君红的产品和广告了吧？"

陈安平笑了一下，说："那岂不是咱们双方都想要看到的，互惠互利，这是我一贯的原则。"

"你不怕我另有打算？"白亦冰可不是甘愿受陈安平摆布的人，他的财富和实力都比陈安平高出一大截，在他眼中陈安平也不过就是一个打工人。

陈安平也明白，在这些人眼中，没有实际股份的他，只能是一个打工的身份，这就是现实。不过陈安平有着一颗翻盘的心，他的野心，是推动他向前的动力。

几次打交道下来白亦冰也了解了陈安平的脾气。即便是大家都想当赢家，也不妨碍阶段性的合作。

白亦冰跟陈安平各怀心事，接着聊。

第二天顾一菲很早就到了公司，她打开电脑找到之前为董一凡做的一些材料。

顾一菲重回公司，依旧干劲十足。

她现在想做的只有一件事，积累，积累，还是积累。积累能力，积累经验，积累人脉。

其他的，只是为了实现这个目标的必经之路罢了。

因为学习香水知识耗费了她一定的精力，所以现在她只想安安稳稳地过几天太平日子，不过外部环境好像根本不允许。

白亦冰像是开窍了一样，对顾一菲发起了猛烈的追求攻势，每天早上顾一菲的办公桌上都会摆上一束鲜花。

本来想低调的顾一菲，一下子成了公司的新闻人物，毕竟对方可是艺洲公司的公子。不光是因为艺洲是君红的大客户，光是艺洲的名气，就已经够得上大新闻了。

"一菲姐，真羡慕你。"宁小凝满眼都是桃心，看着顾一菲。

顾一菲抬头看了她一眼，说："羡慕啊？"

宁小凝拼命地点着头，点头如捣蒜。

顾一菲将花拿起来塞进她的怀里，说："以后这些花都是你的了，帮我处理掉。要是在我来之前还能看到这些花，我扣你绩效。"

顾一菲说完又在忙自己的工作。

陈安平让她做出一个适合年轻人的系列红酒创意文案和策划。这对顾一菲来说并不算太难，但是一周之内要初步设计好红酒的口感并计算好成本，这就有点困难了。

在做产品上，顾一菲也不是一个将就的人。

宁小凝这个小喇叭将顾一菲公司的事情跟董一凡及时反馈了一下，就因为之前董一凡送了她几瓶限量款的香水。这种设计师品牌的产品，即便是有钱也买不到，不但稀少还限购。

拿人家的手短，现在宁小凝连思想斗争都没有，就叛变了。

董一凡当初要是知道这些香水这么有用，他就把实验室那些别人送过来的样品全部送给宁小凝了。

"最近，有人追求你吗？"董一凡这两天也不做产品了，心情很乱。

顾一菲忙着打字，有些没反应过来，说："啊，你说什么？"

董一凡咬咬嘴唇，说："啊，没什么。我就是问你昨天的资料看完了吗？"

顾一菲头也没抬，说："早就看完了。"

她现在已经无暇顾及其他，脑袋里都是策划的事情。最近跟董一凡学习香水知识的同时，也学到了很多新的设计理念，这种跨行业的学习对她有了新的启发。

尤其是对市场的把握，她将董一凡香水设计上的一些思路引进到红酒中。不过她变通许多，也没有什么顾虑。

"现在年轻化的产品都在做'轻'这个概念是不是？"顾一菲一边看着电脑一边说。

董一凡心不在焉地摆弄着手上的木头，"我觉得更注重的是视觉和质感。对于很多东西起码看起来、摸起来让人喜欢。其次就是产品本身要过关！这倒是个简单的审美，因为设计往往比产品来得广泛。设计可以跨界去做，但是产品很难直接快捷。"董一凡叹了口气，将手中的木头放了一个柜子里面。

顾一菲的目光随着董一凡移动着，她觉得董一凡最近怎么怪怪的。

"你有什么心事？"顾一菲问。

董一凡看着顾一菲，说："最近，最近是不是有人在追你啊？"

顾一菲一听是这事，马上反应了过来。这八成就是宁小凝那家伙搞的鬼。

她看着董一凡，说："白亦冰，你见过的。"

董一凡"哦"了一下，没有再继续追问下去。

这引起了董一凡的危机感，他以为这样的日子会再久些，但是现在看来平静已经打破。他喜欢顾一菲但是并不确定顾一菲的心意。因为他什么也不敢说，只能选择沉默。

维持表面的和谐融洽，依旧做朋友就好。

顾一菲看在眼里，但是也没有点破。

不过之后董一凡的行为就有点令顾一菲傻眼。因为自己这边策划的工作压得很紧，但是董一凡却安排了更多的学习内容，光是每天试香的样品就比以前多出一倍不止。

"董一凡，你要是对我不满意你就直说。我这段时间这么忙，你居然还增加学习内容。你有没有人性啊？"顾一菲咬着牙恶狠狠地瞪着董一凡。

董一凡站在一边，迟疑了一下，说："我，我这不是为了让你更快地学习到更多内容嘛。"

顾一菲咬牙切齿地说："有你这么揠苗助长的吗？我不干了。"

顾一菲说完走出了实验室，她其实明白董一凡的好意。他觉得自己最好的东西就是做香水的知识，所以他想把自己最好的东西送给顾一菲，结果就变成了拼命增加学习内容。

自作孽不可活，顾一菲也是自食恶果。

顾一菲回来之后，陈安平也回到了公司。现在都不用猜，任何人都能看出来公司马上就要变天了。

公司把早会取消了，连这个月的月度会议也都没有召开。

陈安平大权独揽，好像少了很多阻力。家族这边也在一夜之间产生了分歧。

顾一菲的策划案如期做好，交给了陈安平。

陈安平很快给出回复，让顾一菲着手按照这个策划，做一批酒。

做酒需要时间，这个是任何人都要等待的。要快，就只能用酒精进行勾兑。换句话说，就是造假酒。

所以做酒的人，再急功近利也要在做完自己的事情之后，将一切交给时间。

顾一菲跟着董一凡学习也有一段时间了，不过还是一直重复着第一天进实验室的事情，而且自从董一凡受刺激以来，工作量与日俱增。

不过顾一菲赌着一口气，倒是想要看看董一凡要这么做到什么候，他现在的样子一点都不可爱。

董一凡的做法让顾一菲怀疑自己是不是被董一凡讨厌，再加上顾一菲工作的繁忙，两个人说话的时间越来越少，关系也在慢慢地变得有点僵。

顾一菲最新的红酒设计分为两个部分，分为针对年轻女性团体和年轻男性团体。她区分这两款产品的思路来自女士香水和男士香水的区分。

本质上，香水是不分男女的，而且有相当一部分男士香水颇受女性消费者的喜欢。

年轻人喜欢更柔顺的口感，所以在少女款的产品口感上，顾一菲主要体现出小甜酒的概念。

对于不喜欢这种小甜酒的女性消费者，自然就会更喜欢浓烈一点的男款红酒。

另外很重要的部分，就是红酒瓶子和外包装的设计，要区别于传统红酒的包装方式，摒弃原来的包装风格。

她自己设计了瓶子的外形和包装。这也算是她学习瓶子设计的一个尝试。

董一凡特意提醒过她，不要刻意追求复杂，那样只会徒增加工成本和难度。

香水这边依旧没有让顾一菲接手，所以她在公司全部的精力都放在新款红酒的推进上。

酿酒是一个需要长时间发酵的实验，越到后面，就越要小心。因为一旦出现问题，之前的工作就白做了。

因为做新款红酒，顾一菲跟白亦冰打交道的机会变得更多了。

她一直没有拒绝过白亦冰，但是要说迎合那也是不可能的。

白亦冰符合顾一菲的所有择偶标准，顾一菲与他相处时却不知为何总会想起董一凡，尽管白亦冰死缠烂打，顾一菲却始终没有松口。

顾一菲出手，艺洲那边参与决策的人，都十分看好这个项目。

陈安平适时地跟大老板提出想与艺洲合并公司的事。

马致远第一个反对，他拍桌子站起身，说："我们自己做得好好的，为什么要跟艺洲合作？我们不缺人，不缺钱，更不缺销售渠道。凭什么让艺洲的人到我们的锅里面吃饭？"

唐远君笑着说："致远啊，干吗火气这么大。坐下来聊，坐下来聊。"

马致远瞪着眼睛看着陈安平，屋子里满是火药味。

陈安平镇定地说："做业务的拓展，我们需要强有力的营销。这方面艺洲具有绝对的优势，我想这方面就不用我说了吧。"

马致远冷笑着说："反正我不同意，等大老板拍板之后，咱们再讨论这个问题吧。"

唐远君笑了笑，说："小马啊，你也不要这么说嘛。将方案送到大老板那里之前，我们一定要严谨地来讨论讨论事情的可行性。"

马致远疑惑地看着唐远君，他猜不出陈安平到底跟他承诺了什么。看他的架势，仗着自己辈分高，四处打压别人。

"没有可能做的事情，再怎么讨论又有什么意义。"马致远冷笑着说。他看到后面坐着的顾一菲，心里的火马上就上来了。

再让这帮打工的折腾下去，公司还有他们这些人的位置吗？

马致远恨得牙痒痒。要不是顾一菲横插一杠，联合着陈安平搞事情。自己这总监也不至于被架空。

"就算是合作公司，股份也不可能接受五十一比四十九这样的比例。"

"那你觉得多少合适？"陈安平镇定地问。

"最少百分之七十。"马致远瞪着眼睛说。

陈安平点了点头，说："我也知道这方面咱们吃了一点亏。但是你们要想到一个问题。这个分公司就算发展得再好也不会成为我们最主要的经营方向。所以股权吃亏对我们来说并没有想象中那么大的影响。同时，如果跟艺洲达成合作，那么艺洲旗下的文旅、酒店、商场，全部会配合我们做广告推广，并且在艺洲旗下的商场，我们能拿到更好的柜台。这些你们都要算算的，艺洲全国有多少商场啊！"

他说完看着大家，等着大家表态。

大多数人都保持着沉默，当然，也包括顾一菲这样看热闹的人。但也有一部分人支持陈安平的方案，因为这样的推广会带来很好的品牌效应，带动其他产品的销售。

公司家族的人，已经嗅到了陈安平磨刀的气息，极力反对。到了生死关头，谁还在乎脸面，会议室里面就差骂街打架了。

顾一菲坐在一边，心中戚戚然。用尽全力的奋进，往往都很狼狈。也只有变强，变得更强，才能保住人前的体面吧。

她叹了口气，没有一点嘲笑他们的心思，倒是有点同病相怜的感触。

这也更加坚定她要努力的决心。

谁的生活都有挫折，都要承担人生的重量，若是觉得轻松，不过是有人去替你扛住了压力。

嫁给富豪，不过也是重压力转移。她稍微幻想了下跟白亦冰这种土豪在一起的状态，旋即狠狠地摇了摇头。

贫贱不能移，富贵不能屈。

陈安平要打动的人，并不在会上。只要有唐远君在场，这帮人都在控制范围内。

所以陈安平也懒得跟他们闹，他索性闭上眼睛，任由两边的人吵来吵去。

直到散会，会议室里一直都在吵。

顾一菲一声不吭，可是存在感依然很强。坐在她对面的唐婷婷一直盯着她，不过全都被顾一菲忽视了。

不过临散会的时候，顾一菲跟唐婷婷对视了一下，看到她冷笑着，不知道又有什么阴谋。

第二天刚一上班，宁小凝就抱着一堆文件进了办公室。

"一菲姐，市场部那边送过来的文件。"宁小凝气喘吁吁地说着，将文件放在了顾一菲的办公桌上。

"这么多，什么文件啊？"王强不解地问。

宁小凝摇了摇头，她哪有时间在路上翻看。

顾一菲拿起一份文件，打开浏览了下其中的内容。心里大概有了底。

"市场部那边要求我们一个月时间出十款酒的设计，出不来他们就要跟其他酒厂合作，做冠名产品了。"顾一菲将文件扔在办公桌上说。

她现在知道唐婷婷那个笑容是什么意思了，她是挖好了坑，等着顾一菲掉进去。

顾一菲想要拿着文件去找陈安平，不过转念一想，这些文件都要陈安平签字的，他不可能不知道。

唐婷婷这个方案对陈安平来说稳赚不赔，自己在任期间想要有话语权就是要会赚钱。所以有人去压榨顾一菲这样的顶级战斗力，他自然是睁一只眼闭一只眼。大不了等顾一菲找上门来，丢些面子而已。

"他们还把咱们当人吗？这么做酒的话，那人还不疯了。"王强说。

宁小凝也十分认同，脸上倒是有些不在乎。

"这样对公司有什么好处呢？反正我又完不成。"宁小凝叹了口气说。

顾一菲没说什么，这个指标明显是冲着她来的。

如果团队完不成项目，顾一菲甚至有可能要倒给公司钱，这种事也是屡见不鲜了。

一到月底考核，唐婷婷专门派人核实顾一菲的工作量。毕竟做红酒要联系原料等具体的事务，在任何事情上挑出一个问题，立马就够顾一菲喝一壶的。

顾一菲笑了笑，说："不用在乎这些，大家做好手中的事情就好了。"

宁小凝噘着嘴，走到自己的办公桌边。

顾一菲将面前的文件一个个打开，不得不说市场部为了这些安排也下足了功夫，很多合作甚至连产品的一些细节都描述了出来。

唐婷婷毕竟是做产品出身的，对这些细节很是清楚，所以结合市场去定细节的时候，倒也是得心应手。

因为白亦冰在追求顾一菲的缘故，唐婷婷也没再直接找顾一菲麻烦，而是换了一种更隐蔽的方式。

顾一菲的策划拉近了君红和艺洲合作的可能，之前香水的案子，顾一菲也圆满地完成了。与此同时顾一菲负责的产品再次成绩斐然，挽回了之前的颓势，但是现在唐婷婷已经坐上了总监的位置，顾一菲反倒处处受着制约，不得施展。

陈安平将合作公司的议题送到了大老板的办公桌上，并递上了一份公司内部人员清退报告。

陈安平毫不掩饰自己的目的，就等大老板一声令下，他就可以拿着上方宝剑斩杀这些人。

本来大老板想要力排众议，支持陈安平。

听到家族的人将要被清退的事情，大老板的妈妈，年过八十的老太太，亲自跑到了集团公司总部的大楼，此事不得不往后移了。

不过葡萄园的成功，也吸引了新的品牌方的注意。

第十七章　机会与风险并存

京元文化这边想要做的事情比较特别，他们要做一个鲜花度假旅游区，园区内有百亩花田和各种主题展馆。

有了鲜花自然就会有与之搭配的产品，他们想要在中国建立一个花都，开发所有和花相关的产品，包括纯露、花饼、鲜花、香水、化妆品等一系列产品。

顾一菲学习香味已经有一段时间了，她很想在项目上实践一下。

马致远很重视这个案子，因为京元在影响力上不比艺洲差，他们想扳回一局这是一个很好的机会。

陈安平作为总经理自然也不拒绝唐婷婷去竞争这个案子，所以局面又变回了唐婷婷和顾一菲打擂台。

由于京元这个案子的出现，也让艺洲那边的合作变得缓和下来。

老太太去总部闹了之后，陈安平这边的工作陷入了被动，让他有些措手不及。

现在他可以说是骑虎难下，陷入了困境。

如果顾一菲顺利拿下了京元的案子，那么他也就再次拥有筹码跟大老板去谈。

他将顾一菲找到办公室，说：“你对京元这边有把握吗？”

顾一菲笑了笑，说："我还没跟京元的人接触上，他们具体要做的事情我还不是很了解。不过按照他们现在的定位，我们打出香味文化的品牌，作为独立公司的身份与他们合作。"

陈安平想了想，说："这个案子，是不是也需要董一凡的参与？"

顾一菲明白陈安平的意思，有了董一凡的参与，他的把握自然大些。这样虽然对顾一菲来说，减轻了不少压力，但是她并不想将董一凡搬出来替自己挡枪。

她喜欢挑战，也喜欢压力。

"董一凡最近忙着做自己的书，没什么时间做其他的项目。"顾一菲说。

陈安平点了点头，说："那你要盯紧这个项目。现在大家都在抢时间，没有时间互相试探，第一次接触就要让对方印象深刻。"

顾一菲笑着说："我明白。"

陈安平沉思了一会儿，说："一菲，现在的形势你也是知道的，这个案子很可能关乎你、我在公司的前景。或者说，就是留跟走的区别了。"

顾一菲点了点头，说："我会全力以赴的。况且，如果拿下这个案子之后这边的情况没有改善，也是我离开的时候了。"

以往都是陈安平敲打顾一菲，这回顾一菲也敲打敲打陈安平。

做好京元的案子，再离开君红。这就说明是她顾一菲对陈安平的失望，也相当于打了陈安平的脸。

陈安平明白顾一菲话中的意思，他无从反驳。自己千方百计地去改革，结果被老太太一闹就叫停了，换成是谁也会觉得有些憋屈。

陈安平点了点头，说："你还是先做好京元的案子吧。对了，现在市场部那边要求做的一款厂商合作红酒，你们也要按时完成。"

不等顾一菲反驳，他摆了摆手，说："有事多跟我商量，你先下去吧。"

顾一菲张了张嘴巴，最后什么也没说，走了出去。

现在压力全在顾一菲一个人的身上，陈安平也并没有帮她抵挡市场部的压力。

有产品，最开心的当然是市场部。源源不断的新品，就是源源不断的提成。

只是这些对于顾一菲来说，已经变成日常工作的一部分。

她觉得现在的自己更像是一个流水线上的机器人，走着流程化的模式去设计新红酒，然后由不同的厂家进行酿造。

创造力在这其中已经变得越来越边缘化，重要的是效率和推进的程度。

白亦冰这段时间也没消停，有时候以业务为由将顾一菲约出去吃饭，顾一菲倒是也不拒绝，

她也乐得在各处灯红酒绿的场所转转。

只是交际应酬就难免喝些酒，并且回家的时间也总是很晚。最晚的一次，顾一菲凌晨两点才回家。

到家的时候，董一凡就坐在大厅里。

等顾一菲一进客厅，看见了董一凡，说："这么晚了还没睡？"

董一凡看了她一眼，一句话也没说，起身回到了自己的房间。

接连几天，董一凡都很少跟顾一菲说话，让顾一菲一头雾水。

交际最大的好处无非就是扩充朋友圈和人脉。

顾一菲通过白亦冰认识了一个奢侈品策划人周惊鸿。周惊鸿倒是没什么名气，但是他妻子李安琪可是大名鼎鼎的名媛。

李安琪不但在贵妇圈的知名度很高，在网络上也有众多粉丝。

她可不是靠着她老公才变成贵妇的，她自己就是富三代。

白亦冰介绍周惊鸿的时候，顾一菲吃惊不小，她没想到眼前的人是李安琪的老公。

"顾小姐之前跟艺洲合作的香水我拿到过一支，做得真是不

错。"周惊鸿笑着说。

"哪里哪里，您过奖了。"顾一菲客气地说。

"听亦冰说，顾小姐现在自己也在做香水？"周惊鸿拿着酒杯，喝了一点红酒。

"是的，我现在跟着董一凡在学习。做香水是我下一步的目标。"顾一菲说。

"如果顾小姐有兴趣的话，可以把你的作品寄给我看一看，我们或许能做一些合作。"周惊鸿笑着说。

顾一菲还没有寄出过自己的作品，笑着说："到时候还请不要笑话我才是。"

周惊鸿摇了摇头，说："顾小姐谦虚了。我最近拉来一些天使投资，想要投资一些年轻的中国设计师，做中国的原创设计，所以顾小姐感兴趣的话可以参与一下。"

顾一菲一听，顿时来了兴趣，毕竟很少有针对年轻设计师的赞助。

顾一菲回家之后就将周惊鸿的事情跟董一凡说了一下。

董一凡一皱眉，说："这个人靠谱吗？他说话的方式怎么跟骗子一个套路呢？"

顾一菲有些不满地说："怎么就像骗子了呢？"

董一凡说："一般人谈合作，要么看人气，要么看产品。周惊鸿对你的作品并不熟悉，而你在香水领域还是新人，他怎么就这么慷慨，要谈对你的赞助呢？"

顾一菲迟疑了一下，说："他是白亦冰介绍的人，而且他的老婆就是李安琪，应该不会这么不靠谱吧？"

董一凡一皱眉，说："白亦冰介绍的人就没有问题了吗？"

顾一菲一愣，说："毕竟白亦冰的身份在哪里！"

董一凡看着顾一菲，深吸了一口气。他发现最近自己的脾气有些起伏不定，有些急躁。

房间里变得鸦雀无声，沉默中带着几分生疏。

他们彼此都很久没有好好地聊过天了，尤其是顾一菲开始学习香味以来。好像除了工作，他们都很少聊其他的话题，虽然接触的时间变多了，但是却好像越来越陌生。

"在富豪的圈子里，有很多觊觎他们能力的人在外围游荡。"董一凡给自己倒了杯水，喝了一口，让自己平静下来。

"这我能想得到。"顾一菲也缓和下来，说。

"有些人原本是富二代，有一些是伪装成富豪。他们混迹在这些人的圈子里，找机会牟取暴利。其实对他们来说，维持高额的生活成本的办法有很多种。比如替有钱人花钱，或者借着他们的名声招摇撞骗。"董一凡说。

顾·菲点了点头，说："那么你怎么觉得周惊鸿的身份可疑呢？他跟李安琪结婚这个事情不会是假的吧？"

董一凡笑了笑，说："谁说跟李安琪结婚就不是骗子了？你知道有多少人即便是结了婚依旧不知道对方的真面目。这种事情有很多的，类似骗婚。这也是他们接近富豪的原因之一。男的傍富婆，女的嫁土豪，都是一步登天的捷径。但是之前要先包装好自己混进圈子。"

顾一菲一皱眉，说："结婚后都不会被发现？"

董一凡点了点头，说："但凡能成功的，多少都有点本事。等他们觉得时机成熟的时候，才会露出本来面目，分手时狠狠敲一笔的大有人在。"

顾一菲咂巴了下嘴，说："你这认识的都是什么人。"

董一凡摇了摇头，说："天下熙熙，皆为利来。有利益可图的时候，往往没什么人性可言，这也是我离开法国的原因。站在哪里，身边随时都是这些人，即便是你不去接触，耳朵里也会灌满故事。"

顾一菲若有所思地想了想，说："可是我有什么可贪图的呢？我又不是富豪。"

董一凡说："这个也不好说，毕竟你是白亦冰带去的，也许他的目标是白亦冰。接近你只是一个手段。"

顾一菲一摊手，说："那我就没有什么可担心的了。白亦冰自己会应付的。这么好的机会，怎么说也应该试试。"

顾一菲记住了董一凡的警告，但是也不至于所有人都是骗子吧。再观察观察，多点警惕性还是好的。

"对了，京元集团你知道吧，我们想跟他们合作香水项目。"顾一菲赶紧转移了话题。

董一凡点了点头，说："这个我是知道的，他们的想法不错。就是操作起来并不简单，你们怎么跟他们配合呢？"

顾一菲想了想，说："我想自己来做。"

董一凡一皱眉，说："你现在还不到时候呀。"

董一凡的话并没有一点水分，也许在感情上他会吃醋，但是换到职业上，他一贯是理性的。

顾一菲叹了口气，她也在尝试做配方，但是每次都被董一凡嫌弃。人到了一定阶段很难适应改变，就是因为每个进入的过程都是痛苦的。

你要不断地承受否定，否定，再否定。

然后陷入自我怀疑的怪圈。

顾一菲这段时间没少受到董一凡的打击，不过她也不喜欢小孩子式的鼓励式的教学。她想要真东西，就要直面最残酷的一面。

"来不及了，现在唐婷婷已经在跟京元接触。我不得不去做了。"顾一菲是一个不喜欢等风口的人。

她不是一个不能接受被动状态的人，哪怕风向不好，她也要主动出击寻求突破。

董一凡实在是太了解她这一点了，她的不择手段，往往都是在压榨自己，拼命压榨自己。

"如果有需要我帮忙的地方你尽管说。"董一凡停顿了一下，看了看顾一菲接着说："毕竟，毕竟我是你师父嘛。你出手自然要与众不同，不然岂不是砸了我的招牌。"

顾一菲笑了笑，说："那我自然是不会客气的。"她眼睛转了转，说，"你要不要考虑加入进来？有你坐镇我心里就更踏实了。"

董一凡摇了摇头，说："你用这个练手也好，毕竟每个人都是要独立面对产品的。但是不论成功与否，我希望你都不要太在意。因为你要知道自己的位置。"

他看过太多根基不稳就获得大名气的人，往往在日后都泯然众人。

董一凡自然是不想看到顾一菲这样。

顾一菲摆了摆手，说："我知道了。"

天气慢慢变冷，房间里也有些凉了。

顾一菲打了个哈欠，说："咱们在战斗中学习吧。"

董一凡赶紧点头，不置可否。

香水的设计一直在进行中，顾一菲想要做出一款具有代表性的作品，这样在跟京元谈合作的时候，才更有底气。

陈安平在公司不断地做着人员调动，将马致远的人慢慢地从核心业务抽离出来。

不过更大的动作，他现在也很难执行。

陈安平时刻都在想着压榨顾一菲，现在正是争分夺秒的时刻。君红的红酒业务，几乎全部都掌握在他的手中了。下一步就是股权，他的目的是拿到更多的股权。

陈安平每一天都会让顾一菲做工作汇报，好实时掌控她的进度。

这种运作模式无疑更增加了顾一菲的压力，创作灵感这东西并不是什么时候都能出现的，这种被盯着的状态好像时刻都生活在监视之中。

董一凡察觉到了顾一菲的情绪变化，她现在变得更加沉默，有些失去往日的活力。

董一凡的新书即将发布，纸飞机想要做几场巡回演讲。他很担心顾一菲，一方面京元的案子很棘手，另一方面，周惊鸿这个人也让他有些不放心。

他想了很久，给一个朋友打去电话。

"立夏，帮我打听一个人。"董一凡拿着电话说。

"你想了解谁呢？"立夏的声音十分温柔。

"周惊鸿，他是李安琪的丈夫。"董一凡说。

"好的，给我点时间。"立夏说完就挂掉了电话，没有多余的话。

董一凡放下手机，心中的一个结，算是有了保障。如果连立夏都查不出这个人的黑历史，那么说明他还是可靠的。

他可不敢让顾一菲知道自己做的这个调查。

庄青最近有事没事就会到董一凡家坐坐，再加上这段时间顾一菲很少在家，这也让庄青跟董一凡相处的时间更长。

虽然董一凡对庄青并不感冒，但是不妨碍他把庄青当作朋友。

细算下来，他们还有几个共同的好友。

庄青的手袋跟山崎一郎合作的项目已经开始下厂制作。

不得不说，庄青是一个很有商业头脑的人。

她在白亦冰那里拿到了更多的资源做展览。

顾一菲回家的时候看到了门口的车，马上反应过来庄青怕是又来了。

已经很疲惫的顾一菲瞬间来了精神，她整理了下自己的衣服走了进去。

"庄小姐，别来无恙。"顾一菲夸张地说着。

庄青礼貌地回应着，她目送顾一菲走进自己的房间。

董一凡招呼客人喝茶，他看到顾一菲走回自己的房间。

"喝茶。"董一凡坐在一边。

庄青喝了口茶，笑着说："你觉得我今天用的香水怎么样？"

董一凡微微一笑，说："整体搭配很好，就是微微的甜有些被掩盖住了。或许你应该尝试加一点橘香。那种清新的甜，或许能让你的气质得到更好的体现。"

庄青笑了笑，说："你的意思是，我的气质很甜吗？"

董一凡没有说什么，这是他的职业风格。他喜欢用最简单的方法，来体现一个人或者一个环境的状态。

"顾一菲怎么还住在你这里，你们的合作不是结束了吗？"庄青看着顾一菲的房间说。

董一凡说："现在她在跟我学习香水的知识。"

"跟你学香水？"庄青疑惑地说，"她不是在做红酒吗？"

"她有设计的基础，现在做一点香水的设计。"董一凡说着。

顾一菲这个时候走出了房间，有庄青在家里她总是觉得不自在。她一个人走到厨房烧了一壶水。

"我新设计的包准备跟TM做联名，你帮我介绍一下那边的人？"庄青将话转到了正事上。

董一凡愣了一下，说："我已经离开TM了，况且我之前一直在设计部，其他的部门我并不熟悉。"董一凡说。

他也并不是不想要帮庄青，只是自己离开TM那么久，已经很少有联系了。

"要不你帮我跟Oscar说一下？"庄青不死心，继续问。

董一凡摇了摇头，说："他这个人最不喜欢的就是走关系，我觉得你还是在他们的邮箱中投稿比较合适，那边的渠道透明度特别高。"

庄青咬了咬嘴唇，说："你就不能再帮我想想办法吗？"

董一凡一脸无奈地看着她，说："这件事还是很难办的，毕竟我从来没有打过人情牌。"

庄青得不到满意的答复，语气也不再那么柔和。

没一会儿她就离开了。

顾一菲靠在厨房的门边，一只手拿着水壶，说："怎么走了？"

董一凡叹了口气，说："她想让我帮忙做推荐，但是这确实不是我喜欢做的事情。"

"她的产品不是已经有些名气了吗？怎么还用你来引荐。"顾一菲问。

董一凡说："这些在Oscar那边还是不够谈。毕竟TM作为一线大牌，不是一般的设计师就能去合作的。"

"多好的一个大美人啊，就被你这样给打发走了，真是暴殄天物。"顾一菲咂吧着嘴说。

董一凡连忙摆手说："我只是当她是朋友，但是有些事情我也无能为力。如果按照Oscar的脾气，我替她引荐的话反而会坏事。"

"合着你还是替庄青着想呢！"顾一菲说完回到了自己的房间，留董一凡一个人在客厅。

董一凡看着顾一菲的房间，想解释却没有机会了。

顾一菲每天都早出晚归，好不容易碰到了，又再次引起了误会。

他起身走回了实验室，只有在那里，能让他的心安静片刻。

顾一菲回到房间，看着手机上周惊鸿发来的短信。

本来顾一菲对周惊鸿有了些看法，毕竟董一凡那么说，自己不得不有芥蒂，不过多聊聊总是没坏处。

顾一菲打开手机，看了看短信的内容。

周惊鸿想要请顾一菲吃饭，顺便聊一聊项目的事情。

顾一菲现在为京元做的方案已经有了眉目，倒是可以看看周惊鸿对自己方案的态度。

这种事顾一菲自然不会告诉董一凡的，以免他反应过激。

周惊鸿将见面地点定在一处法餐店里，装修格调很符合顾一菲的胃口。

"一菲小姐，咱们又见面了。"周惊鸿笑着说。

他时刻保持着儒雅的状态，特别注意自己的言谈。

顾一菲笑着说："最近特别忙，已经忘了时间。"

周惊鸿点了点头说："顾小姐为什么不考虑自己成立工作室呢？"

顾一菲惊讶地说："我现在还不行，自己做品牌投入太大，而且我现在的资历还不够支撑起一个品牌。"

周惊鸿不以为然地说："我倒是觉得你可以考虑一下，毕竟现在风投很火，只要你拿出好的项目自然有人帮你做其他的事情。"

顾一菲没想过做自己的品牌，但是想到董一凡可能会感兴趣，所以又问了下去："我之前听你说，你也会投资新人做产品是吗？"

"当然，不知道顾小姐是不是感兴趣？"周惊鸿笑着说。

顾一菲看着周惊鸿，笑着说："我当然是感兴趣的，走设计师这条路，大家都希望有自己的工作室，建立自己风格的品牌。"

周惊鸿点了点头，说："我能在你身上看到一些可能性。"

"是吗？多谢。"顾一菲回复着。

周惊鸿有意无意间提到，自己将要移民美国。还有他公司的事情，以及他夫人的一些事情。

顾一菲倒是乐得听一听那些趣事，所以也并不反感。

"再过半年，我就去美国了。我想在这段时间在中国孵化一些产品出来。"周惊鸿说着，看了看顾一菲，接着说，"如果这段时间能跟你有一些合作那就更好了。"

顾一菲笑了笑，说："真是可惜，在短时间内，我可能会让您失望了。"她的心里也觉得十分可惜，毕竟对于一个新人设计师来说，拿到投资本身就是很不容易的。

"也许以后我们还有机会。"顾一菲说。

周惊鸿抿着嘴唇看着顾一菲，他倒是没想到顾一菲这么坚定。他想了想说："或许你可以再考虑考虑，这是个难得的机会。"

人生就是这样，机会就这么多，稍纵即逝。有些时候，就是一个选择就可以改变一个人的一生。

顾一菲反复想着周惊鸿的话，一时也拿不定主意。

"或许你可以将君红那边的工作放一放。现在你们公司实在是太乱了，之后的发展方向还不明了。"周惊鸿说。

顾一菲倒是很意外，他没想到周惊鸿对君红也有这么多了解。但是想到他跟白亦冰认识，也就不意外了。

"没想到我们公司里的事情，您也这么了解。"顾一菲无奈地说。

"君红这么大的公司，很多消息在圈内走得很快。投资就是这么回事，要关注时事。君红这段时间的股票一直在跌，不就是因为你们的管理层混乱。以前还能内部压住，现在基本上已经提到台面上来了。"周惊鸿笑着说。

顾一菲点了点头，不得不感慨，好事不出门，坏事传千里。

"听说最近京元那边接触你们了？"周惊鸿将话题转移到了京元上。

顾一菲一愣，说："是的，我现在正在给京元做方案。他们想做的事情实在是很大，需要花费很多的精力。"

周惊鸿靠在椅背上，说："你这边不是已经开始商业合作了吗，而且我跟京元的老板认识，有机会我们一起吃个饭。"

顾一菲惊喜异常，说："那可真是太感谢您了，这样我可以直接将策划交给他。"顾一菲的眼睛一亮，她现在最重要的事情就是搞定京元这边的事情。

"这都是小事，毕竟我们之前在一些生意上有过往来。"周惊鸿笑着说，他毫不掩饰自己的人脉和实力。

顾一菲对这个人又多了几分好奇，或许她真的可以就此做一些改变。

"我有个疑问，如果想做香水的话，您为什么不找董一凡呢？"顾一菲喝了口水说。

周惊鸿笑了笑，说："董一凡在你们那里是稀缺资源，但是对我来说并不是。毕竟只要有钱，凭借我的人脉，找到一些国外知名的调香师并不是什么难事。我想要做的是从新人阶段挖掘有潜力的新星。"

周惊鸿对于这些人的定位倒是明确，只是他对董一凡的态度有些令人疑惑。如果做投资的话，总该对设计师有一定的尊重。

"你跟董一凡不一样。董一凡只是设计师，而且一定是一个理想主义的人，他们这样的人我见多了。他不是商人，我和你才是一类人。我们会寻求更成功的商业化产品。"周惊鸿笑了笑，说。

他的话足够明确，他要的是能得到市场欢迎的产品，而不是某些所谓的艺术追求。

顾一菲也笑了笑，说："确实是这样，如果你这么跟董一凡聊产品目标，也一定会被赶出去。"

周惊鸿的话有些打动顾一菲，她更喜欢的是将产品推到市场，有些艺术上的追求确实会导致产品在成本上无法收回。

"所以嘛，我在接触你们之前，都会好好关注你们的。"周惊鸿自信满满地说，他的话也不断地给顾一菲传递一个信息，那就是对顾一菲的认可。

周惊鸿的人脉和资源确实让顾一菲很动心，她在君红这么努力，目的也只有一个，就是能获得更高的位置和更多的薪资。但是现在明显不是这样，她的上升通道，可以说被一块大石头堵着。能不能过去，还要看陈安平的能力。

这对顾一菲来说是难以接受的。

她考量着那话，时刻想着做出新的变化。

现在摆在她面前的路有两条，一条通往君红，另一条通往周惊鸿那里。

顾一菲并没有当面拒绝周惊鸿的邀请，只是做了礼貌性的回应。这个选择是不是太过冒险，她还需要更多的时间来消化。

周惊鸿说："虽然我再过六个月就要移民，但是你有什么事情需要帮忙的话，也尽管提。"

顾一菲客套了几句，然后两个人告辞离开。

周惊鸿对产品的掌握十分熟练，他能很快地分辨出菜中不同的味道。

晚上回去的时候，董一凡在自己的实验室待着，他倒是像在躲避自己，不然也不会那么晚了还在实验室。

顾一菲自己回到房间，出来的时候手中拿着一个平板电脑，她需要将自己最新的设计方案跟董一凡讨论一下。

她走到客厅，依然没有见到人。

顾一菲缓缓地走到了后面的实验室，她轻轻地推开门。

实验室的灯亮了一盏，董一凡应该在那边。

她推门走了进去，坐在一边看着董一凡操作。这样的画面，她简直是看不够，她喜欢他这种认真工作的状态。

"你今天出去干什么了，这么晚才回来。"沉默了几分钟之后，董一凡主动打破了沉默。

"去跟周惊鸿见了个面，聊了一些关于产品的事情。"顾一菲轻描淡写地说着。她特意将重音调整了一下，好在不经意间糊弄过去。

第十八章　董一凡的新香水

董一凡一皱眉，没想到顾一菲还在跟那个家伙联系。

他倒是没说什么，依旧在调配手中的配方。

他这款香水中用了大量的玫瑰元素，好像很有针对性。

"你在做什么案子呢？好像没听你说过。"顾一菲坐在一边看着董一凡工作。

董一凡头也没抬，说："一个客户，想要一点比较纯粹的香水。"

顾一菲点了点头，说："你怎么选择了玫瑰花呢？"顾一菲继续问道。

"大概有百分之八十的现代香水都会用到玫瑰。对于气味每个人的喜好不同，晚香玉的香气对某些人来说甜得发腻。茉莉的香气对某些人来说是臭的，但是很少有人反感玫瑰的气味。"董一凡说着，将手中的香水吸出一点到小瓶子里面，稀释好，用试香条蘸了一下。

他将其中一个递给了顾一菲，示意她闻一下。

顾一菲接过试香条，放在鼻子下面闻了一下。一股清新的玫瑰香气扑鼻传来，很纯净。不过缺少一点董一凡往日的独特个性，好像有点过于"好闻"而缺少识别度。

"好像过于纯净了一点，恬淡的香气，沁人心脾，但是好像不太符合你一贯的香水调性。"顾一菲说着，又将试香条在鼻子下扇动了几下。

确实是一款很好的香气，单纯优美。很多香水的配方都是一大串原料，配方在不断地完善之后变得异常烦琐。

但是这款香水的原料，应该只有十几种。而且玫瑰精油选用的并不是著名产区的玫瑰，整体体现的就是平淡。

董一凡闻着自己手中的试香条，说："我想要做的就是纯净的气味，想让人从复杂的环境中脱身。你们会闻到最明确的信息，而不是掺杂了很多化学试剂之后催生出的奇异香气。"

顾一菲点了点头，说："这款香水还没有完善吧？"

董一凡深吸一口气，缓缓地吐出。说："确实没有做完，纯净不代表没有个性。明确的主题我还需要再思考些。这款香水到底要表达什么呢？"

他说话又变得莫名其妙了，之前说是为别人定制，现在却在思考主题。这样的香水并不像私人定制，倒有点商业合作的意思。

顾一菲看了看自己手中的电脑，觉得今天还是不要讨论自己的方案了，现在董一凡正沉浸在自己的新香水中。

她在一边打开了自己为了董一凡新建的邮箱。之前顾一菲接手了董一凡的客户联系工作，接着将联系方式里面的邮箱改成了自己新建的。

没想到这么短的时间里，邮箱中已经有几十条的未读信息。顾一菲满脑门子黑线地往下看着。

董一凡虽然在设计上是个天才，但是人际关系上可以说是一团糟。他不喜欢被雇主打扰，所以你交了定金之后，就再也找不到他的人了。

问题是有些雇主是为了婚礼设计伴手礼，有些是公司大型活动。

都是耽搁不得的大事，虽然董一凡也能按时交付，但是其中不免让人不放心，导致董一凡的口碑很差，订单很少。

顾一菲无奈之下，只好挨个邮件回复。先是赔礼道歉，然后解释一下自己的工作，再详细询问一下订单需求和进度。

有些人像是找到了救命稻草，终于有人主动联系他们了。

设计师做到董一凡这个程度也真是可以了，顾客们但求他能回复一下，都不要求态度和颜悦色。

顾一菲坐在一边，一直忙着邮件的往来，她从之前就开始重新维护董一凡的客户关系。

不过一段时间接触下来，真是不接触不知道一接触吓一跳。

他的客户都是名媛大佬，也就是董一凡这个臭脾气才不把他们当回事。顾一菲咂吧着嘴，一阵叹息。这些人脉好好经营，真是可以吊打周惊鸿几条街了。

周惊鸿的聊天方式最喜欢的就是说，最近见了谁，或者谁是他的朋友。

要不怎么董一凡对他这样的人一点都不感冒呢？他要是想搞这些，真是易如反掌，只是他选择了抽身。

不过顾一菲可不是董一凡，她明白人脉对以后品牌发展的重要性。但凡这其中的某个人帮个忙，在日后都会有大作用。这叫合理利用资源，顾一菲当然没有将这些事情跟董一凡说。

不然这货肯定又是一副满不在乎的样子，说什么浪费生命。

这下有了顾一菲，一切沟通重新顺畅了起来，这些人中，甚至有之前因为太喜欢那款香水，但是再也买不到也联系不上董一凡而苦恼的名媛。

这类重复的案子实在是太好做了，只要找出之前的配方，再联系琼斯帮忙找到一个靠谱的调香师制作一批出来就好了。

顾一菲整理了董一凡的配方和设计方案，还有他主要合作的调香师，重新制作了一些产品。

这些案子的收益，大大超乎顾一菲的预料。董一凡这家伙虽然对钱不感冒，但是开口就是天价。好在这些人都是不差钱的主，董一凡敢要，这些人就敢给。

顾一菲几乎是颤抖着小心肝，在跟他们谈价钱。她每次都说："酬劳方面，跟上次一样，您看如何？"

顾一菲盯着之前的酬劳记录，每次心跳都加快数倍。

几乎所有人都是秒同意，表示能拿到香水就好。

重新找回了几个案子，顾一菲的心也就大了。如果有想讲价的人，她就果断地一口回绝了。

她这波操作帮助董一凡缓解了不少经济压力，同时她也认识了很多人。

这也是她即便就花都那边的案子这么棘手，她也选择压缩时间帮着董一凡整理客户的原因。

这些人提供的信息，就够顾一菲消化一段时间了。

这个时代，信息的重要性不言而喻。

董一凡知道顾一菲在做什么，取长补短嘛。酬劳到账的时候，他总是会拨出一部分到一个新的账户中，算作是顾一菲的酬劳。

但是这部分钱，只能用于香水学习的原料购买，这倒是让顾一菲有些眼红。分给自己的真金白银放在那儿，她却不能动。看着董一凡眼睛都不眨地购买一些名贵的精油，让顾一菲的心都在滴血。

顾一菲迟疑了几天，最后还是拿着自己的策划走到客厅。

董一凡现在正在客厅坐着看书，他在为新香水找一些素材。

顾一菲走到他的身边，坐在一边等着他将这页书看完。

很快，董一凡将书合上，看着顾一菲，说："怎么了？"

顾一菲赔笑着说："那个，这是我为京元做的策划，你给把把关呗。"

她反复修改了好几天，才拿出来给董一凡看。要是过不了董一凡这一关，到了京元也够呛。

董一凡接过电脑，说："这就是京元的花都项目吧？"

顾一菲愣了一下，说："啊，是的。你怎么知道花都这个名字的？"

董一凡赶紧将目光转到电脑上，说："啊，我，我在网上看到的。"他赶紧将话题带到了策划上，说："那个，你给我说说你们合作的一些前提。"

顾一菲大概将京元那边同步的信息跟董一凡说了一下。

董一凡的目光专注在屏幕上，也不知道他听进去了多少。

他将策划浏览完，大体的流程还是可以的，但是内容上还是有所欠缺。毕竟顾一菲学习香水的时间还短，在很多专业点上，还有些不足。

董一凡偷眼看了看顾一菲，好像她也没在纠结刚刚的事情，长出了一口气。

"你这个策划大体上还是可以的，但是在一些细节上需要加强。"董一凡说。

顾一菲点了点头，虚心地说："你觉得哪方面不好呢？"

董一凡讲策划停在一个页面上，说："你看，比如这个展览馆。这个空间一定要留足，而且不同种类的花要分属性划分区域。这样从前走到后，闻起来也比较舒服。"

顾一菲赶紧将董一凡说的内容记下来。在不足的时候，顾一菲从来不排斥学习，这是向上的过程中不可避免的过程。只是这个过程，随着年龄增大，变得难以接受，也就让学习变得困难。

董一凡一边说着，直接在顾一菲的策划上改了起来。

"国内的化工工艺很成熟，要充分发挥。在这里面可以增加一个低温压榨技术，不用太大，可以提纯更高品质的精油。我将工艺的名字写在这里，回头让京元那边去询价，看看成本是不是能支撑。"董一凡说着，将想要的内容加了上去。

他像是对这个项目很熟悉一样，一上手就在各个细节开始进行补充。

园区内除了博物馆还有一处气味工作室，董一凡在这部分停留的时间最长。

顾一菲在写这部分的时候，参照了董一凡的这间实验室。

董一凡看了几遍，说："这个独立的工作室，应该增加更多的功能。从进门开始，就是工作室的一部分，这里面要加入一些香味发生器，作为空间气味设计的一部分，将这个空间全部融入气味设计中来。"

停顿了一会儿，他接着说："这个工作室里面，除了会议室还要开辟一处容纳一百人到两百人的教室，作为培训使用。"

"京元没有提出要做培训的事情啊！"顾一菲说。

董一凡尴尬地笑笑，说："那个，他们这边做一个工作室，设计师、调香师哪里来？一定要自己培养，因为外聘的优秀设计师都很贵的。既然做了这么好的场馆，投入一定的人力，就可以自己培养人才了。"

顾一菲不是没想过这个问题，可是这样一来，谁来坐镇这里呢？

她将目光转向了董一凡，眼睛眯起来，笑着说："我们做了这个策划，但是请谁来当老师呢？"

当初京元是因为君红跟艺洲合作的香水才来接触君红的，但是这背后有一个问题。君红的香水是董一凡做的，但是董一凡并不是君红的员工，甚至已经不再有合作的关系。

那么现在，君红能拿出什么样的阵容去匹配京元的项目呢？

顾一菲有些疑惑，她可以通过好的策划来打动对方，但是落到实处的时候这些硬伤该如何处理呢？

董一凡习惯性地摸了摸鼻子，说："这个你们可以跟京元谈，毕竟他们也是很有能量的。首先是将他们想要的东西建立起来，有了这个框架，你们可以往里面放东西。"

董一凡一边说着，一边在修改着顾一菲的文件。

"可是我们没有一个好的调香师坐镇，可能也很难打动京元。"顾一菲低声说。

"你不就是个香水设计师吗？"董一凡没有抬头，说。

顾一菲笑了笑，说："你这是在挖苦我吗？"

董一凡抬起头，看着顾一菲，说："我是很认真的。"

顾一菲无奈地笑了笑，说："可是我连一个打动你的样品都做不出来，我还需要时间。"

董一凡笑了一下，说："你觉得我的标准很低吗？"

"当然不低啊！"顾一菲几乎要大喊出来，她实在是被董一凡虐得没了脾气。

"那不就得了，你的设计放在你们公司已经很厉害了。目前我看不到比你更有竞争力的人参与到这个案子中来。"董一凡认真地说。

顾一菲叹了口气，说："要是有更多的时间就好了，我可不想做矬子里面的将军。"

"给自己点时间嘛，毕竟，毕竟你后面还有我呢！"董一凡说。

顾一菲诧异地看着董一凡，说："你想跟我们合作吗？"顾一菲喜出望外，她笑眯眯地看着董一凡。

"怎么可能，你们公司这么乱，我才不要掺和。"董一凡嫌弃地说。

提到这件事，顾一菲也很头疼。

"你的对手还是跟王亮合作吗？"董一凡问。

顾一菲点了点头，说："在国内唐婷婷也没有找到更好的设计师，不过只是王亮显然是不够的，据说他们又请了一个设计师。"

董一凡点了点头，说："你最好关注一下对手的动作，这种合作很有可能被人为的因素影响。"

顾一菲点了点头，说："这部分我也想着呢，公司不是有宁小凝嘛！"

"前几天庄青联系我说有人邀请她做香水设计，她想要跟我合作被我拒绝了。"董一凡看着顾一菲说。

"真的假的？"顾一菲张大了嘴巴。

真是应了那句话，冤家路窄。

顾一菲头疼地说："你们香水界的门槛这么低了吗？谁都能过来掺和一下。"

董一凡不以为意地说："很正常嘛，所以我才不喜欢做那些商业合作。他们关注的往往都不是产品本身，而是其背后的流量和故事性。"

顾一菲咂巴了下嘴，说："行吧，兵来将挡水来土掩。"

她说着拍了下董一凡的肩膀，说："以后可要麻烦你了，你可要好好罩着你这个大徒弟啊。"

她站起身没等董一凡说话，用手指着他，说："那你可别重色轻徒啊！"

"你的策划还没改完呢。"董一凡说。

"我去开瓶酒，你好好干活！"顾一菲笑着说。

董一凡嘴角挂着微笑，他喜欢顾一菲活力满满的样子。他看着屏幕，全神地进行着修改。

他按照自己的设想，整合了园区的全部资源。博物馆要面对游客，但是工作室最好不要受到打搅，他不断地为场馆增加功能和区域的细分。

"周惊鸿还想要跟我合作，他给出的条件真的很好。"顾一菲拿了一瓶红酒回来。

董一凡继续修改着策划，说："他给出了什么条件？"

"他可以帮我引荐一些人，成立自己的工作室，还有就是能在他的帮助下拿下京元。"顾一菲喝着红酒说。

"他帮你有什么代价，让你离职吗？"董一凡停下手，说。

顾一菲摇了摇酒杯，她看着杯中的液体。

"是的，他半年后就移民美国了，所以留给我的时间不多了。"顾一菲淡然地说。

"你怎么考虑的？"董一凡问道。

顾一菲看着他笑了一下，说："我还不清楚。但是我总有一天要自己独立做产品，不是吗？"

董一凡叹了口气，他知道顾一菲的脾气。所以即便是对她好，他也要小心翼翼，以免被排斥。

"或许吧，如果你开心，都可以试试。"董一凡说。

他又低下头，用心地做着修改。

一个月以前，京元的人就已经开始接触董一凡了。不过董一凡并没有直接答应他们的项目，而是要求他们通过君红跟自己合作。

京元的人不知道这其中缘由。不过京元的项目负责人就是立夏，她自然是愿意配合董一凡的。因为于公于私，她都没有理由拒绝。

于公来说，不能满足董一凡的要求，那么这个合作就无法达成。

于私来说，她跟董一凡已经是老朋友了，自然没有理由拒绝他。

她了解了一下君红这边跟艺洲合作的香水"葡萄园"。毕竟是董一凡的手笔，她很好奇。

董一凡不敢告诉顾一菲，只好装作什么都不知道。他用心良苦地帮助顾一菲，在暗中守护着她。

董一凡之前请立夏帮忙调查周惊鸿，那个时候立夏明显是不认识周惊鸿的。眼下顾一菲说周惊鸿的承诺是帮助顾一菲拿下京元的案子，这更加蹊跷了。

董一凡又不能直接指出其中的问题，只能走一步看一步，但是心里有了提防，总是好一些的。

等立夏那边的调查出来了，一切也都明了了。

董一凡也很疑惑，李安琪的丈夫会是一个骗子吗？

京元的很多信息并没有对君红开放，他们这个项目的由来是跟当地政府合作的。用这个项目带动当地的花农产业、纯露、香水、旅游等项目。为了这个项目，京元拿了一千亩地，提前开始培育优良的鲜花品种。

立夏找到董一凡的时候，董一凡心里就在盘算着让顾一菲参与进来，帮助她尽快进入到工作状态中来，也算是帮她练练手。

最近董一凡做的玫瑰香水，就是这个项目的一部分。他想用园区生产的玫瑰制作出来的纯露来作为香水的主题。

毕竟是经过精心选配的品种，玫瑰的品质还是比较不错的。虽然不能跟大马士革玫瑰相比，但是已经足够。

顾一菲想了想，说："我总觉得周惊鸿的眼神飘忽不定，说话也有些浮夸。但是他的身份也是真多，真搞不懂他到底想要做什么。"

"所以，你可以等等。时间会证明一切，谨慎些总是好的。"董一凡说。

顾一菲叹了口气，说："只是，他很快就要离开中国。这段时间项目不上马，就错过了。"

她喝了一口酒，接着说："人生的机会就这么多，错过了就不会再有了。"

董一凡摸了摸自己的鼻子，欲言又止。

他将策划修改完，说："我改好了，你明天看一下吧。"

"为什么不是今天看一下呢？"顾一菲疑惑地问。

"给自己点时间嘛，你今天先好好休息下。明天开始，项目提交上去，你就要专心搞定京元的人了。"董一凡说。

顾一菲笑了笑，说："好。你是不想让我继续纠结下去吧。"

"时刻紧绷着的皮筋总有一天会断掉，要不时休息一下。"董一凡说着，想起了自己的香水。

"聊一点香水的东西吧。我最近在做的玫瑰香水，想要尽可能做得纯净。"董一凡想了想说。

"就是你前几天调的那款吗？确实很纯净，你想要表达什么呢？"顾一菲喝了一点红酒说。

董一凡一只手放在身后，舒展着自己的身体。

"我想要一种一个人站在鲜花谷中的样子。"董一凡说。

"你应该在香气中加入风的感觉。"顾一菲想了想说。

"风？"董一凡重复了一句。

"山谷中大概会有风穿过，带起香气在山谷中回荡。有风、有山、有树木，或许还有溪流。"顾一菲有了一点醉意，想法也很天马行空。

"风的味道吗？"董一凡呢喃着。

他反复思考着这个问题。董一凡想过很多种元素与之搭配，忽略了这种概念。

海风有海风的味道，山谷的风也有其特有的味道。风是纯净的，但是在不同的地点，风夹带了它吹过的物体的气味。

董一凡一拍自己的手，赶紧起身赶去了实验室。

董一凡将自己关在实验室里一天，顾一菲一觉醒来，走到客厅还是没有看见董一凡。

她上班前走到院子中，看到董一凡还在实验室中。

顾一菲吐槽着说："总说劳逸结合，合着你们这些人拼起命来都是可以不睡觉的！"

房间里有顾一菲做的早餐，也不知道这家伙会不会吃。

她到公司，准备将策划案交给陈安平。

陈安平对于顾一菲的策划十分满意，这倒是并不出乎顾一菲意料。

"等唐婷婷那边的方案出来，我把两个方案一起提交给京元那边。你这边的红酒项目有什么进展吗？"陈安平看完策划说。

"今年的红酒项目都在如期推进，只要市场那边不出问题，供销应该是平衡的。"顾一菲说完，将另一份文件递给陈安平。

那是关于红酒项目的事情的数据。

"嗯，不错。"陈安平靠在椅子上，望向一边。

他现在在谋划着另一个事情，找到一个突破口，将其决堤。

顾一菲坐在他的对面，一副欲言又止的样子。

陈安平笑着说："有事就说，你怎么还害羞了。"

顾一菲自己知道，她并没有害羞，而是在想怎么说出口。

"现在在公司里人心惶惶的，太多的人事调动，这样对项目的发展并没有好处。"顾一菲委婉地提了一下。

陈安平点了点头，说："还要动一段时间，自从上次老太太来过之后，我也要缓下来，算是出于策略吧。"

顾一菲并没有说什么，现在她越来越将自己置身于事外。

陈安平知道顾一菲的想法，不过眼下的事情确实急不来。

顾一菲回到自己的办公室，她现在在办公室的时间越来越少。好在她可以利用京元项目的机会，开拓一条新的道路。

宁小凝一边自己做着新红酒的设计，看到顾一菲进来，赶紧放下手头的工作走了过去。

"怎么了小凝？"顾一菲看着走过来的宁小凝说。

宁小凝叹了口气，说："一菲姐，你的压力又来了。"

顾一菲一笑，说："什么压力？"

宁小凝凑过身子，在顾一菲耳边说："唐婷婷的合作设计师除了王亮以外，还请来了庄青，就是之前在艺洲的庄青。"

顾一菲一听，倒是在自己的意料范围内，不过现在是跟谁打擂台呢？

"随他去吧，做好自己的事情就好了。"

顾一菲倒是觉得很有趣，庄青居然跟唐婷婷搭上了线。

顾一菲反复思考着自己的团队的单薄性。单凭现在的实力，是无法做好京元的项目的。

红酒、香水，这几个事情确实让人有些没有条理。

葡萄园几乎卖成了现象级的产品，在网红界成为一款网红香水。这倒是跟顾一菲之前的设想有一点出入。本来她打算跟艺洲做一些产品，然后将流量带回红酒。

她是按照奢侈品的定位来卖香水。

中午的时候，顾一菲走到休息区。她点了杯咖啡，想要提提神。这段时间学习的东西又很多，倒是睡眠有些不足。

她突然看到远处的人群中有一个熟悉的身影。

顾一菲走过去一点，终于看清了对方的脸。

庄青？

她有些哭笑不得，现在到底是自己搞乱了香水市场，还是香水市场一直是这样的。

唐婷婷跟庄青在办公室里正商量着对付京元的效果。

她感兴趣极了，突然收到了周惊鸿的电话。

"一菲，想得怎么样了？"周惊鸿说。

"您是指关于什么呢？"顾一菲笑着说。

"关于成立自己的工作室这件事情。"周惊鸿说。

"哦，这件事情我再考虑考虑吧。"顾一菲现在倒是并不着急了，手上的工作也够做一阵子。

周惊鸿诧异地说："那你还没想好，现在时间可是不多，而且我这边能带的名额也有限，所以你还是尽快给出答复。"

顾一菲眯起眼睛，面对如此热情的周惊鸿，她倒是有些疑虑了。

现在周惊鸿如此看重这件事情，十分反常，他的态度越来越急迫。

顾一菲将周惊鸿应付过去，在心底盘算着君红这边的事情。

中午的时候，白亦冰又安排人送了下午茶过来，引得办公室的人开心地起着哄。

顾一菲无奈地看着他们，说："好了好了，都拿去随便享用。"

宁小凝带着大家一拥而上，开始瓜分点心和饮料。

从读书的时候开始，她就有很多追求者，其中不乏身价不菲的人，但是她对此一直不感冒。

面对所谓的成功，顾一菲并没有获得预期中的喜悦，她不知道自己为什么失落。理智上来说，白亦冰本身条件很好，在艺术上跟顾一菲也很聊得来。如果顾一菲需要一段婚姻的话，那么白亦冰虽然不是最好的，但是至少是不错的一个。她想说服自己试一试接受白亦冰，但是发现身体是诚实的，她接受不了白亦冰的靠近。

回想起跟董一凡的相处，好像更自然而然一些。

不过最近董一凡总是将自己关在实验室，努力钻研着风的味道。

宁小凝一边吃着东西一边说："一菲姐，你的新香水项目进展得如何了？"

顾一菲摇了摇头，说："现在等着唐婷婷那边的策划做完一并送到京元那边。"

宁小凝撇着嘴，说："唐婷婷还不死心啊，上次输给你还不够吗？"

她一边吐槽一边说："这件事对公司来说好像很重要，现在君红的红酒业务发展减缓，需要项目刺激销售的增长。"

"大家都知道很重要，但是现在怎么打开这个突破口很重要。"顾一菲伸了个懒腰说。

"听说那个庄青很厉害的，而且她跟董一凡好像是朋友。"宁小凝说。

顾一菲点了点头，说："朋友倒是不好说，但是认识是肯定的。"

"可是，据说唐婷婷请庄青就是为了引出她背后的董一凡，通过跟庄青的合作继而跟董一凡联系上。"宁小凝说。

"董一凡？他答应跟庄青的合作了吗？"顾一菲吃惊地问。

宁小凝摇了摇头，说："现在还不知道，不过庄青好像一直在释放这个信号。听说他们前段时间还一起去了日本，有合影呢！"

宁小凝说完看着顾一菲的脸色，说："一菲姐，这些事情你知道吗？"

顾一菲笑了笑，说："知道，去日本的时候我也在。不过这个庄青可不像她外表看上去那么知书达理。心机倒是深得很。"

宁小凝说："就是就是，一看就不是什么好人。"

顾一菲笑了笑，说："咱们走着瞧呗。现在呀，京元那么大的项目就是一块肥肉，谁见了都想上去咬一口，但是谁能咬下来，还是看真本事。"

"一菲姐，你以后真的要专心做香水呀？"宁小凝托着腮帮子看着顾一菲说。

"是啊，怎么了？"顾一菲一边浏览着最新红酒信息一边说。

"真羡慕你，一菲姐。"宁小凝说。

"要种一棵树，要么在十年前，要么在现在。你没听过这句话吗？所以什么时候都不晚，只要你去做就好了。"顾一菲笑着说。

她将手头的事情做完，拍了拍宁小凝的脑袋，说："好了，这边的事情我处理好了，要处理另外一个人的事情了，公司有什么事情及时联系我！"

"一菲姐，你去哪啊？"宁小凝起身问。

"去跟人交手！"顾一菲说着，人已经走了出去。

宁小凝满脑门子问号地看着顾一菲离去的身影。

顾一菲并没有回绝周惊鸿的邀请，这个周惊鸿确实有些手段，每当你觉得想要撤退的时候，他都要抛出一点更有诱惑力的信息出来。

下午周惊鸿去办理业务，正好路过君红的办公楼附近，他"顺便"约顾一菲出来聊聊。

顾一菲也不拒绝，拿起包就走了出去。

"顾小姐，听说庄青也跟你们公司合作了。"周惊鸿笑着说。

"您的消息还真是灵通，好像是有了接触，不过不是我负责的。"顾一菲笑着说。

顾一菲喝了一点咖啡，笑着说："您对我们公司的事情还真是很关注呢。"

周惊鸿笑了笑，说："要不是你在君红，我还真懒得了解。既然你不想离开君红我只好看着君红什么时候倒台。"

顾一菲笑着说："您还是盼着君红屹立不倒吧。"

周惊鸿喝了点东西，说："庄青请了一个香港的经纪人，专门为她做公关和资源整合，现在的庄青野心可是很大。"

顾一菲惊讶地说："这种经纪人可不便宜，她要拿到几个大项目才能维持开支吧。"

周惊鸿笑着说："所以啊，成立个人工作室，然后拉投资。钱嘛，都是投资人的，花完了再找人投，也不心疼。"

顾一菲笑了笑，说："那你不担心我拿了你的钱，然后胡乱花掉？"

周惊鸿一耸肩，说："你要是能拿我的钱，随便你怎么花。不过我相信自己的眼光。"

顾一菲说："您可不要低估一个女人花钱的能力，更何况在香水这方面，要多贵的原料都是能买到的。"

周惊鸿一副无所谓的样子，说："能花出去，也就是能做得出更好的东西。这一点我是相信的。"

"对了，我现在的公司准备注销了！"周惊鸿说。

"为什么呢？"顾一菲疑惑地问。

"因为我以后人在美国，管理起来会有麻烦。"周惊鸿说完看着顾一菲，说："或许我不以投资人的身份投资你，而是以合伙人的身份加入你。这样的话，我们可以一起在中国开一家公司。"

顾一菲苦笑了一下，说："我暂时还没这个打算，工作室对我来说已经是一个很大的跨度。公司的话，还太遥远。"

周惊鸿笑了笑，说："并不会啊，你可以再想想。"

顾一菲赔笑着说："这个我会好好考虑一下的。"

周惊鸿满意地点了点头说："做设计师一定不能像董一凡他们那样死板，要懂得借势，商业是最好的势。"

周惊鸿得意扬扬地讲了很多商场逸事，不得不说，他在这个圈子里，听到见到的事情还真是不少。

顾一菲借口公司有事情，先行告辞。

她走出咖啡厅，意味深长地笑了笑。周惊鸿这个人绝对有问题，只是现在顾一菲还摸不清他的目的。

按理说，接近她的人感兴趣的应该是董一凡。

但是顾一菲几次提到董一凡，周惊鸿一点都不在乎。

不管怎么样，顾一菲现在心中已经有数了。顺着周惊鸿一直想要顾一菲做的事情，就是让她脱离君红。那么这背后的人很可能是君红里面家族的人，或者是君红的竞争对手。

顾一菲现在倒是觉得很好玩，这样的手段确实挺有趣。如果顾一菲着了道，最后被骗的话，她一定会大受打击。

他们不但要杀人而且要诛心。

顾一菲没有回公司，直接回到了董一凡家。

董一凡埋头做了好几天香水了，在客厅一般看不到他的身影。

不过今天，顾一菲进房间的时候，正好看到董一凡在他熟悉的地方看书。

"香水做好了？"顾一菲好奇地问。她还真想知道，董一凡如何来表达风这个抽象的概念。

董一凡喝了一点水，摇了摇头说："没有啊。"

顾一菲顿时很泄气，说："那你怎么又悠闲地出来看书了。"

董一凡笑了笑说："因为我累了。"

顾一菲竖起大拇指，说："行，算你赢了。"

"你今天怎么这么早就回来了？"董一凡问。

顾一菲将包放下，给自己倒了点水，说："周惊鸿到我们公司附近，请我喝了点东西。"

一提到周惊鸿，董一凡的眉头就皱了起来。

他欲言又止的样子，让顾一菲觉得很好玩。她板着脸，故意不说周惊鸿的坏话。

"你小心一点，他的目的可能并不单纯。"董一凡说。

"你这是在关心我吗？"顾一菲笑着说。

"我，你是我的徒弟，我当然关心你。"董一凡的脸有些红了，磕磕绊绊地说。

这么大的人还会脸红，顾一菲觉得很好玩。

"哦，是担心徒弟啊。"顾一菲说了一句，咂吧着嘴，走到一边。

董一凡顿时失去了方寸，一时间说不出什么。他转过头去看书，其实一个字都看不下去。

顾一菲笑了笑，喜欢这种事跟爱不一样。你可以喜欢很多东西和很多人，但是爱，只能赋予少数。

爱这个东西很奇妙，有人说不用去追逐，因为出现的概率很低。

所以顾一菲对此看得很开，她并不觉得自己一定是那个少数。

董一凡不表态，顾一菲就不会再说什么。她最多就是挤对挤对他，看着平素云淡风轻的董一凡露出兵荒马乱的样子。

"庄青还真去跟唐婷婷合作了。"顾一菲说。

董一凡点了点头，说："昨天庄青跟我说了。"

"哦，那你知不知道她打着你的旗号？"顾一菲接着问。

"知道啊，她说有时间会带着唐婷婷跟我见一面！"董一凡说。

顾一菲瞪大了眼睛，说："你居然知道？那你是什么意思？"

顾一菲还想说，是不是帮着庄青跟自己抢案子，但是后面的话她咽了回去。

董一凡无辜地看着顾一菲说："毕竟庄青跟山崎一郎有合作，我难免要应付一下。人情世故，我难免也要掺和一点。只是我有自己的底线，况且庄青跟你去竞争就有胜算了吗？再说，你不是也想着跟周惊鸿合作吗？"

董一凡那个不屑的样子倒是让顾一菲很欣赏，这家伙但凡提到跟专业相关的东西，就很高冷。

董一凡心里想："你那个策划可是我用心改过的。庄青怎么可能随随便便就抢过去。"

他看着顾一菲，不知道顾一菲有没有理解自己的意思。

沟通这东西，在某种关系中就是要心口一致，直言不讳，委婉的表达往往会产生负面效果。

"好吧，不知道你的底线是不是会配合庄青拿下这个案子。"顾一菲说完自己走回房间。

她躺在床上，仰面朝天。

周旋在人和人之间，她有点累了。

容易受伤的人和内心敏感的人，都有一种倔强的自尊心。他们渴求任何时候都要依靠自己的力量，因为他们对别人已经很难产生信任感，也很难将后背交给别人。

顾一菲除了做红酒之外的事情，很多都是依赖董一凡。这也让她产生了危机感。

比如，因为某种原因，董一凡跟自己的对手合作了，或者跟别人合作以至于没有时间跟自己合作呢？

她叹了口气，不再去想这些。

顾一菲是个目标明确的人，缺少的部分她就会补回来。香水这部分，她既然已经决心做下去，那么就会做好。

缓了一会儿，她走出房间。此时董一凡已经不在客厅。

客厅的桌子上多出一个拆开的包装，顾一菲走过去，看了看，是一个贺卡，上面写着预祝董一凡生日快乐。

她算了算时间，董一凡的生日就在下周。

不过上面还写了祝福寄信人自己生日快乐，他们两个居然是一天生日。

碰巧这个时候董一凡走进了客厅，看到顾一菲的时候，有些尴尬。刚刚她转身回去的时候，董一凡一直在想哪句话让她不开心了，最后只剩徒劳的烦恼。

"你生日的贺卡。"顾一菲举着手中的卡片说。

董一凡对此好像并不感兴趣，说："哦，放在那边吧。"

顾一菲看着卡片上遒劲有力的字，说："这是谁写的啊，字好漂亮，而且跟你一天生日。"

董一凡将卡片接过去，拿在手中看了看，说："这是我爸寄过来的。"

"啊？你爸爸？看你的样子跟陌生人寄过来的一样。"顾一菲好奇地说。

她观察着董一凡的神情，感觉他在说自己父亲的时候就像是在说一个陌生人。

"你给你爸爸回卡片了吗？"顾一菲问。

董一凡将卡片扔在桌子上，说："没有。"

顾一菲没有说什么，脑子转了转，她盯着卡片看了几眼，将上面的寄信地址记了下来。

董一凡自己琢磨不明白女孩的心思，只好求助于琼斯。

琼斯误以为董一凡要追求的人是庄青，笑着说："女孩子嘛，都是喜欢被别人赞美的。多说好听的话，这是重点。"

董一凡琢磨了一下，好像想着怎么夸奖顾一菲。

陈安平将君红的两个方案送到了京元那边，很快就得到了回复。

他们只针对顾一菲的方案提出了一些修改意见。

毕竟是董一凡出手，京元透露的态度十分满意，不过唐婷婷那个方案已经石沉大海。

京元主要针对策划的场馆安排添加了一些修改意见，顾一菲逐条去核实，在细微处做了一些修改。

顾一菲每次做完方案问董一凡意见，他都大夸特夸一番。

董一凡汲取了琼斯的经验，狠狠地夸顾一菲的天分。

"可以你都没仔细看呢？"顾一菲无奈地说着，能被董一凡夸奖实在是很难得，但是这么不走心的赞美对顾一菲来说，带着讽刺的意味。

顾一菲察觉到了董一凡的反常，以为他是在故意鄙视自己。

"做得不好我就修改嘛，你这个态度是什么意思？"顾一菲瞪着眼睛看着董一凡说。

"啊？"董一凡想了想，说："尤其是这个主场馆的设计，功能安排十分全面。"

顾一菲叹了口气，说："场馆那款是你设计的。"

董一凡尴尬地摸了摸鼻子，想要再说点什么，被顾一菲打断，说："我明白了，你是不是想跟庄青合作？直说就好了嘛，何必这么跟我说话。"

"我不是这个意思。"董一凡赶紧说。他没想到自己讨好顾一菲的话被这样曲解了。

顾一菲说完走回了自己的房间，董一凡突然间的殷勤，让顾一菲十分不适应，他觉得董一凡并没有真诚地去帮自己把关。

她只能自嘲一下，毕竟她跟董一凡不过有个名义上的师徒关系而已。

顾一菲觉得无趣，将自己的一些东西整理了一下，想要回家冷静一下。

周惊鸿再次给顾一菲发来消息，说："最近公司得到一批合作产品，你把地址给我，我给你寄过去一份。"

顾一菲不知道他这是想要做什么，不过还是将自己的地址告诉了他。

第十九章　将计就计

顾一菲住回了自己家，所谓距离产生美。不过她每周还是抽出时间跟董一凡学习香水。

顾一菲的突然搬走让董一凡有些措手不及。

他给琼斯打去电话，吐槽他的方法真是不管用。

琼斯一脸无辜地拿着手机，听着董一凡的抱怨。他都能想象得到董一凡如何去夸奖对方的，料也是没有一点技巧。

他只好跟董一凡说："你还是恢复正常状态好了。"

董一凡沮丧地坐在窗边。

新买回的一盆龙吐珠已经开花了，在窗花周围攀爬着。朵朵小白花里面突出红色的花蕊，很惊艳。

可惜现在只有独自欣赏了。

周惊鸿更加频繁地联系顾一菲，这倒是激起了顾一菲的战斗欲望。

他们那边越是要设计自己，越是让自己下定将其背后的人揪出来的决心。

可是现在他们步步紧逼，让顾一菲有了反击的心思。

白亦冰不时地约顾一菲出席一些聚会，这倒是个扩充交际圈的好途径。在闲聊间，顾一菲提起过周惊鸿，只是白亦冰也不是很清楚周惊鸿的底细。

一个混迹在这些土豪中间的人，却没人知道他的底细。这有两种可能，一个是他的人脉更广，另一个就是故意隐藏。

周惊鸿这样的人，多半是隐藏了自己的一些东西。

顾一菲顺着周惊鸿的意思开始往下安排，想要成立自己的工作室，就要先从君红离职。

顾一菲提前跟陈安平打好了招呼，让陈安平配合自己演一出戏。

如果这个人是公司内部的人，那么顾一菲也算是为陈安平拔出一颗隐藏的钉子。

这边，董一凡很是焦急，打电话给立夏，说："立夏，怎么样了，关于周惊鸿的事情你有消息了吗？"

立夏愣了一下，说："你那么着急？"

董一凡这次明显急躁了很多，说："这个信息对我很重要，尽快查一查。"

立夏笑着说："这倒是很少见，你想了解他到底要干吗？"

董一凡笑了笑，说："方方面面吧，工作和能力之类的。"

"对了，君红那边的一个策划，是你参与的吧？"

"是的。"董一凡说。

立夏笑了笑，说："原本你给我推荐的时候我还有一些犹豫，没想到呀，一家红酒公司背后却站着你这个大神。"

"虽然那个策划我参与了，但是这家公司跟我是没有关系的。"董一凡说。

立夏撇了撇嘴，说："反正这个项目你脱不开，当初你答应我参加花都的建设的时候，我还很意外。"

"你这个项目确实很好，在国内有这么大手笔的项目，要多用心去做好。"董一凡说。

"君红那边给了两个方案，另一个策划好像是一个国内的调香师和庄青来做的。庄青这个人我认识，她还特意联系我，说跟你很熟。"立夏疑惑地说。

她都有些糊涂这些人都跟董一凡是什么关系。

"庄青算是一个朋友吧，不过我跟她没有任何项目的合作！"董一凡淡淡地说。

"OK，明白了。周惊鸿的事情，我明天给你回复。"立夏说完，挂掉了电话。

很快，顾一菲就答应了周惊鸿的邀请。他想要合作的前提是所做出的作品全部由本人设计，并且拥有完全的版权。

言下之意就是不能跟任何人合作，算是对顾一菲的限制。

顾一菲也没有意见，一切都按照周惊鸿的安排进行着。

第二天顾一菲要离职的消息就在君红的群上传了开来。

宁小凝也不知道消息的真假，赶紧给顾一菲打去电话。不过顾一菲并没有说是不是真的。

她想起董一凡，赶紧给董一凡发去消息。

董一凡收到宁小凝的短信一皱眉，又不能将自己调查周惊鸿的事情说出来。

他只能等立夏的消息，但愿周惊鸿的背景没问题，至少这种情况下顾一菲的损失最小。

第二天，立夏很快就将周惊鸿的信息调查清楚，将文件发给了董一凡。

立夏的调查显示，周惊鸿的一切身份都是假的，他的公司只是个皮包公司，他通过不断地跟名人合作来拉高自己的身价。同时以欺骗的手段娶到了一个富二代，并启用她家里的资源来营销自己。

当初他跟顾一菲说的那些话，就让董一凡察觉出了问题。

看着眼前的信息，他更加焦急。

他赶紧给顾一菲打去电话，但是电话始终没有接通。董一凡想了想，走出房门，开车往君红赶去。

到了停车场，他停好车，往顾一菲的公司跑去。

此时的董一凡可谓形象全无，他只穿着睡衣睡裤就出现在了顾一菲的办公室。刚刚顾一菲正在跟手下的几个组长开会，所以根本没有接听电话。

全办公室的人都将目光投向董一凡。

顾一菲咳嗽了一下，说："你们继续开会。"她说完将董一凡拉到了一边，上下打量着董一凡，笑了下，说："你这是闹哪出啊，穿着睡衣闯公司？"

董一凡看了看自己的衣服，这才反应过来，摸了摸鼻子，脸也跟着红了起来。

他站在那里支支吾吾的。他不知道怎么表达，又怕直接说出来顾一菲不接受。本来十分爽利的人，在顾一菲面前反倒拘谨了起来，可能是因为在乎吧。

顾一菲笑了笑，说："你干吗来了？"

董一凡沉默了一会儿，心已经跳到嗓子眼，最后鼓起勇气说："我，我托朋友帮我调查了周惊鸿！"

顾一菲点了点头，说："继续。"她的态度很平淡，好像她也猜到了这点。

董一凡深呼吸了一下，说："周惊鸿根本没有什么实力，只是骗了李安琪。他在美国只是读了一个野鸡大学，然后伪造了斯坦福大学的证书。他的公司也只是个空壳，没有实际业务，算是他用来撑门面的。李安琪有很多业务，他通过自己的公司一转手，在其中赚一些差价。"

顾一菲点了点头，看着董一凡，说："没了？"

董一凡说："差不多就是这样啊！"

顾一菲盯着他看，说："你找谁帮你查的？"

董一凡眨巴着眼睛，说："立夏呀！"

顾一菲继续问："立夏是谁？"

董一凡继续说："就是京元集团的负责人啊，负责花都项目的。你居然不知道！你不是说周惊鸿能给你介绍京元的负责人吗，所以我直接找的立夏。"

董一凡理所应当地说着，并没有意识到什么。

顾一菲长出一口气，摆了摆手，说："我就知道是你，哎，行了，你先回去吧。晚上再收拾你。"

董一凡突然间意识到了自己将所有的事情都说了出来，他苦着脸看着顾一菲，说："我，我只是碰巧认识京元的人。"

顾一菲转过身，说："这个事回头再说。"

董一凡立在原地，看不出顾一菲是不是生气了，他只能独自叹一口气，又低头看了看自己这一身行头。

他赶紧跑下楼，在一群人的注视下，逃到外面的街上，打车回了家。

顾一菲回到办公室，很想笑。能让董一凡这尊大佛着急也不是件容易的事情。看着他惊慌的样子，之前的气也算是消了。

董一凡出面了，一切就清晰多了，也免得自己来回猜忌。这么看，京元的合作是诚意十足的，不会存在陷阱。

毕竟之前君红只是做了一款联名香水，就迎来这么大的合作项目，这在顾一菲看来并不合理。

但是董一凡出面，那么一切就清楚了。京元一定是先找了董一凡，一方面董一凡自己接不了这么大的项目，因为他没有公司，他做这种项目起码要有几个助理。另一方面顾一菲事业陷入危机，这个项目可以帮助顾一菲扭转战局。

董一凡这种随遇而安的人，难得会主动一回，在背后运营一些事情。

现在就剩解决周惊鸿这个疑点了。

顾一菲思考着应该在公司内部找线索，她在董一凡之前就察觉到了周惊鸿的不对劲。因为自己现在做香水并没有做出什么名堂，只是营销了一款董一凡的香水，如果想做产品，更应该利用自己接近董一凡。所以她最近跟周惊鸿的接触都是在套她的话，她要知道周惊鸿想要达到的目的到底是什么。

群里放出的离职信息不过是障眼法，让周惊鸿觉得顾一菲正一步一步走进他的圈套。

"我觉得周惊鸿来接触我，一定是有公司内部的人在其中推进。"顾一菲坐在陈安平的办公室说。

陈安平点了点头，说："这倒是个突破口，这段时间我们都在找对方的破绽。"

顾一菲将最近公司的项目列了一个表，递给陈安平。

"这是几个月前的红酒项目，其中有一些明显很蹊跷。"顾一菲说。

陈安平大概扫了几眼，说："这几个都是唐婷婷负责的项目，你具体说说。"

顾一菲指了其中一个项目，说："您记得当时我跟唐婷婷抢葡萄那件事吗？"

陈安平点了点头，说："最后你用了唐婷婷的葡萄。"

"这件事大家应该印象比较深刻，当时她拿走了我买的优质葡萄。但是问题在于，她的成本却没有改过，还是按照原来的预算进行申报的。"顾一菲说完，看着陈安平。

她的话已经不言自明，这里面有很大的水分。

陈安平一皱眉，说："这样吧，这些项目你去财务好好查一下。"

"这只是之前的一点蛛丝马迹，最近这段时间我发现市场部那边的一些安排很离奇。有一款低价酒，居然被硬提到了中档酒的价格在销售。而有一些中高档的酒，居然被便宜处理了出去。"顾一菲说。

"我给你找个人，你着重去查一查，找到其中的联系。"陈安平说。

陈安平现在把马致远、唐婷婷都从财务调走了，查东西倒是方便了不少。在陈安平的授意下，做得也比较隐蔽。

顾一菲这几天都没顾上董一凡，在公司查这些账目。

顺着这些业务背后的公司脉络往下查，不出所料地找到了周惊鸿的公司。

"这只老狐狸，原来在这儿等着我呢。"顾一菲看到这些账目的时候冷笑了一下。

怪不得这家伙一直鼓动自己离职呢，原来是为了这条利益输送网络。

顾一菲掌管了产品部门之后，很多之前的供应商都被淘汰了，这当然断了很多人的财路。

唐婷婷啊唐婷婷，天堂有路你不走，地狱无门你自来投。

这些证据，足够陈安平清理掉唐婷婷。不过一个唐婷婷并不是他们的最终目标，还有她背后的那些人。

顾一菲直接将眼前的账目交给陈安平，有了这个突破口，后面的事情就看陈安平的了，她现在懒得蹚这浑水。

不过离职的事情，顾一菲倒是有了新的考虑。

"要不，我真的离职吧？"顾一菲坐在自己的办公室里盘算着。

她想到这里，走出了办公室，来到了陈安平的办公室前。她手中拿着最近几天准备好的材料。

顾一菲将文件递给了陈安平。

"多亏了您这边将财务的人清走了，不然这些内容还真的很难查出来。"顾一菲说。

陈安平将内容浏览了一下，然后扔在面前的桌子上。

"自从上次老太太来公司闹之后，我就没有更好的机会再往前推进了。现在证据在这里，就不由得他们反驳了。"陈安平淡淡地说。

顾一菲看着陈安平，说："我的事情完成了吧。"

陈安平一笑，说："完成得相当出色。"

不等陈安平继续说下去，顾一菲抢先说："也就是说你有充足的时间去完成你的目标。"

陈安平点了点头，不再说话，他在等顾一菲继续说。

"事情做完了，我在这儿也没什么重要意义了，我想要换一种合作方式。"顾一菲笑着说。

陈安平一皱眉，他没想到顾一菲会提这种要求。

"你继续说。"

"我想要从君红离职。"顾一菲说。

"这并不是一个理性的选择，等公司改革结束，你在公司的发展将完全没有障碍，这个时候走，是不是有些意气用事？"陈安平需要顾一菲这样能做事情的手下。她的离开，对陈安平来说是一个很大的损失。

"这段时间的事情我也处理得差不多了，我想从君红这个体系脱离出去。其实这次周惊鸿的一些话对我来说还是有启发的，如果可能的话，我想以外部人的身份来跟君红合作红酒或者香水的设计工作。"

陈安平沉默了一下，说："你可以回去再考虑考虑，这个事情对你我来说都需要消化一下。你还年轻，容易冲动。自由职业这条路本身就有很大的风险，没有固定的营收，你的压力会很大。"

顾一菲点了点头，说："那我回去再想想。关于唐婷婷他们的事情，我已经将全部的资料收集好了，至于最终他们会不会选择支持你，其实我心里并没有底。"

陈安平笑了笑，说："大家都会说身不由己，这话对你我是，对大老板也是。这些证据，事情已经发展到互相调查的地步，他必须做出选择。一旦他选择我，这些材料马上就会见报。"

顾一菲看着陈安平，她一点都不怀疑陈安平的话。在利益里边，他也算是人精了。

顾一菲并不再说什么，起身告辞。

她走出办公室，突然觉得身上都轻了几分。

她脚步轻快地走出了公司大楼，打车去了董一凡家。

想起上次董一凡穿着睡衣就跑去公司，让顾一菲一阵好笑。

顾一菲走进客厅，董一凡正跟一个中年女人聊天。

"一菲。"董一凡喜出望外地看着顾一菲。

她对面的那个女人也转过身，打量着顾一菲。

顾一菲站在一边笑了笑，说："你有客人，先忙你的吧。"

她说完想要回自己的房间。

"一菲，这位就是京元的负责人，立夏。"董一凡介绍说。

立夏惊讶了一下，笑着说："原来你就是顾一菲小姐啊，久闻大名。"

顾一菲尴尬地走到立夏身前，笑着说："您实在是太客气了。"

董一凡示意顾一菲坐在一边，给两个人都倒了一点茶。

"听说君红那边的项目，是顾小姐的手笔？"立夏问。

"是啊，不过还有另外一个同事也做了同样的工作。"她无奈地笑着说。

"策划我亲自看过，很有新意，看得出顾小姐在做这个案子的时候付出了很大的精力。"

顾一菲赔笑着说："您这边下一步的计划是？"

立夏说："之前我想直接找董先生来接管我们的项目，但是董先生并没有自己的团队，所以他想要一个跟京元合作的机会，来弥补自己的不足。下一步，先看看君红那边的情况。"

顾一菲点了点头，说："希望咱们合作愉快。"

立夏笑了笑，说："现在君红这边好像出了问题。对于将药品交到他们手上，我们还是有顾虑的。"

董一凡笑着说："以后你们或许会有机会合作的。"

顾一菲找了个借口，回到了自己的房间。

这段时间她疲倦了。

离开公司也就有了更多时间，可以更好地保证对于香水的学习。

君红那边迟迟没有回复，很多项目都卡在最后的审批上。

等到立夏走了，顾一菲才走了出来。

董一凡沉默了一会儿，两个人都没有说话，气氛有些尴尬。

"京元可能在君红退出产品的制作。"董一凡说。

"那么这些东西要放在哪里做？"顾一菲疑惑地问。

"他们还是想要我来做，但是我现在对这些东西并不那么了解。对于京元来说君红无法接住这个项目。"董一凡说。

"那你现在没有自己的团队，很多事情你也处理不好啊。"顾一菲担心地说。

董一凡笑了笑，说："这也是我在考虑的事情，你准备从君红离职是吗？"

顾一菲听后愣了一下，说："原本就是将计就计，但是现在我反而认真在考虑这个事情了。"

董一凡点了点头，说："如果你从君红离职，或许可以考虑帮我。"

"还做你助理啊！你开得起我的工资吗？"顾一菲笑着说。

董一凡抿着嘴，说："如果项目顺利的话，你的工资也不会少啊。"

顾一菲笑着说："这件事我在考虑中，还没决定。"

花都这个案子太大了，董一凡自己确实拿不下来。

况且董一凡做产品没有问题，但是运营一个项目不是他的专长。很多协调的事情，就够他喝一壶了。

董一凡苦着脸看着顾一菲，说："我，我已经答应立夏了。如果她以后不再跟君红合作，那么就让我来做这个项目。"

顾一菲打了个哈欠，说："这是你自己答应的哈，跟我没有关系。这个事情算是让你长个记性吧，你可以商量，但是不要随便替别人做决定哦。"

她说完，逃离了现场。

董一凡看着顾一菲的背影，一阵苦笑。花都这个项目要是砸向他一个人，那对他来说真的是灾难。

顾一菲难得无事一身轻，走到厨房翻找着做饭的材料。许久没有做饭了，冰箱里基本都空了。

顾一菲到街边的小超市买了很多食材，然后做了一桌十分丰盛的饭菜。

这待遇，倒是有点像他们刚认识那会儿。

董一凡看到好吃的，转瞬间又变得开心起来，稍微将自己给自己挖的坑放在了脑后。

顾一菲尝了尝自己做的饭，说："许久不做饭，手艺略微有些下降。"

董一凡姿态优雅地埋头大吃，很有趣。他什么也没说，但是行动已经回答顾一菲了。

他最大的好处，可能就是不论顾一菲做什么菜，都说好吃。

顾一菲看着董一凡吃饭的样子，想起之前他不顾形象地跑到自己公司时候的样子，心中有一阵暖意。

"你准备什么时候离职？"董一凡抬起头说。

顾一菲吃了一口菜，想了想，说："我也没有想好，要先把最近的事情处理完。"

董一凡还想再提一提做花都这个案子的事情，但是看了一眼顾一菲，最终没有说出来。

顾一菲吃完饭，将碗放下，说："把碗洗了哈。"

她说完走了出去，到院子中的椅子上坐下。凉爽的风吹过，让一边的秋千晃动了几下。

顾一菲在秋千上坐下，盘算着自己接下来要做的事情。

一切还在进行中，但是很多事对顾一菲来说已经是过去式了。她等着陈安平把事情办好，到那时事情会这么顺利吗？

顾一菲摇了摇头，不再想下去。

就在她悠闲地坐着的时候，庄青从外面走了进来。

她看到顾一菲的时候，表情自然地打了个招呼，然后走进了客厅。在她眼里，顾一菲的存在感几乎为零。

顾一菲看着她走进去，恨不得从后面拍晕她。

庄青走到客厅，跟董一凡打着招呼，说："好久不见，最近在做什么香水？"

董一凡刚洗完碗，看着庄青走了进来，有些意外，说："你怎么来了。"

庄青笑了笑，说："怎么，不欢迎？"

董一凡尴尬一笑，眼睛往外瞟了瞟。

"请坐，喝茶吗？"董一凡说。

庄青笑了笑，说："不用麻烦了，我今天来找你聊合作的。"

"什么合作呢？"董一凡坐在她的对面。

庄青看着董一凡，说："怎么这么正式。你觉得我今天的香水用得如何？"

董一凡不假思索地说："有时候技艺熟练也不见得都是好事，按照成熟的经验来搭配，虽然不会出错，但是也弄不出什么新意。"

庄青沮丧地说："我本以为你会夸奖我呢。"

董一凡说："我只是职业做这个，但也不是推荐每个人每时每刻都要用香水。这个要看个人的习惯，比如这个时候，我是居家休息。那么我喜欢自然的味道。清风穿过窗户的自然味道。"

董一凡说到这里，停顿了一下。"风？"他自己呢喃着重复了几遍，突然一拍自己的手，说："没错，这才是我要的风。"

庄青莫名其妙地看着董一凡，不知道他在说些什么。

"对了，你说的合作是什么？"董一凡缓过神来问庄青。

庄青笑了一下，说："最近京元集团要有大动作了你知道的吧，我这边跟他们初步接触了一下，觉得是一个不错的项目。所以想跟你谈一谈。"

董一凡疑惑地看着庄青说："这个项目我知道，但是你怎么想到要跟我合作呢？"

庄青看着董一凡，说："这几年我都在运营自己的品牌，在中国有完整的开发营销团队，接花都这种项目是完全没有问题的。我想你现在在中国没有自己的团队，做这些会特别吃力的。"

董一凡一皱眉，说："感谢你的好意，如果我选择京元合作的话，我会想办法应对的。"

庄青对此并不在意，她笃定董一凡会跟她合作。毕竟在这个城市里面，再也找不到比庄青的团队更适合董一凡的了。

"还有，最近山崎一郎要在这里办展览，我想帮他在最好的场馆里拿到一个位置。"庄青装作无意间提起。

董一凡知道山崎一郎的作品在国内很少有机会展出。在漆器起源地办展，算是一种文化回归，对山崎一郎来说，也是溯源之旅。

"一郎要来国内办展真是让人开心，只是你想怎么帮他？"董一凡问。

庄青笑了笑，说："我最近这段时间跟树艺术馆的馆主一起吃过饭，席间聊起过山崎一郎的作品。如果有希望，我会跟他商量，为山崎一郎争取一个更好的位置。"

就在这个时候，顾一菲站在门口，打了个哈欠，说："谁要办展？"

董一凡说："是山崎一郎，他准备在国内办一个漆器的展览。"

庄青站起身，说："好了今天就到这里吧，下次我们再详聊。"

董一凡站起身，说："好的，我会考虑一下的。"

顾一菲站在门外，将庄青送了出去。

"你现在倒是很淡定，怎么，现在不怕我抢走你的目标了？"顾一菲说。

庄青冷笑了一下，说："你们住在一起这么长时间都没有发生什么，我有什么好害怕的？这只能说明你在他心里没有吸引力。"

顾一菲说："我原来怎么没发现你这么牙尖嘴利呢？"

庄青一摊双手，说："这个世界看的是最终的结果，逞强是最没有用的事情。"

顾一菲点了点头，说："是的，你说得都对。"

庄青看着顾一菲说："你现在想的问题真有意思。还带着理想主义在做事？"

顾一菲摇了摇头，说："我的理想就是赚钱。"

庄青瞥了顾一菲一眼，打开车门上了车。

她将车窗摇下来，看着顾一菲说："君红只会越来越混乱，祝你好运。"

顾一菲冷笑着说："你还是为你自己担心吧。"

顾一菲送走了庄青，走回了客厅。

"她来干什么的？"顾一菲问。

"来谈合作的。"董一凡说。

"她跟你有什么合作的？"顾一菲有些意外。

庄青似乎对君红并不感冒。

"她似乎对咱们的项目很感兴趣，不过这个不是我们最近这几天就能做完的，是一个大工程。"

顾一菲想了想，说："你会选择跟她合作吗？"

董一凡点了点头说："如果有机会的话，或许可以考虑一下。"

他说完看着顾一菲咬牙切齿的样子赶紧说："她现在跟山崎一郎有合作，况且开发国内的市场一直是一郎想做的事情。"

顾一菲走到茶几前，说："不就是办个展嘛，这方面纸飞机很熟悉的。你现在的书还在他们手上，可以借这个机会跟他们聊一聊。白轶主编总比庄青更专业吧。"董一凡嘿嘿地笑了笑，说："要不，这件事。你看在我的薄面上，帮一郎解决一下？"

顾一菲一摊手，说："你的话就算了。山崎一郎的话，我明天去联系联系。"

董一凡摸了摸鼻子，说："好吧，那就拜托你了。"

顾一菲冷笑了一下，说："怎么，不然就拜托庄青了是吗？"

董一凡摇了摇头，说："长久的发展来看，一郎也不希望过多地依赖庄青。当时是庄青到日本找的一郎，所以一郎到国内的作品都是跟她合作的。"

她说完，自己走回了房间。

董一凡这家伙还真是能招蜂引蝶，庄青算是惦记上董一凡了。直接杀到家里来，好像这里是她家一样在宣示主权。

在日本的时候，多亏了山崎一郎的照顾，她对他们夫妻两个很有好感。

所以庄青拿山崎一郎的事情作为筹码的时候，让顾一菲很是反感。

正好这几天顾一菲跟陈安平请了假，她跟白轶约好了时间，选了一个咖啡厅。

顾一菲大体将山崎一郎这边的情况介绍了一下，顺便将一些作品给白轶看了一下。

纸飞机本来就在艺术领域很有造诣，白轶一看就知道山崎一郎的手艺不凡。

"这样的展览其实不适合在太大的展厅进行，尤其是知名度并没有那么大的时候，选取一些小众的展馆开始尝试会有不错的效果。毕竟精准的小众馆能直接找到自己的受众。"白轶说。

顾一菲点了点头，说："你们做这个比较有经验，这是董一凡的朋友，或许以后你们有机会合作呢！"

白轶笑了笑，说："你跟我说之后我就搜索了一些山崎一郎先生的资料，他在日本出过几本书，但是并没有引进到国内。如果可以的话，我倒是有兴趣将他的书一并翻译过来。"

"这个事情好办，我回去让董一凡帮忙联系一下就好了。"这件事两全其美，一方面山崎一郎还能拿到一笔稿费，如果有书的话，联合展览宣传效果会更好。

"董一凡的新书怎么样了？"顾一菲问。

"已经加印了一次，特别款的书早早就卖光了。不过从我们初步的市场上看，要是能再多做一些特别款就更好了，成本高的话，我们可以承担一部分。"白轶说。

顾一菲点了点头，说："我回去跟董一凡商量一下，做香水倒是不复杂。"

白轶笑着说："你还真是个好经纪人，像董老师这样的艺术家，真的很需要一个靠谱的经纪人。"

顾一菲摆了摆手，说："你应该接触过很多这样的人吧，你都不知道我跟他原先的那些客户接触的时候的场景。他们一脸总算见到亲人了的样子。"

白轶被顾一菲的形容逗得大笑了一阵，她对此当然深有体会。

董一凡没有接庄青的邀请，开始自己跟京元那边对接一些工作。只是如顾一菲所料，被事务弄得焦头烂额。

一个这么大的项目，要整合很多人来做事，这可难为了董一凡。

跟顾一菲生活在一起之后，董一凡才真正开始思考什么是生活，以及物质在生活中的作用。

当他开始想这些的时候，他发现他不得不获得稳定的收入，因为如果没有这些，他并不敢跟顾一菲表白。

这些实际的东西应该就是责任吧。生命有不能成熟的轻，他之前就是过于飘忽，找不到自己的根。现在他体会到一丝生命的重量，但是他在人际业务往来上，确实不在行。

顾一菲看在眼里，什么也没说。她倒不是为了证明什么，只是让董一凡体会一下。

她可不指望这些事情就改变董一凡什么，也不可能做到。

不过董一凡的坚持，还真是让顾一菲吃惊不小。

董一凡的信念自然是要做就做好，所以一件小事他也会不厌其烦地反复沟通确认，但是项目的进展实在是有些缓慢。

董一凡经常工作到深夜，让顾一菲看着也有些心疼。

她打着哈欠走到了客厅，看着董一凡在为明天需要协调的事情做笔记。

"大仙，知道凡人的生活不容易了吧？"顾一菲笑着说。

董一凡摸了摸鼻子，说："我一早就知道，所以我都避免做这些事情的。"

"哦，是吗？那这次怎么这么想不开啊？"顾一菲装模作样地问着。

董一凡咬了咬牙，没说话。

"看你这几天这么忙，也没跟你说纸飞机那边的事情。特别款的香水还能再做一些吗？"顾一菲坐到他对面，说。

"你觉得再做一些销量会更高吗？"董一凡问。

"再往后看看，现在再版的书正在销售，如果到了第三次加印，那么就可以同期推出一些特别款，算是对粉丝的回馈。"顾一菲说。

董一凡点了点头，说："好，就按照你说的办。需要香水的时候，提前跟琼斯打招呼就好了。"

"你这语气特别像我领导啊。"顾一菲撇了撇嘴说。

董一凡嘿嘿一笑，说："那你来做领导，我给你打工。"

顾一菲说："你这样的大神，我可雇不起。"

董一凡摸了摸鼻子，说："我很便宜的，只要有口饭吃就行。"

"拉倒吧，你看看这房子里，哪个东西便宜了？"顾一菲摆了摆手，接着说："山崎一郎那边你联系得怎么样了？白轶还等着我的回复呢。"

"哦，我都给忘了。一郎同意纸飞机翻译他的书，到时候他会将手稿寄到邮箱。"董一凡一拍脑门说。

他看了看顾一菲，可怜巴巴地说："要不，你顺便再帮帮我解决下花都的事情？"

顾一菲点了点头，凑过去看了看董一凡在做的笔记。

"这些事情你可以让京元那边出人帮你解决啊！"顾一菲说。

董一凡看着顾一菲，说："有些原料的采买我需要自己把关，交给他们我怕出问题。"

顾一菲说："你把事情做得这么细，难怪你会累。你在国外是怎么做项目的？"

"在国外的时候，有相应的部门可以解决很多事情。而且Oscar的实验室已经建立很多年，大部分原料都是现成的。"

"原来是这样，那你继续努力。花都这边的实验室可以按照Oscar的标准来做，有几年积累也就完备了。"顾一菲说。

董一凡可怜巴巴地看着顾一菲，说："那个，能不能跟你商量个事。"

顾一菲看着他的样子，就知道他大概想说什么了。

"说吧。"顾一菲说。

"你看，我现在教你做香水，这并不能只做理论分析吧，还有实践。"董一凡说。

"是啊，不过我的作品你不是都看不上嘛。"顾一菲装作不满地说。

董一凡摸了摸鼻子，说："那个，你毕竟才开始学习不久，手法生疏也很正常对吧。不过人都需要有个成长的过程，所以你更需要一个项目好好练一练呀。"

董一凡竭尽所能地劝说顾一菲，态度倒是诚恳。

顾一菲看着他的样子，实在是有些可怜。她也不能让董一凡绷得太紧，不然会出问题。

"行吧，看你这么可怜，我勉为其难地答应了。不过，当务之急还是先把工作室成立了吧，这样才好接外面的工作。你面对他们的时候，要有自己的组织，而不能说是一个人。"顾一菲说完拿走了董一凡面前的笔记本。

"好了，去休息吧。这些事情，我明天先处理了。"顾一菲晃了晃手中的笔记本说。

董一凡开心得差点蹦起来。

"你可别高兴得太作，在国内做项目，你也不会像在国外那样只专注于你自己的产品。很多宣传工作可能需要你出马。我们追求的是快起步。你别看京元那边在跟你谈的时候客气，合同一签，很多进度都是特别赶的。"顾一菲认真地说。

董一凡点了点头，说："我既然进来就没想着逃避这些。至于这个工作节奏我是不是喜欢，那要看做完之后。"

顾一菲想了下说："嗯，毕竟你想要做国内市场，还是需要一个比较好的落脚点和成绩。花都的案子做完，如果你觉得比较疲惫，你也可以回到法国做产品，然后再通过渠道走进国内市场。"

"你怎么知道我一定会回去？"董一凡说。

"我只是对这种状态没信心，你不适合这么快节奏的赶工，你是一个明确知道自己要什么的人。资本不会成为你的动力的。"顾一菲淡淡地说。

她对董一凡太了解了，每个人都有自己喜欢的生活方式。董一凡是有能力驾驭自己生活的人，他不需要跟谁妥协，这是他的福气和实力。

董一凡看着顾一菲，说："或许我想换种生活方式呢？"

顾一菲一耸肩，说："又想体验人间疾苦？那随你高兴就好了，反正你退路多的是。"说完顾一菲站起身来，走到酒柜旁，想挑选一瓶红酒喝。

"上次琼斯来的时候，好像又带了酒来，你可以喝。"董一凡在她身后说。

"败家也不是你这么败的啊。喝个便宜点的奔富就好了，便宜又好喝。"她说完将自己买的酒拿出来一瓶。

"喝一杯，赶紧去睡觉。有什么事情明天再说吧。"顾一菲给董一凡倒了一点红酒，剩下的拿回自己的卧室。

卧室的窗边有一盆茉莉，现在花开得正好，满屋子都是茉莉花香。

顾一菲坐在一边的椅子上，摇晃着酒杯，喝着酒。月光从窗子照射进来，洒在地上。有良辰美景又有悠闲的时间的日子真是不多。顾一菲享受着此刻的宁静，舒坦极了。

不过她只给了自己这一晚的悠闲，从明天开始，她要全身心投入去做花都这个项目。

其实所谓的工作室，就是董一凡担任核心的设计和调香，顾一菲以学徒的身份配合他，另外将其他所有的工作接管起来。

对于顾一菲来说，工作量只比以前大不比以前小，不过这些对顾一菲来说都不是重点。

那天陈安平说得也没错，对于顾一菲这样的人来说，没有固定的收入确实很没有安全感。

焦虑只能让她更加拼命地工作，只是这种压力状态下，面对董一凡的时候也难免会急躁。

顾一菲意识到这个问题，如果这个合作继续下去，那么自己就必须做出调整。

庄青没有得到董一凡的回复，但是也没有就这么善罢甘休。毕竟她也有着自己的人脉，想要再找一些调香师也不难。

她将自己的文案做好之后，交到了立夏的手中。

"我认为你没有理由不进行对比。"庄青笑着说。她从容大方的仪态倒是给了立夏很深刻的印象。

"我们自然是不排斥跟任何人的合作，我会好好看一下你的策划。"立夏笑着说。

庄青也不知道立夏是不是在敷衍自己，她继续说："对于一个商业合作，利益才是最关键的。我有自己的专业团队，而且我会找到一个跟董一凡同一咖位的调香师来合作，名单我已经写在下面。这些人都是我的朋友，我要在其中选出一位。"

庄青的手笔不可谓不大，她将国外知名设计师的其中几位写在自己的策划后面。

立夏重新将策划拿起来，仔细浏览着其中的内容。

抬起头看着庄青，说："你们下一步有什么计划？"

庄青说："坦白地说，之前的策划我参与的并不多，你不满意也很正常。但是这份策划是我参与过的，想必你对此也很感兴趣。我想要说的就是，何不将我们和顾一菲他们放在一个起跑线上，再做一次比较？这样对您这边也并没有什么损失。您说呢？"

立夏一只手拿着文件，想了想。

现在董一凡那确实没有团队，项目进展也是个问题。可是董一凡毕竟水平在那里，有他坐镇，花都的香水品质一定是最有保障的。

但是庄青给出的合作阵容也是很有吸引力的，她对此有自己的打算。即便是顾一菲出面，她能有多大的能耐呢？

立夏并不了解顾一菲，所以现在也不好评价。

倒是像庄青说的这样，给她一个机会。如果最后董一凡败下阵来，自己也好更换合作对象的。

这种公司跟公司之间的对接，合同上也并不会表明团队成员。

"好，那我就给你一个机会。到那时如果你证明不了自己，那么就只好放弃跟你的合作。"立夏说。

庄青笑了笑，说："我们会让你满意的。"她说完跟立夏告辞，走出了房间。

庄青的设计是唐婷婷从君红获取的。庄青在此基础上将一些项目之间一些内容更改了一下，毕竟她的实力不弱。在她的美化之下，策划倒也做得很漂亮。

立夏也不是省油的灯，她看出来了庄青策划中的问题，只是没有声张。

京元那边发生的事情，顾一菲管不着。她按照董一凡策划中的项目，将工作做了分解，把能开展起来的工作先行安排了一下。

做香味设计并不是用脑子想一下出个配方就能解决的。首先就要有明确立意的主题，这个主题是什么都可以，然后按照这个主题来赋予产品内核。

董一凡前几天一直在琢磨的风就是其中一个主题，他想表达风的味道。

项目按部就班地做着，让顾一菲实在很难脱身。

转天陈安平打来电话，让顾一菲下午的时候去一趟公司。

董一凡看着顾一菲，说："发生了什么事情吗？"

顾一菲摇了摇头，说："不清楚，陈总让我去一下。"

陈安平每次叫她都是有问题搞不定的时候，这次到底是因为什么呢？

"你开车去吧？"董一凡说完将车钥匙拿出来递给了顾一菲。

顾一菲也不客气，拿起钥匙就出了门。

一路上顾一菲都在判断陈安平的预谋是不是有问题。

顾一菲连自己的办公室都没有去，就到了陈安平的门外。

她敲门走了进去，坐在一边的桌子旁。

陈安平说："你离职的事情已经敲定了吗？"

顾一菲笑着说："目前来看还算是顺利，不过我并没有上报到财务那里。"

陈安平淡淡地说："但是你也不能忘了，人的重要性。上午的时候京元那边给了答复。"

顾一菲笑了笑说："他们行动还真是迅捷。多谢提醒。"

陈安平点了点头，说："庄青跟唐婷婷的合作进展得十分顺利，下周公司会安排你们跟京元那边的人对话。"

"如果我跟董一凡单独合作，那么在公司层面上，你是不是该支持唐婷婷了？"顾一菲问。

陈安平笑了笑，说："所以我想要你继续留在公司，这样我的立场也比较好偏向你。况且有君红做背景，你做起事来也方便不少。我知道你们现在做不了团队，但是如果跟我合作的话，我可以共享君红的资源，帮你们做财务和出纳。怎么样？"

姜还是老的辣，陈安平这一手来得有点让人猝不及防。

顾一菲叹了口气，说："好吧，这个事情我考虑简单了。那么我还在君红的时候，你想要我做一点什么事情呢？"

陈安平当了这么多年职业经理人，很懂得察言观色。

"部门的事情我再考虑由谁来做，你这边先做花都的案子。红酒那边，部门的管理我来负责，但是一些策划和设计你还是要保证的，毕竟新人还没锻炼起来。"陈安平说。

他的要求并不过分，况且庄青来了这么一出以后，这对顾一菲来说已经是最好的结果了。

"依托于君红这个平台的话，等案子开始之前要跟董一凡重新签订一份住房补贴合同。"陈安平说。

"好的，我回去跟董一凡说一下，看看他的意愿。"顾一菲说。

顾一菲没有回办公室，直接开车回了董一凡家。

她将京元那边的想法告诉了董一凡，想着下一步的对策。

"庄青现在出来搅局，你也就不是当初那个被邀请的身份了。"顾一菲说。

"这个世界上做香水的人多了，我们大可不必为此苦恼。"董一凡做项目这么多年，雷同、抄袭比比皆是。

"山崎一郎什么时候到中国来？"顾一菲问。

"下个月初他就会过来了。"董一凡说。

顾一菲点了点头，说："我给纸飞机那边说一下，顺便安排你跟他一起做活动，将热度再炒起来。"

"你的算盘打得倒是挺精明。"董一凡无奈地说。

顾一菲说："这个只是起步，在签合同之前，我们最好还是要有自己的东西可以拿出来。给立夏吃一个定心丸。"

"我想要做的是气味文化，并不单单只是一个作品而已。花都那边的投入虽然很大，但也不是我的全部。"董一凡说。

顾一菲说："你的香水做到哪里了？"

董一凡说："香体的设计已经完成了，但是明确的主题还有所欠缺。"

　　他刚说完，顾一菲的手机响起，她看了一眼屏幕是白亦冰打来的。

　　她将手机调成静音模式，然后把手机反过来放在桌子上。

　　"你怎么不接？"董一凡问。

　　"我一会儿把电话打回去，现在白亦冰找我肯定没什么特别重要的事情。"顾一菲说。

　　董一凡听到白亦冰的名字，没有再继续说什么。

　　顾一菲看着他的模样，还觉得十分可爱。

　　"现在最重要的就是成立属于自己的工作室，这样跟京元交接的时候隐私才会得到保障。"顾一菲说。

　　董一凡说："这边的事情就拜托你了，香水的部分我尽快，一定完成。"

　　他说完自己走回了实验室。

　　顾一菲这才翻出手机，看着白亦冰发来的语音链接，还有里面数不清的鲜花。

　　白亦冰时不时地就会来这么一下，顺便表个白，不过都被顾一菲拒绝了。

　　"大少爷，又怎么了？"顾一菲苦笑着回拨了电话。

　　"你从君红离职了？"白亦冰问。

　　"算是吧。"顾一菲说。

　　"你有什么打算，要不要来我这边？"白亦冰笑着说。

　　"去你那里干吗。我准备跟董一凡成立工作室。"顾一菲笑着说。

　　"我这么诚意十足地邀请你都不来，董一凡给了你什么好处？"白亦冰不满地说。

　　"倒是没什么好处，要负责很多杂事。"顾一菲看了看眼前的单子，日程安排上都是满的。

白亦冰有些不理解，明明给了顾一菲很高的职位和薪水，为什么打动不了她呢？以前的顾一菲绝对会被给出的承诺吸引。当初白亦冰可好好调查过顾一菲一番，包括家庭背景。

虽然顾一菲一直没有答应过自己的追求，但是白亦冰一直都是很有信心的。即便是顾一菲总是跟董一凡在一起，他也不在乎，毕竟要论背景和家底，他还是很有信心的。

"我不觉得你的选择是理智的，我追求了你这么久，你应该明白我的心意。"白亦冰说。

"我明白啊，但是我也明确拒绝了你。人跟人之间不只有一种感情的，做个朋友不好吗？"顾一菲无奈地说。

"不好，很不好。因为我难得为一个女孩动心思，而且你也没有理由拒绝我。"白亦冰愤愤不平地说。

顾一菲笑了笑，说："你知道为什么我拒绝了你，还是喜欢跟你打交道？"

"为什么？"白亦冰问。

"因为你这个人虽然娇生惯养，有时候独断专行，但是内心还是挺单纯的。换句话说，就是没受过欺负导致心理极度健康。你想做什么完全没心思去设计别人，就可以直接去做。你喜欢谁，就会大胆地说出来。所以我还是很欣赏你的，并且作为朋友，你也是很可靠的。"顾一菲笑着说。

"别，我可不喜欢好人卡。你这算不算若即若离？"白亦冰说。

"你可别多想，之所以我不跟你合作，就是因为这个。单纯想交个朋友而已，你有事情我可以帮忙。但是感情的事情，对我来说，喜欢就是喜欢，不喜欢就是不喜欢，将就不来。以前我以为物质比较重要，重要到大过感情。但是慢慢地，我发现内心的煎熬会让人更加抓狂。所以我放下了那个执念，成为灰姑娘是大部分女孩的梦想，但不是每个女孩的梦想。"顾一菲笑着说。

她看着门口,说话的时候想着董一凡。这家伙的出现,化解了她的执念,但是他不知道在顾虑什么,总做不到白亦冰这样的爽利。

"行吧,不过你没跟别人在一起之前,我还是会努力追求你的。"白亦冰斩钉截铁地说着。

"何必呢,你这人。"顾一菲摇了摇头。

她放下手机,整理了下眼前的文件。

庄青的事情顾一菲并不意外,尤其是每个人带着自己利益行走江湖的时候,任何事情都是有可能发生的。

顾一菲走到后面的实验室,打开门,看着董一凡坐在实验台前沉思着,男人认真时候的侧脸也是很迷人的。

顾一菲没打扰他,又退了出来。

她约了白轶出来,想要谈一下关于山崎一郎活动的事情。办活动就要抢资源,比如网页资源、推荐资源,只有在这方面投入,才会有更好的推送效果以及传播效果。

在跟京元活动的这个档口,能抢到一个流量风口,那么对于董一凡来说是非常有利的。

顾一菲打车到了白轶公司楼下,旁边有一家猫主题咖啡厅。

白轶跟顾一菲各自点了一杯饮品。

"感谢你帮我们推荐了山崎一郎老师。"白轶说。

顾一菲笑了笑,说:"哪里,我只是在中间帮忙引线而已。山崎一郎早就想要在中国做点事情,只是没有一个合适的突破口。"

白轶点了点头,说:"他这边的东西还是挺好的,尤其是他那本自传的书,很适合中国消费者去了解漆器。"

"不过你们在定位的时候一定要注意一点,他们漆物师并不认为自己是艺术家,虽然他们做的东西带有美感,但是不是每个漆物师都是以做展览为目标的。山崎一郎会注重美的同时保持着实用性。器物对他来说最终是拿来用的东西，然后才是美的东西。你可以将他定位成匠人。"顾一菲说。她在日本的时候跟山崎一郎有过交流，他们现在做的很多东西都在保持着原来的方法。

白轶将顾一菲的话记下，说："书稿我们已经收到了，正在安排老师翻译，不过听说山崎一郎老师下个月会来中国，那么我们能不能借着这个机会将合同先签了，然后帮他策划一些活动？"

"这应该没问题，他听说董一凡的书在你们这出，马上就同意把书给你们了。"顾一菲说。

白轶笑了下，说："董老师的书现在是我们的热门书籍。我们虽然将它放在艺术类里面，但是不得不说，他的文章写得十分好。只是如果什么时候，他能用中文写作那就更好了，可以更直接地表达自己。"

"这个嘛，要让他在国内再生活一段时间。现在来说还是有点生硬的，不过他的用词确实更精准一些。"顾一菲说。

顾一菲喝了口饮料，看了看一边玩耍的小猫。人类在这里工作，它们在这里玩耍，虽然无忧无虑，但是也失去了自由。

野猫们在都市中穿梭，躲避着汽车和怀有恶意的人类。最后可能伤痕累累默默离去，但是终归它们是自由的。

"最近我们跟一家公司合作了一个香味文化相关的活动，山崎一郎的活动，我想让董一凡也参加，你看怎么样？"顾一菲转过头，看着白轶说。

白轶点了点头，说："没问题。你这边是想要提高董老师的热度吗？"

"算是吧，在这个项目上我们还存在竞争对手，所以我想给董一凡造势。"顾一菲对白轶倒是没什么隐瞒，毕竟都是聪明人，一点就透，没必要藏着掖着，显得猥琐。

第二十章　迟来的表白

"没问题，我回去想一想如何配合你。董老师愿意跟我们合作项目我简直求之不得。"白轶笑着说。

顾一菲倒是相信白轶的诚意，毕竟之前的活动都是董一凡勉强答应的。现在主动来联系，他们自然是欢迎的。

"劳务费方面，我们可以考虑不收取。但是相对的，你们要拿出尽可能多的流量来给我们。"顾一菲说。

"没问题，我们会想尽办法来推送的。"白轶明白顾一菲的想法，她想要的就是曝光度来抵免劳务费的方式，让纸飞机倾尽所有。

"还有一点，就是嘉宾规模。我希望你们能拿出更强的阵容来搭配。"顾一菲说。

白轶点了点头，说："你这是要一次掏空我们啊。"

顾一菲一笑，说："哪有，这不是互惠互利嘛，你说是吧。"

白轶也笑了笑，说："你放心吧，我会安排沈书老师来主持。另外，我再找两个我们社的顶流老师站台，保证把这个活动办得轰轰烈烈的。"

顾一菲这才满意，对一些活动细节跟白轶进行了沟通。拿到了白轶的承诺，顾一菲才算是安心了一些。

顾一菲回到家里，董一凡还坐在实验室发呆，也不知道他是不是这一天都坐在那里。

"还在想创意？"顾一菲走到他身边坐下。

董一凡摇了摇头，说："没有啊。"他说着从一边拿出一个小瓶子递给顾一菲。

"新的香水我已经调好了。"董一凡说。

顾一菲喜出望外，说："这么快？"

她接过香水，迫不及待地用试香条蘸了一下。

一阵玫瑰花香扑鼻而来，清新异常。这种香水即便是在室内也不会显得浓厚，让人感觉跟花朵还保持着一段距离。

香气时而浓郁时而清淡，缥缈间将整个空间都拉开了。

"你是怎么做到的？香气的浓淡还是自己慢慢变化。"顾一菲惊喜地说。

董一凡面无表情地看着她，说："我选择了两种香气差异比较大的玫瑰精油，让两股味道同时浮现，调和之后它们相互之间不争抢，这样就会让一浓一淡两种味道出现。"

顾一菲咂吧着嘴，说："这个想法还真是奇特，这种感觉就像是在微风的玫瑰园，风带动着玫瑰花香，时而浓烈时而清淡。"

顾一菲将香水放好，看着董一凡一脸沉默的样子，说："你这是怎么了？什么事情能让你这个大仙这么忧愁？"

董一凡缓缓地转过脸，看着顾一菲，说："我有件事情想跟你说。"

顾一菲笑了一下，说："什么事情呢，说呗。"

董一凡叹了口气，说："你想听吗？"

顾一菲心中有了某种预感，她坐直了身子，说："你说吧。"

董一凡好像鼓足了勇气一样，走到一边的柜子里，拿出一个包装精致的小盒子，递给了顾一菲。

看到这个盒子的时候，顾一菲心中有些发蒙。这个董一凡不会平时沉默，一旦爆发就来大招吧。这小盒子里装的是什么？不会是求婚戒指吧？董一凡这种人确实什么事情都做得出来。

她怀着无比沉重的心情接过盒子，说："这是什么？"

董一凡说："你打开看看不就知道了。"

顾一菲打开盒子，里面是一瓶很精致的小香水。没有看到戒指什么的倒是让顾一菲松了口气。

这瓶香水很小，但是造型很别致。

"这是你新做的香水？"顾一菲问。

董一凡说："你试试看！"

顾一菲不明就里，就随手喷了一点在手腕上。

她轻嗅了一下，一阵山茶花香飘来，跟刚刚的玫瑰花香不同，这阵像是显得格外隐蔽，似若有若无地环绕在身边，不注意的时候可能都察觉不到。

顾一菲觉得似乎在哪里闻到过这个香水，她拼命地回想，又在手腕处喷了一点。

她突然眼前一亮，说："这不就是当初你考验我的时候做的香水吗？"

董一凡看着她，点了点头，说："没错。"

顾一菲又仔细闻了一下，长出一口气，说："真是美好的香气啊，不争不抢，这倒是有点像你。"

"对了，你要对我说什么呢？"顾一菲摆弄着手中的香水问。

"山茶花的花语有理想的爱的意思，它谦逊又有魅力，并且花期持久。"董一凡说。

顾一菲点了点头，但是没往下接。她倒是要看看董一凡能含蓄到什么时候。

董一凡看顾一菲没有反应，接着说："这是我为你做的香水。"

"哦，这个和你要说的话有什么联系呢？"顾一菲眨巴着眼睛问。

董一凡有些着急，心中压抑的话想说却又怕说完之后产生隔阂。

"如果喜欢一个人就一定要说出来吗？或者说之前是朋友，说出来之后连朋友都做不了了。"董一凡叹了口气，说。

"就这事啊？你这是看上谁家姑娘了，说出来我可以替你参谋参谋。一定不是庄青，她都生扑你了，还用得着你去表白。喜欢就说嘛，不要害怕做不了朋友，你很缺朋友吗？"顾一菲说。

听顾一菲这么说，董一凡有些发愣。他站起身，看着顾一菲说："我当初做这瓶香水就是为了你做的。山茶花代表着爱意，而若有若无的陪伴就是不争不抢又不起眼的暗恋，这就是我对你说的话。顾一菲，我喜欢你。"

顾一菲靠在椅子上，眯缝着眼睛看着董一凡。他脸憋得通红，带着一点不安。

喜欢一个人就是这样，会担心表白被拒绝，会担心无法面对彼此。

顾一菲点了点头，说："我知道！"

"你知道？"董一凡不可思议地说。他本以为顾一菲一直把自己当作朋友或者老师。

顾一菲点了点头，一副理所应当的样子。

"你让我想一想。"顾一菲说。

"想？想什么？"董一凡的心已经提到嗓子眼了。

"想一想，是答应你，还是拒绝你。"顾一菲说。她说得如此坦然，好像在两个苹果中挑选一个更好的一样。

董一凡咬着嘴唇看着顾一菲，他觉得等待的时间越久，自己的机会就越渺茫。

顾一菲叹了口气，说："我性格上的毛病可不少，你想清楚了吗?"

董一凡咬着嘴唇,他点了点头,说:"我想好了。"

他的态度很坚决,而且经过这么许久的思想斗争,很多事情已经是反复思量过的了。

顾一菲坐在一边,心中倒是有几分感动。毕竟自己当初不怀好意,而董一凡却一腔赤诚。她想做什么,董一凡一早就一清二楚。所谓的利用也好,说服也罢,不过是你情我愿的一场配合。

"最后一个问题,你憋这么久没说的话,怎么选择在今天说了?"顾一菲问。

董一凡低下头,说:"因为你最近老跟白亦冰联系,我怕,我怕我不说就再也没有机会说出这句话了。"

他抬起头,笑了一下,倒是有几分怨妇的气质。

顾一菲的心动了一下,被他此时的这小媳妇般的气质折服。

董一凡看顾一菲迟迟没有答复,心里十分焦急,但是这个节骨眼上,也不好催促。

阳光西垂,让房间里的光线跟着昏暗了不少。

董一凡将顾一菲放在一边的香水瓶子拧开,让淡淡的山茶花的香气弥漫开来。此时的香气,带有一点忧伤。

顾一菲不像董一凡,敢爱敢恨,她有很多顾虑。

生活、未来,对顾一菲来说有一万重山在前方。她知道自己的能力所及,也看得到最高的山峰是她无法逾越的,所以她的内心深处始终藏着绝望和几分悲凉。

在董一凡面前,她并不觉得自己有能力化解这些情绪。因为两个人在一起要的往往是希望,而非绝望。

顾一菲盯着董一凡看,双手捧起他的脸。

"这世界上阳光大道那么多你偏偏不走。"顾一菲柔声地说。

董一凡看着她,说:"你说的那些阳光大道都不及你呀。"

顾一菲笑了笑，嘴唇一点点地靠近董一凡，在他的唇上一点。

董一凡的嘴唇特别润，也特别软。

这可是顾一菲的初吻，她的心扑通扑通地跳动。

但是她依然装作若无其事的样子，展现出一副百花丛中过的从容。

董一凡愣在那里，下意识地舔了一下自己的嘴唇。

他茫然地看着顾一菲，还在回味她刚刚的温柔。

"你，你答应了？"董一凡激动地说着。

顾一菲一耸肩，说："算是吧，不过我可是随时会反悔的，你最好有心理准备。"

董一凡一下子站了起来，恨不得抱起顾一菲转几圈。

看着他傻乐的样子，顾一菲既开心又无语。

顾一菲看着董一凡，感到缘分的神奇。你不知道自己走出的那一步，认识的那一个人，就改变了你的一生。

"别傻乐了，我饿了，去吃饭吧。"顾一菲说。

董一凡赶紧将桌子上的东西收拾了一下，跟着顾一菲走了出去。

恋情总是从一点点试探开始，去尝试着抓住对方的手……

"我请你去一家米其林四星的西班牙餐厅吧，你在那边上过学一定喜欢。"董一凡笑嘻嘻地说着。

顾一菲点了点头，说："好啊，不过我在西班牙可没去过这么好的餐厅。"

餐厅是董一凡的一个朋友推荐的，他们这些人在一起分享的无非是游记和美食。

"你想好怎么做花都这个项目了吗？"席间顾一菲说。

董一凡点了点头，说："我想好了，如果跟京元长期合作的话，我们可以从气味学院开始。"

"怎么想起长期合作了？"顾一菲问。

董一凡嘿嘿地笑了笑，说："现在这不是有你了嘛。"

顾一菲放下刀叉，脸色变得有些严肃。

董一凡不知道自己说错了什么，慌张地看着顾一菲。他很怕顾一菲现在就反悔。

"你这样并不好，你要有自己真正的想法。我不希望我的出现，让你改变太多，在国内如果不适合你呢？你还坚持吗？"顾一菲说。

董一凡咬着嘴唇，说："只要我想，我就可以。"

"但是你会不快乐，对吧。没有体现出自己的价值，你不会甘心的。我不想看到一个垂头丧气的你，爱情若是良性的，就该让彼此变好。如果跟我在一起让你变得越来越差，这是在说我有问题吗？"顾一菲看着董一凡说。

多年以后，董一凡依然对顾一菲一脸严肃地看着他说话这种情景感到恐惧。

董一凡连忙摇头，说："我只是想要尝试一下。那我们从博物馆设计开始好了，这样即便是短期合作，也能将一个小项目完整地做完。"

顾一菲叹了口气，说："我只是想让你认真考虑下，没说一定不行。气味文化品牌可以作为我们工作室的一个理念打出去，没必要放在京元。或许以后我们在培训这件事情上也是合作关系，我们培养，京元来解决就业。"

董一凡点了点头，在商业规划上，他确实不如顾一菲。此时他也乐得退居后台，安心做好产品给顾一菲提供弹药。

顾一菲一眼就看出了他的心思，说："你就不怕我把你钱卷跑了？"

董一凡笑着说："我就这么多东西，你喜欢就全拿走。"

他微微地笑着，言辞诚恳。

"傻不傻！"

顾一菲低下头吃饭，不再理他。

晚上回去，两个人依旧牵着手。顾一菲握着董一凡温软的手，一阵感慨。大概她握过的女生的手也不如董一凡的软。这家伙浑身上下好像都很柔软，手掌柔软，嘴唇也柔软。

想起了他的嘴唇，顾一菲脸上微微泛红。好在有夜色的掩护，董一凡也发觉不了。

顾一菲咂吧着嘴，装作一副过来人的模样分析。这就是恋情开始的时候的甜蜜呀，还是好好珍惜吧。

她的脑洞顿时大开，想到了随着恋情的深入，慢慢地，感情降温，之后冷漠，争吵，相互间厌倦，出轨，然后分开。

想到这里，顾一菲狠狠甩开董一凡的手，怒目瞪着他。

董一凡摸不着头脑，看着顾一菲，说："怎，怎么了？"

顾一菲咬牙切齿地瞪着他，说："你说，你以后会不会出轨？"

董一凡瞪大了眼睛看着顾一菲，一时说不出话来。

顾一菲想了想，叹了口气，说："行吧，别让我发现，否则。"

顾一菲咬着牙说出这几个字，让董一凡后背发凉。

她这才舒缓了下情绪，走在了前面。

董一凡苦笑着跟在她后面，在一起之前，他怎么也想不到顾一菲还有这样一副面孔，倒是觉得有趣。

在工作上，顾一菲依旧保持着以往的水准，但是感情温润的一面，也开始浮现。

这天，董一凡的爸爸收到了董一凡的礼物，立马给他回了一封信。

信中写着，让董一凡有时间将自己的女朋友带回去见一见。

董一凡拿着信一阵疑惑，给顾一菲看了看。

"他什么时候收到别人的礼物了呀，还以为是你送的。"董一凡皱着眉说。

"这就是我送的呀！"顾一菲看着他说。

"什么时候，我怎么不知道？"董一凡疑惑地问。

顾一菲摆了摆手，说："就上次他寄给你贺卡的时候，我顺着那上面的地址寄过去一份礼物。"

董一凡抿着嘴不说话，他看着手中的信，若有所思。

"就知道你跟你爸爸之间不怎么沟通，我帮你表达了一下心意。"顾一菲摸了摸董一凡的头。

董一凡将手中的信收好，放回了信封中。

"我爸爸在我十几岁的时候离开了家里，这么多年，我也并不常见到他。"董一凡低声说。

"你想他吗？"顾一菲坐在一边看着他。

董一凡坐在了一边，沉默了一会儿，说："其实我也说不好，只是长时间不交流，我们都忘了如何交流。"

顾一菲拉着他的手，说："有机会我们可以一起聊一聊。"

董一凡看着顾一菲，点了点头，说："我尽力吧。"

顾一菲笑了笑，说："能听人劝才可爱嘛。好了，你好好准备下跟山崎一郎的活动吧。我们明天去接山崎一郎先生，然后一起吃个饭。"

董一凡点了点头，中文的活动，他还是要先准备好要讲的内容。

纸飞机确实很重视山崎一郎的活动，按照白轶跟顾一菲的约定，派出了相当豪华的嘉宾阵容。

白轶不但让沈书作为主持人压场，还请来了纸飞机最著名的文化学者轮流捧场。

活动在开始前的半个月开始宣传，因为现场的席位并不多，在网上进行预约抢票。

但是在纸飞机的大力宣传下，现场外围来了不少人，将整个会场围得水泄不通。

顾一菲在现场盯着直播的事情，不时关注着现场的状态。

每次直播都会有无数的意外，需要现场解决。

这次活动不但对山崎一郎很重要，对董一凡也很重要的，因为相当于公开向京元显示实力。

纸飞机在自己的平台和合作单位的平台一起直播，引起了巨大的关注度。

顾一菲在后台盯着数据，很是满意。

山崎一郎也没有想到中国的一些粉丝如此热情，这倒是出乎他的意料，也让他更有信心在中国开拓新的市场。

纸飞机那边全程安排了山崎一郎住行，十分贴心。

这样的诚意，让山崎一郎很感动，他们顺利地签了两本书的合约。

京元现在已经将顾一菲和唐婷婷的案子放在台面上去做比较了，不过现在顾一菲倒是不着急。

她找到了陈安平，答应他自己留在君红，不过陈安平要尽快解决唐婷婷那些人的问题。

陈安平等的就是顾一菲的表态，他私下找到大老板，将一些文件递给了他。

在顾一菲找出那些文件之前，陈安平已经收集了很多他们跟供应商、客户各种关系之间的利益往来证据。

大老板自然是不想将事情闹大，毕竟这样对公司的影响实在是不好。

他思量再三之后，同意支持陈安平的改革。

陈安平取得了这场战斗的胜利，他拿到了梦寐以求的股份，还有对公司的控制权。也在一瞬间，从打工者变成了公司的股东。

唐婷婷红着眼睛闯进了顾一菲的办公室，她指着顾一菲，吼着说："顾一菲，你为什么毁我？"

顾一菲看着她的状态，就知道发生了什么。

她料想到唐婷婷的状态，说："我怎么毁你了呢？"

公司的其他人警惕地站在顾一菲身边，如果唐婷婷冲过来，他们好随时拦住她。

"那些材料是不是你送上去的？你这个狠毒的女人，暗中搞小动作整我。"

顾一菲无奈地笑了笑，说："唐婷婷，如果不是你让周惊鸿接近我，我或许不会把事情做得这么绝。但是你触犯了我的底线。小打小闹我可以容忍，但是你用周惊鸿来套我，那就别怪我了。"

唐婷婷瞪着她，说："你给我等着，迟早我还会回来的。"

顾一菲笑了一下，说："如果我是你，我就会趁着这个机会出国留学。等几年过去了，没准你又可以回来工作。不但提高了自己的业务能力，也避开这段时间的公司改革。"

唐婷婷冷笑着说："你不用太得意，京元那个案子现在庄青独立去报了，你还不一定能拿得下。如果京元的案子你搞不定，你也得滚蛋。"

顾一菲满不在乎地说："庄青啊？我也没把她放在心上。倒是你，只是丢掉工作，没有移交司法，你就庆幸吧。"

"你就嚣张吧，我等着看你狼狈的时候。你不会一直这么幸运的。"唐婷婷狠狠地说。

越来越多的人围在产品部的门口，最后唐婷婷被其他人拉走。

顾一菲回到自己的座位上，心里倒是没什么波澜。

从常理的角度，人被教育着善良，也往往赞扬恻隐之心。但是顾一菲不喜欢这样，她的信条是痛打落水狗。

而且顾一菲也从不以上帝视角怜悯众生，她自己就是众生，并且不乞求谁的宽恕。

这样看起来似乎有些不近人情，但是只要你经历一些事情，就会明白所谓的人情是多么奢侈的事情。

顾一菲将手头的工作整理了一下，碰巧宁小凝走到她身边。

顾一菲看了她一眼，说："有事找我？"

宁小凝坐在她的旁边，噘着嘴，说："一菲姐，你就这么把唐婷婷弄走了？"

顾一菲一耸肩，说："不然呢？八抬大轿将她请出去？"

宁小凝想了想，叹了口气，说："真不知道我什么时候会被淘汰。"

"你怎么会想这些的，以往数你最没心没肺。"顾一菲笑了笑说。

宁小凝皱着眉头，说："这几个月公司变动太大，让我也不得不想想自己的未来。我很多事情都做不好，要不是一菲姐带着我，我都不知道自己能不能在君红待下去。"

顾一菲拿起水杯，喝了一口水。

她望向窗外，对面是一栋高楼。她什么也看不到，那堵反光的墙，将她的视线跟外界隔离开来。

"有危机感是好事，起码让你有动力再去学习。不要怕做错事情，但是也不要总做错。要多动脑筋，也只有你自己能教你未来的知识。你想要获得更多，就要付出更多代价。"顾一菲说完看着宁小凝，她的内心过分天真，顾一菲倒是希望她一生都不去思考这些问题。

可是有些事如果命中注定要去思考，那么最好早点开始。

"我想有你这样从容不迫就解决问题的能力。"宁小凝眨巴着大眼睛说。

"我从容吗？我要是从容的话又怎么会跟唐婷婷他们斗来斗去，又怎么会在失去职位的时候黯然神伤？我不从容，而且远不到从容的时候。"顾一菲说。

"可你做艺洲或者京元的案子都很顺利呀。"宁小凝说。

"你看到的是结果，当然觉得最后成功的事情过程波折也不那么重要了！但是尘埃落定之前，我也在煎熬中。曙光没来的时候，你永远不知道它什么时候来，甚至会不会来！你经历的我只会经历更多，所以别瞎想了，去好好做事吧。"顾一菲说着，敲了下宁小凝的脑袋。

宁小凝想了想，吐了下舌头，回到了自己的座位上。

顾一菲环视了一下办公室的人，下一步陈安平想要人帮他管理产品部的日常，这个人选估计会落在宁小凝身上。

毕竟顾一菲做每件事的时候都带着宁小凝，在部门中，也就她对整体流程最为熟悉，所以当陈安平的助理再合适不过。

她站起身往外走去，路过宁小凝的座位的时候，在她的肩膀上拍了一下。

庄青为了京元的案子可谓煞费苦心，她不满意京元将自己列为陪跑候选的地位，花了重金聘请了国际顶尖的香水设计师来助阵。

只是这样的花费，即便是拿下京元的案子，她还要补贴一部分薪水给对方。

她想要这个案子的心思昭然若揭。而且越大的投入，就代表着越大的产出。在以后的产品中，势必要捞回更多。

立夏也是老油条，她一直在评估着双方的实力。

她迟迟不表态，就是在等着两边不断地增加筹码，互相打擂台。反正最终受益的也还是她。

顾一菲现在已经半脱产做香水，她可不允许立夏这么吊自己的胃口。

反正董一凡的香水才是王道，不跟立夏合作，再次跟艺洲合作也不是不行。

她给立夏发去短信，说："最近董一凡在接触艺洲这边的人，因为上次合作比较好，所以如果条件合适的话想要再次合作。您这边的项目暂时还没有定论，所以暂时没有精力提供更多的修改方案。"

她话说得委婉，但是意思已经很清楚。如果京元这边不给答复，那么顾一菲就会选择跟艺洲合作。

立夏看到短信的时候，有些紧张。本来她做这个项目的第一人选就是董一凡，如果顾一菲将这个事情搅黄了，那自己岂不是搬起石头砸自己的脚。

说到底她还是不放心庄青，毕竟她的调香师也是外聘的，那跟自己找一个调香师有什么区别？

立夏赶紧给顾一菲回短信，说："顾小姐，这段时间我们实在是很忙，花都那边很多场地施工和花卉种植都在进行，我马上让公司的人加快进度。不知道董老师什么时候能跟我们签约？"

顾一菲笑了一下，做生意一个是玩心跳的赌博，另外一个比的就是谁更在乎。董一凡这脾气自然是愿者上钩，所以顾一菲跟他商量之后，压根几句没准备一定要拿这个案子。

香水给了白亦冰做，他能开心得蹦起来。接着跟董一凡的合作，他都能开拓自己的另一个职业方向了。

"董一凡现在确实很忙，最近我又帮他找了几个有合作意向的集团。成立工作室最重要的就是要有单做，所以我们在筛选。"顾一菲回复说。

立夏一看，立马将电话打了回来。

"顾小姐，我是立夏。"立夏笑着说。

"您好。"顾一菲淡淡地说。她自见到立夏的第一眼起，就看出她是一个见人下菜碟的人。你越是对她恭敬，反倒会让她更轻视你。

董一凡认识她很多年，也未必了解得有顾一菲几面深。

"我之前给一凡打过电话，他说现在的工作都由你这边负责联系。"立夏笑着说。

"是啊，他现在只做产品。"顾一菲尽量简短地说。

"我现在想将花都的案子签给你们，不知道你们什么时候有时间来签一下？"立夏说。

"随时可以签啊，不过劳务费要加百分之二十。"顾一菲淡定地说。

立夏迟疑了一下，说："我回去跟公司的人商量一下，毕竟商务方面的事情，我也不好直接做决定。"

立夏没想到顾一菲这么难对付，见缝插针地跟自己讲条件。董一凡从来不会在意这些，现在有了顾一菲把关，一切都不一样了。

"没问题。"顾一菲说着，又寒暄了几句，挂掉了电话。

没签约一切都是未知数，况且在合作中也可能会有变数。顾一菲靠在椅子上，想着后面的事情。

唐婷婷清除了，等搞定了京元，公司应该就没有这么多狗血的事情了吧。

与事斗其乐无穷，与人斗实在是浪费生命。

顾一菲现在已经极度疲倦了，人跟人之间的消耗，实在是一种精神折磨。

怪不得董一凡那么仙呢，人家从来不搞这些事情。

顾一菲叹了口气，同人不同命啊。

回到客厅的时候，顾一菲看着董一凡拿着一个盒子。

"你买了什么？"顾一菲走过去问。

董一凡看着她，支支吾吾地说："这个，这个是送给你的。"

"我的？你买的？"顾一菲说。

"不是我买的。"董一凡说。

"不是你买的？"顾一菲把盒子拿过去，打开包装，里面有一副纪梵希的全套首饰。打眼一看就知道价值不菲。

"我爸买的。"董一凡无奈地说。

"啊？"顾一菲张大了嘴巴，说："你爸爸怎么知道我的？"

董一凡叹了口气，将一封信递给她。

"你不是给他送过礼物吗，所以他猜测的吧。"董一凡看着顾一菲说。

"可是我就给他送了一点小礼物呀。这回礼也太贵重了吧。"顾一菲苦笑着说。

这以后还怎么送礼物啊？顾一菲看着手中的首饰十分头疼。这样的礼物，她可回不起礼。

"怎么说呢，这份礼物对我爸爸来说，已经是很克制了。"董一凡无奈地说。

"好像没听你提起过家里，你爸爸是做什么的？"顾一菲凑到董一凡身边，盯着他问。

"他是策展人，做些展览什么的。"董一凡一副不在意的样子。

顾一菲一阵无语，她无奈地说："行吧，替我谢谢你爸爸。这些东西，给你收着吧。我还没嫁给你，收这么重的礼太唐突了。"

董一凡将首饰接过去，放在了杂物间的一个柜子里面。

"他很少送别人礼物的，所以你别太在意。"董一凡走回来说。

顾一菲笑了笑，说："对了，立夏那边放话说要你去签约，另外我把劳务费加了百分之二十。"

"百分之二十？她答应了？"董一凡吃惊地说。

"有什么可大惊小怪的，她让庄青进来，不过是想要压榨你。你还真把每个人都当朋友啊。人家处处算计着你呢。"顾一菲打了个哈欠说。

董一凡一皱眉，说："随她吧，反正我也只做自己感兴趣的事情。"

顾一菲白了他一眼，说："加的那百分之二十就当作我的劳务费好了。"

"那可不行。"董一凡斩钉截铁地说。

"嘿，你现在怎么变成铁公鸡了？明明是我替你要来的钱。怎么就不能见者有份呢？"顾一菲说。

董一凡笑着说："这是原则问题，毕竟你现在是学徒嘛。"

顾一菲白了他一眼，说："果真资本家都是吸血鬼。"

董一凡也不辩解，任凭顾一菲吐槽。

董一凡知道自己始终无法做成大型商业产品的设计师，但是顾一菲可以。顾一菲能做到的，是将商业和艺术充分融合。董一凡觉得她未来可能是个女版的Osica。

可能自己以后就退居幕后了吧？安心做自己喜欢的东西，让顾一菲充当门面。

顾一菲看着董一凡眯着眼睛傻笑，就知道他没想什么好事。

她拍了董一凡的手臂一下，说："想什么呢？"

董一凡缓过神来，赶紧摇头。平时如此淡定的董一凡难得有了一点慌张，更引起了她的疑心。不过无所谓了，顾一菲现在也在算计董一凡的劳务费。

庄青的做法无异于杀鸡取卵，她在这个项目中的资金分配实在是很不合理。

立夏当然不敢押在她的身上，这么大的项目要是烂尾了，那可不是她能兜得住的。

在公司的决议下，调整了方向，将原本合同中的劳务费增加了百分之二十。他们达成了一个三方合作的合同，将京元、君红、董一凡三方绑定在了一起。

顾一菲减少了在君红的工作，她这边的事情大部分交到了宁小凝手中。

不过宁小凝也没有让陈安平失望，她一改之前大大咧咧的状态，变得十分精明强干。

这倒是让顾一菲觉得很意外，果真是士别三日当刮相看。

一切都按照既定的方案运行着，顾一菲将全部身心投入到了香水的设计学习中。她得以近距离地看到整个香水从选题、视觉设计、香味设计、产品呈现、广告设计这一整个流程，自然对其理解也是十分迅速的。

由于立夏的原因，在花都这个项目初期完成之后，顾一菲终止了跟京元的合作。后面他们要做的是气味文化，合伙人必须要足够靠谱。立夏之前的做法，让顾一菲有些犹豫。一犹豫，她就知道，这样的合作关系是不可靠的。

所以花都一结束，她毫不犹豫地抽身了。立夏倒是登门拜访了几次，很是难缠。不过顾一菲每次都逃跑了，留着董一凡一个人去面对。

她发现董一凡在拒绝别人这方面真是个无敌的存在。想要他松口，除了顾一菲还没人做到过。所以立夏每次只能悻悻地回去，最终放弃了。

顾一菲很是奇怪，在花都这个项目中，董一凡事无巨细地跟顾一菲讲解关于香水的知识，但是项目一结束，他立马变了态度。

本来顾一菲以为他是给自己放了几天假，但是这家伙现在去做设计都不叫上自己了。

顾一菲气鼓鼓地走进工作室，看着董一凡聚精会神地在调配着方案。

好半天，董一凡才意识到顾一菲的存在。他看着顾一菲气呼呼的样子，有点莫名其妙。

他摸了下鼻子，说：“你这是怎么了？”

“怎么了？”顾一菲气不打一处来，走到他身边，说：“你说怎么了。我问你，你来做香水为什么不叫上我？这段时间你都不再给我安排新的学习内容了，做设计也不叫我加入。”

董一凡苦笑着，说："我也是没办法呀。我是在跟你谈恋爱，又不是教学生。"

顾一菲瞪了他一眼，说："谁说情侣就不能做老师了？那小龙女不还是教杨过功夫吗？"

董一凡无奈地说："做学生起码要尊重老师吧，你看看你，现在对我还有师生的那份敬重吗？"

顾一菲回想了下刚刚自己的态度，自觉理亏。

"我可以控制控制。"

董一凡笑着说："我不教你，自然是找了更好的老师来教你。等我忙完这段时间，咱们去拜会我老师。"

"Oscar？真的假的？"顾一菲惊讶地张大了嘴巴。

董一凡笑着说："当然是真的了，我跟他申请了一个在工作室做助理的名额。不过代价就是，我也要回去工作。"

他好像是被别人敲诈了一个亿一样，苦着脸。

顾一菲白了他一眼，说："多少人求之不得的工作，怎么到你这儿这么苦大仇深呢。你答应Oscar了吗？"

董一凡摇了摇头，说："还没有。本来我想给你个惊喜，但是也不确定你是不是想去，所以我没有跟老师确定，只是等将这个消息告诉你后再回复他，没想到你先跑来问了。"

顾一菲笑了笑，说："行啊，董一凡。第一，你现在知道尊重我的意见了；第二，学会隐藏小秘密了哈？"

董一凡看着顾一菲的样子，有些头疼。

"毕竟，那个，我也当过你的老师，你不能对自己的老师动手。"董一凡一边说着，一遍往工作室外面跑去。

顾一菲在后面摩拳擦掌地赶了上去，全然忘了形象那回事。

一个月后，顾一菲跟着董一凡准备飞往法国。

即将重新踏上欧洲的土地，她心里依然满怀忐忑。

当年她只身一人漂洋过海，凭的确实是心中的一个勇字，要的不过是个出人头地，其他的一概不管。

此时她看向身边的董一凡，微微一笑。

董一凡正在酣睡之中。出乎顾一菲意料的是，这家伙居然有一点恐高，从飞机起飞的时候开始就一直抓着自己的手。

顾一菲看着他，将他的手握紧。飞机在云层上空飞行，蓝天和云海一望无际。

顾一菲靠在椅子上，舒展了身体，放下了所有心事。

她原本自诩是一只飞鸟，不会为谁停留，没想到最后跟她在一起的是一只比她还能飞的鸟。

"就这么一直流浪下去吧。"

顾一菲闭上了眼睛，安心地入睡。